久保田淳著作選集

第三巻

岩波書店

編集協力

浅見和彦
小島孝之
三角洋一
渡部泰明

中世の文化

まえがき

第三巻にはまず「I　中世文学史論」として私が構想する中世文学史の見取り図を提示し、次いで「II　和歌と歌語」には中世和歌に限定せず、ジャンルとしての和歌の問題、その風土との関係、場などを考えた論考、具体的な歌語について調べた研究余滴のたぐいを集め、「III　中世の人と思想」には中世文学のいくつかの分野にまたがるもの、文学にとどまらず中世文化への関心から試みた論文などを収めた。

「I　中世文学史論」は栗坪良樹・野山嘉正・日野龍夫・藤井貞和の四氏とともに編集委員として編集した『岩波講座 日本文学史』の第五巻「一三・一四世紀の文学」に収められたものである。この巻は一九九五年十一月この講座の第一回配本として刊行された。刊行に間に合わすために、一夏をかけて編集部から督励されながら書いた。

「II　和歌と歌語」のうち、「南殿の桜」は雑誌『文学』が『季刊 文学』と装いを改めた第一巻第一号(一九九〇年冬号)に発表した。内容は一九八八年度東京大学文学部における講義にもとづいている。「虹の歌」も『季刊文学』第二巻第三号(一九九一年夏号)に発表したもので、東京大学文学部での一九九〇年度後半の講義メモによって草した。この二本は以前『中世文学の時空』に収めた。

「酒の歌、酒席の歌」は『酒と日本文化』(『季刊文学増刊』、一九九七年十一月)のために書いたもの、「和歌・誹諧歌・狂歌――和歌と俳諧の連続と非連続」は雑誌『国文学』第四十五巻第五号(二〇〇〇年四月)「特集 和歌の脱領域」に掲載されたもので、雅俗の美意識や和歌における身体表現の問題を考えようとした点で、「歌ことば――藤原俊成の場合――」(『国語と国文学』第七十八巻第八号、二〇〇一年八月)などに通ずる問題意識を有する。

「「秋津島」という歌語」は雑誌『日本歴史』第六二〇号(二〇〇〇年一月)の「研究余滴」欄に求められて草した。執筆したのは前年の夏である。非常勤講師として出講していた明治大学での藤原俊成の講義メモの中から拾った問題である。「「焙矢」か「障泥屋」か」は『国史大辞典』第十五巻中(一九九六年十一月刊、吉川弘文館)の付録「史窓余話」のために書いたもので、『日本国語大辞典〈第二版〉』の編集委員の一人として、同辞典の校正刷を読む過程で気付いたことを記した。ちなみに、『日本国語大辞典』の初版にあった「あぶり-や〈焙矢〉」の項は、第二版では削除されている。

「月のあけぼの――『平家物語』月見の和歌的表現について」と「「雪のあけぼの」という句」は、

当初から企画編集に関わっている注釈叢書「中世の文学」(三弥井書店刊)の附録に書いたものである。前者は『榻鴫暁筆』附録17(一九九二年一月)、後者は『新古今増抄 三』附録28(二〇〇一年十二月)に書いた。

「Ⅲ 中世の人と思想」に収めた九篇のうち、四篇は雑誌『文学』に、二篇は『季刊文学』に発表した論文である。まず「頼朝と和歌」は一九八七年度の東京大学文学部における講義メモにもとづき、『文学』第五十六巻第一号(一九八八年一月)に発表した。同誌の編集を担当しておられた星野紘一郎氏が「面白い」と言ってくださり、後に出発する『季刊文学』に執筆の場を作ってくださるきっかけとなったことは、『中世文学の時空』の「あとがき」に書いた通りである。「慈光寺本『承久記』とその周辺」も東京大学での講義「中世文学史」をもととして執筆し、『文学』第四十七巻第二号(一九七九年二月)に掲載された。初めての海外出張でドイツに一年間滞在する直前であった。この論文は後に新日本古典文学大系43『保元物語 平治物語 承久記』(一九九二年七月刊)で、益田宗氏と共に『承久記』を校注する端緒となった。この二篇は以前『藤原定家とその時代』に収めている。

「怨み深き女生きながら鬼になる事――『閑居友』試論」は『文学』第三十五巻第八号(一九六七年八月)に掲載されたもので、本巻に収めた論文の中では最も早い時期に執筆したことになる。「魔界に堕ちた人々――『比良山古人霊託』とその周辺」はいわばその続篇のごとき論考で、『文学』

第三十六巻第十号(一九六八年十月)に発表した。この二篇は最初の論文集『中世文学の世界』に収めている。

「西から東へ——文明十七、十八年における詩人・文人達」は『季刊文学』第七巻第二号(一九九六年春号)が「中世末の創造」と題する特集を編んだ際、そのテーマに合わせて書いた。同じ年の九月に刊行された小著『隅田川の文学』(岩波新書)に取り込んだ部分がある。「骸骨の話——『撰集抄』の二話を軸として」は「虹の歌」と共に一九九〇年度の東京大学における講義メモにもとづくもので、『季刊文学』第二巻第一号(一九九一年冬号)に発表した。

「女人遁世」は今野達・佐竹昭広・上田閑照の三氏の編になる『岩波講座日本文学と仏教』第四巻無常(一九九四年十一月刊)に書いた。以上の三篇は以前『中世文学の時空』に収めている。

残りの二篇「無住・西行、そして通海——本地垂迹思想に関する断章」と「『耀天記』『日吉山王利生記』の歌謡・説話について」は研究余滴のたぐいで、前者は三木紀人・山田昭全の両氏訳『大乗仏典〈中国・日本篇〉』第二十五巻「無住・虎関」(中央公論社、一九八九年十二月刊)月報14に書いたもの、後者は財団法人神道大系編纂会編・刊行の『神道大系』論説編四　天台神道　下(一九九三年五月刊)の月報114に収められたものである。

時折、「万事に代へずしては一の大事成るべからず」という『徒然草』の言葉を思い出しては、それからほど遠い自身の営為を恥じるのであるが、あれやこれやと考えてきたようで結局は、文学にとって美や真実とは何かということを摸索し続けてきたのかとも思う。そしてその疑問に対する自答は、『方丈記』末尾における鴨長明のように容易に得られそうにないと感じながら、問い続ける以外になすべきことはないのであろう。

最後に、この三巻のために長きにわたって貴重な時間を割いてくださった編集協力者の浅見和彦・小島孝之・三角洋一・渡部泰明の四氏、蕪稿を丹念に読んで解説の労を惜しまれなかった谷知子・西澤美仁・田仲洋己・村尾誠一、そして浅見・三角・渡部の諸氏、面倒な索引作製に当たられた齊藤歩・五月女肇志・蔦尾和宏の三氏、編集協力の諸氏と共に刊行に際してお骨折り頂いた岩波書店の松本瑞枝・吉田裕の両氏に深く感謝申しあげる。

二〇〇四年三月

久保田　淳

目　次

目次

I

中世文学史論

一　中世文学の誕生、中世の時代区分

保元元年（一一五六）、鳥羽院が没した直後、京の市中において戦闘が起こった。

保元元年七月二日、鳥羽院ウセサセ給《たまひ》テ後、日本国ノ乱逆《らんげき》ト云コトハヲコリテ後、ムサノ世ニナリニケルナリ。

（『愚管抄』巻四）

この内乱、保元の乱は、「法皇崩後、上皇左府同心発《シ》レ軍《ヲ》、欲《ス》レ奉《ラント》レ傾《ケ》二国家《ヲ》一」（『兵範記』保元元年七月五日条）る企てであった。この乱を機に、大同五年（八一〇）九月の薬子《くすこ》の変以来絶えていた死刑が復活した。それまでも全く事がないわけではなかったが、少なくとも都を中心に考えれば、「雲上《うんしやう》ニハ星ノ位シヅカニ、海中ニ浪ノ音和《やはらか》也ツル御世《みよ》」が治天の主の死をきっかけに、「切《きつ》テ次《つい》ダル様ニサハギ乱ル、」（半井本『保元物語』上）事態に突入したのである。この国が危殆に瀕しているという意識は、当時の宮廷周辺の多くの人々に共通のものであったに違いない。しかしそれを最も早く、歌という形で表白しているのは西行である。高野から下山して鳥羽院の大葬に参り合わせて感慨にひたり、引き続いて起こった内戦の帰趨を見守っていた彼は、敗北後仁和寺に遁れた崇徳院のもとに参じて、

かゝる世にかげもかはらずすむ月をみるわが身さへうらめしきかな　（『山家心中集』）

と、心中を吐露したのであった。それから二十数年後の源平動乱に際しても、

世の中に武者おこりて、西東北南《にしひんがしきたみなみ》、軍《いくさ》ならぬ所

なし、うち続き人の死ぬる数聞く、おびたゝし、
まこととも覚えぬほどなり、こは何事の争ひぞや、
あはれなることのさまかなと覚えて
死出《しで》の山越ゆるたえまはあらじかしなくなる人の数続きつゝ　（『聞書集』）

と、慨嘆とも嘲笑ともつかぬやりきれない心情を歌に托している。

治承四年（一一八〇）三月、高倉院の厳島御幸に随行し、平清盛の福原邸において舞楽の奏せられるのを見た源通親は、「あの天宝の末に、時変《かは》らむとて、時の人この舞を学びけり」（『高倉院厳島御幸記』）と、唐における安禄山の乱のような大乱が今にも起こるのではないかという不安な予感を紀行文に書き付けたが、はたして日本国はこの年五月の以仁王・源頼政の挙兵以来、内戦状態に突入する。

この源平動乱は戦いとは関わりないはずの宮廷女房をも悲嘆の底に陥れた。

寿永元暦などのころ世の騒ぎは、夢ともまぼろしとも、あはれとも何とも、すべて〳〵言ふべききはにもなかりしかば、よろづいかなりしとだに思ひ分かれず、なか〳〵思ひも出でじとのみぞ、今までも覚ゆる。（『建礼門院右京大夫集』）

鴨長明は直接戦火の被害を語ろうとはしない。しかしながら、『方丈記』において、この内戦のさなかに起こった、飢饉と伝染病の流行で死屍累々たる京の市街の惨状を克明に描き出して、「濁悪世《ぢよくあくせ》ニシモムマレアヒテ、カヽル心ウキワザヲナン見侍シ」と述懐した。

源平動乱が終息して三十数年後、院政の主後鳥羽院と鎌倉幕府の執権北条義時とは、荘園問題の紛糾から緊迫した

関係にあった。両者の武力衝突を回避しようと、院の行動を諌止する目的で執筆されたものが慈円――彼は百王思想にもとづく危機意識と聖徳太子信仰に由来する未来への展望を併せ抱いていた(1)――の史論『愚管抄』であったが、承久三年(一二二一)の兵乱後、同書に次のような追記をしないわけにはいかなかった。

一院遠流《をんる》セラレ給、隠岐国。七月八日於《テ》二鳥羽殿《ニ》一御出家、十三日御下向云々。(中略)土御門院幷新院・六条宮・冷泉宮、皆被レ行《ハ》二流刑《ニ》一給《フト》云々。新院同月廿一日佐渡国、冷泉宮同廿五日備前国小島、六条宮同廿四日但馬国、土御門院ハ其比《そのころ》スギテ、同年閏十月土佐国へ又被《レ》二流刑《セ》一給《フ》。(中略)三院、両宮皆遠国ニ流サレ給ヘドモ、ウルハシキ儀ハナシトゾ世ニ沙汰シケル也。

そして、かつては廷臣であったという『六代勝事記』の作者に至っては(2)、このような事態を招来した後鳥羽院を、「知人と撫民」という帝徳に欠ける帝王として、厳しく糾弾している。この乱の最中に「天下大《ニ》徴(兵カ)《ス》レ之《ヲ》、天子三上皇皆御《ス》二同所《ニ》一、白旄翻《リ》レ風《ニ》、霜刃耀《ク》レ日《ニ》、如《キ》二微臣《ノ》一者、紅旗征戎非《ズ》二吾事《ニ》一、独臥《シ》二私廬《ニ》一、暫《ク》扶《ク》二病身《ヲ》一」(『後撰和歌集』刊本奥書)と、局外者としての姿勢を保ちつつ、戦火によって古典の焼失することを悲しんで、それら典籍の書写校合を続けていた藤原定家は、乱後の自身を白楽天の新楽府「新豊折臂翁」になぞらえて、「新豊《ノ》遺民」(『明月記』元仁二年二月二十九日条)と自嘲した。

西行・慈円・建礼門院右京大夫・長明・定家、そして『六代勝事記』など、これらの作者や作品が、思いもかけない展開をする現実にとまどいつつ、ともすればかかる現実に押し流されそうになる自身のあり方を凝視しようとしたり、為政者に対する厳しい批判を提示したりしている点において、時代社会と作品主体との間にそのような緊張関係が認められなかった、それ以前の作者や作品と一線を画することは確かである。我々はここに中世文学の誕生を見てよいであろう。

日本文学史における中世という一時期の区分の仕方については、既に種々の論があり、本稿筆者も以前それらの主なものを紹介しつつ、「十二世紀末の平家滅亡以後、文学史的事実としては『千載和歌集』の成立時をその上限とし、十七世紀初頭の豊臣氏の滅亡、文学史上の事項としては細川幽斎の死あたりを下限とする、約五世紀にわたる時期を中世と見なす」という一試案を提示したことがある。(3) しかしながら本稿においては、前述のごとき作家たちの意識を重視することによって、その初発を保元の乱に始まる内乱期に求めようとするものである。終末については以前の試案でのそれを改めない。

この時代は帝位をめぐる抗争に始まり、南北朝期においては、とくに熾烈に両朝それぞれの大義名分が争われた。南北合一後天皇の存在感はにわかに稀薄になったにせよ、戦国大名たちは競って京都に上り、天皇の藩屏という擬制において支配者たらんとし、筆硯に携わる徒の多くもそのような現実に順応していた。そのような歴史的現実を考慮して、政治史における鎌倉時代の文学を概観する場合は、あえてそれぞれの時期における天皇の存在にこだわりつつ、文学史的事実とその意味を叙述したい。また中世全期を通じて、都にも注目し続けたい。天皇や都は日本文化における(良きにつけ悪しきにつけ)重要な機制であり、その視点を欠いてはすべての事象が説明できないと考えるからである。

二　前期軍記物語

『愚管抄』には、保元の乱の際に源雅頼が「奉行シテカケリシ日記」というものが存在し、慈円はそれを見たと記している。また晩年の藤原定家は「保元元年七月旧記」なるものを仁和寺の法眼覚寛から借覧して書写している。[4]その仁和寺では源平動乱の直後、守覚法親王が源義経を招き、合戦の有様を語らせてこれを書き留めたことが、『左記』によって知られる。仁和寺は平治の乱や承久の乱の場合も局外者ではなかった。もとより、南都北嶺、三井寺、高野など、内戦に関わった大寺院にも、それに関する記録類が残された可能性は十分存する。

『徒然草』二二六段に、後鳥羽院政期信濃前司行長が遁世して慈円に扶持されつつ、「平家の物語」を作って生仏《しょうぶつ》に語らせたと記していることは、あまりにも有名である。この行長が『明月記』にも登場し、『元久詩歌合』に詩作者として名を連ねている下野守藤原行長であるとすると、彼の兄弟には承久の乱後斬られた中御門宗行がいるから、戦乱に関心を寄せることも自然である。あるいは彼はむしろ承久の乱の犠牲者に涙を注ぐ『海道記』の作者にふさわしいかもしれないが、[5]慈円が打ち続く内乱を怨霊の所為と考え、その鎮魂を目的として、大懺法院を建立し、「声名法則受二師伝一、音曲堪能階二衆聴一、為二其器一之輩」(『門葉記』)を住せしめたことは事実である。それらの者の中に行長や生仏のような人がおり、前記のごとき内乱の記録類にさらに関係者に問い聞いた事柄を加えて、『平家物語』その他の軍記物語の原初的な本文が承久の頃形成され、それらが相互に影響しあいながら変貌、成長して、多岐にわたる異本群を派生していったのであろう。たとえば『保元物語』における半井本《なからいぼん》と金刀比羅本《ことひらぼん》、『平治物語』における九条家本と金刀比羅本、『平家物語』における覚一本《かくいちぼん》と延慶本《えんきょうぼん》ないしは『源平盛衰記』、『承久記』における慈光寺本《じこうじぼん》と古活字本などを対比すると、ほとんど全く異なった作品を読むような印象を受ける。が、それらはいずれもその時々の享受者の要求に応えつつ形成されていったのであろう。それならば、中世の人々の心を探ろうとする限り、現代の我々も性急な尺度でそれらの文芸性を測る以前に、たとえば九条家本『平治物語』の源氏再興譚や『源平盛衰記』の冗長な記述の意味を考える必要がある。

それとともに、承久の乱を除く三度の内戦の物語は、やはりそれらを極力詳細に書き残そうとした『愚管抄』の記述と比較することによって、それぞれの方法の違いを知ることができる。たとえば、保元の乱における鎮西八郎為朝の存在や、平治の乱における二条天皇の六波羅行幸の際のいきさつなどの事例である。『保元物語』における英雄為朝は『愚管抄』では為義の「小男二人」の一人にすぎず、その活躍ぶりもほとんど記されていない。また、『平治物語』では、満座の中で厳しく弟の惟方を叱責して、藤原信頼に加担していた彼を寝返らせ、六波羅行幸に導いたと語られる藤原光頼は『愚管抄』には登場せず、代りに非蔵人藤原尹明が黒子のごとく働いたと語られる。また、『愚管抄』は堀河の材木場での平重盛や頼盛の奮戦ぶりを「見物ニテコソアリケレ」というにとどまるが、『平治物語』では見物している京の市民の姿を描き出して、市街戦の臨場感を盛り上げている。両者を比較することで、軍記物語作者の人物造型や場面構成の方法を知りうるとともに、『愚管抄』の作者の、細部の事実にこだわることによって可能な限り事実に迫ろうとする執念をも確かめることができるであろう。

軍記物語の和漢混淆体を基調とする文体――それも各作品、諸本によって相当の差異があるが――と、慈円自ら「和語ノ本体」という擬音語などを多用した『愚管抄』のそれと、それぞれの表現効果も考えるべきである。慈円にせよ長明にせよ、中世の作家たちは文体に自覚的で敏感であった。

三　後白河院と後鳥羽院の時代

後白河院は、父鳥羽院が「イタクサタヾシク御アソビナドアリトテ、即位ノ御器量ニハアラズ」(『愚管抄』巻四)と、近衛天皇夭折後の帝位に据えることを躊躇したほど、今様雑芸《いまようぞうげい》に熱中した帝王である。彼はその芸能を廷臣のみならず、「京の男女、所々の端者《はしたもの》、雑仕、江口・神崎の遊女《あそび》、国々の傀儡子《くぐつ》」(『梁塵秘抄口伝集』巻十)から習った。保元の乱に帝位にあった彼を勝利に導き、乱後も大内裏の修復など朝儀の復古を的確にやってのけた信西(藤原通憲)は、それらの芸能者を呼び集める際にも協力している。おそらく彼も「倡家女ノ、白拍子、皆是公庭之所属也」(守覚法親王『右記』)という考えを共有しているのであろう。そして院は嘉応元年(一一六九)、出家に先立って、今様の詞章と口伝集とから成る『梁塵秘抄』を編んだ。今様は仏法僧の三宝を敬虔に讃嘆する法文歌のほかにも、古代末期の都の風俗をいきいきと描きつつ、民衆の旺盛な生活力、その喜怒哀楽や願望を表現した歌謡、各地の泊りや熊野の王子などで遊女・傀儡子、また巫女等に歌われたのであろう歌謡など、多様な世界を現出している。院がこの芸能に傾倒した基底には、「法文の歌、聖教の文に離れたる事なし。(中略)世俗文字の業、翻して讃仏乗の因、などか転法輪にならざらむ」(『梁塵秘抄口伝集』巻十)という確信があった。信仰と文芸との矛盾を解消し、文芸表現に携わることを肯定しようとするこの狂言綺語《きょうげんきぎょ》観は、平安中期慶滋保胤らによって首唱されたが、藤原俊成・西行・寂然、やや遅れて慈円など、この時期の作家たちが共通に抱いた芸術観でもあった。

後白河院の周辺には、源資賢・惟宗広言・藤原親盛・平康頼など、今様グループとでも呼ぶことができる側近たちが蝟集している。彼らのあるものは院の好みに合わせて今様に没頭するほか、作歌活動をもしていた。それらのことを物語る家集類や撰集も存する。また康頼は平家打倒の陰謀(これも前記今様グループの何人かが加担したものであった)が発覚して鬼界ケ島に流されたが、この流刑地から帰洛ののち『宝物集』を著わした。それは仏法がこの世における最高の宝であることを、豊富な例話と和歌によって論証しようとした説話集であった。先に言及した信西は平治の乱の勃発する直前、「長恨歌絵」を作製してこれを献じ、信頼を寵する院を諫めたというが、後白河院政期には『年中行事絵巻』『承安五節絵』『伴大納言絵詞』など、多くの絵画も描かれているようである。院の存在そのものが、さまざまな領域において文学芸術活動に刺激を与えたことは疑いない。

そのような点では、後白河院の孫王である後鳥羽院も同様である。少年の頃は毬杖や鶏合などに熱中していたという彼は、建久九年(一一九八)皇子(土御門天皇)に譲位後にわかに詠歌に関心を示すようになり、正治二年(一二〇〇)には二度にわたって百首歌を詠進させ、自らの御所に多くの歌人を集めた。これ以前、摂関家の九条家には兼実の後継者良経の下に、藤原定家・藤原家隆・寂蓮ら新進歌人達が集うていたが、彼らはもとより、世に余されていたかの感がある鴨長明や源師光とその子女(具親・宮内卿)、既に老境に入っていた小侍従・二条院讃岐・宜秋門院丹後、まだ若かった俊成卿女・八条院高倉などの女房歌人、卑位の官人源家長や北面の武士藤原秀能と、およそ歌よみと目せられる者はことごとく院の傘下に吸収された(『源家長日記』)。そして、この歌人集団の指導者としては、後白河院の院宣によって『千載和歌集』を撰んだ藤原俊成を据えている。その勢の赴くところに成ったものが『新古今和歌集』である。この集は定家ら五人の撰者が撰進したものの、実質的には後鳥羽院が全体を統括しているので、彼の親撰といってもよいものであった。

後白河院の今様と同じく、彼自身の和歌も決して帝王の余技にとどまるものではなかった。質量ともにすぐれた実作者であり、また「三体和歌」の催しや『後鳥羽院御口伝』から窺われるように、感性の豊かな批評家であった。その一方、朝儀・公事にも関心深く、有職故実書『世俗浅深秘抄』を著わしている。和歌と公事に対する彼のこのような関心のあり方は、その子順徳院にも継承された。『八雲御抄』『禁秘抄』が順徳院の著作として存するのは偶然ではない。両院の好みを反映させて、蹴鞠や管絃も盛んであった。『承元御鞠記』『順徳院御琵琶合』などがその記録として残されている。文学のみならず、これらの諸道を含めて、後鳥羽院の仙洞御所とその監督下にあった順徳帝内裏が貴族文化の中心地点であったと言いうるのである。

後白河院は法文歌を通じて仏教信仰を感得したと想像されるが、後鳥羽院の行動を支えた信仰は日本古来の神々であったのではなかろうか。彼は伊勢の内外宮をはじめ、賀茂・石清水・春日・住吉・日吉などの諸社に詠草や歌合を奉納している。そして、

思ふべしくだりはてたる世なれども神の誓ひぞなほもくちせぬ　（『後鳥羽院御集』内宮御百首）

奥山のおどろが下も踏み分けて道ある世ぞと人に知らせん　（同・住吉御歌合）

などと歌うのである。その政治的老獪さをあげつらわれながら、後白河院の心は彼岸に向けられていたのに対し、後鳥羽院は「くだりはてたる」現世の「道」――政道を立て直そうと神に祈る。ここにおいて和歌と神祇信仰・政事は一体不可分のものと認識される。

この時期、新興都市鎌倉においては、源実朝が将軍として、人事などをめぐって時に後鳥羽院政と対立しつつ、院

その人に対しては、

太上天皇御書下預時歌

大君の勅をかしこみちゝわくに心はわくとも人にいはめやも　（『金槐和歌集』）

と誠心を披瀝し、ひたすら京の伝統文化を思慕していた。

建暦元年七月、洪水漫《ひたス》レ天《ヲ》、土民愁嘆せむことを

思ひて、一人奉《リテ》レ向《ヒ》二本尊《ニ》一聊《カ》致《シテ》二祈念《ヲ》一云《ハク》

時によりすぐれば民のなげきなり八大竜王雨やめたまへ　（同）

宮柱太敷《ふとし》き立ててよろづ代に今ぞ栄えん鎌倉の里　（『続古今和歌集』賀）

などと詠む彼にとっても、和歌と信仰・政事は分かちがたいものであったかもしれない。しかし、その一方では、

ほのほのみ虚空に満てる阿鼻地獄ゆくへもなしといふもはかなし　（『金槐和歌集』）

神といひ仏といふも世の中の人の心のほかのものかは　（同）

とも歌う。彼は此岸にのみとらわれていない。心の深淵をのぞきこみ、人間が抱え込む罪業を思う。その資質は後鳥羽院よりもむしろ孤独な為政者であった良経に近いものがある。

後鳥羽院は実朝に院御所で行なわれた歌合を送ったりしているが、彼を調伏する目的で最勝四天王院を建立したという(古活字本『承久記』)。その真偽はともあれ、院が幕府の存在を容認できるわけはなかった。承久の乱は院にとって必然であった。

乱後、定家は後堀河天皇の勅命により、単独で『新勅撰和歌集』を撰進するが、後鳥羽・土御門・順徳の三院の詠

は鎌倉の干渉を慮った九条道家・教実父子により、草稿本の段階で削除されたらしい。俊成卿女が『越部禅尼消息《こしべのぜんにしょうそく》』で明かしているこの事実は、宮廷和歌が権力によって種々の枠をはめられやすい文芸であったことを物語っている。一廷臣である定家においては和歌と政事は一体のものではなかったが、勅撰撰者としてはこのような政治的結着を付けさせられたのである。後鳥羽・順徳両院を含む『百人一首』が定家自身による最終的撰定の結果であるならば、それは『新勅撰集』で政治に歪められた和歌の地位を回復させようという試みでもあったかもしれない。(6)

先にも述べたように、後鳥羽院が庶幾し、師範としたのは俊成である。その俊成は艶や優・幽玄などの語によって表現される美を重んじ、俗を斥けた。俗は晴《はれ》に対する褻《け》、公的に改まることに対する日常的なことである。具体的には、飲食に関すること、身体表現などがその最たるものであった。俊成が和歌表現においていかに俗を斥けたかは、その歌合判詞や『古来風体抄』の記述などによって確かめることができるであろう。一方、西行には源俊頼や源頼政の父仲正などの影響も認められ、その作品は俗をも包摂するものであった。(7)慈円は西行のそのような傾向をも受け継いでいる。そして『新古今集』はその西行や慈円を尊重している。このことは後鳥羽院が艶や優の美のみならず、俗の美をも許容する文芸意識の持主であったことを示唆するのかもしれない。その院政期に侍臣たちを有《う》心《しん》衆(柿本)と無《む》心《しん》衆(栗本)に分かち、有心無心の連歌ないしは普通の和歌と狂歌を競い詠ませて興じたことは、『明月記』や『井《せい》蛙抄《あしょう》』の記述から知られ、当時の連歌の一部は『菟玖波集』にも採録されている。有心衆は定家をはじめ、家隆、飛鳥井雅経らの歌人、無心衆は藤原長房・葉室光親・中御門宗行らの文人が主要メンバーであった。長房は後に貞慶《じょうけい》に帰依して沙弥覚真となるが、光親や宗行は承久の乱後、謀議の中心にあったとされて幕府によって斬罪に処された。このこともきわめて示唆的である。優艶・有心を事とする歌人は政事・軍事とは無縁であるのに対し、文人・儒者は俗に明るく、無心の興趣を解するとともに、時には政事・軍事にも関わらざるをえないのである。承久の乱は彼ら無心衆の悲劇でもあったが、後の南北朝動乱などを思えば、歴史を動かす者たちはいわば無心衆と彼らの指揮下にある衆庶であって、有心衆は現実に対して無力である。そして有心の志向する美は「あはれ」であり、それは涙に傾斜する。一方、無心の志向する美は「をかし」であり、それは笑いを誘発する。それならば中世の文学は、有心系(雅)の文学の衰退と無心系(俗)の文学の興隆、涙から笑いへ、雅から俗へ、心から物へという構図で捉えることが可能であるかもしれない。

四　後嵯峨院時代と関東文化圏

後嵯峨天皇は四条天皇の夭折という不測の事態が起こったため、仁治三年(一二四二)思いがけず登極した帝王である。その在位期間は短かったが、二人の皇子後深草・亀山両帝の代を通じて院政を執り、文永九年(一二七二)五十三歳で没した。この三十年間を後嵯峨院時代と呼ぶことが可能であると考える。(8)『神皇正統記』にも「白河・鳥羽ヨリコナタニハ、オダヤカニメデタキ御代ナルベシ」と評価するこの時代の宮廷の雰囲気は、実話にもとづくと思われる『なよたけ物語』や女房日記の『弁内侍日記』などによってもある程度窺われるが、貴族社会が承久の乱によって失った自信を文化的な面である程度回復しえた時期であると見られる。しかしながら、『五代帝王物語』によれば、蒙古(元)の国交強要や後鳥羽院の怨霊に脅かされた時代でもあった。

和歌界においては、定家なきあとの御子左家の主為家と藤原知家(蓮性)・藤原光俊(真観)ら定家のかつての門弟たちとの対立が顕在化しつつあった。そのような状況を背景として、『続後撰和歌集』『続古今和歌集』の二勅撰集が撰ばれ、『万代和歌集』『現存和歌六帖』などの私撰集も編まれた。後嵯峨院は対立する両派を統合する形で宮廷歌壇の主宰者たらんとしたようである。その点は後鳥羽院に通ずるものがある。また、後嵯峨院の后大宮院の命により、作り物語の歌の集『風葉和歌集』が撰ばれており、この時期宮廷周辺における作り物語の享受がいかに盛んであったかが想像される。

説話集の編纂も活溌で、藤原信実の『今物語』、六波羅二﨟左衛門入道の『十訓抄』、橘成季の『古今著聞集』、住信の『私聚百因縁集』などがこの時期に成立している。『宇治拾遺物語』も「後鳥羽院」という諡号が用いられていることを重視して、現在の形の本文が成ったのは仁治三年七月以降と見るべきであろう。『今物語』は『宇治拾遺物語』に通ずる雑纂形式であるが、『十訓抄』は十の徳目を掲げて一応それに叶う説話を集め、『古今著聞集』は「神祇」に始まって「魚虫禽獣」に及ぶ、百科全書的な構成を有する。『私聚百因縁集』は「万法《ノ》由来諸法《ノ》因縁、得法《ノ》門開悟《ノ》道也」と考えた住信が「聚《メテ》二経論《ノ》衆文《ヲ》一題《シ》二百法要文《ト》一、剰《ヘ》欲下記《シテ》二梵漢和《ノ》希代《ヲ》一名《ケント》中 百因縁集《ト》上」(序)したもので、『今昔物語集』などと同じく、天竺・唐土・和朝の三篇から成る。これらの類纂形式の中でも、あるいは『太平広記』が参考されたかともいわれる『古今著聞集』のそれは、注目してよいであろう。そこには中世貴族の現実社会把握のための一つの方法や、さらには価値観のごときものさえ窺うことが可能であるように思われる。また、『十訓抄』の作者がその呼名から六波羅探題に近い人物であったらしいこと、自ら愚勧住信と名乗る『私聚百因縁集』の編者が(あるいは親鸞の東国における布教活動と関係があるのかもしれないが)本書を常陸という東国において集記したことも、この時期の文学的営為が宮廷内にとどまらなかったことを物語って示唆的である。この時期の仏教界では道元と親鸞が新しい信仰を説いていた。道元は寛元年間(一二四三—四七)越前に永平寺を開いている。親鸞の『教行信証』は承久の乱後まもなく成り、以後永らく改訂が続けられていたらしい。

後嵯峨院の第一皇子宗尊親王は藤原将軍に代る宮将軍として北条氏に推戴され、建長四年(一二五二)鎌倉に下向したが、文永三年(一二六六)幕府に対して異図ありとの理由で将軍職を追われ、都に還送された。そこにはあくまでも将軍を傀儡的存在にとどめておこうとする北条氏の冷徹な政治的手法が透けて見えるのであるが、将軍在職中の彼が京都歌人を迎え入れつつ、関東の地に詠歌の風を振興したことの意義は認められてよい。彼自身和歌を好み、父院と同じく歌壇的な対立を超えて、為家や真観の指導の下におびただしい数の作品を残している。またその将軍時代に関東武家歌人の一人である後藤基政によって、『東撰和歌六帖』が撰ばれた。

溯れば、治承四年(一一八〇)平家追討の兵を挙げた源頼朝がこの地に幕府を開いて以来、鎌倉は新興都市として発展の一途を辿ってきた。それとともに、都では志を得なかった多くの文化人が東下した。それらの中には三善康信・大江広元のように幕府の要人となってその基礎固めに働いた人材のほか、源光行・藤原(飛鳥井)雅経のように、京・鎌倉間を往反して、鎌倉の地に文化的刺激を与えた人々もいる。鴨長明が雅経に伴われて鎌倉に下ったのは一度であったが、彼は若い時からの東国への関心を晩年まで持ち続けていたようであるし、(9)藤原定家はついに一度も関東の土を踏むことはなかったが、初めは将軍源実朝との関係において、後年は息為家の舅蓮生(宇都宮頼綱)との縁において、やはり関東に都の文化を発信し続けた人物の一人であった。

承久の乱後は当然鎌倉の持つ政治的意味はいっそう重要なものとなった。乱後鎌倉に赴いた人々の中には仕官の目的を持った者もいたのであろう。宗尊親王が将軍として東下した際、朝廷では「院中の奉公に等しかるべし。かしこに候ふとも、限りあらん官爵《つかさかうぶり》などは障りあるまじ」(『増鏡』)という方針を執ったというが、おそらく藤原将軍の頃すでに京・鎌倉の双方に祇候する臣は存在したと思われる。こうして京と鎌倉、西と東の交流は活潑になっていった。

このような経過を辿って形成された関東文化圏における文学的所産をどのように見るかは、なお今後の課題であろう。実朝の『金槐和歌集』は東国の文学として捉えられてよいと考えるが、彼を強く意識し続けていたに違いない宗尊親王の作品群をも同じ範疇のものと見ることはためらわれるのである。『信生法師集』や『新和歌集』など、宇都宮を背景として成った作品、さらに先の『東撰和歌六帖』などにしても、単に作者の多くが東国人であるという点で東国の文学と割切ることはできない。それらにもしも東国に根ざしたものが含まれているとすれば、それを掘り起こすことが必要であろう。

京からの旅人が書き残した作品も少なくない。承久の乱直後に『海道記』があり、後嵯峨院時代には『東関紀行』、安嘉門院四条(阿仏)の『うたゝね』が書かれた。両統迭立期に成ったものとしては、同じく阿仏の『十六夜日記』、飛鳥井雅有の『春のみやまぢ』、後深草院二条の『とはずがたり』の一部分なども同類である。これらに早歌《そうか》の、上中下の三曲にわたる「海道」、『平家物語』や後の『太平記』の道行文などを含めて、海道の文学として括ることも可能であろう。そしてそういう括り方も、京と鎌倉という二極を有していた中世前期の政治状況の中で揺れ動いていた作家たちのありようを知る際には、一つのアプローチの手段となるであろう。

五　両統迭立期

後嵯峨院の没後、後深草院の皇統(持明院統)と亀山院の皇統(大覚寺統)とは皇位継承をめぐって対立し、鎌倉幕府の調停によって両統迭立という制度が成立したものの、両統関係者の間はとかく円滑さを欠きがちであった。

この対立は朝廷が主導する文事である勅撰和歌集の撰進の業に大きな影響を及ぼしている。俊成・定家・為家と、代々勅撰撰者を出してきた歌の家、御子左家は、為家の子息たちの世代に至って、二条・京極・冷泉の三家に分かれた。阿仏の『十六夜日記』も、この歌道家の分裂に伴って、為家の嫡男為氏と冷泉家の祖為相との間に起こった係争を機に成ったものである。為氏が亀山院の院宣によって『続拾遺和歌集』を撰進したのに始まり、二条家は大覚寺統と近い関係にあった。一方、為兼が伏見院の近臣であったことから、京極家は持明院統に仕えた。伏見院の中宮永福門院やその女房たちなど、持明院統の宮廷には為兼の詠風を支持する人々が多く、いわゆる京極派和歌がこの集団においては支配的であった。冷泉家は阿仏の頃から鎌倉との地縁が強くなり、為相も京と鎌倉との間をしばしば往反し、将軍に近侍していた。鎌倉武士に愛された早歌の作詞にも携わっている。

為氏の嫡男為世と為兼との対立ははなはだしいものがあり、伏見院の在位期に計画された撰集は両者の対立に加えて為兼の流罪などのこともあって実現しなかったが、その院政期に至って、『延慶《えんきょう》両卿《りょうきょう》訴陳状《そちんじょう》』の争いなどの曲折を経て、為兼を撰者とする『玉葉和歌集』が成立している。この集は『万葉集』の古風を重んじつつ清新な感動を追求した京極派和歌の特色の著しいものであったが、『歌苑連署事書《かえんれんじよことがき》』など二条派側の烈しい批判を浴びた。『玉葉集』の前後の勅撰集、『新後撰和歌集』『続千載和歌集』『続後拾遺和歌集』は、いずれも大覚寺統の帝王の下命によって二条家の当主が撰者とされて撰ばれている。為相は門弟勝間田長清に浩瀚な私撰集『夫木和歌抄』を撰ばせるなどして撰者となる機会を待っていたが、冷泉家から撰者が出ることはついになかった。

持明院統の宮廷における文学的関心は、和歌以外の領域においても窺うことができる。たとえば『弘安源氏論義』は伏見院の東宮時代、その侍臣たちの間で行なわれた『源氏物語』に関する討論をまとめたものであるが、この物語の享受・研究の上で重要な文献である。また女房日記としては、『弁内侍日記』『中務内侍日記』『とはずがたり』など、いずれも持明院統の帝王に近侍した女房の手に成っている。これらのうち、『とはずがたり』の作者後深草院二条(中院雅忠女)は女房として同院に仕えただけでなく、その寵女とされながら、亀山院に関心を持たれ、その仲が取沙汰されたことが直接原因となって後深草院の御所から追われたのであると述べている。両統迭立という異常な政治状況がもたらした複雑な宮廷の人間関係の渦中に巻き込まれ、翻弄されたのが彼女の半生であったともいえるのである。

これに対して、大覚寺統の宮廷は和歌を除いては、とくに文学作品と目せられるものを生んでいない。そして後醍醐天皇が文事ならぬ公事の書『建武年中行事』を著わしたことなどが注目される。このような両統の違いはその政治に対する姿勢とからめて、なお考察に価する問題であろう。

兼好は為世の門弟で、頓阿らとともに四天王の一人と目された歌人だが、在俗時は大覚寺統の後二条天皇に仕えていたと推定される。しかしながらその執筆になる『徒然草』は、譲位後の花園院の述懐歌に共感する(二十七段)かと思えば、後醍醐天皇の東宮時代の自讃談を語る(二三八段)というふうに、両統の一方に偏することなく、帰趨定まらない人心を見つめる目が透徹している。しかも彼はあくまでも京の文化伝統の優越性を信じつつ、東国の力に左右される現実を見据える視点を持ち続けていた。「生けらむほどは武に誇るべからず」(八十段)と、宮廷周辺にまで瀰漫していた武力依存の風潮を戒めながら、「詩歌に巧《たくみ》に、糸竹に妙《たへ》なるは、幽玄の道、君臣是を重くすといへども、今の世には是をもちて世を治むること、やうやく愚かなるに似たり」(一二二段)と認めるバランス感覚を失わなかった。その思想は折衷的で徹底性を欠いているが、やはり中世における知性の上質のものが凝集されている随筆といってよいであろう。

兼好の思想のある部分は、法語集『一言芳談』や無住道暁の著作物に負うところがあると見られる。無住は『沙石集』『雑談集』などの説話集において仏法を説いたが、その説示は新旧諸宗を摂取したうえ神祇信仰をも包含した、中世の人々の現実生活に即したものであった。

そのような現実即応的な無住と対照的な布教者が日蓮である。彼は度重なる迫害にも屈することなく、他宗を激しく攻撃しつつ『法華経』への帰命を説いた。『立正安国論』は彼の主張する邪宗、とくに浄土宗の流布が国家の安危に関わることを問答形式で説いたものであるが、自論を強く主張するその文体の表現効果や劇的構成はやはり見るべきものがある。この書が成ってのち蒙古襲来が現実の国難として起こったので、日蓮はその立場を強めたのであった。

日蓮宗(法華宗)の布教が関東を中心としていたのに対して、全国的規模で庶民を教化したのが時衆(時宗)である。開祖一遍智真は伊予国河野氏の出身で、熊野に参籠し権現の夢想を得て、念仏の札を配るという形で全国を遊行しつつ念仏の信仰を広め、民衆を教化した。その布教活動は二祖他阿真教《たあしんきよう》に継承される。一遍には『一遍上人語録』『播州法語集』があり、他阿には『他阿上人法語』『他阿上人歌集』が遺されている。たとえば、『播州法語集』の「又云、決定といふは名号なり。わが身わが心は不定なり。このゆへに身は無常遷流の形なれば、念々生滅す。心は妄念なれば虚妄なり。頼むべからず。南無阿弥陀仏」という語などに接すると、ここにも「人の心不定《ふぢやう》也。物皆幻化《げんけ》なり。何事かしばらくも住《ぢゆう》する」(九十一段)とか、「虚空《こくう》、よく物を容《い》る。我等が心に念々のほしきまゝに来《きた》り浮ぶも、心といふもののなきにやあらむ」(二三五段)などという『徒然草』の言辞との類似に気付かされるのである。時衆は踊り念仏のような教化の仕方によって平易な信仰というイメージを与えるが、一遍自身の思想は深いものがあったのであろう。一遍も和歌を多く遺しているが、他阿は為相や為兼など歌道家の人々と親しく、しばしば自詠に彼らの評点を乞うている。時衆は確かに民衆のための宗派であったが、貴族階層にも支援する人々がいたことは、他阿のこのような対人関係や『一遍上人絵伝』が一遍の没後さほど経たず公家たちの協力によって作製されていることなどから想像される。他阿は貴族と民衆との境界に立っていた宗教者であったかもしれない。

『野守鏡《のもりのかがみ》』は為兼の和歌を、伝統を破壊するものとして論難した作者未詳の歌論書だが、[10]天台密宗の立場から念仏宗や禅宗をも激しく攻撃している。その中で「一返房といひし僧、念仏義を誤りて、踊躍歓喜といふは踊るべき心なりとて、頭を振り足を挙げて踊るをもて念仏の行義としつ。又直心即浄土なりといふ文につきて、よろづ偽り隠すべからずとて、裸になれども見苦しき所をも隠さず、偏に狂人のごとくにして、憎しと思ふ人をば憚る所なく放言して、これをゆかしく尊き正直の至りなりとて、貴賤こぞり集まりし事、盛りなる市にもなほ超えたり」と述べている。この書の作者は神国思想と、それとはうらはらの「聖徳太子の御記文」(『未来記』)信仰の持主であり、彼が新儀の和歌と新仏教とを弾劾する背後には、すでに承久の乱や蒙古襲来があったという歴史的記憶や体験に由来する危機感が存したのである。

六　南北朝動乱期

南北朝動乱は元弘元年(一三三一)の元弘の変、後醍醐天皇の笠置籠城、楠木正成の挙兵、光厳天皇(南朝側では偽主とする)の践祚に始まり、二年後の北条氏の滅亡、建武の新政を経て、建武二年(一三三五)新田義貞と争った足利尊氏が叛き、やがて北朝の光明天皇を擁してより、一三九二年(南朝元中九年、北朝明徳三年)の南北合一まで、六十年の長きにわたって続いた。この間戦乱は陸奥から九州まで、全国各地に及んだ。東国や畿内はいうまでもないが、中国・四国においても宮方(南朝側)と武家方(北朝側)との対決があったし、とくに九州は戦場となることが少なくなかった。

合戦に伴って移動する武将や貴族の中には、当然物を書く人々もいる。彼らは戦いの合間に南北両朝のいずれに正義が存するかを論じたり、乱世に生きる感懐を吐露したり、従軍中も風光をめでたりしている。たとえば、北畠親房の『神皇正統記』は常陸において執筆された。『新葉和歌集』や宗良親王の家集『李花集』には吉野の行宮や転戦する各地での詠歌が収められている。今川了俊は九州探題を命ぜられて西下する旅路を『道ゆきぶり』に綴り、二条良基はその了俊に連歌学書『九州問答』を書き与えている。良基自身は宮方に占領された京の都を逃げて美濃の小島に赴いた体験を『小島のくちずさみ』に書き留めた。都より松島・塩釜までの旅を『都のつと』として書き残した宗久は、直接合戦には関わりないようであるが、もとは九州出身の武士であるらしく、了俊とも関係が深かった。彼といい、連歌師の周阿・梵灯庵といい、行動範囲の広い作家が出ている。動乱はある意味では文学の場を拡げ、人々の交流を活潑にしたともいえる。

『曾我物語』は中世初頭の建久四年(一一九三)に成し遂げられた曾我兄弟の仇討を主題としつつ、それにとどまらず東国武士集団の歴史語りとなりえているが、その真名本も南北朝期には形成されていたと考えられる。上野国関係の説話を多く収める『神道集』の古本の成立もほぼ同じ時期であろう。『義経記』の成立はこれらよりやや下るとしても、中核をなす義経伝説はおそらくこの頃陸奥の伝承を多く取り込んで集成されつつあったのであろう。東国の世界が文学作品で有する意味も、南北朝期は前代よりもさらに重くなったといえるのである。

文学作品において武士の果たす役割が大きくなっていることも見逃せない。たとえば、最初の連歌撰集『菟玖波集』の成立および同集が准勅撰の扱いを受ける上には、幕府の武将道誉(導誉とも。俗名佐々木高氏)の力があった。勅撰和歌集も、光厳院が親撰した『風雅和歌集』を例外として、『新千載和歌集』は足利尊氏の執奏、『新拾遺和歌集』は義詮の執奏、『新後拾遺和歌集』は義満の執奏というように、二条家の当主たちによって撰進された集は、いずれも室町将軍の執奏によって着手されたのであった。当然それぞれの集における彼らの処遇は軽くはなかった。[11]『菟玖波集』に例をとれば、入集句数において道誉は第四位、尊氏は第五位である。その他、武将歌人としては薬師寺公義(元可)・松田(平)貞秀・今川貞世(了俊)などがいる。了俊は『師説自見集』『言塵集』『落書露顕』など多くの歌学歌論の著述もあり、見識を有する批評家でもあった。連歌師梵灯庵も朝山師綱といった足利氏の家臣で、『梵灯庵袖下集』『梵灯庵主返答書』などの学書を残している。鎌倉期においては実朝などを例外として、武家の詩歌は公家のそれの模倣の域を出なかったが、この時期に至って質量ともに無視しえない重みを加えてきたのである。

このような文化状況の中にあって、伝統的な公家文化を継承しつつ、時代に即応した文芸として連歌に積極的であった貴族が二条良基である。その和歌作品としては、頓阿・慶運・兼好の批点を求めた『後普光園院殿御百首』や応制百首『延文百首』での詠など、歌論書に良基が問い頓阿が答えた『愚問賢注』、松田貞秀に与えた『近来風体抄』などがあるが、文学史上の功績はやはり救済の協力を得て『菟玖波集』を撰び、『連理秘抄』『筑波問答』その他多くの連歌学書を著し、「応安新式」を定めたことにある。『近来風体抄』で「詠歌の事はすべて立入らざる道」であるのに対して、「連歌の事は多年の数寄によりて、世の人も許し侍るにや」と述べているように、彼には連歌に関しては第一人者であるという自負があったのである。その連歌において彼が重んじた美は幽玄であった。「言葉の幽玄は生得の事なり。それも初めよりこはき連歌に練習しぬれば、やがて詞あらくなる。幽玄なるに習へば、生得に不堪なる人も風体を得るなり」(『連理秘抄』)、「所詮、当時新式上手の風体といふは、まづ詞幽玄にして心深く、物あさきやうにするを詮とすべし」(同)と説く。この場合の幽玄は優美というのに近い。彼は優美であっさりした表現に籠められた余情をよしとし、粗野な表現、しつこい趣向を排した。「田舎連歌」を「下種《げす》しく強《こは》く聞ゆるなり」(同)と言い、名人でもしばらく「辺土」に隠居すると連歌が損ずるとも述べている。彼においては、連歌は都の貴族的感覚を体得してはじめて上達する文芸と考えられていた。

そのような文芸観の持主であったことを思えば、彼が『年中行事歌合』を主催し、有職故実書『百寮訓要抄』を著わし、蹴鞠の会の記録『きぬかづきの日記』(『貞治二年御鞠記』)や鷹書『嵯峨野物語』などを残し、歴史物語『増鏡』の作者として有力視されることも、むしろ当然といってよいであろう。『きぬかづきの日記』では蹴鞠が後鳥羽院以来「偏へに禁中の翫び、雲の上のわざとなれり」と述べている。彼は時勢に順応しつつ、貴族文化の美点を後世に伝

えようとしたのである。(12)

良基は『筑波問答』で、連歌も和歌同様仏教信仰に益するものであるとし、「されば、近くは仏国禅師・夢想国師など昼夜もてあそばれし事、さだめて様あるらん」と述べている。仏国禅師は高峰顕日《こうほうけんにち》、夢想国師は夢窓疎石《むそうそせき》で顕日の門弟である。右の記述からも知られるように、夢窓は連歌に親しみ、『菟玖波集』の作者でもあった。後醍醐天皇と尊氏・直義兄弟の対立する双方から帰依された。『太平記』巻二十四には、後醍醐天皇なきあと、彼が直義にその菩提追福のために亀山殿の旧地に寺院を建立することを進言し、一三四五年叡山の激しい反対を押し切って天竜寺が建立され、「五山第二ノ列」に連なり、尊氏・直義兄弟が参列し、翌日には花園・光厳両院の御幸もあったことが詳細に語られている。

『夢中問答集』はこの夢窓が直義の問いに答えた仮名法語で、九十三章から成る。その中で、為政者が仏道信仰に心を傾けすぎるのは政道の害になるのではないかという直義の問いに答えて、「元弘以来の御罪業と、其の中の御善根とをたくらべば、何れをか多しとせんや。此の間も御敵とて滅ぼされたる人幾何ぞ。(中略) 御敵のみにあらず、御方《みかた》とて合戦して死したるも皆御罪業となるべし」と述べて、古の聖徳太子にならって、「仏法のために世法を興行」すること、具体的には堂塔を建立し、経論を講説することを説いている。天竜寺建立の進言もこのような念に発していることが知られるのである。「万事を放下せよ」という問題に関連して、山水を翫ぶ人々の意趣はさまざまであるとし、その種々相を述べたのちに「山水には得失なし、得失は人の心にあり」というのも、『太平記』で「此開山国師、天性水石ニ心ヲ寄セ、浮萍ノ跡ヲ為ㇾ事ト給シカバ、傍ヒㇾ水ニ依リㇾ山ニ十境ノ景趣ヲ被ㇾ作ラタリ」といわれる彼にふさわしい。しかも、真言宗では衆生の苦しみを除く加持祈禱を行なうのに、禅宗はこのような利益に欠けるではないかとの問いに対しては、真言宗の加持門は愚人を引導する方便であると断言し、蒙古襲来の際、天下は騒動したけれども、法光寺禅門(北条時宗)は騒がず、「日々に建長寺の長老仏光禅師(無学祖元)、及び諸の宿老達を召し請じて法談ありき。(中略) 其の後円覚寺を建立して、祖宗の興行なほざりならず。か丶る故にや、蒙古も国を傾けず、父子二代世を保たる丶こともつ丶がなく、終焉の有様も殊勝におはしけると申し伝へたり」という。そして、檀那の要求に応えて名利を思う僧侶が祈禱に専念することを、「一大事をば忘れたり。禅法破滅の因縁にあらずや」と述べる。

直義は、そしておそらくは尊氏も、夢窓のこのような教えに接して、それを行動の原理としていたのであろうと考えられる。それならば、公家と武家という社会的階層の違いだけで彼らの行動を論ずることも当を得ていないであろう。直義は教養ある為政者でもあったのである。五山の詩僧義堂周信《ぎどうしゅうしん》・絶海中津《ぜっかいちゅうしん》はこの夢窓門に出た人々であった。

南北朝動乱を語った『太平記』は、この長い内乱が終息したのちに書かれたものではない。一般に三部に分かれるとして論ぜられることの多いこの長大な軍記物語は、後醍醐天皇の鎌倉打倒の計画から説き起こして、北条氏の滅亡、建武の中興とその破綻、後醍醐天皇の死、武家方の内訌、尊氏の死などのことを語り、一三六七年の義詮の死、これに先立ってその後嗣義満を輔佐する家臣として細川頼之が上洛し、執事となったことを「中夏無為《ちゅうかぶゐ》ノ代《よ》ニ成テ、目出《めでた》カリシ事共也」(巻四十)と述べて擱筆されている。しかしながら、南北朝合一はその二十数年先のことである。既に冒頭においても、「狼煙翳《シ》レ天《ヲ》、鯢波動《カスコト》レ地《ヲ》、至《ルマデ》レ今《ニ》四十余年」(巻一)と言っている。かりに元弘元年(一三三一)から四十年とすると、一三七一年である。これらのことから、了俊の『難太平記』の記述などをも考え合せ、本書に登場する足利直義・玄恵なども加わった作者集団により、何段階かにわたって書き継がれた結果、現存の形に成ったのであろうと想像され、その時期は応安年間(一三六八—七五)の末から永和年間(一三七五—七九)頃にかけてのことかと考えられている。保元・平治の乱、源平の動乱など、中世初頭に相次いで起こった内戦の軍語りが文学作品として結実するのにはかなりの時間を要した。『保元物語』『平治物語』『平家物語』などは、いずれもさまざまなテキストを派生させつつ、この南北朝期においても流動を続けていたのであろう。もとより、『太平記』においても諸本間の違いはかなり見られるものの、『平家物語』に代表される前期軍記が雪達磨式に成長していったかと想像されるのに対して、『太平記』は積み上げ方式によって出来上っていったことになる。それだけ物語としては熟成していないといえるのかもしれない。乱の当事者たちにとっては自己の側に義の存することを主張する必要があったし、戦闘に参加した武士たちとしては武勲を書き記されることが最大の関心事であったから、内乱の終結を待つことなく執筆が開始されたのであろう。

しかしながら、『太平記』の作者たちは必ずしも一方に偏してはいない。『難太平記』では「此記の作者は宮方深重の者にて、(中略)事あやまりも空ごともおほきにや」と批判しているが、全体としてはそれは当たっていない。作者たちは宮方にも同情を惜しまないものの、武家方が支配的になる現実を直視し、少なくともそれを否定することなく、可能な限り正確な歴史叙述を試みつつ文芸的な興味をも盛ろうと努めたと考えられるのである。その点において、南朝の正統性を強く主張する『神皇正統記』や足利氏を賛美する『梅松論』とは異なるのである。

七　応永・永享期と室町軍記

北朝の明徳三年、南朝の元中九年(一三九二)閏十月、南朝の後亀山天皇が京都に還り、北朝の後小松天皇に神器を授けるという形で、南北朝の動乱は一応終止符が打たれた。しかしながら、その直前にも明徳の乱が起こっており、南北合一後も応永の乱・永享の乱など、将軍と守護大名との戦いや室町幕府と鎌倉公方の争いなどがあり、南朝方の皇族や遺臣たちのいわゆる後南朝の蜂起も散発的に続いている。そして、嘉吉元年(一四四一)には播磨の守護赤松満祐が専制的な将軍足利義教を謀殺して播磨に逃れ、攻められて滅んだ嘉吉の乱が起こり、世は下剋上の様相を深めていった。そのような状況が進行して、ついに将軍義政の後嗣問題に端を発した応仁の乱が勃発する。応仁元年(一四六七)から文明九年(一四七七)まで十年の長きにわたって、山名持豊(宗全)の西軍と細川勝元の東軍が京都を戦場として戦った結果、花洛は焦土と化し、伝統文化は壊滅的な打撃を蒙った。

以後、北条早雲・武田信玄・上杉謙信などの戦国大名がそれぞれの領国を経営しつつ天下統一をめざしたが、まずそれを成し遂げたのは織田信長である。天正元年(一五七三)彼はいったんは将軍として推戴した足利義昭を河内国に追放し、二百三十数年続いた室町幕府の命脈を断った。その信長も明智光秀の反逆によって、天正十年の本能寺の変で滅んだが、光秀を討った羽柴秀吉が天下を掌握し、関白太政大臣となり、朝廷から豊臣の姓を与えられた。彼は朝鮮や明をも征服しようという野望を抱いて再度にわたって朝鮮に出兵したが、慶長三年(一五九八)病死した。以後は信長・秀吉の時代に雌伏していた徳川家康の天下となる。慶長五年関ヶ原の戦で石田三成ら秀吉の遺臣と彼らに加担する勢力を破り、豊臣秀頼の力を削ぎつつ、自身は征夷大将軍とされて江戸に幕府を開いた。そして元和元年(一六一五)大坂夏の陣において豊臣氏は滅亡し、徳川幕府の支配体制が確立した。ここまでを一応中世と考えることは本稿の最初に述べたごとくである。

このように事件のみを追って年表を辿れば、室町時代は戦乱に明け暮れしていたような印象を受けるが、もとよりその間にも少なくとも都やその周辺においては比較的平穏な時期もあった。応永(一三九四―一四二八)から永享(一四二九―四一)はそのような時期である。[13]心敬はその晩年関東で記した『ひとりごと』で、すぐれた詩僧、平家琵琶・絵画・囲碁・早歌・尺八・猿楽など諸道の名人(それらの大部分は物故者である)を列挙したのち、「程なく今の世に、よろづの道すたれはてて、名を得たる人ひとりも侍らぬに思ひ合するに、応永の比、永享年中に、諸道明匠失せ侍にや。今より後の世には、其比をば、延喜・一条院の御代などのごとく忍侍るべく哉」と述べている。この譬えはいささか誇大で適切とは言いがたいが、文化史的な諸事実からいってもこの頃が室町文化の成熟期に当たっていたと捉えるのは不当ではない。すなわち、先の『ひとりごと』においても、「猿楽にも、世阿弥といへる者、世に無双不思議の事にて、色々さま〴〵の能ども作り置き侍り」と述べられている世阿弥が「阿古屋松」「布留」などの曲を作り、『風姿花伝』『花鏡』『拾玉得花』などの伝書を著わしていたのが、応永の終り近くから正長元年(一四二八)にかけてであった。永享年間には観世元能が父世阿弥の芸談を『申楽談儀』としてまとめた。その後まもなく、「隅田川」「弱法師」などの作者元雅が没している。世阿弥が後継者として最も期待していた息子である。その世阿弥は甥の音阿弥(彼の名も『ひとりごと』に見える)を後援する専制的な将軍義教の圧迫のうちに不遇な生涯を閉じたが、応永から永享にかけては、この国の演劇がはじめて内面的に深い戯曲とすぐれた舞台芸術論を持つに至った重要な時期であるといえるのである。

世阿弥を圧迫した義教は永享四年(一四三二)九月、富士遊覧を試みた。その旅の有様は随行した飛鳥井雅世の『富士紀行』、尭孝の『覧富士記』などに書きとどめられている。いずれも義教への阿諛追従が露骨で、文学作品としては決してすぐれたものではないが、将軍の権威のほどや東国の歌枕富士山に対する都人の思い入れを知る手懸りにはなるであろう。

義教はまた、代々の将軍にならって勅撰集撰進を後花園天皇に執奏、永享十一年雅世を撰者、尭孝を開闔として『新続古今和歌集』が成立した。この後も勅撰集が計画されたことはあるが、応仁の乱によってそれは中絶したので、結局この集が勅撰二十一代集最後の集となった。二条家の血脈はこの時既に絶えていたが、歌道家の人物としては冷泉持為もいたにもかかわらず、雅世が撰者とされたのは、持為が義教に疎んじられていたからである。

やはり義教に圧迫され、『新続古今集』にも一首の入集をも見なかった歌人に正徹がいる。しかし義教が赤松に殺された後は多くの弟子を擁し、有力な武将や文化人とも交渉を持ち、義政に『源氏物語』を講ずるなど、安定した境遇の中で旺盛に詠歌し、古典文学研究を進めた。「この道にて定家をなみせん輩は冥加もあるべからず、罰を蒙るべきことなり」(『正徹物語』)と揚言して、藤原定家の風体に学ぶべきことを説いたが、その作品はたとえば『正徹物語』で自解する、

渡りかね雲もゆふべをなほたどる跡なき雪の峰の梯《かけはし》　(『草根集』巻五、題「暮山雪」)

のごとく、定家よりもむしろ晦渋で、幻想的傾向も強いものがある。その一方、新古今時代の作者には見られない写

実的な対象の捉え方をした作もあり、詠風は一様ではない。それらを収めている家集『草根集』には、市中を遊覧する都市生活者としての彼の日常の一端が窺えるような記述も存する。紀行文『なぐさめ草』を残し、「洛陽之記」なる見物記風のものも試みたという(『兼載雑談』)彼は、散文作家としても注目に価するのである。

『新続古今集』に、

無品親王伏見に侍りし比、雪の朝に鳥柴に雉を付けて奉るとて、御狩せし代々の昔に立ち帰れ交野《かたの》の鳥も君を待つなりと奏し侍りし御返事に

今上御製

御狩せし代々のためしをしるべにて交野の鳥の跡を尋ねむ　(雑上)

という歌が見える。今上は後花園天皇、無品親王とはその父貞成親王(後崇光院)である。彼もそれ自体日記文学として読みうるとともに文学・芸能関係の記述を豊富に含む日記、『看聞御記』を残したことで、応永・永享期の文化人として逸することのできない存在である。(14) たとえば、『秋夜長物語』とともに児物語の代表とされる『あしびき』の絵巻を見た詳細な記載(永享八年六月二十五日条)、「猿楽狂言」で「公家人疲労事」が演じられたために、楽頭が「突鼻」(勘当)されたこと(応永三十一年三月十一日条)などは、児物語の享受のされ方や応永頃の狂言の芸能を知る上できわめて重要な記載といえるであろう。

南北朝動乱以後の前述の戦乱の多くも、その発端から経過・結末などを詳細に語った軍語りを書物の形で残している。『明徳記』『応永記』『結城戦場物語』『嘉吉記』『応仁記』などがその例である。これらの中には乱の終結後まもなく記されたものが少なくないらしく、したがって記録的性格が強いが、しかもその中にしばしば文学的叙述を織り

込むことによって表現効果を高めようとしている。そしてそれらのあるものは物語僧によって語られもした。たとえば、明徳二年（一三九一）の暮に起こった明徳の乱を語る『明徳記』は、「右本為二末代記録一御合戦ノ後日ニ承及ニ随註レ之置之処号二明徳記一……少々所々引直重注置者也」という応永三年（一三九六）の作者自身のものと思われる識語を有するが、『看聞御記』によれば、その二十年後には貞成親王は物語僧の語るのを聞いて興を覚えている。それはほとんど凄惨な合戦の描写に埋められているのであるが、冒頭近くの将軍義満の宇治遊覧の件りには道行文めいた叙述を挿入し、敗北した山名義理らが由良の湊に落ちて行く件りにも同趣の叙述が見出される。しかしながら、それらの叙述が作品の文学的効果を高めているかいなかは多分に疑問で、むしろ勝算のない戦と知りながら名を惜しむあまりに自ら死に急ぎをする武士や、仲間をあざむき敵に引渡すことによって自身の延命を図ろうとする者など、さまざまな人間群像の克明な描出の方が訴える力を持っている。おそらく作者も語り手と同じく、物語僧であったかと考えられている。

一つの戦乱に関して種々の記録が残されている場合も珍しくなく、永享十一年（一四三九）の永享の乱とそれに引続く結城合戦関連では二十四種の作品の存在が知られるという。[15] それらの中では『結城戦場物語』が著名であるが、『鎌倉殿物語』と呼ばれるものが、むしろ原初的な作品であるといわれ、その作者には時衆の上人を擬す見解も存する。

応仁の乱に関しても、『応仁記』『応仁略記』『応仁別記』などの作品が存する。『応仁略記』は、その冒頭に「于時応仁元年丁亥十月日、これを誌す」というのによれば、乱の初めに記されたものである。作者は僧侶らしく、「上下万民仏法東漸の大日本国を三悪道に成澄し」た「法滅」の世を嘆き、愛宕・比叡・比良の天狗が政界・仏教界の要人たちに入れ替ったのであろうと述べている。『応仁別記』は赤松氏周辺の者によって書かれた私軍記であろうと考えられている。(16) 発端から文明九年(一四七七)十一月の大乱の終結までを語っているのが『応仁記』で、原初形態に近いと考えられる一巻本はその序において、「大抵吾朝終始之興廃者聖徳太子之未来記雖二委書一レ之、敢無レ如二宝誌和尚之野馬台一」と記して、応仁の乱がもたらした社会の混乱疲弊を「野馬台詩《やまたいし》」の予言が実現したものと考えていた著者の手に成るものである。(17) 乱の原因を述べるに先立って、「嗚呼悲哉、七百余歳ノ花洛、イマ何成二犬戎ノ境一乎。就レ是近代予ガ見及処、……仏閣・僧坊・大家大仁之旧跡絶ハテ、、名ヲサヘ不レ残事ノ歎存スルマ、、閑居暇ニ略挙二其一二一、以待二後之君子一。庶幾ハ直ニ富字一広レ之而已」として戦乱以前の都の繁栄していた有様を事細かに描き出した末に、飯尾彦六左衛門尉の歌という、

ナレヤシル都ハ野ベノ夕雲雀アガルヲ見テモヲツル涙ニ

の一首を掲げている。もってこの作者の深い喪失感を知ることができるであろう。

八　応仁の乱以後の文人と詩歌

応仁の乱の戦火を逃れて、貴族や僧侶は都の外に移住した。彼らの中で注目すべき文化人としては一条兼良や心敬がいる。

兼良は乱勃発当時関白の職に在ったが、文庫の桃華坊が兵火に罹災し、息尋尊《じんそん》をたよって奈良に下向した。しかし

ながら、この疎開先における彼の文筆活動はきわめて旺盛で、連歌学書の『筆のすさび』『連珠合璧集』、『南都百首』、『源氏物語』の注釈書『花鳥余情』、紀行『藤河の記』などが十年間に及ぶ奈良での生活の中から生れている。衒学的なまでに古典的な知識を盛り込んだ異類物(擬軍記物でもある)の室町物語『鴉鷺物語』も、彼の作かという。(18)

一方、心敬は乱の勃発直前、伊勢を経て関東に下り、『ひとりごと』『老《おい》のくりごと』などの連歌学書に流寓の悲しみを托しつつ、『河越千句』『武州江戸歌合』などにおいて関東豪族たちの連歌や和歌を指導した。『老のくりごと』は相模の大山の麓に隠栖後の最晩年の著作であるが、その閑居の有様を述べた冒頭部分は戦乱から隔絶した幽寂静謐な別天地を描き出して、この時期における散文表現の一つの到達点を示していると見てよいであろう。また、『武州江戸歌合』は太田道灌の招きに応じて、心敬は判者としてその席に臨み、自詠も出したものであった。この歌合には関東の武家歌人木戸孝範も参加している。

道灌は文明十八年(一四八六)、主の上杉定正に殺されたが、たまたまこの年には三人の京の文化人が関東に来遊している。聖護院の准后道興《どうこう》、歌人尭恵《ぎょうえ》、詩人万里《ばんり》集九《しゅうく》がその三人で、それぞれの作品『廻国雑記』『北国紀行』『梅花無尽蔵』には、東国の旅路での旅懐が綴られている。応仁の乱は都の文化伝統を徹底的に破壊しつくしたかに見えたが、乱後はこのような形で都の文化が地方に伝播していったのである。

宗砌・心敬らを師と仰いだ宗祇は、繁く京と地方との間を往反して、そのような文化の伝播者の役割を十分に果した。彼も応仁の乱勃発当時は関東におり、『河越千句』にも参加しているが、その後帰洛して宗砌・智蘊・心敬ら七人の先達の撰句集『竹林抄』を撰び、明応四年(一四九五)には西国の守護大内政弘の助力を得て、同じく心敬門の兼載とともに、『菟玖波集』に次ぐ連歌撰集『新撰菟玖波集』を編んでいる。その間、政弘の招きで山口から北九州を歴覧する『筑紫道記』の旅をも試みた。弟子の宗長らに見取られながら世を去ったのも、旅先の箱根湯本であった。

三条西実隆はこの宗祇に古典を学び、彼から古今伝授を受けている。それは宗祇が戦国武将歌人東常縁から伝授されたものであった。(19) 古今伝授のもう一つの流れとしては、頓阿―尭孝―尭恵と伝えられたものがあるが、後柏原天皇は尭恵からこれを伝えられている。戦乱の世は地下の連歌師や歌僧が貴族文学の象徴的秘儀を公家に授けるという顛倒した状況を作り出したのであった。

実隆は歌人・古典学者であるにとどまらず、漢詩人であり、聴雪《ちょうせつ》と号する連歌作者でもあった。その家集『再昌草』は三十六年にわたる詠歌を録した日次詠草で、宗祇・宗長・肖柏らの連歌師たちとの交際なども窺われ、日記『実隆公記』とともに貴重な文化資料であるが、そこには和歌のほかに漢詩、連歌の発句、和漢の付合、そして多くの狂歌が含まれている。狂歌に興ずることもまた実隆や彼の周辺の公家や文人たちが好むところであった。たとえば、

　　鯨を一桶たびて

　鯨寄る島をば過ぎつ君ゆゑや虎臥す野をも分けて帰らん

というのは、彼と親交あった道堅(岩山四郎尚宗)の贈物に添えられた狂歌で、このように物品の贈答の際の挨拶として詠まれたものが多いが、

　権門にひきまはさるゝめでたさよ松は茶臼の新木とよ殿

などという詠は、公家社会の零落を自嘲したものと見られるのである。(20)

この狂歌もかなり以前から文芸作品としてまとまったものを残している。すなわち、早く暁月房(冷泉為相の弟為守)作と伝える『狂歌酒百首』が存する。為守作は疑わしいとしても、室町中期以前の成立かといわれる。また『餅酒歌《もちさけうた》

合《あわせ》』は奥書から応永二十六年(一四一九)以前には成っているもので、二条良基作と伝えられる。そして実隆自身が関係するものとして『玉吟抄』(21)があり、また彼の時代には、永正五年(一五〇八)『永正狂歌合』が、難陳・判詞を具備した本格的な歌合の形式を模して作られている。『餅酒歌合』同様、これも相当古典和歌に通じている者の手に成ったと想像されるが、共通するテーマは飲食物への欲望と貧困への慨嘆・自嘲である。そして手法としては古典のもじりが顕著である。貧困への慨嘆は富裕への願望と表裏をなす。狂歌は御伽草子の『文正さうし』や『大黒舞』が享受された時代の人々の心を代弁するものであった。

『東北院職人歌合』『鶴岡放生会職人歌合』『三十二番職人歌合』『七十一番職人歌合』など一連の職人歌合の類は、南北朝期から室町期にかけて作られたかと考えられている。『七十一番職人歌合』には甘露寺親長作という伝承もある。絵巻として伝わるものが多く、絵画史料、社会風俗資料としても貴重であるが、文芸作品としてはやはり狂歌に属するものである。また、『十二類歌合』『調度歌合《ちょうど》』なども狂歌合の中に入れられるが、御伽草子の一種、異類物と見なすこともできる。『調度歌合』は実隆作かという伝承がある。

このような狂歌の流れがあって、天正十七年(一五八九)英甫《えいほ》永雄《ようゆう》(雄長老)が『雄長老詠百首』を詠んだ。そこには、

夏の夜のふすかとすればへとゝぎすひる一声に明くるしのゝめ

などのように優艶な古歌をもじって生理に関する表現に置き換えることで『福富長者物語』などに共通する尾籠な笑いを狙ったもの、

田のはたに家は作らじ度々の検地の衆の宿に借らるゝ

など、時勢を諷したものも見られる。早く『愚管抄』にも見出され、軍記物語にも頻出する落首の伝統も流入してい

るのである。

『菟玖波集』は『古今和歌集』に倣ってその巻第十九を「雑体連歌」とし、「聯句連歌」「片句連歌」とともに、「俳諧」の項を設けていた。その作品はたとえば、

親にかはるも姿なりける　　救済法師

ともし火の赤き色なる鬼をみて

月を呑むかと思ふ遠山　　関白前太政大臣

鯨とる越の大船心せよ

のごとくである。これに対して、『新撰菟玖波集』では雑体の部を設けていないので、俳諧の連歌は場所を与えられていない。俳諧の連歌はこの頃一般の有心連歌から独立する傾向を示しているのであった。すなわち、『新撰菟玖波集』成立後四年を経た明応八年(一四九九)には最初の俳諧連歌集『竹馬狂吟集』が編まれ、それから三、四十年して、宗鑑の関与する『犬筑波集』が成っている。また、天文九年(一五四〇)伊勢内宮の禰宜荒木田守武が『守武千句』(『俳諧之連歌独吟千句』『飛梅千句』)を試みている。

『竹馬狂吟集』の編者は、「筑波の山のこの餅かの餅、食はぬ人も侍らぬ折なれば、神もかぶり、仏も捨て給はぬとやらん」という書出しの戯文調の序文によれば、僧形の老人であったらしいと想像されるものの、その実像は明らかではない。

情《じやう》を張りてや楽しかるらん
弟子檀那《だんな》多く持ちたる法花宗
波に流るる御時衆の袖
あまころも質におきつの舟見えて

などのごとく、法華宗や時宗を風刺した句、

つひにかひをば食はぬ悲しさ
朝倉を鬼と言ひしは名のみにて

のように戦国の世相を反映した句も注目されるが、とくに多いのは身体表現の句、性的表現に伴う哄笑を誘うような句である。

口を吸ひつつ離れやられず
ねぶと持つ膏薬売りに契りして

このような傾向はそのまま『犬筑波集』に継承されている。それは本稿の初めの方で述べた、有心系の美からの解放を意味し、心(精神)から物(身体)へという展開の道筋を示しているのであろう。

九　戦国期の芸能・歌謡

南北朝期には地方各地に起こった、曲舞《くせまい》(久世舞)と呼ばれる芸能が都においても声聞師《しょうもんじ》などによって演じられた。(22)先に述べた『鶴岡放生会職人歌合』では、舞人が楽人と合されており、また『七十一番職人歌合』では「曲舞々」が白拍子と合されている。曲舞は初め謡い物に近い短い詞章のものであったらしく、観阿弥はしばしばそれを取り込んで猿楽の能を作った。現行曲にも、「山姥」「百万」(世阿弥作、原作は観阿弥)、「歌占」(元雅)など、曲舞を取り込んでいるものがあり、それらから女曲舞がもてはやされたことも知られる。十六世紀に入ってから、曲舞の中で桃井直詮、幼名幸若丸の流れを汲むと称する幸若舞が軍記物語などに素材を仰いだ長編の叙事的語り物を語りながら舞うようになり、戦国武将などに愛好された。桶狭間において今川義元と雌雄を決する直前の織田信長が幸若「敦盛」の「人間五十年、化天の内を比ぶれば、夢まぼろしのごとくなり。一度生を受け、滅せぬ物のあるべきか」という一節を舞ってから出陣したという逸話(『信長記』)はあまりにも有名である。幸若舞は芸能として鑑賞されただけでなく、戦国末期にはその語り台本は読み物としても書写され、近世初頭には出版されるに至った。これを舞《まい》の本《ほん》と呼ぶ。五十曲余りが現存する舞の本は、その内容によってたとえば次のごとく分類することが可能である。(23)

- 説話・物語系 ── 入鹿・大織冠・百合若大臣・信田・満仲など
- 軍記物系
  - 源平物 ── 夢合・浜出・築島・硫黄が島・文学・那須与一・景清など
  - 義経物(判官物) ── 未来記・烏帽子折・堀川夜討・富樫・高館など
  - 常葉物 ── 伏見常葉・常葉問答など
  - 曾我物 ── 元服曾我・和田酒盛・小袖曾我・夜討曾我など
  - 太平記物 ── 新曲

曲名からも明らかなように、『保元物語』『平治物語』『平家物語』などの前期軍記物語、『義経記』『曾我物語』などの準軍記物語に共通する伝承に取材したものが多い。「新曲」は『太平記』巻第十八「春宮還御事付一宮御息所事」にもとづくものである。同じ素材を扱った、一条兼良作と伝える『中書王《ちゅうしょおう》物語』との先後関係は不明であるが、内乱のさなかにいったん引き裂かれた男女が再びめぐり逢うという恋物語(仮構されたものらしい)を主題とする。曲名は幸若の演目として新しかったことを意味している。また「入鹿」に挿入されている舞楽説話は、御伽草子『還城楽物語』や、さらに溯って狛近真の楽書『教訓抄』などに見える伝承との関係が注目される。それは死者の再生をテーマとするものであり、中世前期の説話絵巻『長谷雄卿草紙』や『撰集抄』に語られる奇怪な説話類ともつながるところがあるかもしれない(24)。前に述べた『鶴岡放生会職人歌合』での楽人の歌と判詞も、この曲に関わるものであろうか。

軍記物語との関係とともに、能や歌謡など他の芸能との交渉もかなり深いものがあるのであろう。歌謡について見れば、「伏見《ふしみ》常葉《ときわ》」には出雲・播磨・丹後・和泉・近江出身の五人の女が田歌を歌って常葉を慰めるという趣向で、多くの田歌が取り込まれている。

田植ゑよや　田植ゑよ　早乙女《さうとめ》　五月の農を早むるは　勧農の鳥ほととぎす　山雀《やまがら》　小雀《こがら》　四十雀《しじふがら》　この鳥だに
もさ渡れば　五月の農は盛んなり

という出雲の女の田歌は、遠く『枕草子』に「ほととぎす、おれ、かやつよ。おれ鳴きてこそ、我は田植うれ」と見える田植歌の流れを引くものであろうか。『田植草紙』にも、

ほととぎす小菅《こすげ》の笠を傾けて　聞けども逢はぬはほととぎす　五月《さつき》菅笠思ふが方へ傾く　菅は十編《とふ》菅笠の緒に三
島の八つ打ち　大山《だいせん》笠に綾の緒　(昼歌三番)

と歌われており、ほととぎすは農事における信仰の対象であったらしい。

中世末期に始まり、幸若舞と異なって近世に入って飛躍的に発展した芸能として、浄瑠璃がある。宗長の『宗長日記』享禄四年(一五三一)の記事に、小田原の旅の草庵でのこととして、「小座頭あるに浄瑠璃をうたはせ、興じて一盃に及ぶ」と見えている。「浄瑠璃」とは矢作《やはぎ》の長者の娘浄瑠璃姫と九郎御曹司(源義経)との悲恋物語を綴った御伽草子『浄瑠璃御前物語』(『十二段草子』)のことで、この頃の座頭たちの中には、表芸としての平家琵琶(平曲)以外にこれを語るものがいたのであった。当初は琵琶を伴奏として語っていたのであろうが、永禄年中(一五五八―七〇)新たに琉球から渡来した三味線を伴奏とするようになり、物語も新作されて、浄瑠璃は芸能の一ジャンルとしての地位を確立するに至る。

能に伴って上演されてきた狂言は、天文年間(一五三二―五五)頃までに狂言役者の間で芸の集積が進んでいたらしい。天正六年(一五七八)の奥書の存する『天正狂言本』は狂言役者の演技覚え書ともいうべきもので、「末広がり」「附子砂糖」「近衛殿の申状」「靫猿」など、百曲余りの曲の梗概が書き留められている。流動を続けていた狂言はなお流動性を保ちつつ、固定しようとする傾向を見せはじめていたのである。

鎌倉時代にはかなり長大な詞章から成る早歌が愛好されたが、室町時代の人々が好んで口ずさんだものは、小歌であった。早歌もその一部分を切り出され、小歌化されて歌われた。謡曲の一節も同じようにして享受されている。そのような風潮の中で、永正十五年(一五一八)には『閑吟集』が編まれている。狂言には多くの歌謡が取り入れられており、それらのあるものは『閑吟集』の小歌と関連を有する。また、沙弥宗安の編んだ『宗安小歌集』は、集としての成立は慶長年間かとされるが、集められた小歌は安土桃山期に行なわれたと考えられるものである。堺の薬種商高《たか》三隆達《さぶりゆうたつ》が節付けした隆達節歌謡（隆達小歌）も、ほぼ同じ頃歌われていた。『閑吟集』は真名・仮名の両序を具え、とくに真名序においては、「奏《シ》二公宴《ニ》一慰《ムルハ》二下情《ヲ》一、夫《レ》唯小歌《ノミ》乎」以下、大仰な表現で小歌の徳をたたえ、仮名序でも収める小歌三一一首を『毛詩』（『詩経』）三百余篇になぞらえている。富士を遠望する駿河国の一桑門としか知られない編者の古典的教養を窺わせるものがある。『宗安小歌集』も『古今集』仮名序を模した仮名序を掲げ、二二〇首を収める。隆達節歌謡は現在五百首余りが知られるが、これら三者には共通の、ないしは類似した歌謡も少なくない。

三者を通じて最も多いものは恋愛の歌謡であろう。

あまり言葉のかけたさに　あれ見さいなう　空行く雲の早さよ　（『閑吟集』）

おれは明年十四になる　死にかせうずらうあぢきなや　姉御へ申し候　一期の思ひ出に　姉御の殿御が所望なの、ただ　一夜二夜は易けれど　奈良の釣鐘　よそへの聞えが大事ぢやの、ただ　（『宗安小歌集』）

退かい放さい　帯がとくる　今に限らうか逢はうものを　（『隆達節歌謡』）

それらの中には大胆な性愛の表現に及んだものも見受けられる。

我は讃岐の鶴羽の者　阿波の若衆に肌触れて　足よや腹よや　鶴羽のことも思はぬ　（『閑吟集』）

その一方で、この世を夢の世、わが身を露の身と観じ、無常の思いを歌ったものも少なくない。

夢まぼろしや　南無三宝　（『閑吟集』）

あすをも知らぬ　露の身を　せめて言葉を　うらやかに　（『隆達節歌謡』）

そしてそのような認識は、

何せうぞ　くすんで　一期《いちご》は夢よ　ただ狂へ　（『閑吟集』）
夢の浮世の　露の命の　わざくれ　なり次第よの　身はなり次第よの　（『隆達節歌謡』）

という現実の甘受、享楽の追求へと向かうのであった。その延長線上には仮名草子の『恨の介』や『薄雪物語』がある。

十　キリシタン文学と中世の政治思想

天文十二年（一五四三）、ポルトガル商船が種子島に漂着して鉄砲を伝えてからまもなく、[25]同十八年にはイエズス会宣教師フランシスコ・ザビエルが鹿児島に上陸、キリスト教の信仰がもたらされた。海彼から人々の知らなかった新たな物と心が将来されたのである。この異域の教えは仏教諸宗、神祇信仰、儒教などと摩擦を生じつつ、信長や九州大名たちの支持もあって、民衆の間に急速に広まった。しかしながら、秀吉の弾圧に続いて徳川幕府は布教を禁止し、将軍家光の代に至って鎖国という手段によって、この信仰を根絶しようとした。

この信仰の布教を目的として宣教師や信者たちが書いたもの、ないしはヨーロッパの文学作品を翻訳したものがキリシタン文学である。さらには、キリスト教信仰を排撃するために書かれたいわゆる排耶書《はいやしょ》をも含めて、キリシタン南蛮文学という捉え方が提示されてもいる。[26]

一例として、日本人の信者ハビアン（不干斎巴鼻庵）の『妙貞問答』を見ると、妙秀と幽貞と呼ばれる二人の尼の問答という形式をとりつつ、仏教や神祇信仰を貶め、キリスト教を称揚している。妙秀は神国思想の持主で、吉田神道の信奉者である。幽貞はそれらをいちいち論破し、「大国ニツヾカヌ島国」の人間としての相手の狭い見識をたしなめ、天照大神や伊勢神宮の信仰を否定する。そして、「仏法神道ノ離レテハ、王法ト申事モ有ベキヤウ侍ラネバ、皆キリシタンニ成ナバ、国家モ乱レ、王法モ尽キナン」と危ぶむ妙秀に対して、保元・平治以来兵乱が絶えなかったのは「邪ナル仏神ヲ敬フガ故」の「天罰」であり、「日本モ皆キリシタンニ成候ハデハ、達シテハ治マリサフラフベカラズ」と断言し、「キリシタンノ教ニハ、御主でうすヲアガメ奉ルニ次デハ、天子将軍ヲ初メマイラセ、其下〴〵モ面々、主人ヲバ心ロノ底ヨリ大切ニ敬イ其ニ順ヘトアルガ、朝夕ノ勧メニテサフラヘ」と、この信仰が封建社会の倫理と矛盾しないことを説いている。著者ハビアンは後に棄教し、排耶書『破提宇子《はでうす》』を著わしてキリスト教を攻撃しているが、『妙貞問答』が当時の日本人に天竺・震旦のほかに広い世界の存することを知らしめ、永らく根を下ろしていた仏教や神祇信仰をも相対化する視点を持ち込んだことは、やはり見逃されてはならないであろう。

それにしても、平安末期に形成された百王思想や「聖徳太子未来記」の信仰、それらと表裏をなす神国思想――その形成はさらに溯るであろう――は、慈円や『野守鏡』の作者など中世の知識人に支配的な、国家や歴史の認識の仕方であった。百王思想は簒奪を図った足利義満によって利用されようとしたこともあるというが(27)、時代の進行とともに徐々に克服されていった。これに対し、神国思想は永く中世の人々の心に根を下ろしていたから、それとは全く異なった神、デウスの国の信仰を説くキリスト教布教に際して、この思想の打破が大きな目標とされたのは当然であったのであろう。けれども、布教はそのことを重大な理由の一つとして禁圧され、挫折した。封建社会の支配層は新たな物である鉄砲は進んで享受したが、新たな心としてのキリスト教信仰は厳しく排除した。その当否得失は改めて論ずべきであろうが、神国思想が近代に至って軍国思想に包摂されることで新たに武装され、第二次世界大戦が日本の敗北という結果で終わるまで、日本人の多くの内に生き続けていたことは事実である。最初、天皇が日本文化における重要な機制であると述べたのは、そのようなことをも念頭に置いているからである。中世の文学を考えることは、現在のわれわれ自身を考えることと無関係ではありえない。

注

(1)　聖徳太子未来記や百王思想に関する古典的論考として、和田英松「聖徳太子未来記の研究」(『国史国文之研究』雄山閣出版、一九二六年)、大森志郎「中世末世観としての百王思想」(『日本文化史論考』創文社、一九七五年)がある。

(2)　五味文彦『藤原定家の時代——中世文化の空間』(岩波新書、一九九一年)では藤原(日野)資実の作かという。

(3)　市古貞次・久保田淳編『日本文学全史3　中世』「序章」学燈社、一九七八年。なお、小山弘志編『日本文学新史　中世』「序章」(至文堂、一九九〇年)では、建久三年(一一九二)源頼朝による鎌倉幕府開設の頃から慶長八年(一六〇三)徳川家康による江戸開幕までの約四百年間を中世として扱うとする。

(4)　久保田淳「承久の乱以後の藤原定家」『藤原定家とその時代』岩波書店、一九九四年。↓本著作選集第二巻所収

(5)　有精堂編集部編『時代別日本文学史事典　中世編』第三部第一章(三木紀人執筆)、有精堂、一九八九年。

(6)　樋口芳麻呂『平安・鎌倉時代秀歌撰の研究』ひたく書房、一九八三年。

(7)　久保田淳『西行山家集入門』有斐閣、一九七八年。

(8)　「編年体　日本古典文学史」(『国文学』第二十二巻第三号、一九七七年二月)のうち、久保田淳「仁治2—文永7」。なお、佐藤恒雄「後嵯峨院の時代とその歌壇」(『国語と国文学』第五十四巻第五号、一九七七年五月)をも参照。

(9)　久保田淳「長明における和歌と散文」『国文学』第二十五巻十一号、一九八〇年九月。

(10)　福田秀一『中世和歌史の研究』角川書店、一九七二年。

(11) なお南北朝期の和歌については、拙稿「南北朝時代の和歌——政治的な季節における和歌」(『中世和歌史の研究』明治書院、一九九三年)を参照していただきたい。
(12) 二条良基に関しては、木藤才蔵『二条良基の研究』(桜楓社、一九八七年)、伊藤敬『新北朝の人と文学』(三弥井書店、一九七九年)などの研究がある。
(13) この時期の文芸を対象としたものとして、早く斎藤清衛『近古時代文芸思潮史〔応永・永享期〕』(明治書院、一九三六年)がある。
(14) 位藤邦生『伏見宮貞成の文学』清文堂、一九九一年。
(15) 永井義憲・林祝子編『結城戦場物語』古典文庫、一九八一年。
(16) 和田英道編『応仁記・応仁別記』古典文庫、一九七八年。
(17) 野馬台詩に関する近年の研究としては、小峯和明「野馬台詩の言語宇宙——未来記とその注釈」(『思想』一九九三年七月)、深沢徹「「宝誌(野馬台)讖」の請来と、その享受——生成される「讖緯」の言説・日本篇」(『和漢比較文学』第十四号、一九九五年一月)などがある。
(18) 市古貞次ほか校注『室町物語集 上』(新日本古典文学大系)岩波書店、一九八九年。
(19) なお東常縁については、井上宗雄・島津忠夫編『東常縁』(和泉書院、一九九四年)によって研究の現段階が知られる。
(20) 永正十五年(一五一八)の詠。同年前権大納言松木宗綱が「征夷大将軍(足利義稙)御執奏」(『公卿補任』)によって准大臣の待遇を得たことを諷したものであろう。
(21) 尭空(実隆)判、三条西公条・周玉潤甫詠。井上宗雄・伊藤敬・福田秀一編著『中世歌合集と研究(続)』(未刊国文資料刊行会、一九七四年)所収。
(22) 市古貞次『中世小説とその周辺』(東京大学出版会、一九八一年)所収、「幸若舞・曲舞年表」。
(23) 麻原美子・北原保雄校注『舞の本』(新日本古典文学大系、岩波書店、一九九四年)解説。
(24) 久保田淳「骸骨の話——『撰集抄』の二話を軸として」『文学』第二巻一号、一九九一年一月。→本書所収

(25)　宇田川武久『鉄炮伝来』(中央公論社、一九九〇年)によれば、ポルトガル人の種子島漂着は一五四二年とする記録も存し、また鉄砲伝来には倭寇が関わっているともいう。
(26)　『日本古典文学大辞典』「キリシタン南蛮文学」の項(海老沢有道執筆)、岩波書店、一九八四年。
(27)　今谷明『室町の王権』中公新書、一九九〇年。

II　和歌と歌語

南殿の桜

家にありたき木は、松、桜。まつは五葉もよし。花はひとへなる、よし。やゑざくらは奈良の都にのみありけるを、このごろぞ世におほくなり侍なる。吉野の花、左近のさくら、みなひとへにてこそあれ。八重ざくらはことやうのものなり。いとこちたくねぢけたり。うへずともありなむ。（正徹本『つれ〴〵種』一三九段）

はじめに

南殿の桜または左近の桜と呼ばれる一株の桜の木が、平安から室町までそれぞれの時代の人々によってどのように意識され、言葉として表現されてきたか、作品に即してその具体相を辿ってみたい。そのことを通じて、王朝文化なるものがどういう仕組みを持ったものであったか、王朝と中世とはどのように連続し、または断絶しているのかというような問題を考えてみたい。それが本稿の意図するところである。

一

嵯峨の大覚寺には、左近の桜ならぬ左近の梅が右近の橘と対をなして植えられている。これは王朝の禁苑の最も古い形を再現しようと試みたのであろうか。古く南殿（紫宸殿）の左近衛の陣近くに植えられていた木は、桜ではなくて梅であったという。そのことを伝えているのは『古事談』や『帝王編年記』である。すなわち、『古事談』は次のごとく語っている。

南殿桜樹者。本是梅樹也。桓武天皇遷都之時所レ被レ植也。而及二承和年中一枯失。仍仁明天皇被二改植一也。其後天徳四年九月廿三日。内裏焼亡ニ焼失了。仍造二内裏一之時。所レ移二植重明親王式部卿。家桜木一也。件木本吉野山桜木ト云々。橘木ハ本自所二生託一也。遷都以前。此地者橘大夫家之跡也。（第六亭宅諸道）

『帝王編年記』は『古事談』の記述を踏襲しつつ、桜・橘の双方についてさらに説明を加えている。ここでは桜に関するもののみを掲げると、

但拾遺公忠朝臣哥詞、延喜御時見二南殿花一云々、然者、天徳以往桜歟、梅桜事時代可レ決レ之、

と、梅から桜へと変った時期を探ろうと試みているが、結論を出すには至っていない。

『日本紀略』承和十二年（八四五）二月一日の条によれば、仁明天皇は皇太子や侍臣達に紫宸殿前の梅花を折らせ、頭に挿させて宴を楽しんだという。

二月戊寅朔。天皇御二紫宸殿一。賜二侍臣酒一。於レ是。攀二殿前梅花一。挿二皇太子及侍臣等頭一。以為二宴楽一。賜二御被襖

子等一。

と見える。これによれば、この時点においては紫宸殿の前に植えられていた木は桜ではなくて梅であったことになる。けれども、それから二十九年後の貞観十六年(八七四)には、紫宸殿前の木は桜であったという記録がある。すなわち、『三代実録』や『日本紀略』によれば、この年八月二十四日、大雨風が京都を襲った際、「紫宸殿前桜、東宮紅梅、侍従局大梨等樹木有レ名」が皆吹き倒されたというのである。二十九年の間に梅から桜へと変わっている。それはあるいは国風文化の熟成と見合っているのかもしれない。また、

百礒城之　大宮人者　暇有也　梅乎挿頭而　此間集有　（『万葉集』巻十・一八八三）

という万葉歌が、

もゝしきのおほみや人はいとまあれやさくらかざしてけふも暮しつ　（宮内庁書陵部蔵三十六人集本『赤人集』五七）

と歌い変えられてゆく過程とある程度重なるのであろうか。

後藤昭雄氏は「桜花への好尚は仁明天皇の下で大きく醸成されたもののようで」あることを、日本漢文学の資料を検討することによって確かめておられる。[1] 紫宸殿前の梅が桜へと変えられたのは、あるいは仁明朝の末頃であったのかもしれない。

宮廷の事物の起源を説きながら、南殿の桜の前身が梅であったということに言及しない書物もある。群書類従本『江談抄』や『禁秘抄』がそれである。すなわち、『江談抄』は、「紫宸殿南庭橘桜両樹事」という見出しの下に、

内裡紫宸殿南庭桜樹橘樹者。旧跡也。件橘樹地者。昔遷都以前。橘本大夫宅者。枝条不レ改。及二天徳之末一云々。又秦川勝旧宅者。但是或人説也。（第一・公事）

と、むしろ右近の橘の沿革に筆を費している。『禁秘抄』も「禁中事」のうち「草木」の項で、

南殿《ノ》桜。在二紫宸殿巽角一。是大略自《ノ》二草創一樹歟。貞観《ニ》此樹枯《テ》。自レ根纔《ニ》萌《タリ》。坂《ノ》上《ノ》滝守奉レ勅《ヲ》守レ之《ヲ》。枝葉再盛《ナリ》云々。其後延喜《ノ》御記《ニモ》。群二列《スト》桜木《ノ》東頭《ニ》一有レ之。

と記している。

右近の橘に関する記述は『言談抄』[2]や藤原伊通の『大槐秘抄』にも見出され、首都としての京都開発の歴史に主として関わって語られるのはむしろ橘の方であったことが知られる。けれども、それは史的関心の上からそうであったというまでのことで、文学の世界ではやはり左近の桜が主役であって、右近の橘は脇役に甘んじなければならなかった。「時じくの香の木の実」(『万葉集』四三、大伴家持)も「くれなひのうす花ざくら」(後引の順徳天皇の詠)の艶には敵しがたいのである。

二

文学作品に南殿の桜が登場する最も古い例は、『帝王編年記』に言及されていた源公忠の和歌であろうか。まず、『拾遺抄』に、

延喜御時南殿のさくらのちりつもりたるをみ侍て　　公忠朝臣

とのもりのとものみやつこ心あらばこのはるばかりあさぎよめすな　(雑上・四〇一)

と見え、同じ形で『拾遺和歌集』や『公忠集』にも収められている。それぞれの詞書でも、「延喜御時南殿にちりつ

みて侍ける花を見て」(『拾遺集』雑春・一〇五五)、「南殿の御まへのさくらの花のちるをみて」(『公忠集』三)のごとく、南殿の桜を詠じたものであることを明記している。

そして、この歌は『今昔物語集』に取り込まれて、一編の説話を構成するに至った。ただし、そこでは藤原敦忠が詠じた歌と語られている。長文にわたるが、論を進める上で必要なので、次に日本古典文学大系本によってその全文を掲げておく。

巻第二十四　敦忠中納言、南殿桜読和歌語第三十二

今昔《ハ》、小野宮ノ大キ大臣《オトド》、左大臣ニテ御座《オハシマシ》ケル時、三月ノ中旬ノ比《コロホヒ》、公事ニ依《ヨリ》テ内ニ参リ給テ、陣ノ座ニ御座《オハシマシ》ケルニ、上達部二三人許《バカリ》参リ会《アヒ》テ候ハレケルニ、南殿ノ御前ノ桜ノ器ノ大キニ神《カミ》サビテ艶《エモイハ》ヌガ、枝モ庭マデ差覆《サシオホヒ》テ、讒《オモシロ》ク栄《サキ》テ、庭ニ隙《ヒマ》无ク散リ積《ツミ》テ、風ニ吹キ被立《タテラレ》ツヽ、水ノ浪ナドノ様ニ見ヘタルヲ、大臣、「艶《エモイハ》ズ讒《オモシロ》キ物カナ。例ハ極《イミジ》ク栄《サ》ケド、糸此《イトカカ》ル年ハ无キ者ヲ。土御門ノ中納言ノ被参《マヰラレ》ヨカシ。此レヲ見セバヤ」ト宣フ程ニ、遥ニ上達部ノ前《サキ》ヲ追フ音《コヱ》有リ。

官人《クワンニン》ヲ召テ、「此ノ前ハ誰《タ》ガ被参《マヰラル》ルゾ」ト問ヒ給ケレバ、「土御門ノ権中納言ノ参ラセ給フ也」ト申ケレバ、大臣、「極《イミジ》ク興有ル事カナ」ト喜ビ給フ程ニ、中納言参テ、座ニ居《ヰ》ルヤ遅キト、大臣、「此ノ花ノ庭ニ散タル様ハ、何《イカ》ガ見給フ」ト有ケレバ、中納言、「現《ゲ》ニ讒フ候フ」ト申シ給フニ、大臣、「然《サ》テハ遅クコソ侍レ」ト有ケレバ、中納言、心ニ思《オモヒ》給ヒケル様《ヤウ》、「此ノ大臣ハ只今ノ和歌ニ極《キハ》メタル人ニ御座《オハシマ》ス。其レハ墓々《ハカバカ》シクモ无カラム事ヲ、面《オモ》无ク打出デタラムハ、有ラムヨリハ極《イミジ》ク弊《アシ》カルベシ。然《サ》リトテ、止《ヤム》事ヲ无キ人ノ、此《カ》ク責メ給フ事ヲ、冷《スサマジ》クテ止《ヤマ》ムモ便《ビン》无カルベシ」ト思テ、袖ヲ掻疏《カキツクロ》ヒテ、此《カク》ナム申シ上《アゲ》ケル、

トノモリノトモノミヤツコ心アラバ、コノ春バカリアサギヨメスナ

ト。大臣、此レヲ聞給テ、極ク讃メ給テ、「此ノ返シ、更ニ否不為《エセ》ジ。劣タラムニ、長キ名ナルベシ。然《サ》リトテ、増サラム事ハ可有《アルベ》キ事ニモ非ズ」トテ、「只旧《フルキ》歌ヲ思《オボ》ヘ益サム」ト思《オモヒ》給ヒテ、忠房ガ唐《タウ》ヘ行クトテ読《ヨミ》タリケル歌ヲナム語リ給《タマヒ》ケル。

此ノ権中納言ハ、本院ノ大臣ノ在原ノ北《ノ》方ノ腹ニ生セ給ヘル子也。年ハ四十許ニテ、形《カタ》チ・有様、美麗ニナム有ケル。人柄モ吉カリケレバ、世ノ思《オボ》ヘモ花ヤカニテナム、名ヲバ敦忠トゾ云《イヒ》ケル。□ニ通《カヨヒ》ケレバ、亦□ノ中納言トモ云ケリ。和歌ヲ読ム事、人ニ勝《スグレ》タリケルニ、此《カカ》ル歌ヲ読出タレバ、極《イミジ》ク世ニ被讃《ホメラレ》ケリトナム語リ伝ヘタルトヤ。

右の歌の歌集類と説話集における作者の相違に注目しているのは『宝物集』である。すなわち、次のようにいう。

トノモリノトモノミヤツコ心アラバコノ春バカリアサギヨメスナ

此哥《コノウタ》ハ世継ナラビニ宇治大納言タカクニノ物語《ガタリ》ニハ、小野《オノ、》口伝《(ママ)》実頼《サネヨリ》ノ陳《ヂン》ノ座ニヲハシケルニ、花ノヲモシロク散《チリ》ケルヲミテ、土御門《ツチミカドノ》中納言ノマイラレヨカシトノ給ヒケルヤヲソキト、アツタヾノ君《キミ》ノマイリ給ヘリケレバ、アレミ給フヤヲソシトノ給ヒケレバヨミ給ヘリケリト侍ベリ。拾遺抄金玉集ニハ、源公忠ガウタトイフ。（光長寺本・巻一）

思うに、ここに『今昔物語集』編者の説話構成法の一端が窺えるのではないであろうか。すなわち、「とのもりの」の歌は名歌には違いないが、公忠の独詠ということでは説話にならない。そこで公忠よりは役者として上である敦忠の作であるとし、しかもそれは実頼に責められて詠んだ、曹植の七歩の詩にも類する即吟であったというように仮構したのであると考える。

やはり『今昔物語集』巻第二十四「於河原院歌読共来読和歌語第四十六」では、河原院の「西ノ台ノ西面」に大きな老松があったが、ある時「歌読共」が同院に住む「安法君(安法法師)ノ房」にやって来て詠歌した、その時「古曾

部ノ入道能因」は、

　トシフレバカハラニ松ハオイニケリ、子日シツベキネヤノウヘカナ

と詠んだと語っている。この歌などもその場にいかにもふさわしい作品のように見えるけれども、じつは『能因集』に、

　白河殿に、道済朝臣とふたりゆきて、ふりうおかしきさまよまむといひて
　としふればまつおひにけりはるたちてねのひしつべきねやのうへ哉　（中・七九）
　道済朝臣、感二歎此歌一、みづからはよまず

とある詠の改作と思われる。「白河殿」を河原院とし、それに合せて、「まつおひにけりはるたちて」という第二、三句を「カハラニ松ハオイニケリ」と改変することによって、白楽天の新楽府「驪宮高」の「牆有レ衣兮瓦有レ松」の心をかすめ、同時に河原院での詠であることを暗示するように仕組んだ。そして「みづからはよま」なかった筈の道済は、説話においては堂々と詠歌している。その歌は『道済集』においても「川原にて」との詞書を有し、河原院での詠であることが確かなものである。『今昔物語集』の編者はこのように手のこんだ細工をもあえてする人物なのであった。

　南殿の桜に立戻る。既に引用した『古事談』などの語るところによれば、天徳四年（九六〇）九月二十三日の内裏焼亡の際、南殿の桜も焼失し、内裏が新造された際には、吉野山からもたらされたという重明親王家の桜木が移し植えられた。ただし、『禁秘抄』によれば、重明親王家の桜は根付かなかったようである。すなわち、先に引いた部分に

続いて、

天徳《村上ニ》焼失《シテ》為二煨燼一。後《ニ》康保元年十一月被レ栽。則枯。二年正月又被レ栽。同三月有二花《ノ》宴一。両度之間。一《ハ》重明親王家《ノ》樹。一《ハ》自二西京一移二栽之一。其後度々焼失。毎度栽レ之。近《ゴロノ》樹《ハ》堀川院《ノ》御宇已来《ノ》木也。

という。そして、康保二年（九六五）の移植と花宴のことは『村上天皇御記』によって確かめられる。同年三月五日の逸文は、

今日有二花宴事一。尋二其由緒一。去正月廿七日。堀二東都桜樹一植二南殿巽角一。白砂埋レ根朱檻迎レ朶。頃月之間逐レ日鮮明。上達部令レ候二此座一共憐二其意一。自二日中一及二夜半一詠二古詩一誦二新歌一。且以眺望且以愛翫而已。

と記している。これによれば、桜は「西京」ではなくて、「東都」から移し植えられたのであった。もしかして、『大鏡』昔物語などに語る鶯宿梅の説話との混線が生じているのであろうか。

ともかく、天徳四年の内裏焼亡の際に南殿の桜は焼失した筈である。しかるに、『江家次第』は、この時神鏡が自ずと飛び出して南殿の桜に懸ったという。

内侍所者神鏡也、（中略）故院《白河院》被レ仰云、内侍所神鏡昔飛上欲レ上レ天、女官懸二唐衣一奉二引留一、依二此因縁一女官所レ奉二守護一也、天徳焼亡飛出着二南殿前桜一、小野宮大臣称レ警、神鏡下入二其袖一、（巻第十一・内侍所御神楽事）

そして、「草木」の項では「天徳焼失為煨燼」と記した『禁秘抄』も、「賢所」の項ではこの伝承を踏襲しているのである。

神鏡が懸ったというからには、南殿の桜は焼けなかったことになる。この伝承は『平家物語』諸本や『直幹申文絵詞』『撰集抄』その他において、臨場感溢れる筆致で描き出されるに至る。[3] それらの中で比較的早いと思われる延慶

本『平家物語』によって、その場面を見ておきたい。

遷都遷幸ノ後百六十年ヲ経テ、邑上天皇ノ御宇、天徳四年九月廿三日ノ子時ニ、内裏中裏初テ焼亡在ケリ。火ハ左衛門陣ヨリ出タリケレバ、内侍所御坐温明殿ニモ程近カリケル上、如法夜半ノ事ナリケレバ、内侍モ女官モ参アワズシテ、賢所ヲモ出シ奉ラズ。小野宮殿急ギ参セ給テ、「内侍所既ニ焼サセ給ヌ。世ハ今ハカウニコソ有ケレ」ト思食テ、御涙ヲ流サセ給ケル程ニ、南殿ノ桜木ノ梢ニ懸ラセ給タリケリ。光明赫奕トシテ、朝日ノ山ノ葉ヨリ出タルガ如シ。「世ハ未失ザリケリ」ト思食レケルニヤ、悦ノ御涙カキアヘサセ給ワズ、右ノ御膝ヲ地ニツキ、左ノ御袖ヲヒロゲテ申給ケルハ、「昔、天照大神、百皇ヲ守ラント云御誓有ケリ。其御誓アラタマリ給ワズハ、神鏡実頼ガ袖ニ宿ラセ給ヘ」ト申サセ給ケル御詞モ未ニ終ラ」ケルニ、桜ノ梢ヨリ御袖ニ飛入セ給ニケリ。ヤガテ御袖ニ裹奉テ、御先進セテ、主上ノ御在所大政官ノ朝《アイタン》所ヘゾ渡シ奉ラセ給ケル。此世ニハ請奉ムト思寄ベキ人モ誰カハ有ベキ、又御鏡モ入ラセ給マジ。上古コソ目出ケレト承ルニ付テモ身毛竪ツ。（第六本ノ二十五・内侍所由来事）

ここで再び先に掲げた『今昔物語集』巻第二十四第三十二話を振返ってみたい。同話で「トノモリノ」の歌の作者が公忠ではなくて敦忠とされている理由については既に臆説を述べたが、敦忠にその歌を詠ましめた人が「小野宮ノ大キ大臣」であることの意味も、改めて考えられてよいであろう。実頼は単に時代的、血縁的に見て敦忠にふさわしい相手として選ばれたのにとどまらず、もしかして南殿の桜の下に佇むのに最もふさわしい人物としても選ばれているのではないであろうか。『江家次第』に極めて概略的に記され、『平家物語』その他に詳叙されている伝承は、『今昔物語集』巻二十四の三十二話の形成にも何等かの影響を及ぼしているのではないであろうか。少なくとも、焼失した筈の桜木に唐櫃から自ら飛び出した鏡が懸ったという奇譚を記す『江家次第』の著者大江匡房と、名歌の作者をすり替えて二人の著名人が咲き誇る南殿の桜の下で対話する場面を設定する『今昔物語集』の編者との距離は、さほど遠いものとも考えられないのである。

この神鏡飛出の説話については、なお考えるべき点が残されている。『愚管抄』では「或大葉椋木ニ飛出テカヽリ給フトモ云メリ。其日記ハタシカナラヌニヤ」(巻二)と伝える。日本古典文学大系本『愚管抄』の補注ではこれについて「南殿の桜とするのを大庭椋木と誤った」と考えるが、同書でも引続いて記すように、この椋の木も一種の名木であるから、そのような伝承も存したと見るべきではないかと考える。また、これとやや類似した伝承が伊勢の小朝熊神社に存したことは、後深草院二条の『とはずがたり』によって知られる。それとの交渉も一応想像してよいであろう。(4)

三

勅撰集においては、『拾遺和歌集』の公忠の詠以後では、まず『後拾遺和歌集』に、南殿の桜に托して地下沈淪の嘆きをほのめかした高岳頼言の次のごとき作が見出される。

南殿の桜を見て　　高岳頼言 相如男

みるからにはなのなだてのみなれども心はくものうへまでぞゆく　(春上・九四)

『勅撰作者部類』によれば、頼言は「五位阿波守。飛驒守高岳相如男。至長久三年」という。長久三年(一〇四二)は後朱雀天皇の代である。頼言が見た南殿の桜は後一条・後朱雀朝あたりのそれであろうか。

年代的にはこれ以前に、公忠の詠を収める『拾遺集』の成立に深く関わったと考える花山院自身にも、南殿の桜を詠んだという伝えを有する作がある。それは三奏本『金葉和歌集』に、

南殿の桜をよませたまへる　　花山院御製

わがやどのさくらなれどもちるときはこゝろにえこそまかせざりけれ　（春・四三）

と見える、花山院の作でも比較的著名な歌である。しかしながら、同じ歌が『詞花和歌集』においては、「庭のさくらのちるを御らむじてよませたまひける」（春・四二）という詞書の下に収められているのである。『玄々集』にも見える作でもあるが、それによっても南殿の桜の歌であることは確かめられない。

『金葉集』にはこの他にも「後冷泉院御時」のこととして、女房達を具して明月の夜南殿に渡御した天皇が「庭の花かつ散りておもしろかりけるを御覧じて」、中宮付きの女房下野を召して花を折らせる際に歌を求めたという、長文にわたる叙述が見出され、

ながきよの月の光のなかりせば雲ゐの花をいかで折らまし

という四条宮下野の詠を載せている。これは二度本・三奏本ともに見出されるものである。しかしながら、『四条宮下野集』の巻頭歌とされているこの「ながきよの」の歌は、同集の詞書によれば「せいらう殿みはしのひだりみぎに、いみじくさきたるさくらのえだを、きのたかさばかりにてうへさせたまへる」ものを詠じたのであった。それを南殿の桜の詠として載せることと、原資料において詠歌事情を審らかにしていなかったかもしれない花山院の作を南殿の桜の詠と断ずることから、我々は南殿の桜に対する撰者源俊頼の関心の深さを読み取ってよいのではないであろうか。

その俊頼自身はこの桜については、家集『散木奇歌集』に、

大裏にて南殿のさくらを見てよめる

九重にたちかさなりて春がすみ風になみせそ花の匂ひを　(第一春・二月・一二〇)

という一首を残しているにすぎないのではあるが。

ここで三たび『今昔物語集』における南殿の桜にまつわる詠歌の説話を思う。『今昔物語集』と俊頼の歌学書『俊頼髄脳』との間には何等かの繋りが認められるようである。(5) それならば、『今昔物語集』と俊頼が撰した『金葉和歌集』もまた全く無縁な間柄とも言いがたいであろう。それに先に触れた『江家次第』をも加えて、白河院政の文化的所産ということでこれらの作品や著述を括るならば、それらには等しく南殿の桜に対するある種の関心が認められることになる。その関心のよって来たるところは何か。それは既に過去のものとなりつつある王朝文化に対する回顧、憧憬の念ではないであろうか。

けれども、公忠の歌やそれを含む『今昔物語集』の説話などだけでは、後代の人々をして南殿の桜を王朝の雅びの象徴と見なすに至らしめるだけの力は生れなかったであろう。そのためには『源氏物語』の力を必要としたと考える。この物語ではまず「花宴」において、「二月の二十日あまり、南殿の桜の宴せさせたまふ」と語られ、「須磨」において、その折のことが失意の日々を送る源氏によって懐かしく回想されている。

須磨には、年かへりて日長くつれづれなるに、植ゑし若木の桜ほのかに咲きそめて、空のけしきうららかなるに、よろづのこと思し出でられて、うち泣きたまふをり多かり。二月二十日あまり、去にし年、京を別れし時、心苦しかりし人々の御ありさまなどいと恋しく、南殿の桜盛りになりぬらん、一年の花の宴に、院の御気色、内裏の

上のいときようになまめいて、わが作れる句を誦じたまひしも、思ひ出できこえたまふ。

いつとなく大宮人の恋しきに桜かざししけふも来にけり

俊頼や匡房、さらには姿を顕していない『今昔物語集』の編者が、どの程度『源氏物語』に親しんでいたかということは明らかではない。けれども平安末期の歌人達はおそらくこの物語のこれらの場面には通じていたのではないであろうか。彼等は公忠の歌に右のような場面をだぶらせつつ、自らにとっての南殿の桜を歌ったのであると考える。

それらの人々として、源行宗・藤原清輔・俊恵・源頼政・平親宗・二条院讃岐・参河内侍・藤原隆信らを挙げることができる。それらの中でも、頼政とその周囲の人々が南殿の桜に対して示した関心は異常なまでに強いものであった。それらのすべてを示すことは余りに煩わしいのでさし控えるが、以下、この桜をめぐって頼政と人々との交流が窺われる幾組かの贈答歌などから始めて、何首かの歌を読みつつ、平安末期から中世初期にかけての南殿の桜の意味を探ってみたい。

四

まず『源三位頼政集』から何首か取上げてみる。

南殿の花に、大納言実房卿、女房あまたひきぐして大内にまいりて侍けるに、云遣して侍し

あだならずまもるみかきのうちなれば花こそ君にさはらざりけれ　(三四)

返し

九重の内まで人もたづねいれば花ふく風をいかゞいさめん　(三五)

藤原実房が権大納言に任ぜられたのは仁安三年(一一六八)八月十日のことである。ゆえにこの贈答はそれ以後、高倉天皇の代に行われたものである。

大納言実国卿、南殿の花見にまいりて帰られて後、誰ともなくて文をさしおきて使はかへりにけり、あけて見れば

われが身はかへるなのみぞ木のもとにとまる心と物がたりせよ　(七三)

返し、もしさにやとおしはかりてつかはしける

かへりぬるうさは花にぞうれへつるとまる心はみえばこそあらめ　(七四)

実房の異母兄実国が権大納言に任ぜられたのは、弟より遅れて、嘉応二年(一一七〇)十二月三十日のことである。それゆえ、これも高倉天皇の時代の贈答歌である。治承四年(一一八〇)五月、頼政自身以仁王を奉じて平氏打倒の兵を挙げるまで、高倉天皇の治世は南殿の桜を楽しむ雅びを遺していたのであった。

弥生の十日あまりの程に、内女房さと大りより大内の南殿の花見に、上達部殿上人などひきぐしてまいりて、出ざまにちりたる花をかきあつめてつかはすとて

花ゆへに風ないとひそちればこそかきあつめても家づとにすれ　（八六）

返し

いにしへも友の宮つこいさめけりちる花とてもいへづとにすな　（八七）

かくて後の夜に入まで、此人々あそび、夜ふくる程にいでらるとて、陽明門より人を返していひつかはし侍りし

ちりつもる花はいづらと人とはゞ風のはらひていにしとをいへ　（八八）

返し

散花をかぜにおほせてなしといはゞおなじなぞとやならむとすらん　（八九）

この一連の贈答歌はいつ頃のものか明らかにしがたいが、内裏女房が里内裏からわざわざ大内裏まで南殿の花見にやって来ていること、その際陽明門より出入していたらしいことなどが知られて興味深い。南殿の桜の花びらを掻き集めるという児戯に類する行為に対して頼政が答えた、「いにしへも」の歌は、もとより公忠の「とのもりの」の歌を踏まえたものである。また、「散花を」の返歌で「おなじな」というのはおそらく「此人々」を花盗人と戯れて、散る花を持ち去った人々の行為を黙認して風の所為と言ったならば、自分も人々と同じ名、同罪となるであろうと興じているのであると思われる。

いまだ殿上ゆるされぬ事をなげき侍しに、二条院の御時、弥生の十日比に行幸なりて、南殿の桜盛

なるを一枝折せて、こぞの今年といかゞあると
被二仰下一侍しかば、枝に付てまいらせける
よそにのみ思ふ雲井の花なれば面かげならでみえばこそあらめ　(八〇)
返し　丹後内侍
さのみやは面かげならでみえざらん雲井の花にこゝろとゞめば　(八一)
これは二条天皇の在位時代というのであるから、平治元年(一一五九)から永万元年(一一六五)までの間のある年三月のことである。このように愁訴しているけれども、頼政が二条天皇の代に昇殿を聴された形跡はない。
二条天皇は歴代の帝王の中でも南殿の桜に対し関心を寄せることが多かった天皇であろう。『讃岐集』によれば、その女房の一人二条院讃岐との間に次のような贈答歌を詠み交している。
二条院の御とき、月あかゝりける夜、よもすがら
南殿のはな御らんじて、あかつきちかくなりてさ
とへいでゝ、次のひまいらせたりし
花ならず月も見をきし雲のうへに心ばかりはいでずとをしれ　(六)
御かへし
いでしより空にしりにき花の色も月も心にいれぬ君とは　(七)
はなざかりに心ならずさとへいでしにまいらせける

あかずして雲井の花にめかるれば心そらなる春の夕ぐれ　(九)

御せい

いつとても雲井のさくらなかりせば心空なることはあらじな　(一〇)

この天皇はやはりその女房であった参河内侍にも南殿の花盛りの折、歌を詠ませている。

おなじ(二条院)御時、南殿の花のさかりにうたよめとおほせられければ　　参河内侍

身にかへてはなもおしまじ君が代に見るべき春のかぎりなければ　(『新古今集』賀・七三三)

それゆえに、二条院なき後、彼女はこの花を見て院の面影を偲んだのであった。

同院(二条院)かくれさせ給てのち、南殿の桜をみて　　参河内侍

思ひいづやなれし雲ゐの桜花みし人数にわれをありきと　(『風雅集』雑上・一四六六)

二条天皇がとりわけ南殿の桜を愛したのは単なる風雅の心からであったのであろうか。けれども、後白河法皇と二条天皇との父子の確執は余りにも有名である。

就中に永暦応保の比よりして、院の近習者をば内より御いましめあり、内の近習者をば院よりいましめらるゝ間、上下おそれをのゝいてやすい心もなし。たゞ深淵にのぞむで薄氷をふむに同じ。主上上皇、父子の御あひだには、何事の御へだてかあるべきなれども、思のほかの事どもありけり。(『平家物語』巻一・二代后)

父法皇とそのような対立状態にあった天皇にとって、南殿の桜は法皇といえどもそれを私することはできない帝王

の雅びの象徴、結局は王威そのものの象徴と見なされていたのではないであろうか。

その後白河法皇の孫後鳥羽院の院政時代において、この国は空前絶後の宮廷詩歌の開花を迎えた。新古今時代がそれである。この時代の所産であり、古典和歌の一典型となった『新古今和歌集』には、南殿の桜に関連して詠まれた、この集の中心的作者である後鳥羽院・藤原良経・藤原定家の三人による三首の著名な歌が見出される。

　ひとゝせしのびて大内の花見にまかりて侍しに、
　庭にちりて侍し花をすゞりのふたにいれて、摂政
　のもとにつかはし侍し　　太上天皇

けふだにも庭をさかりとうつるはなきえずはありとゆきかとも見よ　（春下・一三五）

返し　　摂政太政大臣

さそはれぬ人のためとやのこりけむあすよりさきの花のしらゆき　（同・一三六）

　近衛司にてとしひさしくなりてのち、うへのをの
　こども大内の花見にまかれりけるによめる　　定家朝臣

春をへてみゆきになるゝ花のかげふりゆく身をもあはれとやおもふ　（雑上・一四五五）

これら三首がいかなる状況において詠まれ、それぞれの作者にとっていかなる意味を有するものであったかについては、以前いささか詳論を試みたことがあるので、(6) ここに繰り返すことはさし控える。ただ、後鳥羽院の場合は、「けふだにも」の詠を得た大内の花見に先立つ大内の花見御幸（右の稿においては、正治二年〔一二〇〇〕春かと考えたが、それに対しては異論も出されている）における、

雲のうへに春くれぬとはなけれどもなれにし花の陰ぞ立うき　(『源家長日記』)

の作が、院自身の歌人としての出発点であり、同時にそれが新古今時代の事実上の開始を告げるものであったであろうということは改めて述べておきたい。そしてまた、この「雲のうへに」の一首に、南殿の桜に対する後鳥羽院の愛着というか、むしろ執着の念は凝集している。王威の雅びに対するこのような執着の念はそのまま院政を続けるエネルギーに転化するであろう。

父子の相剋に苦しまねばならなかった後白河法皇に対して、温順な土御門天皇、院自身の雛型のごとき才気溢れるとはいえ、討幕の計画に至るまで院に従った順徳天皇を皇嗣とした後鳥羽院は、父子関係という点では幸福であった。院は譲位後も長期にわたって南殿の花見を心おきなく楽しむことができ、同時に長期にわたって治天の主であり続けたのである。その間、建保二年(一二一四)二月二十四日には順徳天皇も「於二南殿一翫レ花、当座」として、

もゝしきや花もむかしの香をとめてふるき梢に春風ぞふく　(三〇)

けふしもあれなにかはあだの名にたてん花にまれなる雲の上人　(三一)

春の日はながめてけふもくれなひのうす花ざくら色に出つゝ　(三二)

などの詠を試みていることが、『順徳院御集』(『紫禁和歌草』)によって知られる。これらの歌には南殿の桜の歴史の古さ、ひいては「もゝしき」——皇居そのものの歴史の悠久さに対する感嘆こそ籠められているものの、それは帝王が独占する雅びであるとする姿勢は窺われない。天皇は父院の統治の下に「くれなひのうす花ざくら」を春の日永ながめくらしているのである。このような天皇のあり方に徹した順徳院に『禁秘抄』の著述があり、その「草木」の項で左近の桜や右近の橘の沿革が詳述されていることは偶然ではない。

五

平安季世、慈円の言葉を借りれば「ムサノ世」(『愚管抄』巻四)になってのち、南殿は戦場と化したことがあった。平治元年(一一五九)十二月二十六日、平治の乱の折である。この内乱の顚末を語った『平治物語』で、

悪源太を初めて十七騎の兵《つはもの》ども、大将軍重盛ばかりにめをかけてくまんと大庭の椋木《むくのき》を中にたて、左近の桜、右近の橘を五廻《めぐり》・六廻・七廻《まはり》・八廻、既《すでに》十度計に及んで組んくまんとかけければ、十七騎にかけ立《たて》られて、五百余騎かなはじとや思ひけん、大宮面《おもて》へざと引《ひく》。(巻中)

という待賢門の軍の描写は余りにも有名である。右の引用は金刀比羅本によったものであるが、同本ではこれ以前、合戦の準備が整ったことを叙する件でも、右衛門督藤原信頼が藤原基衡から後白河院に献ぜられた陸奥の駿馬を「左近の桜の木の下に東向に引立」、越後中将藤原成親が鴾毛の馬を「右近の橘の木の下に是も東向に引立」てたと述べている。『平治物語』の作者は、南殿での合戦という異常事態を語るに際して、左近の桜・右近の橘という大道具を効果的に利用することを忘れてはいないのである。より正確に言えば、それは『平治物語』が形成される初期の段階では意図されていなかったことかもしれない。陽明文庫本などにおいてはそのような描写は見出されないのである(7)。とすれば、金刀比羅本のような本文の制定に関わった人々の間に、先に見た『金葉集』における俊頼にも通ずる、南殿を飾るこの両樹への親近感が働いて、殺伐な軍語りがこのように華麗に語る方向へと導かれていったのではないであろうか。人々の思いを王朝の雅びという磁場に引き寄せようと働く、南殿の桜の保持する磁力を感じないわけには

いかない。

平治の乱においてはその前で源平の死闘が繰り広げられたにもかかわらず、損われることのなかった南殿の桜も、承久元年(一二一九)七月十三日、あれほどこの桜に執着して繰り返し詠じた頼政の孫に当る大内守護源頼茂が後鳥羽院の官兵によって討たれた折に、彼が放った火で焼失した。しかし、内裏再建の際に元の桜の実生と称する源光行の家の桜が移植されている。『古今著聞集』は村上天皇以来のこの桜の沿革を述べたのちに、次のように語る。

承久に右馬権頭頼茂朝臣うたれしとき、又やけにけり。やがて造内裏ありしに、このさくらのたね、大監物源光行が家にうつしうへたるよしきこえて、めしてうへられけるとぞ。いづれの時のたねにてかありけむ、おぼつかなし。その桜もいく程なくてやけぬれば、いまはあとだにもなし。くちおしき事也。(巻第十九草木第二十九・六五〇話)

これによって後深草天皇の建長六年(一二五四)、『古今著聞集』成立当時、南殿の桜は存在しなかったことが知られる。

けれども、おそらくそれもしばしのことであったのであろう。花園天皇は母后顕親門院(藤原実雄女季子)と南殿の花をめぐって和歌の贈答を残している。

院位におはしましける時、南殿の花の比いらせ給べかりけるを、さはることありて程へ侍けるに、花のちりがたにたてまつられける　　顕親門院

恨みばやたのめし程の日数をもまたでうつろふ花の心を　(『風雅集』春・二三〇)

御返し　　　　　　　　　　　　　　　　　　院御哥

あだなれどさきちるほどは有物をとはれぬ花や猶うらむらん　（同・同・二三一）

もっとも、これがいずれの内裏での南殿の花であるかは明らかではない。

花園院に続いて、後醍醐天皇も自らの内裏に南殿の桜を植えさせ、寵妃後京極院（藤原実兼女禧子）とともにこれを愛で興じた。

南殿の桜を本府よりうへ侍ける時、大内の花のたねにて侍ければ　　　　　　　　左近大将冬教

いにしへの雲井の桜たねしあればまた春にあふ御代ぞしらるゝ　（『続千載集』春下・一〇七）

後醍醐院位におはしましける時、後円光院前関白左大臣（引用者注、鷹司冬教）左大将ときこえける比、大内の桜の種とて南殿にうつしうゑられて侍りけるが花のさきて侍りければ読める　　　　　　　　女蔵人万代

いにしへの雲ゐの桜いまさらにさきつつ御世の春や知るらむ　（『新千載集』慶賀・二三二）

南殿の花御覧ぜさせ給うけるをりふし、きさいの宮の御方より殿上にさぶらふをのこの中に宮づかさなるして一枝をらせられけるを、御前にめしておほせ事ありける　　　　　　　　後醍醐院御製

九重の雲井の春のさくら花秋の宮人いかでをるらむ　（『新千載集』春下・一二六）

御返し　後京極院

手をらずは秋の宮人いかでかは雲井の春の花をみるべき　（同・同・一二七）

南殿の桜のもとで連歌が行われたこともあった。『菟玖波集』に、

元亨二年南殿の花の陰にて人人連歌仕りける

今いにしへの春の面影

といへるに　後醍醐院御製

月影はみはしの花の雲のうへ

という付合いが見出される。同じ集には、足利尊氏の、

ひだり右にぞ人の名はある　前大納言尊氏

橘に枝をかはすは桜にて

という句も収められている。政治的、軍事的に対決せざるをえなかった両者が王朝の雅びを志向するという精神的風土においては共通していたことを物語るようで、興味深い。

それはともあれ、『新葉和歌集』に収められている後醍醐天皇の、

よし野の行宮におましまし〳〵ける時、雲井の桜とて、

世尊寺のほとりにありける花の咲たるを御覧じて

よませ給ふける

こゝにても雲井の桜咲にけりただかりそめの宿と思ふに　（春下・八三）

の詠は余りにも著名であるが、我々はその背後に先の「九重の雲井の春のさくら花」の歌や「月影はみはしの花の雲のうへ」の句を重ねて、この歌を読むこともできるのではないか。少なくともそのことによって、京の都の帝王であったよき日々に対する作者の愛惜の思いと、それを破壊し去った政治的現実への痛憤の念とは理解しやすくなると考える。後醍醐天皇は行宮の「雲井の桜」の彼方に、過ぎし日々咲き誇っていた紫宸殿南庭の桜を見ているのである。

六

後醍醐天皇が南殿の桜を愛でて歌や連歌に興じていた頃、兼好は『徒然草』の筆を執っていた。その中で木草の好みを述べる件りに至って、彼は桜花は一重に限ることを力説して、「吉野の花、左近のさくら、みなひとへにてこそあれ」という。この時、彼もまた左近の桜、南殿の桜が有する王朝の雅びの磁力に繋縛されていたのではないか。いな、「よからぬ人のもてけうずる」「世にまれなるもの」「めづらしくありがたき物」を排除しようとする兼好は、進んで王朝の雅びに沈湎しようとしているのである。

それからさらに一世紀ほど経て、正徹は永享六年（一四三四）二月上旬、前年十月二十日崩じた後小松法皇の諒闇によって、うちしめった雰囲気に包まれている後花園天皇の内裏の有様を見て歩いている。

二月上旬の比、ある人にともなひて、内裏の諒闇のさしき見まいらせたくて、南殿のかたより見めぐりしに、いづくもおろしこめられたり、みはしの桜いまださかず、いつ比うへられたるにか、ほそき枝ばかりなるやうにみえて、橘ぞ昔おぼえたる老木のさまなる、陣の座などもいたくちりばみて、礼義おこなはれたるやうにもみえず、清涼殿にめぐりて侍れば、殿上のしやうじよりはじめて、墨染にてあしの御すだれ、はしもひとつ色にて、もやのひさしもうちおろされて、人かげもみえず、時のふだ、年中行事のついたてしやうじなどぞ、たちどかはらず侍し

今ぞみるうす墨染のあしすだれ雲の上にもかゝりける世を　（『草根集』永享六年・二三〇）

正徹が『徒然草』を書写したのは、永享元年十二月中旬と同三年の三月二十七日から四月十二日にかけてのことである。永享元年の写本は「或仁」に遣され、現在正徹本『つれ〳〵種』として伝存するものは永享三年の写本である。この再度にわたる『徒然草』の書写を通じて、おそらく正徹は遠い王朝に対する憧憬を掻き立てられたのではなかったであろうか。『兼載雑談』によれば『洛陽之記』なる著作物もあったという正徹には、彼が現に住んでいる花洛に対する関心も旺盛だったのかもしれないが、この諒闇の大内見物は「諒闇のとしばかりあはれなることはあらじ」という文章に始まる『徒然草』第二十八段などに触発されての行為と見て、ほぼ誤らないのではないか。「ある人にと

の左近の桜が植え継がれていたことを知るのである。

もなひて」というその行動様式も『徒然草』での兼好のそれに通うものがある。そして、正徹は未だ若木の左近の桜と老木となっている右近の橘とを見遁してはいない。こうして我々は、いたく衰えた室町時代の内裏にも南殿の桜が植え継がれていたことを知るのである。

後年、正徹は幽玄体について次のように語っている。

いかなる事を幽玄躰と申べきやらん。これぞ幽玄躰とてさだかに詞にも心にもおもふ計いふべきにはあらぬ也。(中略)たゞ飄白としたる躰を幽玄躰と申べきか。南殿の花の盛に咲みだれたるを、きぬばかまきたる女房四、五人詠たらん風情を幽玄躰といふべきか。これをいづくかさても幽玄なるぞとゝはんに、爰こそ幽玄なれと申さるまじき事也。(『正徹物語』下)

永享六年(一四三四)二月上旬、正徹が目のあたりに見た南殿の桜は「ほそき枝ばかりなるやうにみえ」る貧弱なものであった。それならば、幽玄体の比喩とされる右の風景での南殿の花盛りは正徹にとってはやはり幻景にすぎなかったのであろう。王朝文化、王朝和歌そのものも、そしてそこで追求される幽玄の美も、すべては縹渺として捉えがたい幻以上の存在ではありえなかったのであろう。けれども、多年詠み溜めた二万数千首の歌草を不慮の近火によって灰燼に帰せられ、酷薄な専制君主足利義教によって草庵領を没収され、『新続古今和歌集』への入集さえも拒まれた正徹にとって、その幻以上に生の支えとなる確かなものがあったであろうか。正徹は現実に見た貧弱な若木の桜を透かして、豊麗に咲き満ちた南殿の桜と、そこに佇む絹袴をつけた美しい四、五人の女房達を視る。彼はその時、恍惚にも近い感動とともに、これが幽玄の境であろうかとかすかに感じる。それは明晰な認識であることを要しないのである。

自身それについて歌ったり物語を創り出したりすることはなかったが、南殿の桜に深い関心を示した文学者として、中世初頭の平康頼(性照)と中世半ばの橘成季も顕彰されてよいであろう。康頼の『宝物集』は(現存諸本がどれほど康頼原撰本の姿を伝えているかは今後の検討に俟たざるをえないが)それ自体一種の説話索引・説話歌集の趣を呈する作品であるが、南殿の桜関係の説話や和歌についても、東山双林寺の庵から嵯峨清涼寺への道行にこれらを織り込むという形で集成してみせた、文学風土理解のためのすぐれた案内書となりおおせている。また、成季の『古今著聞集』は、神祇・管絃歌舞・変化・草木など、多くの項にわたって南殿の桜の説話を採録している。変化の項に収められた話は、

同(天慶八年八月)十日朝に、又紫宸殿の前の桜の下より永安門まで、鬼のあしあと馬のあし跡など、おほく見えけり。(巻第十七変化第二十七・五九四話)

というものである。美しい桜は妖しいものを引き寄せる磁力をも備えているのであった。

近世に入っては、『徒然草』の注釈などを通じて北村季吟がこの桜の起源を考え、本居宣長も『本居宣長随筆』『玉勝間』などにおいて、左近の桜と右近の橘に関する古文献の記事を抜書きしている。おそらくはそれらも、好事家的な考証癖を満足させるというよりは、これらの花樹を通して日本の王朝なるもの、王朝文学の基底に働いているある力を探る端緒としようともくろんでいたのであろう。

そして、そのような試みはこれからも新たな目でなされてよいと考える。本稿はそのための一つの中間報告である

にすぎない。

注

(1) 後藤昭雄「王朝の漢詩」、日本文学協会編『日本文学講座』9詩歌Ⅰ(古典編)(大修館書店、一九八八年)所収。

(2) 『言談抄』については、ニールス・グュルベルク「岩瀬文庫所蔵『言談抄』と大江匡房」(『国語と国文学』一九八九年十月)が詳しい。

(3) 『直幹申文絵詞』の成立、同書と『十訓抄』『平家物語』『撰集抄』との関係等については、拙稿「二つの説話絵巻——「なよ竹物語絵巻」と「直幹申文絵詞」」(小松茂美編、日本絵巻大成20『なよ竹物語絵巻 直幹申文絵巻』(中央公論社、一九七八年))において考察し、のち『中世文学の時空』(若草書房、一九九八年)に収めた。

(4) 日本古典文学大系『愚管抄』補注では、『北野根本縁起絵巻』、『平治物語』巻中、『太平記』巻二十七、『明徳記』などの記述を引く。他に、『糸竹口伝』には琵琶の名器玄象について、「昔大内焼亡ノアリケルニハ。飛出テ大庭ノ椋木ニ懸リタリケリ」という伝承が見える。『宝物集』巻一(光長寺本)は、「中御《ノミ》門《カド》ノカドヲイリテ、大膳職、陰陽寮ナムドウチスギテ、大庭《ヲヽニハ》ノムクノ木ノ下《モト》ヲスグルニ……」と、その位置を記している。『正治二年後度百首』では、神主康業の作名を名乗る慈円が、「禁中」の題で南殿の桜を「三吉野の山もかひなく成りにけり御はしの花の春のけしきに」(一〇七九)と詠むとともに、「これをみん人は心ぞみがくべきおほばのむくのいにしへのあと」(一〇八三)と詠んでいる。これらの歌は『拾玉集』にも収められている。『西行上人談抄』には、大原の寂念の庵室で「おそろしきことを連哥に」した際、「やみの夜におほむくの木のしたゆかし」という「寂然舎兄の壱岐入道相空」の句に、西行が「ゐのきもあへぬことにもぞあふ」と付けて、人々に感嘆されたことが語られている。この「おほむくの木」もおそらく大庭の椋の木を意味するのであろう。なお、「〔シンポジウム〕報告 中世の信仰」のうち、拙稿「大原と伊勢——信仰と表現の場を考えるために——」(『中世文学』第三十四号、一九八九年五月)参照。

(5) 『今昔物語集』と『俊頼髄脳』との関係については、橘健二・今野達・松本治久等諸氏の論がある。なお、小峯和明

『今昔物語集の形成と構造』(笠間書院、一九八五年)四二頁参照。
(6)　拙稿「新古今集の美意識　大内花見の歌三首を軸にして」、注1と同一書、のち、『藤原定家とその時代』(岩波書店、一九九四年)所収。
(7)　このことについては、旧稿「原平治物語の世界」(『文学』第四十二巻十二号、「文学のひろば」一九七四年十二月)において言及した。

付記

和歌の歌番号は、『万葉集』の場合は旧国歌大観番号、勅撰集の場合は『新編国歌大観』の番号、私家集の場合は『私家集大成』の番号によって示した。依拠した本文は必ずしも右の叢書所収のものとは限らないが、煩わしいので注記を省く。なお、論文という形式ではないが、本稿や注6の論考と一部重なる内容のことは、拙稿「南殿の桜にみる中世の美意識」(『専門料理』第二十三巻四号、柴田書店、一九八八年)において述べた。

追記

その後、建保二年(一二一四)二月順徳天皇が南殿での当座歌会で「翫花」を詠じた際には、承久の乱後、北条氏によって斬られた藤原(中御門)宗行が序を献じたらしいことを知った。すなわち、『和漢兼作集』に、

建保二年南殿花下にて、うへのおのこども哥つかうまつりけるに、序たてまつるとて
前権中納言藤原宗行

うつしうゑし花もかはらずさきにけりむかしにかへる御代のしるしに　(巻第二春部中・一六五)

とある。順徳天皇の詠では「ふるき梢」というが、宗行の歌によれば、それは案外比較的近いある時期に他所から移植された老木であったのかもしれない。

和歌・誹諧歌・狂歌
——和歌と俳諧の連続と非連続

一

『古今和歌集』巻第十九雑体には、「短哥」「旋頭哥」に続いて、五十八首の「誹諧哥」が収められている。この誹諧歌は一般に「はいかいか」と読まれてきているが、竹岡正夫『古今和歌集全評釈 下』(右文書院、一九七六年刊)は、「誹」には「ハイ」の音はなく、「ヒ」「そしる」の字であ」り、『古今集』の諸本すべてが「誹諧」であるのに、これを「俳諧」と読み変えてしまう態度を「すこぶる強引で、独断である」として、これを「ひかいか」と読み、その語義を「おどけて悪口を言ったり、又大衆受けのするような卑俗な言辞を用いたりする意と解すべき」であるという。小島憲之・新井栄蔵校注新日本古典文学大系『古今和歌集』(岩波書店、一九八九年刊)においても、「ひかいか」と読み、「誹」や「諧」の字義を考えつつ、その語義を「万葉集巻十六の歌の系譜のもの。(中略)正体の歌に対して欠点のある歌の意か。(中略)おどけたり、悪口をいう、ふざけるの意か」と注する。片桐洋一『古今和歌集全評釈 下』(講談社、一九九八年刊)は竹岡氏の論を「まことに画期的な姿勢」と評価しつつ、「『古今集』の誹諧歌は、「誹《ひ》諧歌」すなわち誹《そし》る歌だけではなく、「俳諧」「滑稽」と言うべきものも含まれていることは否定できないのではないか」とし、「その場、その場で、いわば即興的に駄洒落的表現を駆使して、時には相手をなじったり、時には相手をやわらげたりするポーズをとって、ユーモラスに言葉をかける会話的な歌」であり、これは内容よりも形体による名称で、その特徴は「直接的に呼び掛ける歌体」であるという。ただし、同書では現在我々が誹諧歌を「ひかいか」と読むべきか、「はいかいか」と読むべきかについては、明言していない。

以上、比較的近年の注釈書での論を見た。研究史を遡ると、「誹諧」は「俳諧」の誤写であると考えたのは、契沖や賀茂真淵であったが、それとは別に、金子元臣は撰者達が「誹」の字を「俳」に通じるものと見なしてあえて用いたと考えていたようである。すなわちその著『古今和歌集評釈昭和新版』(明治書院、一九二七年刊)に「こゝに誹諧と書いたのは、下の諧の字の偏によつて、上の俳の字の偏をも言偏に作つたもので、かういふ例は、熟語にはよくあることである」という。これは傾聴に値する論ではないであろうか。竹岡氏は「たまたま「俳諧体」の詩が中国にあったところから、それと混同して誤解を招いたものと考えられる」とするけれども、漢詩での俳諧体との混同は撰者達の狙ったことでもあったのではないか。そのように考えるならば、誹諧歌を「はいかいか」と読むことは認めざるをえないであろう。それは漢字の読みとしては誤っていても、撰者達はそのように読まれることを期待していたかもしれないのである。中世における「誹諧」の読みが「ハイカイ」であったことは、寂恵本『古今和歌集』や東常縁・宗祇の『古今和歌集両度聞書』その他の資料によって確かめられるが(たとえば、東京大学国語研究室蔵『古今和歌集注抄出』でも「誹諧《ハイカイ》歌」と振仮名をしている。東京大学国語研究室資料叢書9『古今和歌集注抄出　古今和歌集聞書』〔汲古書院、一九八五年刊〕一一七頁参照)、それをこの集の成立時に遡らせてもよいのではないかと思うのである。

二

『古今和歌集』以後の勅撰集で「誹諧歌」乃至は「誹諧」の部立を設けているものは、『後拾遺和歌集』『千載和歌集』『続千載和歌集』『新千載和歌集』『新拾遺和歌集』『新続古今和歌集』の六集である。これらの集が何故にこの部立を設けているのかは、集ごとに綿密な検討を要する問題ではあるが、現在はそれを試みる余裕がない。ただ、いずれの集の場合にも、『古今集』への追随意識が存することは疑いない。

王朝歌学の形成期において、既に『古今集』の誹諧歌はわからないこと、難義とされていた。が、よくはわからないながらも、これを「ざれごと歌」と一応解した上で、それに類する歌を誹諧歌として括ろうとしていたのであろう。しかし、そうすることに対する疑問もあったに違いない。源俊頼の『俊頼髄脳』では、「これよく知れるものなし。又髄脳にも見えたることなし。古今についてたづぬれば、ざれごと歌といふなり。よく物いふ人の、ざれたはぶるゝが如し」と述べ、

むめの花見にこそきつれうぐひすのひとく〳〵といとひしもをる　(一〇一一)

秋のゝになまめきたてるをみなへしあなかしかまし花もひと時　(一〇一六)

の二首を引いて、「是がやうなることばある歌はさもと聞ゆる。さもなき歌のうるはしきことばあるは、なほ人に知られぬことにや」と論を展開させ、四条大納言公任が宇治殿頼通の問に対しても明確に答えなかったにもかかわらず、藤原通俊が『後拾遺集』で誹諧歌を撰んだのは「若しおしはかりごとにや」と、父経信が批判したということを伝え

ている。これによれば、経信や俊頼は誹諧歌＝ざれごと歌と単純には考えていなかったのであろう。俊頼の『散木奇歌集』には「恨躬恥運雑歌百首」のようなざればんだ表現や風体の和歌が存するにもかかわらず、それに「誹諧歌」の呼称を冠しなかったのも、あるいは父の『後拾遺』批判に同じようとする気持があったからかもしれない。『奥義抄』では『史記』などを引いて誹諧歌をさまざまに考えている藤原清輔が『続詞花和歌集』巻第二十を「誹諧」としないで「戯咲」としたのも、同様に誹諧歌＝ざれごと歌と決めてしまうことへのためらい、そして『万葉集』巻第十六の「戯咲」「嗤咲」に倣おうという意識があってのことではなかっただろうか。

『千載和歌集』巻十八雑歌下に誹諧歌の部を設けた藤原俊成の場合も、誹諧歌は決して自明ではなかったと考える。けれども、彼は『古来風体抄』の『古今集』の例歌で、誹諧歌としては、

もろこしのよしのゝ山にこもるともおくれんとおもふわれならなくに　(一〇四九)

なにはなるながらのはしもつくるなりいまはわが身をなにゝたとへん　(一〇五一)

よをいとひこのもとごとにたちよればうつふしぞめのあさのきぬなり　(一〇六八)

の三首を挙げ、「もろこしの」の歌については、

このうたは、漢朝に商山と申山は、我朝のよしのゝ山のやうに、みなみに侍なり。よりてかくよめるが誹諧の心にて侍なり。

「なにはなる」の歌については、

このうたは、ながらのはしくちにしのちまたつくらざれども、つくり侍べきゆへに、「つくるなり」とよめるが又誹諧のこゝろにて侍なり。

と、解説を添えている。

また、同じ著作で『万葉集』について論じて、

又、万葉しふにあればとて、よまん事はいかゞとみゆる事ども丶侍なり。第三の巻にや、太宰帥大伴卿さけをほめたる哥ども十三首までいれり。又、第十六巻にや、いけだの朝臣、おほうわの朝臣などやうのものどもの、かたみにたわぶれのりかはしたる哥などは、まなぶべしともみえざるべし。かつはこれらはこのしふの誹諧哥と申うたにこそ侍めれ。

とも述べている。

これより以前、彼は『六百番歌合』の判者として、藤原隆信の、

春はたゞ雲ぢをわくる心ちして花こそみえね志賀の山ごえ　(春下・九番右)

という作を、

右歌、花の雲ににたるよしの心のすぎて、誹諧になれる成べし。

と評し、また慈円の、

あらはれん秋をもしらぬかえでかなときはの色をしばしぬすみて　(夏上・三番右)

の歌については、

右は、誹諧の為体之上、かえでの心もいかゞとて、持とすべくや。

と判している。

また顕昭の元日宴の歌を判する際に、後に『古来風体抄』でも言挙げする「いけだの朝臣、おほうわの朝臣などや

うのものどもの、かたみにたわぶれのりかはしたる哥」や大伴旅人の讃酒歌に言及して、

万葉集は優なることをとるべきなりとぞ、故人申侍し。是、彼集きゝにくき歌もおほかるが故也。「山田朝臣の鼻のうへほれ」ともいひ、「酒のみてゑい泣きするにあにしかめやも」などは、とりいでがたかるべし。

と論じ、同じく顕昭の、

くぢらとるさかしき海の底までも君だにすまば浪ぢしのがん　（恋七・七番左）

の歌について、

左、くぢらとるらんこそ、万葉集にぞあるやらんと覚侍れど、さ様の狂歌体歌どもおほく侍る中に侍にや。しかれども、いとおそろしくきこゆ。

と評している。

以上のことから、俊成にとって誹諧歌とは、人の意表を突いた発想、突飛な比喩の歌から、奇抜な表現の歌、さらに日常的な褻の素材を詠んだ歌、卑陋な内容・素材の歌など、相当広汎なものであって、戯咲歌や狂歌もその中に含まれうると考えていたらしいことが知られる。そしてそれらのうち、古今的な誹諧歌に対しては積極的に鼓吹しないまでも、許容せざるをえないと考えていたから、『千載集』にも誹諧歌の部立を設けたのであろう。一つにはまた、清輔の『続詞花集』があえて「誹諧」とせずに「戯咲」としたことに対する反撥もあったのではないか。正雅を旨とする和歌の範囲内で許容される誹諧歌を世の歌人達に提示しようという意図があったのではないかと思うのである。

『続詞花集』の戯咲には、

人のあしをつむにてしりぬわがゝたへふみをこせよとおもふなるべし　（九七七）

ちはやぶるたゞすのかみのみまへにてしとすることのかくれなきかな　(九九〇)

よきつみといふともたれもかはじかしおとりてつくる人しなければ　(九九三)

などといった、身体表現を含む歌が含まれている(なお、詞書は省略した)。これらのうち、『千載集』の誹諧歌には「人のあしを」の歌が再録されているが、他二首は見出されない。俊成にとっては、「足」という表現が許容範囲ぎりぎりで、「しと」や「つみ」などの語を有する作品は、誹諧歌としても論外と見なされていたのであろう。

三

では、そのような俊成の姿勢は同時代の歌人達に強い影響を及ぼし、彼の威令が行われて狂歌に類するような歌は影を潜めたのであろうか。状況はむしろ狂歌風のものをも含めて、俊成の許容範囲を超えた誹諧歌が多く詠まれるように動いていったのであると見る。俊成に極めて近い所に狂歌の名手でもあった寂蓮がおり、また宮廷和歌の桎梏にとらわれない西行や慈円がいて、いずれもが口軽くそれまでは歌われることのなかったような対象を歌っていることを考えると、このことに関する限り、俊成の影響力はさほど大きくはなかったように思うのである。いかに和歌が宮廷貴族の文学であるにせよ、その貴族達の現実生活と不可分な関係にある以上、誹諧歌、狂歌の類はいつの時代にも存在して当然であろう。さらに新古今時代、後鳥羽院はこの類にも関心を示していたのであった(このことに関連して、以前「後鳥羽院が艶や優の美のみならず、俗の美をも許容する文芸意識の持主であった」と論じたことがある。拙稿「中世文学史論」『岩波講座　日本文学史』第五巻〔岩波書店、一九九五年刊〕一三頁参照↓本書所収)。そのことは『井蛙抄』巻第六雑談に語られている次の挿話からも知られる。

六条内府被」語云、後鳥羽院御時、柿本、栗本とておかる。柿本はよのつねの歌、是を有心と名づく。栗本は狂歌、これを無心といふ。有心には、後京極殿、慈鎮和尚以下、其時秀逸の歌人也。無心には、光親卿、宗行卿、泰覚法眼等也。水無瀬和歌所に、庭をへだてゝ無心座あり。庭に大なる松あり。風吹て殊に面白き日、有心の方より、慈鎮和尚、

　心あると心なきとが中に又いかにきけとや庭の松風

と云歌よみ、無心のかたへ送らる。宗行卿、

　心なしと人はのたまへどみゝしあればきゝさぶらふぞ軒の松風

と返歌を詠じけり。「「耳しあれば」がなまさかしきぞ」と上皇勅定ありて、わらはせ給ひけり。

『新古今集』に誹諧歌の部立が見出されないことは、決してこの時代誹諧戯笑の類の歌が下火であったことを意味するものではないのである。

これと似たことは『玉葉和歌集』についても言いうるであろう。この集も誹諧歌の部立を設けていない。けれども、その雑歌三に、

　　後京極摂政家に百首哥よみ侍けるに　　寂蓮法師

　このうちも猶うら山しやまがらの身の程かくすゆふがほのやど　(二二六五)

という歌を入れている。これは『今物語』で、

　此山のしゝいかめしくみゆるかないかなる神のひろまへぞこは

年へたる風のかよひぢたづねずはよもぎが関をいかゞすへまし

などとともに、寂蓮の狂歌の例として語られているものであった。だからこそ、『玉葉集』の論難書である『歌苑連署事書』は、この「やまがら」の歌について、

これ狂哥なるべし。信実朝臣今物語にもかきいだせり。軽忽なり。

と難じたのであった。『玉葉集』の次の『続千載集』では、誹諧歌の部が設けられた。だからといって、二条為世が誹諧歌に対して積極的で、京極為兼が消極的であったとは言えないのである。むしろ『為兼卿和歌抄』によれば、為兼は歌詞の褻晴を問わないという点において、曾祖父俊成の教えには対立しているのである。対立していながら、

心をさきとして詞をほしきまゝにする時、同事をもよみ、先達のよまぬ詞をもはゞかる所なくよめる事は、入道皇太后宮大夫俊成・京極入道中納言・西行・慈鎮和尚などまで、殊おほし。

と、俊成や定家も自身と同じであると言いくるめているのである。誹諧歌的なものに対する関心は為世よりも為兼の方が強かったと考える（この見方は、勅撰集での誹諧歌の部立の有無によって、ひとまず「誹諧歌肯定派としての二条家系歌人に対する誹諧歌否定派としての反二条家歌人」という構図を提示した上條彰次氏の見方〔同著『中世和歌文学論叢』和泉書院、一九九三年刊〕とは異なることになる）。『野守鏡』では、為兼の秀歌として喧伝されていたという、

なけとなる有明がたの月影よ郭公なる夜のけしき哉

荻の葉をよく〳〵みれば今ぞしるたゞおほきなる薄なりけり

の二首を槍玉にあげて、「古き狂歌」として伝わる、

十五夜の山の端いづる月みればたゞおほきなるもちひなりけり

と似た「をかしからぬ狂歌」であると罵倒しているが、そう難ぜられるだけのことはあったのである。

四

それでは、このような誹諧歌的なものへの志向は、中世和歌の展開にとってマイナスであっただろうか。私はそうは考えない。むしろ一つの美的基準によって測られかねない和歌の世界に、複数の基準を導入せざるをえない契機となったという意味で、時代の要請ともいうべきこの志向は、中世和歌にとってプラスであったと考える。具体例を挙げれば、西行におけるこのような志向が、あの「たはぶれ歌」や地獄絵を見ての連作、源平動乱関係の作品など、『聞書集』に収められている極めてユニークな作品群を生んだのであった。また、慈円における同様の志向は、たとえば「賀茂百首」のような特異な作品となって結実している。新古今時代以後では、『新撰和歌六帖』での衣笠家良・藤原為家・同知家・同信実・同光俊(真観)の五人の作が、作品の達成度はともかく、詠歌の対象を拡大する上では力あった。

そして、これらの作品の大部分は、その誹諧的傾向のゆえに、勅撰集に採られることはなかった。けれども、歌語・歌材中心におびただしい数の和歌を分類・蒐集しようと努めた『夫木和歌抄』には、これらのうちの多くが採録されている。その『夫木抄』は連歌師必見の集とされ、近世に入ると板行されて、俳人達にも利用されたのである。ということは、西行や慈円、『新撰六帖』の作者達の誹諧的なものへの志向は、後代の連歌師や俳諧師にも確かに伝えられたということを意味するであろう。

『新撰六帖』は、二条派ではすこぶる評判の悪い歌集である。すなわち、『井蛙抄』巻第六雑談に次のごとくいう。

戸部被レ申云、寛元六帖人々歌、大略誹諧たゞ詞也。民部卿入道詠も誹諧体多しとて、常盤井入道相国、故京極中納言入道被レ申候風体には異とて、しばしは不レ被レ請云々。彼六帖歌体に諸人の歌なりて、暫は歌損じてける也。

けれども、この集では五人の作者が一貫して、ある物、またある事柄をいかに歌うかという目的の下に詠歌を競ったのであった。そのような詠物歌に対する志向は、早く『新古今』前夜の九条家に集う歌人達の間に認められた。建久二年（一一九一）の「十題百首」（先に引いた寂蓮の『玉葉集』入集歌もこの百首での詠である）や同七年藤原定家が試みた「韻歌百廿八首和歌」などはその典型的なものであろう。それらの詠物和歌は確かにそれ以前の抒情性を重視する和歌とは異なった、硬質な新しい美を和歌の世界にもたらしたと考える。そしてそれが京極派の和歌のあるものにも影響を及ぼしていることも事実なのではないだろうか。たとえば為兼の、

思ひそめき四の時には花の春はるのうちにも明ぼのゝ空　（『玉葉集』春下・一七四）

という歌は、これまた『歌苑連署事書』で、

ひごろより自歎哥ときこえき。たゞ「春のあけぼの」といへるほかは、なにともみえず、もじくさりのやうにぞきこゆる。をそれある申ごとなり。

と批判されている作であるが、このような多くの名詞を助詞「の」で続けた歌い方は、新儀非拠達磨歌と誇られた頃の定家の、たとえば、

ろふのうへの秋ののぞみは月のほど春は千さとの日ぐらしの空　（『拾遺愚草員外』初度伊呂波四十七首）

といった作品の血脈を引いているように思われる。両者にはともに名詞によって表される物や事柄への関心が著しい。そこにはいわゆる和歌的抒情と異なって、むしろ後代の俳諧の世界で求められる、詠物によってもたらされる表現美に通ずるものが認められる。二条派が極力否定しようとした中世和歌の新しい展開は、和歌の裡に後の俳諧的表現を胚胎させていたとも考えられるのである。

「あはれ」とともに、「をかし」は文学が本来的に求める美である。けれども、宮廷和歌の世界においては、その一方がともすれば隠蔽され、封印されようとする傾向が強かった。誹諧的なものが顕在化してゆくことは、「をかし」の復権を意味していた。そして同時に宮廷和歌の変質を、さらにはそれに代る新しい詩歌、すなわち連歌、そして俳諧の派生と文学的確立を促したのである。

酒の歌、酒席の歌

一

二条良基は『連理秘抄』において、

稠人・広座・大飲・荒言の席、ゆめ〳〵張行すべからず。すべて其の興なし。

と戒めている。連歌の座に関してこのような戒めがあるのであれば、酒盃を傾けながら詠歌することなどは以ての外の行為であっただろうと考えたくなる。

けれども、『伊勢物語』は語る。

狩はねむごろにもせで、酒をのみ飲みつゝ、やまと歌にかゝれりけり。いま狩する交野の渚の家、その院の桜ことにおもしろし。その木のもとにおりゐて、枝を折りてかざしにさして、上中下みな歌よみけり。馬頭なりける人のよめる。

世中に絶えて桜のなかりせば春の心はのどけからまし

となむよみたりける。又人の歌、

散ればこそいとゞ桜はめでたけれうき世になにか久しかるべき

とて、その木のもとは立ちてかへるに、日ぐれになりぬ。（八十二段）

これは歌物語の世界でのことと処理してしまうわけにはいかないであろう。藤原敏行の、

老いぬとてなどかわが身を責きけむ老いずは今日に逢はましものか　（『古今集』雑上・九〇三）

という歌は、宇多天皇の代、殿上の間で「大御酒賜ひて、大御遊びありけるついで」に詠まれたものであった。また、『後撰和歌集』によれば、「子ゆえの闇」という諺の出所ともいうべき藤原兼輔の余りにも著名な歌、

人の親の心は闇にあらねども子を思道にまどひぬる哉　（雑一・一一〇二）

は、左大将藤原忠平主催の「相撲の還饗」も果てて散会後、「やむごとなき人二、三人許とゞめて、客人、主、酒あまたゝびの後、酔にのりて」詠まれたものであったという(1)。

やや下って、大江匡房の、

高砂の尾上の桜咲きにけり外山の霞たゝずもあらなん　（『後拾遺集』春上・一二〇）

という歌は、後に『小倉百人一首』にも選ばれた名歌であるが、内大臣藤原師通家において「人〳〵酒たうべて歌よみ侍けるに、遥かに山桜を望むといふ心を」詠んだものであった。古来の名歌秀逸はしばしば酒席において生れているのである。

二

酒席において飲酒という行為自体を詠んだ歌もないわけではない。先の兼輔の孫に当たる為頼は、

もちながら千代をめぐらんさか月の清きひかりはさしもかけなん　（『後拾遺集』雑五・一二二三）

と詠んでいるが、『後拾遺和歌集』におけるその詞書は、「人の、かめに酒入れてさか月に添へて、歌よみて出し侍けるに」というので、あなたの千代を祝して盃を挙げましょうという内容の勧酒歌と見られる。もとより盃は望の月に見立てられているのである。(2)

酒をねだった歌もある。『古今和歌集』の、

玉だれのこがめやいづらこよろぎの磯の浪わけおきに出でにけり　（雑上・八七四）

という歌がそれで、作者は敏行である。先の「老いぬとて」の歌と同じく、宇多天皇の代の殿上の間で、殿上人達が女蔵人に銚子を持たせて、「后宮の御方に大御酒の下し」(お下がり)を無心したけれども梨の礫なので、われわれのお銚子はどこへ行ってしまったのかいと、女蔵人に言い送ったという歌である。「玉だれのこがめ」は、小瓶(瓶子)を小亀に見立てているのである。

源俊頼も一首ならず飲酒の歌を残している。

きよみきのひじりをたれもかたぶけてしゐをつみえぬ人はあらじな　（『散木奇歌集』雑上）

詞書に「人のもとにまかりて、よもすがらあそびけるに、さけなどのみて、しゐのありけるをつみなどして、ある

ひじりの、あやしきことなど、くち〲にいひけるついでによめる」という。おそらく管絃の遊びをし、酒を飲んだのであろう。「しゐ」は椎の実で、その場では酒の肴とされたことになる。

たけのはにうかべるきくをかたぶけてわれのみしづむなげきをぞする　（同・秋・九月）

これは田上の山荘における九月九日、重陽の節句で菊酒を飲みながらの述懐である。

あさゐてにきびのとよみきのみかへしいはじとすれどしゐてかなしき　（同・雑上）

これは「恨躬恥運雑歌百首」のうちに見えるもので、「きびのとよみき」は丹生女王が大伴旅人に贈った歌、

古人の飲《たま》へしめたる吉備の酒病まばすべなし貫簀《ぬきす》賜《たば》らむ　（『万葉集』巻四・五五四）

にもとづくと思われる。「いはじとすれど」というのはもとより自身の不運を言うまいとするがの意で、これも愚痴の歌ということになる。

「さけによするこひ」という題詠歌もある。

よの人はとひしたむともすまざらばみきとないひそしばしもらさじ　（『散木奇歌集』恋下）

俊頼の父経信も、気の合った人々との会席で老をかこちながら盃を傾ける自らの姿を、「初冬述懐」と題する長歌に写している。

あらたまの　年くれゆきて　ちはやぶる　神無月にも　なりぬれば　露より霜を　結びをきて　野山のけしき
ことなれば　なさけ多かる　人〱の　とをちの里に　まとゐして　うれゑ忘るゝ　ことなれや　竹のはをこそ
かたぶくれ　（『大納言経信集』）

永保二年（一〇八二）十月、源政長の八条の家での詠である。経信は六十七歳であった。

やや特殊な状況での飲酒に伴う詠歌の例が、『後拾遺集』の神祇歌に見出される。それは神託として詠まれた歌である。

さか月にさやけきかげの見えぬれば塵のおそりはあらじとを知れ　(雑六・神祇・一一六〇)

後一条天皇の長元四年(一〇三一)六月十七日のことである。伊勢の斎王嫥子女王が内宮に参って奉仕していると、「にはかに雨降り、風吹きて」斎王に伊勢荒祭宮の神が憑き、祭主大中臣輔親に託宣した。その内容は斎宮権頭藤原相通夫妻が神威を詐り、民を惑わせている罪を糺明せよというものであった。(3) その時二十七歳の斎王は「たび〳〵御酒《みき》めして」、輔親に「かはらけたまはすとて」右の歌を詠じたのである。輔親はこれに対して、

おほぢ父むまごすけちか三代までにいたゞきまつるすべらおほん神　(同・一一六一)

と奉答している。憂えの玉箒ともなる酒は、人と人とを和ませるにとどまらない。時には神と人とをつなぎもしたのであった。

三

けれども、平安以降おびただしい数にのぼる和歌を眺め渡すと直ちに気付くことは、酒の歌は極めて乏しいという事実である。試みに、鎌倉時代末期に編まれた類題和歌集の『夫木和歌抄』巻第三十二雑部十四の「酒」という項目を見ると、そこには十五首の歌が収められているが、そのうち七首は『万葉集』の歌で、残り八首が平安時代から鎌倉初頭の詠である。八首のうちの三首は既に見た俊頼の歌、残り五首の作者は、大江千里・藤原隆季・藤原季経・藤

原良経・藤原定家である。

千里の歌は『句題和歌』(『大江千里集』)に見えるもので、

　　十分一盞暖於人

あくまでにみてる酒にぞさむき夜は人の身までにあたゝまりける

という、冬の歌として詠まれている。隆季の作は久安六年(一一五〇)の『久安百首』で秋の歌として詠まれたもので、

竹のはに籬の菊を打そへて花をふくらん玉のさかづき

と、重陽の節の菊酒を詠じた。季経の作は『六百番歌合』で「九月九日」の題詠、

春秋に富める宿には白菊を霞の色に浮べてぞ見る

というので、やはり菊酒の歌である。良経の歌は、

このしたにつもるこのはをかきつめてつゆあたゝむる秋のさか月　(『秋篠月清集』秋)

というので、白楽天の「林間煖〻酒焼二紅葉一」(『和漢朗詠集』秋・秋興)の翻案と見られるものである。定家の詠は建保五年(一二一七)の「韻字四季歌」における冬の歌の一首、

　　兆民収稼孟冬節　田畝有年万国娯

をみ衣しろきをすへてさか月のめぐみにかへる夜はぞたのしき

という、農民が収穫を喜んで酌む酒に豊明節会での白酒を重ねたような歌である。この白酒は早く『万葉集』に、

天地と久しきまでに万代に仕へ奉らむ黒酒《くろき》白酒《しろき》を　(巻十九・四二七五、文室智努)

と歌われているものである。

もとよりこれら以外にも酒の歌が無いわけではない。たとえば平安末期の『為忠家初度百首』には雑の題の中に「野酌」というのがあった。そこで酒は、

盃にかげをうかべてさゞれ水心をのべに出にけるかな　（藤原忠成か）

諸ともにいざかたぶけん山賤のそのうへにたてる桑の葉の露　（藤原顕広＝俊成か）

風そよぐ秋の野立て朝な〳〵くみこそつくせ桑のはの露　（源頼政か）

などと歌われている。また、先に『六百番歌合』における季経の作を見たが、この歌合には「九月九日」の他にも、年中行事にもとづく「元日宴」「三月三日」「仏名」などの題が設けられていて、歌人が酒を詠もうと思えばその機会もあったのである。そして、

新玉の年を雲居に迎ふとてけふ諸人に御酒《みき》たまふなり　（春上・一番左持、良経）

けふといへば岩間に淀むさかづきを待たぬ空まで花に酔《ゑ》ふらむ　（春下・十五番左負、藤原有家）

唱へつる三世の仏の中の夜になぞ栢梨《かへなし》を勧めおきけん　（冬下・三十番右持、慈円）

などといった歌が詠まれている。「けふといへば」の歌はもとより曲水宴における流卮を詠じたもの、「唱へつる」の歌での「栢梨」は、栢梨の勧盃のことをさす。摂津国栢梨荘で採れる梨で造った甘酒である。

飲酒を伴う年中行事としては、これらの他六月一日の献醴酒というものがあった。後醍醐天皇の『建武年中行事』に、「けふより御膳に一夜ざけまいる。七月つごもりまでなり。うち〳〵もまいる」、『年中行事歌合』に「俄に造りたる酒なるべし」というように、これも甘酒に類するものであった。この酒も、

いかにして一夜ばかりの竹の葉にみきといふ名を残しそめけん　（『新葉集』雑上、後村上院）

いく千代も絶ずそなへむ六月のけふのこざけも君がまに〳〵　(『年中行事歌合』十七番左、藤原良冬)

などと歌われてはいる。しかしながら、これらは儀式的なものであって、到底おおらかな飲酒の歌とはいえないであろう。

以上の他、翻訳和歌集ともいうべき源光行の『蒙求和歌』に酒部があり、二十首が収められ、同じく光行の『百詠和歌』の服玩部、「酒」にも二首が見出されるが、平安から中世の和歌の総体においては、やはり飲酒という行為は稀にしか歌われなかったと言ってよいであろう。

四

平安から中世にかけて、次第に百科全書的な知識の集積を誇る傾向が顕著になってくる歌学は、酒を全く無視していたわけではない。藤原範兼の『和歌童蒙抄』第五部には飯食部があって、「酒」「飯」「薬」の項が設けられている。「酒」の記述は左のごとくである。

思ふ中酒にゑひにしわが中はあふひならではやむくすりなし

六帖第六に有。ゑひたるには、あふひのみをくへばさむといへり。

「思ふ中」の歌は注文にいう通り『古今和歌六帖』第六の歌で、題は「あふひ」、第三句は「我なれば」とある。もとより草の葵に「逢ふ日」を掛けた恋の歌である。

次に、順徳院の『八雲御抄』巻第三枝葉部の衣食部では、「酒」に関する和歌表現を次のように列挙している。(4)

酒　みき。とよみき。ながるゝかすみ。竹の葉。栢梨。しろき。くろき。万〔には〕しろみき、くろみきといへり、同事也。あ《万》そびのむといへり。はるのかざすゝむといへり。みわすゑまつるとは、神に酒をまゐらする也。わとは酒字也。ひ《万》あひのさけ(たゞその日あるといふ心なり。)ゆにてしろと云、一説有。

これは王朝中世の和歌において酒に関する表現がいかに豊富であったかを物語るものではない。むしろいかにして「酒」という言葉を用いないで済ますことができるか、歌人達が腐心した結果がこれらの表現の大部分を生んだのである。

三代集から『後拾遺集』あたりまでは、今までその一端を垣間見たように、詞書に「酒」や「かはらけ」などの言葉も散見されたのであったが、以後の勅撰集ではそれらの言葉は激減する。たとえば、『新古今集』での定家の、

春をへてみゆきになるゝ花の陰ふりゆく身をもあはれとや思　(雑上・一四五六)

という歌の詞書は「近衛司にて年久しくなりてのち、上のをのこども大内に花見にまかれりけるによめる」と書かれている。この歌は建仁三年(一二〇三)二月二十四日、彼が藤原雅経・源具親・源家長・鴨長明などの和歌所の人々と私的に行った大内の花見での詠で、『明月記』によれば家長が盃酒を取り出している。しかしながら、『新古今集』では、「酒飲みて」とか「かはらけまゐりて」といった類の表現は見出されないのである。おそらくそれはかなり意識的に避けられた結果と考えてよいのであろう。そこには飲食という行為を歌うことを凡卑とする貴族の美意識が働いている。

そのことを明確な形で述べているのは、藤原俊成の『古来風体抄』である。同書の秀歌例において彼は大伴旅人の讃酒歌十三首のうち三首を掲げた。

太宰帥大伴卿讃《ホムル》酒哥十三首之内
さけのなをひじりとおもひしいにしへのおほきひじりのことのよろしき
なか〳〵に人とあらずはさかつぼになりみてしかもさけにしみなん
たゞにゐてかたらひするはさけのみてゑひなきするになほしかずけり

そして、次のようにいう。

酒なども、このごろの人もうち〳〵にはことのほかにゑいにのぞむなれども、大饗などのはれにはまねばかりなるを、はやくははれにもをかしき事になんしける。さればこの人もかくほめてよみけるなるべし。

さらに『万葉集』の秀歌例を抄し了ったのち、同集をいかに学ぶかを説いて、次のように述べたのであった。

又、万葉しふにあればとて、よまん事はいかゞとみゆる事どもゝ侍なり。第三の巻にや、太宰帥大伴卿さけをほめたる哥ども、十三首までいれり。又、第十六巻にや、いけだの朝臣、おほうわの朝臣などやうのものどものかたみにたわぶれ、のりかはしたる哥などは、まなぶべしともみえざるべし。かつはこれらはこのしふにとりての誹諧哥と申うたにこそ侍めれ。

このような考え方は、『六百番歌合』における顕昭らの皮相な「万葉の古風」の模倣作に接して、俊成の裡において確信に近いものになっていったのであろう。

また、寂然が十重禁戒のうちの不酤酒戒を、

はなのもと露のなさけはほどもあらじゑひなすゝめそはるの山かぜ　（『唯心房集』）

と歌っているところに端的に知られる仏教的な規制も働いたとも思われるが、やはり最大の原因は「うち〳〵にはこ

とのほかにゑいにのぞ」んでも、詠歌に際しては飲酒に関する表現を避けるという貴族の美意識が、古典和歌における酒の歌を極度に貧困にしたのであろう。

けれども、貴族の文芸がすべて酒に対して冷淡であったとはいえない。漢詩文の世界は酒に対しておおらかである。『和漢朗詠集』や『新撰朗詠集』には「酒」の項が設けられ、白楽天や公乗億の詩句と共に日本漢詩人達の作も収められている。『本朝文粋』には延喜十一年(九一一)六月十五日宇多法皇が暑気払いに群臣に「淳酒」を賜った時の「亭子院賜飲記」と題する紀長谷雄の文章がある。そこでは平希世・藤原仲平・藤原経邦・藤原伊衡らの酔態が事細かに叙されている。『本朝続文粋』には惟宗孝言の「酒讃」が見出される。

米泉遺レ味。杜康濫レ觴。香含二晩桂一。醸落二秋桑一。眼界花発。肝家葉張。騰々乗レ楽《興イ》。携入二酔郷一。

そしてまた、催馬楽には酔態を歌った「酒を飲べて」があった。

酒を飲《たう》べて　飲《た》べ酔うて　たふとこりぞ　参《まう》で来《く》ぞ　よろぼひぞ　参で来る　参で来る　参で来る

中世に入ると、これらのエッセンスを集約して早歌の「酒」も作られるのである。

酒に明徳の誉有り　然も百薬の名を献ず　万年を延ぶる翫び　皆情を催す媒たり（下略）（『宴曲集』巻五・酒）

このように見ると、日本の古代後期から中世にかけての詩文がおしなべて酒を拒否していたわけではないと知られる。酒は優艶をよしとする和歌の世界において疎まれていたのであった。

和歌におけるこの規制は、酒だけではない。飲食という行為の多くに及び、さらに身体器官や性的な事柄に関する表現に及んだのであろう。とすると、酒の歌・酒席の歌を考えることは、漢詩文や歌謡と異なる古典和歌というジャンルそのものの意義を考えること、生身の人間としての生活とその詩的表現との関係を考えることを意味するであろ

う。今はそれらの問題の余りにも大きく、かつ多岐にわたるであろうことを思いながら筆を擱く他ない。(5)

注

(1)『大和物語』四十五段に語られるこの歌の詠まれた事情は全く異なる。そこでは女桑子が愛されることを願って醍醐天皇に奉られたものと語る。

(2)紫式部が後一条院誕生の五夜でこれに酷似した賀歌を詠んでいる。

めづらしきひかりさしそふさかづきはもちながらこそ千世を《も》めぐらめ　(『紫式部集』『紫式部日記』)

この歌は『後拾遺集』賀、『新撰朗詠集』酒に採られている。

(3)久保田淳・平田喜信校注、新日本古典文学大系8『後拾遺和歌集』(岩波書店、一九九四年)三七七頁参照。

(4)片桐洋一編『八雲御抄の研究　枝葉部　言語部　研究篇』(和泉書院、一九九二年)には、以下の和歌表現の用例が掲げられていて参考になる。

(5)別稿「漢詩と和歌のあいだ」(石川九楊編集『書の宇宙』11、二玄社、一九九七年)において、僅かではあるが和漢兼作歌人の酒に関する漢詩句に言及した。今回の本稿と同様のテーマで書かれた論考として、早く上條彰次「酒詠論——俊頼・俊成をめぐって——」(『文学』一九七二年十月、同著『中世和歌文学論叢』(和泉書院、一九九三年)所収)がある。中世後期から近世の和歌、近代短歌をも見通しつつ、俊頼・俊成の和歌観に焦点を当てた、壮大な構想で極めて示唆的な詳論である。

虹の歌

(児雷也・高砂勇美之助・夜叉五郎)三人一時の見得。誂らへの鳴物になり、両人窺ひ寄つて児雷也と行当り、鉄砲と弓とをかせにダンマリの立廻りよろしくあつて、五郎勇美之助刀を抜き児雷也へ切つてかゝる。児雷也印を結ぶ、ドロ〱にて両人たぢ〱となる。児雷也そのまゝ藤橋の真中へ消える。掛煙硝立上り、両人顔見合せきつと見得。鳴物替つて両人立廻りよき程に縫ひぐるみの蝦蟇出て、此の中へはひり、両人蝦蟇をかせに立廻り、トヾ両人一時に蝦蟇を蹴返す。橋の上より切穴へ落ちる、両人谷底を見込むと、ドロ〱になり、後ろ黒幕を切つて落す奥深に山の書割、空へ火入りの虹あらはれる、両人是を見上げ左右へ別れ、足を踏み出すを、木のかしら、上手に五郎刀をかつぎ、勇美之助刀を差付け、両人引つぱりの見得にて、よろしく、

ひやうし幕

（『児雷也豪傑譚語』序幕　藤橋だんまりの場）(1)

一

『万葉集』には一首だけ、上野国の東歌に虹の出てくる歌がある。

伊香保呂能《いかほろの》　夜左可能為提爾《やさかのゐでに》　多都努自能《たつのじの》　安良波路万代母《あらはろまでも》　佐禰乎佐禰弖婆《さねをさねてば》　（巻十四・三四一四）(2)

この歌は「上野国相聞往来歌廿二首」のうちの一首である。第三句の「努自」は「ノジ」と訓読され、虹を意味する。早く、契沖は『万葉代匠記』初稿本において言う、

やさかのゐても所の名なるへし。たつのしは起虹《タツニシ》なり。水ある所よりよく虹はたつなり。遊仙窟云。梅梁《ノ》桂棟《ノハ》、疑《カフ》二飲《ノメル》レ潤《ニ》長《キ》虹《カト》一。三体詩《ニ》祖詠汝《カ》墳《ノ》別業詩《ニ》、虹蜺出《ツル》レ潤《ヲ》雲《ヨリ》。注《ニ》筆談《ニ》曰。世伝《フ》虹蜺入《テ》二渓潤《ニ》一飲《ムト》レ水《ヲ》信《ニ》然《リ》。あらはろまてもはあらはるゝまてもなり。さねをさねてはゝ、ねたにねたらは何をかおもはむなり。虹のたつによせてしのふことのあらはるゝをたとへて、たとひ終にあらはるゝまても、心をあはせてねたにねたらはといふなり。(3)

精撰本においては、二つの漢文を含む虹に関する記述はほとんど抹消されている。ここでは、初稿本での記述が貴重である。

『詩経』鄘風の「蝃蝀」三章は虹を歌った民謡で、その最初は次のごとき詞章である。

蝃蝀在レ東　　蝃蝀の東に在る

莫㆓之敢指㆒　之を敢へて指さすこと莫《な》し
女子有㆑行　女子には行《みち》有りて
遠㆓父母兄弟㆒　父母兄弟より遠ざかる

「蝃蝀」は虹を意味する。吉川幸次郎氏はこの詩の解説で、「にじはきれいなものとしては意識されず、天と地が男女のように交合するときに生まれるいやらしい現象として意識された。これは、虹をけがらわしいものとして厭悪する、おとなしい娘のうた」といわれる。(4) 白川静氏も「虹は陰陽の気の交わりとしてあらわれるもので、天地の婬気であるとする考えがあった」といわれるが、この三章から成る詩は「いわば棄てられた男の歌である」と見ておられる。(5)

中西進氏は、外来習俗に基づいて詠まれた万葉歌の問題を考えようとする立場から、『古事記』中巻の天之日矛伝説での「耀㆑如㆑虹」日光や、『日本書紀』巻第十四雄略天皇三年四月の条に語られる、誣告されて自経した栲幡皇女が神鏡を埋めた五十鈴河の河上に立つ虹などと共に、中国古文献での虹に論及し、この「蝃蝀」を引いて、「万葉集においても虹は恋に固執している」「いまだ知られざる太古の虹にも神秘的な畏怖感を推定しないことは、正しくないであろう。しかし以上述べた如きものが万葉人の虹の幻影であるとすれば、この複雑に深刻化された虹の姿を想い見た心情に、外来性を認めることができる」と論じておられる。同氏はその後も『万葉集』の校注において、この歌の虹に「不吉な邪淫の現れとされた」と注された。(6) 水島義治氏はこの中西氏の所論を紹介して、「全くの新しい解釈として注目しなければならない」と言われるが、「伊香保の八尺の堰塞に立つ虹のように、はっきり人目につくほど十分に共寝をすることができたならば。(どんなに嬉しいことだろう。)」と余意を補う氏自身の解釈は、「下に不安の余意」と注する中西氏のそれとは異なっていることになる。(7)

渡部和雄氏はこの歌に関連して、『ファウスト』第二部第一幕、幽邃な土地でのファウストの独白(8)において述べられる虹に言及し、そこでは「虹は地上性、歴史性と天上性、空間性を仲介するものである」が、この東歌では「男女の性が空間化して虹になってしまうようである」と言われる。(9)

いずれにせよ、上代日本における虹が、神秘性とともに男女の性愛への連想を伴っていたらしいことは、想像してもよいのではないであろうか。

二

『万葉集』の東歌以後、虹の歌を見出すためには、平安末期まで下らねばならないようである。すなわち、覚性法親王の『出観集』に次のような一首が見出される。

雨後谷心涼
雨はれて入日の雲に虹《西歟》ふけばはだえさむしも谷のゆふかぜ(10)　(二七七)

問題の箇所に「西歟」という傍注があり、書写者は虹ではなくて「西」(西風)の意かと疑っているもののごとくであるが、西風とすると結句の「谷のゆふかぜ」と重複して、歌としておかしなことになる。『新編国歌大観』では「西ふけば」という本文を制定しているが、これはやはり虹の作例と見てよいであろう。(11)「虹ふけば」という言い方は、虹の本体を古人がどう考えていたかを探る際に注目されてよい。

西行は覚性法親王の御所に出入りしていた。この歌をも知っていなかったとは限らない。その西行の小さな家集、

『残集』の巻軸の歌は、葛城山に懸かる虹を詠じたものである。

高野へまいりけるに、かづらきの山ににうじのたちたりけるをみて

さらにまたそりはしわたすこゝちしてをふさかゝれるかづらきのみね(12)

ここで西行は葛城山に伝わる、役行者と一言主神の岩橋にまつわる伝説を思い浮かべている。諸書に見えるものであるが、ここでは顕昭の『袖中抄』第六に語るところを引いておく。(13)

行者……アマタノ鬼神ヲ召テ、葛木山ト金ノ御峯トニ橋ヲツクリテワタセ、我カヨフミチニセント云。神ドモウレヘナゲヽドモ、マヌガレズセメオホスレバ、ワビテ、大ナル石八ヲ運テ、ツクリトヽノヘテワタシハジム。ヒルハカタチミニクシ、夜カクレテツクリワタサント云テ、ヨルイソギツクル。行者、葛木ノ一言主ノ神ヲメシトリテイハク、ナニノ恥アレバカ形ヲカクスベキ、ヲホヨソハナツクリソトイカリテ、呪ヲシテ神ヲシバリテ、谷ノ底ニヲキツ。藤原ノ宮ニアメノシタヲサメタマフヨニ、一言主ノ神ミヤ人ニツキテ云ク、エノウバソクハカリゴトヲナシテ、国ヲカタブケントスト云。オホヤケヲドロキテ、ツカヒヲツカハシテカラメシメ給ニ、ソラヘトビテカラメラレズ。ワヅカニ母ヲカラメシメ給ヘレバ、行者、母ニカハラントテ、出テカラメラレヌ。スナハチ文武天皇三年己亥五月、伊豆嶋ニナガシツカハス。……葛木山ノ谷ノ底ニ、常ニ物ノニヨブ声キコユ。尋来テミレバ、大ナル巌ヲ大ナル藤マツヒシバ(れ)リ。ウタガヒヲキヽテキリハナテドモ、スナハチマタ本ノゴトシ。ワタサントセシハシノ石ハケヅリツクロヒテ、今ニ峯ニアリト云。

柳田国男は『夫木和歌抄』巻第十九に載せられた本文によってこの西行の歌を引き、「をふさ」は「ナブサの平仮

名の誤りで無かつたか」とか、「もしもナフサの誤写で無いならば、恐らくはナフサと同系の語で、後に青大将などゝ変化した大きな蛇のことであつた」などと論じている。[14] 佐竹昭広氏は「なふさ」の誤写説を、「一抹の不安は残るが、柳田の推定は殆ど確実であると思われる」と言われる。[15]

西行に続く世代では、若い頃の藤原定家がしぐれの後の虹、初冬の虹を歌っている。

題しらず　（左少将定家朝臣）

むら雲のたへまのかげににじたちて時雨過ぬるをちの山ぎは　（『玄玉和歌集』巻三・天地歌下・二三）[16]

『玄玉和歌集』は西行の円寂した直後、建久二、三年（一一九一―九二）頃の成立と考えられている。定家はその頃までに虹を歌っていることになる。しかし、その詠歌の場がどのようなものであったかはわからない。

そして、この歌は若干字句を変えられて『玉葉和歌集』に載せられた。

むらくものたえまの空ににじたちてしぐれ過ぬるをちの山のは　（冬・八四七）[17]

『玉葉集』の匿名論難書『歌苑連署事書』は、この歌を取り上げて次のように言う、

虹のことにや。前代の勅撰いまだみえざれども、げにこれはめづらしくあるべきことゝこそおぼゆれ[18]

ほとんど『玉葉集』の挙足取りに終始している同書としては珍しく、この歌に関しては肯定的であることが注目されるが、この記述によって、同集以前の勅撰集には虹が登場していなかったこと、そして和歌の世界では虹は大層珍しい素材であったことが知られる。

珍しいとはいっても、定家のこの歌とほぼ前後して、寂蓮も虹の歌を残している。

十題百首　寂蓮法師

時雨れつつにじ立つそらや岩橋をわたしはてたるかづらきの山　（『夫木和歌抄』巻十九・雑部一・虹・七九〇八）[19]

「十題百首」は建久二年（一一九一）冬、当時左大将であった後京極摂政藤原良経の家で催された試みであった。その十題の最初は「天部」である。天象に関する主題十を選んで、各一首計十首を詠むことが条件であった。この時の百首が完存する良経・慈円・定家のそれぞれの家集を見ると、彼等は虹を取り上げていない。しかし、『夫木抄』のこの佚文によれば、寂蓮は天象の一つとして虹を詠じたのである。それが西行の「さらにまた」の歌の強い影響下に成ったものであることは明白であろう。ただ、それと共に定家の「むら雲の」の作をも意識しているのか、それとも逆に定家の方が寂蓮に刺激されて「むら雲の」を詠じたのかは、どちらとも言えない。可能性としては前者の方が大であるようにも思われるが……。

そして、このあと、

建長三年歌合　　　如寂法師

うちしぐれにじ立つ秋の下紅葉そめわたしたるかづらきのはし　（『夫木和歌抄』七九〇九）

文永三年毎日一首中　　　民部卿為家卿

雨はるる嶺のうき雲うき散りてにじ立ちわたる冬の山ざと　（同・七九一〇）

などの歌が詠まれ、『夫木和歌抄』は、西行・寂蓮の作と、これら二首を併せて、巻第十九雑部一に「虹」という題を立てるに至ったのである。ここに、虹は和歌の世界においていわば市民権を得たといってよいが、そのためには西行の「さらにまた」の歌と、寂蓮の「十題百首」での詠が与って力あったのではないかと想像されるのである。

三

和歌の世界で虹が市民権を得たといっても、中世和歌の歌集類から拾える虹の歌はそれほど多くはない。管見に入ったものはおよそ次のごとくである。

伏見院御集(20)

夕立

ゆふだちのなごりのそらもやゝはれてにじきえかゝるをちのむらくも　(一四一六)

秋虹

秋の雨のひとむらわたる夕ぐれのくもまにたゆるにじのかけはし　(三一五七)

風雅和歌集(21)

院に三十首哥めされし時、夏木を　前太宰大弐俊兼

虹のたつふもとの杉は雲に消て峯よりはるゝ夕立の雨　(夏・四一〇)

(題しらず)　藤原親行朝臣

虹のたつ嶺より雨は晴そめてふもとの松をのぼる白雲　(雑中・一六九六)

光厳院三十六番歌合 貞和五年八月(22)

九番　(夏雨)

左　公蔭卿

＼よられつる草もすゞしき色に見えてうれしがほなるむら雨のには

右勝　女房

＼はれかゝる雲のこなたにゝじ見えてなをふりのこるゆふだちの雨

うれしがほなる村雨の庭、めづらしくけうありておぼえはべるを、前権大納言藤原朝臣、猶可以右為勝之由頻申、所存侍しにや

延文百首(23)

進子内親王

虹のたつふもとの雲に雨すぎて露もさながらとるさなへかな　(二五)

草根集(24)　(正徹)

遠夕立

天の川紅葉の橋かたつ虹の遠きわたりの夕だちのそら　(巻四・三四二)

(橋雨)

川辺より山のはかけてたつ虹の音せぬ橋をわたる雨哉　(巻六・五〇一〇)

(宝徳元年六月)十一日、藤原利永さたせし月次に、

夕立

空みれば色なる橋の夕立や虹たちわたるあまの河なみ　(巻七・五七五一)

（享徳三年六月）十八日、明栄寺月次に、夕立

入日さす夕立ながら立虹の色も緑にはるゝ山かな （巻十一・八三七八）

南都百首(25) （一条兼良）

冬十五首

霜

白妙の雲間の虹は中絶て霜をきわたす久米の岩橋

卑懐集(26) （姉小路基綱）

（夕立）

夕立は雲より遠にふり過て日影にむかふ虹ぞいろこき （一九六）

廻国雑記(27) （道興）

あくれば、野ゝ市といへる所を過行けるに、村雨にあひ侍て、

風をくる一村雨に虹きえてのゝ市人はたちもをやまず

伏見院は京極為兼に『玉葉和歌集』を撰ばしめた帝王である。その『玉葉集』は先に見たごとく、勅撰集として虹の歌を載せた最初の集である。その下命者たる伏見院その人が夕立の後の虹と秋の虹を歌っている。そして、『玉葉集』と共に京極派の撰集とされる『風雅和歌集』では、二首の虹の歌を載せている。その作者、藤原（楊梅）俊兼と藤原親行は、共に京極派歌人と目される。『光厳院三十六番歌合』での虹の歌の作者「女房」とは、この歌合の主催者で『風雅集』を親撰した光厳院である。そして、貞和五年（一三四九）八月は同集の完成した直後である。『延文百首』

はその八年後の延文二年(一三五七)、後光厳院に詠進された百首歌である。その百首でさみだれの合間、田植えの行われている山麓の田の上に立つ虹を詠んだ進子内親王は、後伏見院皇女とも伏見院皇女ともいわれる。いずれにせよ、京極派歌人であることは確かである。

このように見てくると、中世もかなり進んだ鎌倉末期から南北朝にかけて、虹を詠歌の対象としたのは専ら京極派の歌人達、政治的には持明院統—北朝に連なる人々であったことが知られる。二条派の人々、大覚寺統—南朝関係の人々の作には、今のところ作例を見出せない。光線の微妙なうつろい、気象の変化などを捉えて歌うことは、京極派和歌の特色の一つである。おそらく、そのような傾向の中で虹も歌われたのであろうが、政治的に分裂、対立していた時代の所産であるだけに、虹を単なる自然の一現象、一景物と見ていたに過ぎないのか、それともそこに何等かの寓意を感じていたのか、いささか気になるのである。しかし、それに対する解答は得られない。

室町時代に入って、正徹は冷泉派とはいうものの、二条・京極・冷泉の対立を超えて定家の歌風を庶幾した。その正徹に至ると、虹は広大な空間の架橋として、さまざまに歌われる。その色彩への関心も窺われる詠みぶりである。一方、一条兼良は、昔の西行や寂蓮と同様、虹を葛城の久米の岩橋伝説とからめて歌う。文明五年(一四七三)の詠である。ここでは虹そのものの色についての表現は見出されないが、「白妙の雲間」や「霜」などの語から、「白虹日を貫く」という中国故事にも通うような虹が描かれているのではないかと考える。姉小路基綱の虹の歌はその色を捉えているが、兼良の作のような幻想味はない。

道興准后の歌は旅の途上、実際に見た虹を詠じたものである。これは文明十八年の六月か七月頃、加賀国野々市においての詠であった。野々市の空に立って薄れていった虹をまのあたりに見たのでこの詠が得られたには違いないが、ここには、虹から「市人」へという、連歌的な連想も働いていると考える。その連想については、以下に述べるであろう。

四

近世に入っても、虹を詠じた歌はさほど多くはないようである。反橋の比喩としての虹をも含めて、管見に入った作例を掲げておく。

漫吟集類題[28]（契沖）

巻第五夏歌下

（夕立）

ゆふだちに豊旗雲はかくろひて入日にむかふ山本の虹　（一八二七）

『新編国歌大観』では竜公美本により、第五句を「山もとのにし」と読んでいるが[29]、虹の歌と見るべきであろう。

芳雲和歌集類題（武者小路実陰）

雑部

山明虹半出

たつ虹は雲よりうへにややみえて雨の余波の窓ちかきやま　（四一八〇）

一かたは夕のくもに虹たちて月も待つべき山ぞはれゆく　（四一八一）

六帖詠草　（小沢蘆庵）

雑下

蝃蝀

誠なき人のたぐひや中空に絶えてあとみぬにじのかけ橋　（一九三二）

六帖詠草拾遺

雑歌

虹橋丹楓

染めわたすもみぢのうへのそりはしをよそめにかけばにじかとや見ん　（三〇一）

うけらが花初編　（加藤千蔭）

巻六雑歌

虹橋丹楓

染めわたす岸のもみぢの散るころはみ池のみ橋虹をなしけり　（一二二〇）

亮々遺稿類題　（木下幸文）

雑之部

雑の雨といふことを

雨のあしなびきて見ゆる雲間よりかけわたしたる虹の橋かな　（一〇〇七）

大江戸倭歌集(30)

巻第二夏歌

夕立過　　対馬守忠啓

遠山の松の末より虹みえてすずしくはるる夕だちの空　(六一三)

『芳雲和歌集類題』に至って、虹が句題とされていることは注目すべきであろう。当然漢詩文における虹をも追わねばならないのであるが、未だそこまでは手が及んでいない。小沢蘆庵が「蝃蝀」と題して虹を歌っているのは、もとより『詩経』鄘風に基づいているのである。近世和歌は明らかに漢詩文からさまざまなものを摂取している。『六帖詠草拾遺』と『うけらが花初編』に共通する「虹橋丹楓」は、「妙法院一品の宮(桃園天皇の養子真仁法親王)の宮所の廿四景」の一として詠まれたものであった。反り橋を虹に見立てているのであるが、おそらく西行以下の虹と葛城の岩橋の連想は、これらの作にも尾を曳いているのであろう。

五

では、連歌の世界では虹はどのように取り上げられているのであろうか。

大野晋・佐竹昭広・前田金五郎編『岩波古語辞典補訂版』は、「にじ【虹】」の項に『看聞御記紙背連歌』の例を掲げている。[31] これに触発されて同連歌を見た結果、虹の句として次の二例を見出すことができた。[32]『岩波古語辞典補訂版』に掲げるのは、応永三十二年(一四二五)『賦何路連歌』での例である。

応永廿　二　十一　賦唐何連歌

ふもとはは るゝ山の片雨　　資と
虹のたつそなたの夕日影うすし
くるればともにかへる市人　重朝臣（巻三紙背）

応永卅二　十二　十一　賦何路連歌
風な□《がカ》れする山のうす雲　　行
日影さす其方の空に虹みえて
＼
あしたは市にいづる里人　　善（巻四紙背）

『看聞御記』の記主後崇光院（貞成親王）は光厳院の曾孫で、伏見宮の第三代である。その日記の紙背文書の中には、伏見宮家月次連歌会での原懐紙百八十三枚が含まれている。右に示したものは、そのうちの二点で、応永二十年（一四一三）の連歌は五十韻の一部、応永三十二年のものは百韻の一部である。「資と」は資興という人かとされる。「重朝臣」は宇多源氏の庭田重有、「行」は行光なる人、「善」は善喜という作者である。作者名のないのは亭主後崇光院の句である。二度の連歌で虹の句を出しているのは亭主であると知られる。「ふもとはは るゝ山の片雨」といい、「風な□《がカ》れする山のうす雲」といい、共に微妙に変わろうとしている気象条件の下に、いかにも立ちやすい虹を付けた。応永二十年の五十韻では、それが夕暮れ近い虹なので、重有がそれに「くるればともにかへる市人」と付けた。応永三十二年の百韻でも、「日影さす其方の空」は夕日のさす西の空と解して、「あしたは市にいづる里人」と付けられているのであろう。

以下、千句を中心に、管見に入った虹の句を含む付合とその前後の句を抄出してみる。

文安二年(一四四五)冬　文安雪千句[33]

賦初何連歌　第七

あづまより花さく春はたちにけり　宗砌

虹ぞあさ日にむかふきさらぎ　原

市人のはらふ衣に雪落て　晟

しかまのかち路寒川風　行

「原」は原秀、「晟」は日晟、「行」は行助である。日晟の句の典拠は、「折二梅花一挿レ頭、二月之雪落レ衣」(『和漢朗詠集』春・子日、尊敬)の詩句である。

宝徳元年(一四四九)八月　顕証院会千句[34]

賦何船

一かたになる雨ぐもの空　綱

立 うちむかふ末野の原の虹消て　砌

市人かへるさとの中みち　竜

春くれぬ花のやどなき三わが崎　順

「綱」は満綱、「砌」は宗砌、「竜」は竜忠、「順」は専順である。「末野の原」(陶野)は山城国の歌枕で、狩場とされる。

宝徳四年(一四五二)三月　十花千句[35]

二字反音　第十

行秋のすゑなる月は弓に似て　順
霧ふるあした虹もたちけり　砌
風しぶき袖すさましき市女笠　英
かよふ難波のこやあべのさと　晟

「順」は専順、「砌」は宗砌、「英」は英阿、「晟」は日晟である。「あべのさと」は、「ワキこれは津の国阿倍野のあたりに住まひする者にて候、われこの阿倍野の市にいでて酒を売り候ふところに、……」と語り出される、能の「松虫」の舞台でもある。

享徳二年(一四五三)三月十五日　賦何路連歌[36]

阿辺野の原ぞ市をなしたる　順
見わたせば浪に虹立つあさかがた　砌
朝かげ寒く向ふ雪の日　行

連衆は、専順・宗砌・行助他である。この百韻には島津忠夫氏の注がある。そこで宗砌の句について、「「市」と「虹」が、ともに「立つ」ということから寄合。「阿辺野」に「あさかがた」(いずれも摂津の地名)」という。

享徳元年(一四五二)—同三年の間　初瀬千句[37]

第二　何衣

天川今宵船出や急ぐらん　専順

水の浮木は橋かゝらぬか　弘阿
亀山の滝の本より虹立て　宗砌
入日の影の残る松の尾　廉盛

弘阿の句はおそらく「博望尋河」(『蒙求』巻上)の故事に基づくのであろう。そして、『源氏物語』松風の巻での、「いくかへりゆきかふ秋をすぐしつゝうきゞにのりてわれかへるらむ」という明石の上の歌が同じ故事をかすめているところから、その松風の巻の舞台である大堰の里にほど遠からぬ「亀山」の句が、宗砌によって付けられるのであろう。盲亀の浮木の成句への連想もあるかもしれない。

文明二年(一四七〇)正月　河越千句[38]

白何　第五

山ふかみ末も《に》つゞかぬ道みえて　印孝
なかばゝ雲にしづむかけ橋　中雅
にじ立やこの河上の入日影　道真
みわがすさきをかへる市人　心敬

道真はこの千句を興行した亭主である河越城主太田資清である。心敬の句の「みわがすさき」は歌枕の三輪が崎に同じであろうか。すると、紀伊国か大和国か、中世歌学では問題とされるところである。

永禄四年(一五六一)五月　飯盛千句[39]

何衣　第九

むらさめは野を一かたに降晴て　清
雲のはつかにのこる日の影　盛
山かけてみる〳〵虹の消けらし　哉
沢水とをく風わたる空　世

「清」は為清、「盛」は直盛か、「哉」は玄哉、「世」は淳世かとされる。

元亀二年(一五七一)二月　大原野千句[40]

第二　賦何人連歌

それもかと時雨しあとの山の色　三大
ひかりはおちて虹のひとすぢ　藤孝
いかりある眼のうちのおぼつかな　紹巴
たがいひさけてかこちくる人　宗及

三大とは権大納言三条西実澄(後に実枝)、藤孝は本千句を興行した細川藤孝(幽斎)である。紹巴の句はおそらく燕の太子丹に語らわれて荊軻が秦の始皇帝を刺そうとして、本意を遂げられなかった、「白虹日を貫く」故事に基づくものであろう。

文禄三年(一五九四)五月　毛利千句[41]

下何　第四

高根ばかりや雪も降つゝ　叱

時雨つる嵐の雲の一かたに　同
たえ〲虹の消残る空　巴
いかなれば渡る人なき橋ならん　同
堤のくづれ隔ぬるさと　叱

昌叱と紹巴の両吟である。『大原野千句』の場合と同様、これも時雨の後の虹だから、冬の虹である。それが橋に見立てられ、更に荒れた故里の風景へと展開してゆく。

以上の他、『行助句集』に、

心にはまことの橋をかけもせで
虹たちけりな水のみなかみ

という付合が存する。(42)「まことの橋」とは、もとより此岸より彼岸への橋、法の橋を意味する。これを、まことならぬ橋―虹と取りなしたのである。

以上、連歌での虹の句を拾ってみた。和歌における作例よりはやや頻度は高いようであるが、それでも千句に一句あるかないかという程度であることが知られる。

そして、これらの例を見ると、虹と市とが寄合であることが知られる。実は、それは一条兼良の寄合書、『連珠合璧集』に明記するところである。

虹トアラバ、
市　雲の梯　朝日　夕日　日をつらぬく　村雨　雲間(43)（上・二光物）

なぜ、虹と市とは寄合なのであろうか。それについては、既に見た島津氏の『享徳二年三月十五日賦何路連歌』の注に、「ともに「立つ」ということから寄合」という指摘がなされていた。確かに、市も虹も「立つ」ものである。けれども、「立つ」ものは他にもさまざまある。『文安雪千句』では前句の「春はたちにけり」という言葉が虹への連想を喚起していた。しかし、そのような例は他に見られないのに、虹が市、市人、市女笠などへの連想を呼ぶのは、なぜであろうか。

そこには、民俗学や社会史学で問題とされる市と虹との繫がりについての古人の記憶が投影されているのではないであろうか。

六

虹と市との間に何等かの関係が存在するらしいということは、早く明治の頃から気付かれていたようである。『古事類苑』の天部には「虹見処立市」という見出しの下に、虹が現れた際に皇室や貴族の家でどのような対応をしたかを物語る、史書や古記録の記述が集められている。[44] いずれも一部の研究者の間では余りにもよく知られた事例であるが、論を進める都合上、改めてそれらの記述を確かめておく。

長元三年(一〇三〇)七月六日、関白藤原頼通丼に春宮大夫藤原頼宗の家に虹が立った。そこで、「世俗之説」により、「売買事」が行われた(『日本紀略』同日の条)。寛治三年(一〇八九)五月三十日、白河上皇の六条中院の前の池に虹が立った。そこで、市を立てるべきである由議せられたが、「公所」ではその先例がないということで、止められた。上皇は他所へ渡御した(『百錬抄』)。寛治六年六月七日、この日の天候は雨が降ったり晴れたりという状態であった。中の時禁中(堀川院)殿上の小庭弁に南池東頭に虹が出現したので、外記を召し先例を問われた。大外記定俊が前例を勘申したのによれば、承平・康保・正暦・長元年中など、禁中に虹が立つ度に、御卜の趣に随って奉幣したり、読経したりしているということである。それで、十日陰陽頭賀茂成平を召して御卜が行われた。その占は「御薬事頗非レ軽」というのであった。「抑世間之習、虹見之処立レ市云々、若是本文歟如何」ということを、内々紀伝・明経・陰陽の諸道の人々に尋ねられた。この日(七日か)は、賀陽院にも虹が立った。長元年中、宇治関白頼通の時、ここに虹が現れたので市を立てられた例により、後に市を立てられた。占は大内に同じであった。よって、禁中(堀河天皇)、殿下(関白藤原師実)は御物忌をされた(『中右記』寛治六年六月七日の条)。諸道勘文は皆、虹が現れる処に市を立てるという「文」はない、「是只俗語歟」ということである(同・六月八日の条)。又賀陽院殿に虹が現れた(「有二虹見気一」)。そこで二十五日重ねて市を立てられた(同・六月二十二日の条)。このことは『百錬抄』同年六月二十五日の条によっても確認される。すなわち、「高陽院立レ市。依二虹蜺立一也。先令二諸道勘申一」とある。保延元年(一一三五)六月八日、崇徳天皇中宮聖子の庁前に市を立てた。虹が見えたからである(『百錬抄』同日の条)。

平安時代における虹と市との関係を物語る記録の類は以上であるが、下って南北朝時代末の例が一つ存する。応安五年(一三七二)七月二十四日辰剋、金堂の艮の角から虹が坤の方に「吹上」げた。「満寺驚レ之。自二廿五日一三ケ日間、立レ市之由同所二示送一也」(『後深心院関白記』応安五年八月四日の条)。この記録の記主前関白藤原(近衛)道嗣は、このことを盛深僧正の書状によって知ったのである。道嗣の子良昭は興福寺の僧で一乗院に住し、興福寺別当となるに至るので、このことはおそらく興福寺でのことであろう。

おそらく、これらの記録の集成を拠り所としてであろう、最上孝敬氏は次のように論じられた。

……虹を見た所に市をたつべしといふ世俗の説はこの時代遽かに流布された巷説ではなく、もつと古い時代の習俗がかういふ形で民間信仰の内に残つてゐたのではなからうか。恐らく原始人の眼に虹の出現の如き神の顕現と映じたので、そこに必ず祭神を迎へての祭り即ちイチが催ほされたのであらう。この祭りに附随して交易がさかえてイチ即ち交易の場所或ひは機会を意味するに至つては、神の降臨と市との関係はたゞ世俗の信仰とかすかに止まるだけとなり、官辺では一方に市をたつべき由の議があつたにもかゝはらず、先例なしとの意見が有力となつてゐたのだと解されないだらうか。今日祭と虹とのかやうな関係はどこかに見られるかどうかしらないが、火柱のたつのを見ると、すぐ人々が会同してオヒマチをする例は信州などでみる。恐らく虹を見て祭をするのと同じ心理に発するものではあるまいか。(45)

この考えを継承、発展させたのが安間清氏であった。氏は論文「虹の話」において、各地の古伝承を採集するという民俗学的方法に加えて、『古事記』『日本書紀』『日本霊異記』、本稿においても取り上げた古歌などを博く引き、さらに世界各地の伝承や習俗をも探って、広く古代の人間にとっての虹の意味を考察されたのである。(46) ここでは、古代の人々にとって、虹は蛇または竜、またそれらの吹く気であるとか、水の神であると考えられていたらしいこと、また、虹の立つ場所に財宝があるという信仰があったらしいこと、それゆえに虹と市、虹と交易が結び付くらしいこと、そのような考え方は世界の全域に認められることなどが論じられている。

そして、この虹と市との関係についての論は勝俣鎮夫氏に支持された。(47) また、中沢新一氏にも影響を及ぼしている。(48)

七

ところで、『枕草子』の類聚章段の一つに「市は」という段がある。今、大東急記念文庫本によって示せば、次のごとくである。

　いちは
たつの市　さとのいち　つはいち　やまとにあまたある中に、はせに、まうずる人の、かならず、そこに、とまるは観音の、えんの、あるにやと、こゝろことなり、おふさのいち、しかまのいち、あすかのいち(49)

歌枕と見なされる市を列挙しているのであるが、その中に「おふさのいち」がある。この市の所在地はどこか。それを考証しようとした人々の一人に契沖がいる。すなわち、その著『類字名所外集』に言う。

　小総駅　橘　清少納言、市は　をふさの市　相模

延喜式第二十八、兵部式云、相模国駅馬小総各十二疋。大和物語云、をふさのうまやといふ所は、海辺になん有ける。それに、さいしきみよみてかきつけたりける、＼わたつみと人やみるらんあふことのなみたをふさになきつめつれは。大和物語の心、延喜式とかなひたれは、をふさのうまやは相模なり。をふさの橋は、藻塩に美濃とあれと、同名異所ならんは知らす、同名同所ならは、相模なるへきことわりなる故に、こゝに載す。をふさの市、これになすらふへし　(衣《(消)》笠)

名寄

かりそめに見しはかりなるはしたかのをふさの橋〈に〉（朱）（を）（消）こひやわたらん　（第二）[50]

鎌倉期の歌人衣笠内大臣藤原家良に、

かりそめにみしばかりなるはしたかのをぶさのはしの恋ひやわたらん[51]　（『夫木和歌抄』巻二十一・雑三・橋・九四二）

という歌がある。この「をぶさのはし」は歌枕と見なされてきたのだが、その所在は『歌枕名寄』において、美濃国ともまたは信濃国かとも考えられていた。そして、『藤河の記』において、一条兼良もその所在地についての確かな知識を持たぬままこの橋を美濃国の名所として詠じている。

七夕のあふせは遠きかさゝぎのをぶさの橋を先や渡らん[52]

そして、宗碩の『藻塩草』[53]や六字堂宗恵の『松葉和歌集』[54]なども、美濃国説を踏襲してきたのであった。それに対して、契沖は『大和物語』に、

この在次君、在中将の東にいきたりけるけにやあらむ、この子どもも、人の国がよひをなむ時々しける。心ある物にて、人の国のあはれに心細き所々にては歌よみてかきつけなどしける。小総《おふさ》の駅《むまや》といふところは海辺になむありける。それによみて書きつけたりける。

わたつみと人やみるらむあふことの涙をふさになきつめつれば　（一四四段[55]）

とあり、『延喜式』の兵部式に、

相模国駅馬　坂本廿二疋。小総。箕輪。浜田各十二疋[56]

とあることから、小総の駅は相模国であり、『枕草子』の「おふさの市」も、美濃国の名所とされる家良の歌の「を

ぶさの橋」も同じ所ではないかと推定しているのである。この小総の駅は、現在の神奈川県小田原市国府津付近かと考えられている。[57]

『枕草子』の注釈史を辿ると、「おふさの市」の所在については、参河国、伊勢国、相模国、大和国など、諸説が提示されてきたが、現在においては大和国説がやや有力であるという印象を与える。その代表的なものは萩谷朴氏の所説で、本文を検討し、諸注を集成した上で、大和国、現在の奈良県八木の南、橿原市の北小房とするのである。氏は「正に平城京から吉野に通ずる街道に沿って、市を開く場所としては不足はないものと推定する」と言われる。[58]

しかしながら、「おふさ」から虹の異名「をふさ」を連想し、虹と市との関係に想い到って、「おふさの市」は、本来虹が立ったというところで立てられた市、虹の市ではなかったかと考えた最初の人は、安間清氏だったのであろうか。そして、勝俣鎮夫氏はそれに従っておられるのである。

この解釈の当否はにわかには判定しがたい。清少納言自身、地名の起源を虹の市と考えて書いているかどうかは疑わしい。「をふさの橋」の場合は、空を翔けるはしたかや七夕などと共に詠まれているので、あるいは虹の連想が働いているかもしれないが、決め手はない。

けれども、たとえそれぞれの表現者自身にはその意識はなくても、これらの地名に古い習俗の反映した痕跡を探ろうとする試みは、意味があるのではないであろうか。それは古人にとっての、土地と神と人との関係を掘り起こすきっかけになるかもしれないのである。

注

(1) 『黙阿弥全集』第二十一巻、春陽堂、一九二六年。
(2) 訓読は小島憲之・木下正俊・佐竹昭広校注・訳、日本古典文学全集『万葉集 三』(小学館、一九七三年)による。
(3) 『契沖全集』第六巻(岩波書店、一九七五年)五五頁。
(4) 吉川幸次郎注、中国詩人選集『詩経国風 上』(岩波書店、一九五八年)一八九頁。
(5) 白川静訳注、東洋文庫五一八『詩経国風』(平凡社、一九九〇年)一八七頁。
(6) 中西進『万葉史の研究』第五章虹の幻影(桜楓社、一九六八年)六九二―七〇二頁。同、講談社文庫『万葉集 全訳注原文付 三』講談社、一九八一年。
(7) 水島義治『万葉集全注 巻第十四』(有斐閣、一九八六年)一六四―一六七頁。
(8) 大山定一他訳、筑摩世界文学大系24『ゲーテI』(筑摩書房、一九七二年)によって、その部分を示しておく。
ゆたかな水は一段、一段と落ちてきて、それが千のながれになり万のながれになり、すさまじい水音とともに白い飛沫を空にまきちらす。しかし、さかんに飛沫をあげるその滝壺に、消えたりあらわれたりしながら、七色の弧を描き出す虹のうつくしさ。くっきりとあざやかに描かれたかと思うと、すぐまたうすれて空に散り、ただまわりに一面の霧のようなすずしい雨を降らすのだ。この虹は人間の努力をうつす影だ。あれを見て考えたら、もっとよくわかるだろう。しょせん人生は、あの色どられた影で捕えるしかないのか。
(9) 渡部和雄『万葉の歌――人と風土――14中部・関東北部・東北』(保育社、一九八六年)八四・八五頁。
(10) 和歌史研究会編『私家集大成2 中古II』(明治書院、一九七五年)による。ただし、清濁は私意。以下、『私家集大成』の場合はすべて同じ。
(11) 『新編国歌大観』第七巻私家集編III、角川書店、一九八九年。
(12) 久保田淳編『西行全集』日本古典文学会、一九八二年。
(13) 橋本不美男・後藤祥子『袖中抄の校本と研究』(笠間書院、一九八五年)による。ただし句読は私意。

(14) 柳田国男『西は何方』のうち、「青大将の起原」「虹の語音変化など」――『定本柳田国男集』第十九巻、筑摩書房、一九六三年。
(15) 網野善彦・大西廣・佐竹昭広編『天の橋 地の橋』いまは昔 むかしは今 第二巻(福音館書店、一九九一年)二一九頁。
(16) 本文は『国立歴史民俗博物館蔵貴重典籍叢書』文学篇第六巻私撰集(臨川書店、一九九九年)に、歌番号は『新編 国歌大観』による。
(17) 本文は複刻日本古典文学館『玉葉和歌集』(ほるぷ出版、一九七七年)に、歌番号は『新編国歌大観』による。
(18) 宮内庁書陵部蔵写本による。ただし、私に清濁を分かち、句読を付した。
(19) 注16に同書。『夫木和歌抄』の引用は以下同じ。
(20) 『私家集大成5 中世Ⅲ』(明治書院、一九七四年)による。
(21) 本文は日本古典文学影印叢刊24『風雅和歌集』(貴重本刊行会、一九八四年)に、歌番号は『新編国歌大観』による。
(22) 天理図書館善本叢書 和書之部第四十四巻『平安鎌倉歌書集』(八木書店、一九七八年)による。ただし、清濁、読点は私意。
(23) 本文は架蔵元和頃写本に、歌番号は『新編国歌大観』による。
(24) 『私家集大成5 中世Ⅲ』による。
(25) 群書類従巻第百七十六板本による。
(26) 『私家集大成6 中世Ⅳ』(明治書院、一九七六年)による。
(27) 群書類従巻第三百三十七による。ただし、清濁は私意。
(28) 『契沖全集』第十三巻(岩波書店、一九七三年)一一一頁。濁点は私意。
(29) 『新編国歌大観』第九巻私家集編Ⅴ、角川書店、一九九一年。なお、以下の家集の引用も同書による。
(30) 『新編国歌大観』第六巻私撰集編Ⅱ、角川書店、一九八八年。
(31) 『岩波古語辞典 補訂版』岩波書店、一九九〇年。
(32) 宮内庁書陵部編『図書寮叢刊 看聞日記紙背文書・別記』(養徳社、一九六五年)一一一・一九五頁。ただし、清濁は私意。

(33) 奥田勲・両角倉一編、古典文庫四〇五『千句連歌集 二』(古典文庫、一九八〇年)一七六頁。
(34) 注33と同書二二四頁。
(35) 高橋喜一・藤本徳明・荒木尚・島津忠夫編、古典文庫四一三『千句連歌集 三』(古典文庫、一九八一年)一〇五頁。
(36) 島津忠夫校注、新潮日本古典集成『連歌集』(新潮社、一九七九年)一三〇頁。
(37) 島津忠夫・湯之上早苗・瓜生安代編、古典文庫三八六『千句連歌集 一』(古典文庫、一九七八年)一八八頁。
(38) 奥田勲編、古典文庫四五九『千句連歌集 五』(古典文庫、一九八四年)一六二頁。
(39) 鶴崎裕雄・黒田彰子・宮脇真彦・島津忠夫編、古典文庫五〇〇『千句連歌集 八』(古典文庫、一九八八年)九一頁。
(40) 注39と同書一三二頁。
(41) 東京大学文学部国文学研究室蔵孝長筆写本による。ただし、清濁は私意。
(42) 金子金治郎・太田武夫編、貴重古典籍叢刊11『七賢時代 連歌句集』(角川書店、一九七五年)一六六頁。
(43) 木藤才蔵・重松裕己校注、中世の文学『連歌論集 一』(三弥井書店、一九七二年)二八頁。
(44) 神宮司庁『古事類苑』天部(吉川弘文館、一九〇八年初版、一九七六年縮刷普及版四版)三一六頁。
(45) 最上孝敬「交易の話」(柳田国男編『日本民俗学研究』岩波書店、一九三五年)三〇一頁。
(46) 安間清「虹の話」『民俗学研究』二十二巻三・四号、一九五九年一月。
(47) 勝俣鎮夫「VI売買・質入れと所有観念」(『日本の社会史』四巻、岩波書店、一九八六年)一八四頁。
(48) 中沢新一『虹の理論』新潮社、一九八七年。
(49) 本文は複刻日本古典文学館『枕草子』(日本古典文学刊行会、一九七四年)による。読点、濁点は朱で原本に存する。
(50) 『契沖全集』第十二巻(岩波書店、一九七四年)二一八頁。
(51) 詞書に「百首御歌 古来歌」と注記する。「古来歌」は九条基家撰の散佚した打聞、古来歌合集をさすのであろう。
(52) 外村展子『一条兼良 藤河の記全釈』(風間書房、一九八三年)一八三頁。
(53) 大阪俳文学研究会編『藻塩草 本文篇』(和泉書院、一九七九年)八二頁。

(54) 神作光一・村田秋男編『松葉名所和歌集 本文及び索引』(笠間書院、一九七七年)八七頁。
(55) 日本古典文学大系『竹取物語 伊勢物語 大和物語』岩波書店、一九五七年。
(56) 新訂増補国史大系第二十六巻『弘仁式 延喜式 交替式』(吉川弘文館、一九三七年)七一二頁。
(57) 日本歴史地名大系14『神奈川県の地名』(平凡社、一九八四年)二六〇・七〇一頁。
(58) 萩谷朴『枕草子解環 一』(同朋社、一九八一年)一三五—一三八頁。

付記

古典文学に現れた虹については、小著有斐閣新書『西行山家集入門』(有斐閣、一九七八年)において、『残集』の「さらにまた」の歌についていささか考えた時以来、関心を抱き続けていた。この小著を試みたのち、剣持武彦講談社現代新書四九五『「間」の日本文化』(講談社、一九七八年)において、日本人の自然観の一環として虹に関する極めて興味深い考察がなされていることを知った。さらにその後、樺山紘一「歴史図像学に向けて——雷や虹は、いかなる意味と物語によって描写されてきたか——」(『朝日新聞』一九八七年二月十三日夕刊)を通じて、国史学において虹と市との関係が注目されていることを知り、玉井乾介「虹は七色?」(『新潮45』新潮社、一九九一年九月)に接して、古典文学における虹の問題を改めて考えてみようとしたものが本稿である。しかしながら、俳諧や漢詩文への虹の現れ方については未だ調査が行届いておらず、その意味でも中間報告的なものにとどまらざるをえない。

なお、脱稿後、

(秋日長楽寺即事)　源経信

挿レ峯跨レ澗一蕭寺。秋景攀登瞻望遥。山雨初飛欹二螮蝀一。渓嵐乍起裂二芭蕉一。石翕松老蓋空槭。苔壁書残字半消。暫入二禅窓一塵慮断。還欣閑伴偶相招。(『本朝無題詩』巻第八・山寺上)

という作例の存することを堀川貴司氏から教えられた。

「秋津島」という歌語

秋津島漕はなれゆく浦舟はいくへか春の霞へだつる

これは藤原俊成がまだ顕広と言っていた時代、舅に当たる藤原為忠が主催した『丹後守為忠家百首』で「海路《ノ》霞」という題を詠んだものである。この百首は長承元年(一一三二)から同三年頃詠まれたと考えられている。長承元年とすれば顕広は十九歳、ともかく初学期の作品に違いない。

そして、右の一首は二十年余り経って、藤原為経(寂超)撰の『後葉和歌集』巻第九旅に、「たびの心をよめる」という詞書を付されて入集している。為経は為忠の子で、この百首にも盛忠の名で参加しているから、顕広の右の一首を早くから記憶していたのであろう。

歌としては平明な歌で、大和島根から遠く沖の方へ漕ぎ出してゆく浦舟(これを「からふね」とするテキストもある)を、深く立ち籠める春霞が幾重隔ててしまったことかというまでのことだが、歌の技巧としては「秋津島」の「秋」と「春の霞」の「春」とが対になっている。この種の技巧は、たとえば、

見わたせばきりべの山も霞つつ　平忠盛
秋津の里も春めきにけり　山伏　(『続詞花集』聯歌)

などのように珍しいものではないが、十九か二十そこその顕広が「秋津島」という歌語を用いていることは、いささか考えてもよいと思う。というのは、この言葉は言うまでもなく『万葉集』において、「大和」に懸かる枕詞としてしばしば用いられたものだが、平安時代での用例はさほど多くないからである。顕広はこの言葉を『万葉集』を学ぶ過程で歌語と認識したのであろうか。それとも近い時代の先輩歌人の作を通して知ったのだろうか。

その決め手はないのであるが、後者の可能性がやや高いかと思わせる歌が、『夫木和歌抄』に見出される。それは源仲正(頼政の父)の、

うなばらやあきつしまわに氷ゐてよせわづらひぬから人のふね　(巻十七・冬二・氷)

という歌である。これは「今宮御会」で「氷碍《ル》ㇾ舟《ニ》」という題を詠んだものであるというが、「今宮御会」がいつ、誰の催したものかはわからない。したがって顕広の詠との先後関係も定かではないが、仲正は顕広にとっては父俊忠と同世代の歌人で、しかもこの『為忠家百首』の作者の一人でもあるので、影響関係があるとすれば、仲正→顕広と考えるのが自然であろう。

仲正以前には、源俊頼が、

あきつしましほのとどみにうづもれてかくれゆく身をとふ人もなし　(『散木奇歌集』釈教)

と詠み、それよりはるか以前、延喜六年(九〇六)の『日本紀竟宴和歌』で三統理平が、

とびかけるあまのいはふねたづねてぞあきつしまにはみやはじめせる

と詠じている。そしてこの理平の歌は藤原清輔の『奥義抄』にも、「石船」という歌語の釈で引用されている。『奥義抄』の成立は明らかではないが、清輔の歌学書類の中では早く書かれたようである。もしもこの髄脳が『丹後守為忠

家百首』に先行して成っていたならば、顕広はここから「秋津島」の用例を学んだ可能性もある。逆に『為忠家百首』の後に『奥義抄』が書かれたならば、清輔はおそらくその頃からライバルとして意識しはじめていたであろう顕広の作例から、この歌語について関心を抱くようになったかもしれない。いずれにせよ、「秋津島」という『万葉集』の歌語は、平安後期に至って復活する。その背景には、この時期における古代日本への関心の高まりが存するのであろう。

仲正の歌では、「あきつしまわ」と「から人のふね」、日本と唐土という対比がなされている。顕広の詠でも、「浦船」ではなくて「からふね」という本文によれば、秋と春の対比に加えて、同じ対比が意識されていることになる。ともかく、「秋津島」という歌語はこの国の古代への連想を呼ぶ一方で、世界における日本、外国に対するわが国という、国家意識をも明確にさせたのであった。

顕広の『為忠家百首』以後、平安最末期までに詠まれた「秋津島」の歌の作例として、次のような作品を拾うことができる。

悠紀方四尺御屏風六帖和歌　高田村穀豊　藤原俊憲
あきつしまあきありけらしいかごなるたかだのむらもしひななくして　（『大嘗会和歌』平治元年十一月二日）

後法性寺入道関白、右大臣の時の百首に　源仲綱
あきつしま神のをさむるくになれば君しづかにて民もやすけし　（『万代集』賀）

石清水社の歌合に、寄《スル》レ神《ニ》述懐といふ心を　法印静賢
さざ浪の声もあらすなよもの海にあきつ島もる神ならば神　（『玄玉集』神祇）

祝　　　　　　　　　　　　　　　　　　　前建春門院右衛門佐
あきつしまいさごのいはとなびくらしくもかかるまできみはましませ　（『文治二年十月二十二日歌合』十三番左）

そして鎌倉時代に入ると、かつての顕広の息定家は、少なくとも生涯に四首、この言葉を含む歌を詠んで、後鳥羽天皇、そして後鳥羽院の治世を礼讃したのであった。たとえば、

祝
秋津島よもの民の戸おさまりていくよろづよもきみぞたもたむ　（『拾遺愚草』正治二年院初度百首）
雑
たまぼこやたびゆく人はなべて見よくにさかへたる秋つしま哉　（同・建保四年院百首）

のように。

「秋津島」という歌語は、理世撫民の思想・神国思想の色合いを強めて用いられてゆくのである。

「焙矢」か「障泥屋」か

何種類かの国語辞書に「焙矢《あぶりや》」ということばが登載されている。その語義はたとえば、

焙篦《あぶりの》の矢か　（『大辞典』）

矢の篦を火にあぶって黒くした矢　（『角川古語大辞典』）

火であぶって黒く焼いた竹の矢　（『日本国語大辞典』）

のごとく解説されている。そしてその用例としては、いずれの辞書も、

わび人の形にかくるあぶり矢のしたくらなりや山かげにして

という、『夫木和歌抄』の和歌を掲げている。

この歌は同集巻第三十、居所上のうち「屋」の項に見出されるもので、作者は源仲正（源三位頼政の父）である。板本によって改めて同集の形のままに掲げると、次のごとくである。

法輪百首山家述懐　あふりや　　源仲正

わひ人のかたちにかくるあふりやのしたくらなりや山陰にして

検索の便のために記せば、『新編国歌大観』第二巻所収『夫木抄』では一四一九番の歌で、静嘉堂文庫本を底本とする

同書では、

わび人のかたそにかくるあふりやのしたくらなりや山陰にして

と翻刻されている。

この歌に言及した論としては、井上宗雄『平安後期歌人の研究』(笠間書院、初版一九七八年刊、増補版一九八八年刊)がある。氏は同書の仲正について論じられた部分で「法輪(寺)百首」での詠として知られる作を『夫木抄』から拾われ、その中でこの一首をも掲げて、「訴嘆の歌であろうか。多くは珍奇な語を入れている。「かじき」「あぶりや(焙矢)」など著しいもので」(増補版三三六頁)と述べておられる。

辞典類の用例としてこの歌が引かれているのを見ていた時には、別に問題があるとも思わなかったが、『夫木抄』に当り直して、これが居所の題の「屋」の項に掲げられていることを知って、おやと思った。この集には巻第三十二、雑物上に「太刀」「刀」「鞆」「弓」などと共に「箭」という項もある。しかし、この歌はその例歌ではないのである。もしかして軍記物語に「あぶり矢」という矢が見えないだろうかと考えて、山下宏明氏に伺ったところ、氏の手許におありの『太平記』の語彙カードにも見当らないという御返事であった。

すると、この歌の第三句を「あぶりやの」と読み、「あぶりや」=「焙矢」と解したのは、誤読であり誤解であったのではないかという疑問が生ずる。「あふりやの」と清音のままに読み、「あふりや」は「あふり屋」と解すべきではないか。

それでは、「あふり」は何か。これは「障泥《あふり》」であろう。『国史大辞典』は「あおり 障泥」の項において、挿絵入りで「馬具の部分品。円形または長方形に裁った皮革製の垂《たれ》」に始まって、障泥を詳しく解説している。その解説の終り近くに、「毛皮の障泥は、遠行の際の休息に、はずして敷物の代用とした」という。そのような用い方は、文学作品から拾うことができる。たとえば、

日暮れて立田山にやどりぬ。草のなかにあふりをときしきて、女を抱きて臥せり。(『大和物語』一五四段)

参りて、かくなむと聞ゆれば、語らひ給ふべきやうだになければ、山がつの垣根のおどろ葎《むぐら》の蔭に、障泥といふものを敷きて下ろし奉る。(『源氏物語』浮舟)

などのごとくである。

敷物の代用となるのならば、ほんの小さな仮小屋の屋根を覆う布の代用ともなりうるのではないか。もとより一枚では覆いきれないであろうが、何枚か用いれば、いかにもものわびしげな仮小屋の屋根を覆うことはできるのではないだろうか。

同じく、『国史大辞典』の「鞍《くら》」の項では、鞍を「騎乗用の装置の総称」と定義した上で、馬具一式(皆具)を㈠から㈧までに分かって解説している。そこに「㈠馬の背に乗せて騎坐を安定させる鞍橋《くらぼね》、㈡その下敷とする韉《したぐら》または大屧《おおなめ》」という。「障泥」の項と同じく、鈴木敬三氏の執筆である。仲正の歌の第四句「したくらなりや」の「したくら」は、この韉(下鞍)ではないであろうか。そしてそれは「あふり(障泥)」と縁語の関係にあるのであろう。一方、「下暗」を掛け、「山陰」と縁語となるのであろう。そして、一首の意はおよそ次のようなことになるのではないか。

世にありわびた人、すなわちみすぼらしいわたしの姿形を思わせるように、障泥を掛けた仮屋は、下が暗いのだろうか。山陰にあって……。

もしもこのように考えられるのであるとすれば、将来編まれるべき大きな国語辞典には、「障泥屋」という語が登

載されてもよいかもしれない。反対に、「焙矢」ということばが生き残れるかどうかは、かなり心もとない。もしも仲正の歌以外に用例が見つからないとしたら、削除した方がよいのかもしれない。しかしまた、やはり『日本国語大辞典』によれば、「焼篦《あぶりの》」ということばがあるということであるから、「焙矢」という矢もひょっとしたら存在するのかもしれない。

「わび人の」の歌を調べているうちに、同じ仲正の、

法輪寺百首寄〻雪述懐

かじきはくこしの山路の旅すらも雪にしづまぬ身をかまふとか　(『夫木和歌抄』巻第十八・雪)

という歌も目にとまった。西行に、

雪のうたよみけるに

あらち山さかしくくだるたにもなくかじきの道をつくるしら雪　(六家集板本『山家集』上)

という作があり、藤原教長も、

旅行雪

朝だちにかじきもしらで旅人の降りそふ雪をわけぞわづらふ　(『前参議教長卿集』冬)

と詠んでいる。「かじき」とはかんじき(樏・橇)のことである。西行の作は『岩波古語辞典』の「かじき」の例にも引かれており、井上氏もおそらくこの歌を念頭に置かれてであろう、前記著書で仲正の用いた変ったことばを西行もまた用いていることに言及しておられる。それで、これも『国史大辞典』に載っているかと思って引いて見たが、この項はなかった。『古事類苑』には器用部二十四、行旅具下に「カンジキ」の小見出しがあり、仲正の詠、『山家集』の

歌、『太平記』の二例などが掲げられている。

器具などの説明は、ことばだけではどうしても十分わからない、イメージが浮かばないという場合が少なくない。その点、『国史大辞典』は写真・挿絵等の図版が豊富なので有難い。

月のあけぼの
——『平家物語』月見の和歌的表現について

やう〳〵秋もなかばになりゆけば、福原の新都にまします人々、名所の月をみんとて、或は源氏の大将の昔の跡をしのびつゝ、須まより明石の浦づたひ、淡路のせとをしわたり、絵嶋が磯の月をみる。或はしらゝ吹上和哥の浦、住吉難波高砂尾上の月のあけぼのをながめてかへる人もあり。旧都にのこる人々は、伏見広沢の月を見る。

覚一本『平家物語』巻五、「月見」の一節である。掲出本文は高野本に拠った。ここに見出される「月のあけぼの」という字句はいかにも和歌的な表現である。では、この句を有する和歌として、古い所では誰の作品があるのだろうかと思って、『新編国歌大観』を検索した結果、かろうじて建永二年(一二〇七)『最勝四天王院障子和歌』で「志賀浦」を詠んだ、藤原有家の、

雪ふれば氷汀もさゞ浪や志賀のうらはの月の明ぼの

という一首があることを知った。しかし、この歌は勅撰集や私撰集には採られていないので、後代にさほど大きな影響力を持たなかったのであろう。これ以後、室町時代応永二十二年(一四一五)『為尹千首』の四例まで、「月のあけぼの」という歌句を含む作品は見出しがたいようである。覚一本の本文関係者は有家のこの作を知っていたのであろう

か、それともこれは作例が少なからず存する「雪のあけぼの」という句からの類想で、和歌での作例などは顧慮することなく、「月のあけぼの」という優美な句を創出したのであろうか。

この部分の注釈はどうなっているのか、二、三のぞいてみたが、「月のあけぼの」にこだわっている注釈書は見出せなかった。しかし、御橋悳言『平家物語略解』は(同書では「高砂尾上のあけぼのを」という本文で、「月の」の二字を脱しているから、「月のあけぼの」にはこだわりようがないのではあるが)、ここに列挙された「名所」の一つ一つについて、いわば証歌のごとき歌を挙げようと努めている点、いかにも周到であると感嘆させられる。たとえば、同書では、吹上の月の歌として、藤原良経の、

月ぞすむたれかはこゝにきの国やふきあげのちどりひとりなくなり　(『新古今集』冬・六四七)

を、和歌の浦の月の歌として、慈円の、

わかの浦に月のでしほのさすまゝによるなくつるのこゑぞかなしき　(『新古今集』雑上・一五五六)

を挙げている。また、伏見の項では『夫木和歌抄』巻三十一雑十三、「ふしみの里」に見える、俊成卿女の、

鹿のねにねざめの秋と松のかぜふしみのさとに月や契りし　(一四七一四)

という歌を挙げているのであるが、これは『最勝四天王院障子和歌』において「伏見山」を題とする作で、同書では第二句は「ねざめを秋と」、第五句は「露や契りし」とする。それが正しいとすると、この歌は伏見の月の証歌とはなりえず、むしろやはり『最勝四天王院障子和歌』で同題を詠んだ源具親の、

独りねのなごりも露ぞ置あへぬ伏見の月の暁のそら

という作がその資格があるということになるであろうか。そして、最初に言及した「月の明ぼの」という句を含む有

家の作も、『平家』本文関係者の目に触れていた可能性が十分あるということを意味しそうである。

広沢の月の歌として、『平家物語略解』は『千五百番歌合』巻十秋三、越前の、

ひろさはの池しもいかにむかしより月みる夜はのさがとなりけん　(六九八番右)

を挙げる。それで不都合はないが、これ以前『六百番歌合』秋中での「広沢池眺望」という題で詠まれた十二首も、すべて広沢の月を賞したものであった。たとえば女房(後京極良経)の、

こころには見ぬむかしこそうかびぬれ月にながむる広沢のいけ　(秋中・三十番左)

のごとくである。

『平家物語略解』では、尾上の月の例歌としては、やはり『夫木抄』巻二十九雑十一、「松」の、

隆直卿

たかさごの尾上の月に秋更けて松かぜちかく鹿ぞ啼くなる　(一三八三)

という歌を引いている。しかし、この歌は『新続古今集』秋下・五〇四番の作で、「隆直卿」なる人物は永享八年(一四三六)八月六日に八十歳で没した権大納言四条隆直である。そして『夫木抄』に見えるこの一首も後代の追補と考えられるから、この歌は「月見」の証歌とはなりえないであろう。

ところで、『順徳院御集』を見ると、建保四年(一二一六)秋頃に詠まれた「二百首和歌」に、

高砂のおのへの月やふけぬらん川をとすみて千鳥なく也　(七六一)

という一首があり、後年『万代和歌集』や『夫木抄』にも採録されている。ちなみに、この「二百首和歌」には、『続後撰集』に採られた順徳院の百人一首歌、

もゝしきやふるき軒ばのしのぶにもなをあまりあるむかしなりけり　(八〇〇)

も含まれている。

『略解』には難波の月の歌は引かれていない。が、『新古今集』秋上、宜秋門院丹後の、

わすれじななにはの秋のよはのそらことうらにすむ月はみるとも　(四〇〇)

の歌は作者に「異浦の丹後」の異名が冠せられるほど著名な秀逸と見なされていた。とするならば、「住吉難波」の部分では、この歌も本文関係者の念頭に置かれているのではないだろうか。

『略解』では「しらゝ」(白良)の月の歌として、『夫木抄』巻二十五雑七、「浜」の、

寛治三年八月四条宮扇合歌　　読人しらず

かもめゐるしららのはまのみなそこにそのたま見ゆるあきのよの月　(一一八六八)

という歌を挙げている。この歌は廿巻本『類聚歌合』所収の『四条宮扇合和歌』では備中という女房の作としている。この作の後になるが、西行も『山家集』巻末百首の「月十首」で、

はなれたるしららのはまのおきのいしをくだかであらふ月の白波　(一四七六)

と詠んでいる。なお、この前は「あかしのうら」の月の歌であるし、「月十首」の最初の作は「さひか浦」(吹上や和歌の浦に近い)の月の歌である。また、『西行上人集』には、

月影のしらゝのはまのしろがいはなみもひとつに見えわたる哉　(六六〇)

という歌もある。白良の月は『四条宮扇合』の備中の作よりも、西行の歌によって著名になったとは見られないであろうか。

西行といえば、『山家集』中の「題しらず」歌群で、

あはぢしませとのなごろはたかくともこのしほにだにをしわたらばや（一〇〇三）

という海の歌を残している。この歌は「淡路のせとををしわたり」という「月見」の表現と無関係であろうか。「須まより明石の浦づたひ」という句が、『源氏物語』明石の巻での、

はるかにもおもひやるかなしらざりし浦よりをちにうらづたひして

という源氏の歌を意識していることは、ほぼ間違いないであろう。

「月見」のこの部分の本文の形成に歌文の教養豊かな人々が関わっていたらしいことは、一読直ちに想像されることではあるが、このように見てゆくと、その和歌的教養というものの内容は、通り一遍の教養というよりも、特に新古今時代の和歌に通暁していたという性質のものと考えてよいように思われる。そのことはこれに続く待宵の小侍従の和歌説話についても言えそうで、この部分の本文関係者の隠れた相貌はそのあたりから透けて見えてきそうな気もするのである。すなわち、平安最末期から新古今時代にかけての和歌界の雰囲気をかなりいきいきと想像できるような世代の歌人乃至はその周辺の人物が、この部分の本文形成に関わっていたのではないだろうか。

「雪のあけぼの」という句

『六百番歌合』で、藤原有家は、春上の「余寒」の題を、

あまのはら春ともみえぬながめかなこぞのなごりの雪の明ぼの

と詠んだ。これに対して、判者釈阿(藤原俊成)は、

「雪の明ぼの」も、ちかくよりつねの事になれるにや侍らん。

と評している。では、このように評されるまで、この句はどのように詠まれてきたのであろうか。

現在知られるこの句の作例中最も早いものは、おそらく次の藤原顕輔の詠であろう。

(長承元年十二月廿三日内裏和歌題十五首) 梅

かをらずはたれかしらましむめのはなしらつきやまのゆきのあけぼの (『左京大夫顕輔卿集』九三)

そして、この顕輔の詠を明らかに意識して、治承三年(一一七九)十月十八日の『右大臣家歌合』において、俊恵は「雪」の題を、

打はらふころもでさえぬひさかたのしらつき山の雪の明ぼの

と詠み、判者釈阿に「「雪のあけぼの」はなほおかしくもや見え侍らむ」と賞せられ、勝を与えられた。が、同じ時、

藤原重家も同題を、

たび人ははれまなしとや思ふらむたかきの山の雪の明ぼの

と詠んでいる。この歌は左の寂蓮の、

ふりそむるけさだに人のまたれつるみやまの里の雪のゆふぐれ

と番えられて負とされた。

しかし、長承元年(一一三二)から治承三年の間にも、少なくとも一首の作例を拾うことができる。それは藤原季経の、

公通卿十首哥人によませ侍しに、旅行雪を

ゆくすゑもしられざりけりたかしまやかちのゝはらのゆきのあけぼの　(『入道三位季経集』四〇)

という作である。公通家十首の催された年月ははっきりしていないが、年次を追って作品を並べる『重家集』でこの十首を承安二年(一一七二)の夏頃から十月までの間に並べているので、ほぼその頃の催しと考えられている(萩谷朴『平安朝歌合大成　増補新訂四』)。このことから、おそらく父顕輔の作を強く意識して、季経、そして重家が「ゆきのあけぼの」の句を襲用したのではないかということが想像される。

以後、詠出年次の明らかな「雪のあけぼの」の作例は、文治年間(一一八五―九〇)の慈円や後京極良経の作品ということになるが、守覚法親王の家集や『建礼門院右京大夫集』に見出される、次のような歌は、どうであろうか。

(雪)

めもはるに見るぞさびしき菅原やふしみの田ゐの雪のあけぼの　(『北院御室御集』九一)

暁天雪
はれやらぬ横雲まよひ風さえて山の端しろきゆきのあけぼの　（同・九九）

卯花
さ月やみうのはなかげのしらむよりおりたがへたるゆきのあけぼの　（『守覚法親王集』三二）

山家初雪
春の花秋の月にもおとらぬはみやまのさとのゆきのあけぼの　（『建礼門院右京大夫集』二三一）

守覚法親王の家集には年次記載が一切見られないので、右の三首もいつの詠か全くわからない。ただ、その作歌活動はおそらく俊成や俊恵にそれぞれの家集を進覧させた治承二年（一一七八）以前から始まっていると想像されるので、あるいは文治年間の慈円などの作例に先行するのではないかとも思う。しかし、これはあくまで想像に過ぎない。

建礼門院右京大夫の作も、家集における位置から考えると、平家全盛時代のもので、あるいは治承三年十月十八日『右大臣家歌合』での俊恵や重家の作に先行するかもしれない。しかしまた、『右京大夫集』は彼女がその最晩年に自撰したものであるから、後年改作する機会もありえたであろう。が、そこまで疑う必要はないかもしれない。

いわゆる新風歌人と目される人々の間で最初にこの句を用いたのは、慈円であろうか。彼には八首ほどのこの句を含む歌が知られるが、その中で最も早いものは、文治三年（一一八七）十一月二十一日、寂蓮とともに風吟したという「句題百首」での、

雪朝眺望
ながめやる心にあとはつきにけりあしやのさとの雪のあけぼの　（『拾玉集』八六〇）

である。そして、これに次ぐのが、文治五年十二月には詠まれていたと思われる『文治六年女御入内和歌』における良経の作、『秋篠月清集』によって示せば、

第十二帖

山野竹樹などに雪ふりつみたる所、人家あり

ながめやる心のみちもたどりけりちさとのほかのゆきのあけぼの　（一三七三）

である。

以後、慈円・良経の間で「雪のあけぼの」の頻用が始まる。

（建久元年十月）

〈「大将殿之十首」とする良経の作の内〉

都には時雨しほどゝ思ふよりまづこの里は雪の曙　（『拾玉集』五三三〇）

〈慈円が良経に和した十首の内〉

思とく御法の末の身のすゑは雪のみやまのゆきのあけぼの　（同・五三五二）

〈建久二年閏十二月廿日甚雪朝、藤原公衡への返歌〉

跡つかぬ心づかひのかよひぢはしる人ぞしる雪の明ぼの　（同・五三九六）

同朝に詠十首左将軍御許へ奉る、此間法皇御悩頗大事にきこゆるころなり

宮古べはみなこしぢにぞ成にける人の跡なき雪のあけぼの　（同・五三〇〇）

かへし　　幕下

たゞはるのとなりならではやどごとに思のこさぬ雪の明ぼの　(同・五三一三)

良経の「雪のあけぼの」の句を有する作は『拾玉集』での慈円との贈答歌群中に二首、家集『秋篠月清集』に、先の『女御入内和歌』での詠を含めて五首、その内一首が『拾玉集』での詠と一致する。そして、『拾遺愚草』に定家に送った歌二首、結局九首を求めることができる。

このように見てくると、顕輔の創出に成るかもしれない「雪のあけぼの」という美しい歌句は、始め六条家の人々によって襲用され、やや時をおいて新風歌人達の間に流行するに到ったらしいということが想像される。そして、『六百番歌合』において俊成は「ちかくよりつねの事になれるにや侍らん」と評したけれども、以後も「雪のあけぼの」の歌は多くの作者によって詠まれ続けるのである。

Ⅲ　中世の人と思想

頼朝と和歌

一

建久六年三月
十二日、丁酉甘露相再、午上天晴、未刻以後雨下、此日、東大寺供養也、（下略）
廿日、乙卯天晴、参内、謁二頼朝卿一、談二雑事一、（下略）（『玉葉』(1)）

建久六年三月
十二日丁酉。朝雨霽。午以後雨頻降。又地震。今日東大寺供養也。雨師風伯之降臨。天衆地類之影向。其瑞掲焉。
（下略）
廿日甲寅。将軍家御参内。殿下有二御参会一云々。此間。於二門前一。本間右馬允搦二取犯人一云々。（『吾妻鏡』(2)）

同（建久）六年三月十三日東大寺供養、行幸、七条院御幸アリケリ。大風大雨ナリケリ。コノ東大寺供養ニアハムトテ、頼朝将軍ハ三月四日又京上シテアリケリ。供養ノ日東大寺ニマイリテ、武士等ウチマキテアリケル。大雨ニテアリケルニ、武士等ハレハ雨ニヌルヽトダニ思ハヌケシキニテ、ヒシトシテ居カタマリタリケルコソ、中〳〵物ミシレラン人ノタメニハヲドロカシキ程ノ事ナリケレ。内裏ニテ又タビ〳〵殿下見参シツヽ、アリケリ。コノタビハ万ヲボツカナクヤアリケム、六月廿五日ホドナククダリニケリ。（『愚管抄』巻第六）(3)

治承四年（一一八〇）十二月二十八日、平重衡の南都攻撃の際に焼亡した東大寺は、重源らの大勧進事業もあって再建成り、落慶供養は建久六年（一一九五）三月十二日に行われた。この東大寺供養に臨むために上京した源頼朝は、九条兼実や丹後局ら京都の要人達と会合を重ねるかたわら、天台座主であった慈円と七十七首に上る和歌の贈答を交している。慈円の家集『拾玉集』によって知られるこの作品群は、後年『新古今和歌集』雑歌下に一七八六番の歌として選ばれた、

みちのくのいはでしのぶはえぞしらぬかきつくしてよつぼのいしぶみ　（五四七〇）(4)

の歌を初め、代々の勅撰集撰者達が、頼朝の和歌を選び入れようとする際に、しばしば利用したものであった。すなわち、頼朝の勅撰入集歌十首のうち、先の「みちのくの」を含む七首までがこの作品群中に見出されるものなのである。そして、それらの一首、

またあれよりそへたる歌

まどろめば夢にも見えつう《ヌイ》つゝにもわするゝ事はつかのまもなし　（五五〇一）

に至っては、『続拾遺和歌集』巻第十二恋歌二に「題しらず」として選び入れられている。(5)まことに、この東国の覇者と鎮護国家の法灯を守るべき高僧とは、ほとんど恋歌と見なされても当然であるような和歌を詠み交しつつ、互いの肚を探っていたのであった。

『続後撰和歌集』巻第九神祇歌に採られている、(6)

題しらず　　　　　　　　　　　　　　　前右近大将頼朝

いはしみづたのみをかくる人はみなひさしく世にもすむとこそきけ　(五四四)

という作も、この作品群中に見出されるものである。これは、慈円の、

みかさ山さしてたのまばいはし水きよきながれの末もすみなん　(五三二九)

という贈歌を受けて頼朝が返した、

朝日さすみかさの山はいはし水今行末ぞはるかなりける　(五三三二)

いはし水たのみをかくる人はみな久しく世にはすむとこそきけ　(五三三三)

きよかりしみなもとなればいはし水末はる〳〵とすみぞましける　(五三三四)

という三首のうちの一つなのである。これらを返された慈円は、更に、

いはし水よそもたのもしましていかに君は久しくすまむとすらん　(五三三五)

代々ふともわれもにごらじいはし水其みなもとをたのむ身なれば　(五三三六)

という二首を言い送ったのであった。

慈円の「みかさ山」の歌意は必ずしも明瞭とは言い難いが、藤原氏の氏神である春日明神に帰依することによって清和源氏である頼朝の子孫の繁栄を祈るように勧めたものとは解されないであろうか。それに対する頼朝の三首は、石清水、すなわち八幡神への深い信仰心を披瀝し、自分同様八幡神を信仰する者には神の加護があることを述べ、清和源氏の家も皇室の祖廟である石清水の神慮によって繁栄したのであると揚言したものである。これに接した慈円は、石清水八幡と源家との結び付きの強さを改めて痛感させられたのではないか。そして、一旦は「よそもたのもし」と

第三者的な見方を示したものの、「其みなもと」(皇室)を頼む身であると、自身の立場を明示したのであろう。

ここに、八幡神に対する両人の意識の違いが露呈されているように思われて、この贈答歌は少からず興味をそそるのである。

二

頼朝の八幡神崇敬がいかに篤かったかは、治承四年(一一八〇)八月十七日、山木討ちを緒戦として平氏討伐の兵を挙げ、石橋山での敗北を経て、関八州の大半を制圧、同年十月七日鎌倉入りをした彼の最初にした行為が、鶴岡八幡宮を遥拝することであり、その後直ちにその遷宮に着手している事実によっても察することができる。その他、養和元年(一一八一)七月二十日鶴岡八幡宮宝殿上棟の日彼の命を狙う左中太常澄が捕えられ、翌日常澄は頼朝の「先世之讎敵」であるとの八幡の本地菩薩の夢想を得ていること、同二年三月十五日鶴岡社頭より由比浜に至る参道の整備を自ら沙汰したこと、建久二年(一一九一)三月四日の鎌倉大火で鶴岡八幡宮の神殿廻廊経所等が悉く灰燼に帰したのち、僅かに残る礎石を拝して涕泣したことなど、彼の鶴岡若宮に寄せる信仰の深さを物語る記事は『吾妻鏡』のそこここから拾うことができる。おそらく鎌倉における鶴岡社は、京都での賀茂社に匹敵する存在と考えられていたのであろう。頼朝は鶴岡若宮と自身の屋敷とを要として、鎌倉の都市計画を進めたのであった。

それゆえに、鎌倉鶴岡の若宮のみならず、京都の六条判官為義の屋敷跡にも石清水八幡を勧請した六条若宮(若宮八幡宮社)を設け、この宮を自身の祈禱所として、しばしば土地を寄進し、篤く信仰したのであった。その六条若宮の別当職に補せられた人物は大江広元の弟阿闍梨季厳である。『吾妻鏡』に六条若宮並びに季厳の名が見える最初は、文治元年(一一八五)十二月三十日の条である。

卅日己卯。令㆑拝㆓領諸国地頭職㆒給之内。以㆓土佐国吾河郡㆒。令㆑寄㆓附六条若宮㆒給。彼宮者。点㆓故廷尉禅室六条御遺跡㆒。被㆑奉㆑勧㆓請石清水㆒。以㆓広元弟季厳阿闍梨㆒。所㆑被㆑補㆓別当職㆒也。

以後、文治三年一月十五日の条には、「左女牛御地」(六条以南、西洞院以東一町)が六条若宮に寄せられ、季厳が奉行するよう命ぜられたこと、同じく十月二十六日の条には、筑前国鞍手領・土佐国吾河郡・摂津国山田庄・尾張国日置領が左女牛若宮に寄せられ、別当季厳阿闍梨が沙汰するよう命ぜられたこと、建久三年十月十五日の条には、左女牛若宮の領である土佐国吾河郡の公事を京都大番役の他は停止することが記され、続いて、

但件役猶為㆓別当季厳《惟光子広元舎弟》沙汰㆒可㆓催勤㆒者。以㆓其旨㆒下㆓知守護人中務丞経高㆒云々。行政。盛時等奉行云々。

と見えている。更に建久五年八月十二日の条には、

十二日己亥。於㆓左女牛宮寺㆒。別可㆑抽㆓御祈禱㆒之由。被㆑仰㆓遣季厳阿闍梨㆒云々。

という記事が存する。これ以前頼朝女大姫の病が危急であるとの記述も見出されるから、その平癒の祈禱であったと知られる。

文治三年六月十七日の条によれば、この六条若宮においても石清水八幡同様、放生会を行うということが決まったが、「且可㆑被㆑窺㆓叡慮㆒」というので、朝廷に許諾を求めている。おそらく大江広元あたりが願い出て、それが許されたのであろう。同年八月二十五日の『吾妻鏡』によれば、八月十五日六条若宮において初めて放生会が行われたが、「見物雑人中闘乱出来。有㆓被㆑疵之者等㆒」という騒ぎがあったことが、当時京の地にいた因幡前司広元の使者に

よって報ぜられている。
それらのこともあったので、頼朝は文治五年（一一八九）二月二十二日、逐電した弟義経の追捕の沙汰を急速に行うことを申入れた書状の末尾で、

一　崇敬六条若宮。為二御所近辺一。就二祭祠等事一。定狼藉事相交歟。殊恐存事。

という一条を付け加える気の遣いようを示したのであった。これに対しては、同年三月二十日大宰権帥藤原経房の奉書が齎されているが、そこに「重仰」として、

六条若宮為二御所近辺一事。令レ申給之旨聞食畢。雖二近々一。全無二狼藉事一。更不レ可二令レ憚給一之由所レ仰也。

と記されている。これらの記事は六条若宮と当時後白河法皇の御所であった六条殿との位置関係を物語るものでもある。すなわち、六条若宮は左女牛西洞院に鎮座し、六条殿はそのほぼ北、六条北西洞院西に営まれていたのであった。(7)
そして、頼朝は建久元年（一一九〇）十一月の上洛の折も、同六年三月の上洛の際にも、まず六条若宮に参拝し、次いで本宮である石清水八幡に参詣しているのである。

（建久元年十一月）十一日辛酉。晴。新大納言家御二参六条若宮幷石清水宮等一。其行列。先神馬一疋。鴾毛。直被レ引二石清水一。不レ逗二留六条若宮一。（中略）先六条若宮。次参二石清水一給。於二八幡宮一。神馬一疋。銀剣一腰被レ奉レ之。馬場御所雖レ儲二御駄餉一。依レ無レ便。入二御于任覚房一。今夜御逗留。御二通一夜宝前一也。

（建久六年三月）九日甲子。（中略）今日将軍家御二参石清水幷左女牛若宮等一。依レ為二臨時祭一也。（中略）御幣神馬鴾毛二疋。等前行。於二石清水一。通二夜宝前一給云々。（下略）

これらの記事により、頼朝にとって石清水はもとより最も重い崇敬の心を捧げるべき神社であり、それに比すれば

六条若宮は遥かに内輪な、しかしそれだけに気安い私の祈禱所のように意識されていたらしいということが知られる。

三

ところでここに、『群書類従』にも収められて中世和歌の研究においてはかなり著名な一篇の歌合が存する。建久二年三月三日披講された『若宮社歌合』である。この歌合は判者が顕昭であることから、その実証的な判詞がしばしば歌論史的関心を呼び、問題とされることが多かった。しかしながら、和歌行事という点では、例えば『群書解題』第七（続群書類従完成会、一九六一年）などにおいて、

〔書名〕跋文に、「いはし水の清きながれを、たえせぬ源にうつしとゞめられにけり、」とあるように、石清水八幡宮の若宮の社頭で、この歌合が催されたための名称。（峯岸義秋氏執筆）

と解説される程度にとどまっていた。

この歌合の主催者を検討したのは、藤平春男氏が最初であろうか。氏は文治・建久期の御子左家と六条家の力関係を論じた叙述の中で、「建久二年の若宮社歌合は、跋文によれば源光行の主催だが」（『新古今歌風の形成』明治書院、一九六九年）と記している。この歌合の跋文で顕昭が、

しかるあいだ、やまと歌のなにをへるあがたのさきのかみ、このみちをひろむるあまりに、人のやしろにはみなうたあはせあり、このみやにしも、などかそのあそびなかるべきといふかも《な歟》うらみて、あめのしたのうた人をすゝめて、そのうるはしきことのはをあつめられたり。[8]

と述べていることに着目したのであった。

次いで、西沢誠人氏が論文「顕昭攷——仁和寺入寺をめぐって——」(『和歌文学研究』第二十八号、一九七二年六月)において、やはり顕昭の跋文のうち、

このみやにさねとつかさどれるまめ人いませり。くらゐはのりのはしをわたり、なさけは歌のみちにかけられたり。このことをうけよろこびて、たまのみぎりにかたわれの月のみ《本》ましをはへ、はなのかげにたゝまくおしきまとゐをすゝめらる。

という部分に注目し、作者として名を連ねる二人の法橋、宗円と季厳のいずれかが主催者であろうと推定し、両人の歌歴を考慮して、「なさけは歌のみちにかけられたり」と評される人物としては、季厳よりも宗円の方がふさわしいという結論を導いている。

その後、筆者は「建久二年若宮社歌合について」(『和歌史研究会会報』第八十号、一九八三年三月)と題する小文において、右の両氏の研究を紹介し、勧進者は作者の一人前大和守従五位上源朝臣光行、実際に歌合の席を設営した人物は法橋宗円か法橋季厳のいずれかで、これは決めがたいが、歌歴は宗円の方が遥かに豊かであるとした。そして更に、本歌合には勧進者の背後に、そもそもの企画者乃至は発起人のごとき人物がいたのではないか、それは源通親ではないであろうかという臆説を提示した。それは、前引の光行が勧進者であることを暗示的に述べた部分の直前に存する、次の叙述にこだわり、この後正治二年(一二〇〇)『石清水若宮歌合』では通親が判者を勤めている事実に引かれたからである。

こゝにいま、ふたごゝろなき思ひをはこびて、いやまひかしこまりたてまつり給うらのおさいできませり。はじ

めにはよつのうみにしばだつなみをしづめて、おほきふたつのくらゐにのぼり、後にはこゝのへのちかきまもりにそなはりて、みかさ山のたかき木末にぞよぢ給にける。むかし久方のあめよりくだれるつかひ神の、いさをとさだめられ剣ためしも思ひあはせられてなん。

幸いなことに、この臆説は取上げられることなく、今日に至っている。かくして、現在において最も新しい本歌合の解題としては、例えば『新編国歌大観』第五巻(角川書店、一九八七年)における次のごときものを挙げることができるであろう。

本歌合は、建久二年(一一九一)三月三日に石清水八幡宮の若宮社において催された奉納歌合で、判者は顕昭。前大和守源光行の企画によって藤原季経・同隆信・鴨長明ら三二人が出詠し、石清水の法橋(宗円・季厳か)が助力して行われた。(西村加代子氏執筆)(9)

けれども、ここで想起されるべきものは、前に引いた『吾妻鏡』文治元年(一一八五)十二月三十日の記述である。それによれば、大江広元の弟季厳阿闍梨は六条若宮の別当職であった。そして又、顕昭跋文の比較的初めの方で、「若宮」について次のごとく述べていることも改めて注目されるべきであろう。

そも〳〵此みやしろのいはゝれ玉ふよしをたづぬれば、おとこ山のしげきみかげをはなのみやこにまねびつたへ、いはし水の清きながれをたえせぬみなもとにうつしとゞめられにけりと、ところのありさまを思ふに、たゞことばにはあらざりけらし。きたにのぞめば、はこやの松あたらしくとなりをしめ玉ひて、とかへりひらくるはなの色さかりにゝほひ、にしにむかへば、ちよにひとたびすめるみづのどかにながれて、いけるいろくづをはなつかはせかとおぼめかる。あけの玉かきは光をやはらぐるしるしにかなひ、みづのひろまへは塵にまじはる跡をあらはせり。

「おとこ山のしげきみかげをはなのみやこにまねびつたへ」とは、石清水男山八幡を花洛に勧請したと解すべきであろう。これと対をなす「いはし水の清きながれをたえせぬみなもとにうつしとゞめられにけり」という文の意味することもほぼ同様で、「たえせぬみなもと」は帝都を暗示すると思われる。

次にこの宮居の位置について、「きたにのぞめば、はこやの松あたらしくとなりをしめ玉ひて、とかへりひらくるはなの色さかりにゝほひ」と述べているのは、この社が後白河院の御所六条殿の南側に鎮座していることを言っているのであろう。六条殿は先にも述べたように六条北西洞院西に存し、もと大膳大夫平業忠の家であったのが、後白河法皇の御所とされたものである。文治四年（一一八八）四月十三日火災に遭い、焼失したが、頼朝が再建を申し出で、中原親能を奉行として作事に着手し、同年十月二十六日には上棟の運びとなったという。建久元年（一一九〇）末上洛した頼朝が後白河法皇に拝謁したのも、同三年三月十三日法皇が世を去ったのも、この新造の六条殿においてであった。「はこやの松あたらしく」という句が、この新造の仙洞御所を意味することはほとんど疑いを容れない。それならば、その南隣であるこの若宮は、六条若宮（左女牛若宮）ということになる。先に引いたこの宮での放生会を始めとする祭祠関係の記事が思い合されるのである。「にしにむかへば、ちよにひとたびすめるみづのどかにながれて、いけるいろくづをはなつかはせかとおぼめかる」という、「ちよにひとたびすめるみづ」は大堰川をさし、黄河千年一清の故事によって文章をあやなした上で、これを男山の放生川になぞらえているのであると考える。大堰川について右の故事を用いた例は、これ以前にも、藤原伊房や大江匡房などの和歌に見出されるのである。すなわち、

（承保三年、大井河に行幸の日よみ侍ける）　　前中納言伊房

大井がはけふのみゆきのしるしにや千世にひとたびすみわたるらん　（『新勅撰集』賀・四八〇）[10]

大井がはの行幸

おほゐがはちよにひとたびすむみづのけふのみゆきにあひにけるかな　（『江帥集』冬・一三三）[11]

などの作例から、大堰川を黄河に見立てることによって治世の長久を言寿ぐ伝統があったことが確かめられる。

「あけの玉かきは光をやはらぐるしるしにかなひ、みづのひろまへは塵にまじはる跡をあらはせり」という部分はもとより和光同塵、和光垂迹の傾向の著しい八幡神のことを述べているのであるが、顕昭のことであるから、「あけの玉かき」「みづのひろまへ」といった歌語的表現は、あるいは、

住吉にまうでゝよみ侍ける　　蓮仲法師

すみよしの松のしづえに神さびてみどりにみゆるあけのたまかき　（『後拾遺集』雑六神祇・一一七五）

大弐成章《ナリノリ》肥後守にて侍ける時、阿蘇社に御装束してたてまつり侍けるに、かのくにの女のよみ侍ける　　よみ人しらず

あめのしたはぐゝむかみのみそなればゆたけにぞたつみづのひろまへ　（同・同・一一七三）[12]

などに基づくのかもしれない。

もとより、男山の石清水八幡宮にも摂社としての若宮は存する。それは本宮の北に鎮座し、仁徳天皇を祭神とするという。[13]また、『若宮社歌合』には、

男山まつよりしてぞたのもしきすみて久しく逢んと思へば　（寄祝言恋・九番右、成全）

という作も見出されはする。しかしながら、顕昭跋文を正確に読めば、『若宮社歌合』の「若宮」は、石清水男山八幡宮の若宮をさすのではなく、六条若宮をさすという結論に導かれるのである。

従って、「このみやにさねとつかさどれるまめ人」は法橋宗円ではなく、六条若宮別当職であった法橋季厳でなければならない。そして、その若宮を「いやまひかしこまりてたてまつり給うらのおさ」は、源頼朝を意味するに違いない。文治五年(一一八九)正月五日彼は正二位に叙され、建久元年(一一九〇)十一月九日権大納言に任ぜられ、同二十四日右大将を兼ね、十二月四日には両職を辞している。すなわち、頼朝こそは「はじめにはよつのうみにしばだつなみをしづめて、おほきふたつのくらゐにのぼり、後にはこゝのへのちかきまもりにそなはりて、みかさ山のたかき木末にぞよぢ給にける」という条件に完全に合致するのである。

それでは、頼朝はこの歌合のそもそもの企画者乃至は発起人のごとき存在であったのであろうか。頼朝について述べるこの段落と、光行について述べる次の段落との続き具合から、両人の間に何等かの因果関係が存して、本歌合が挙行されたのだと言おうとしていることは確かであろうが、頼朝が自身歌合を企画するまで和歌に対して深い興味や関心を抱いていたとはいささか考えにくい。思うに、六条若宮を篤く崇敬する頼朝の心を忖度して光行が勧進し、季厳が実行に移したのではないであろうか。頼朝は発起したというよりは、彼等の行動を許可したのではないであろうか。ただ、光行らにしてみれば、京都に深い関心を抱き、今やその文化の保護者乃至は振興者をもって自らを任じている頼朝が、六条若宮への歌合奉納を認めない筈はないという見通しの下にこれを願い出で、事は彼等の思惑通りに運んだのであろう。その間の事情を聞き知っていたので、顕昭はいささか文意を取りがたいこのような跋文を草したのではないであろうか。

頼朝が信仰してやまない六条若宮への歌合奉納を思い立った光行の心の裡に、頼朝に対する阿諛追従の気持が潜んでいなかったとは言い切れないように思う。『吾妻鏡』によれば、寿永三年(一一八四)四月十四日、光行は頼朝の「恩喚」によって東下した中宮大夫属入道善信(三善康信)に同道して鎌倉に参着している。その目的は平家方に与したことを咎められ、おそらく義経に捕えられていたと想像される父豊前前司光季の赦免を嘆願することにあったが、翌十五日の条には、頼朝が光行の行為に対していたく気色を損じた由が記されている。すなわち、鶴岡若宮の廻廊で頼朝が善信に対面し、鎌倉に住み付き、武家の政務を輔佐してほしい、承知しましたという内容の密談を交しているその場に、光行は「推参」し、ために頼朝は密談を中断せざるをえなかった。頼朝は「善信者甚穏便者也。同道之仁頗有二無法気一歟之由、内々被レ仰」たという。頼朝の光行に対する第一印象はこのように決してよくはなかったらしいのであるが、父の罪科宥免の嘆願は聞き入れられたようである。四月二十二日、頼朝は義経に書を遣して光季を赦す由を指示している。[14] 光行の頼朝との最初の出会いがこのようなものであったとすれば、光行は恩義を感じて当然なのであり、それに報いる一端として、頼朝が崇敬する六条若宮の神威を高める歌合奉納を思い立ったことも不自然な行為ではない。が、建久元年末の頼朝の第一回上洛後まもなくの同二年三月の催しであるという時期的問題なども併せ考えると、純粋に感謝の念の現れというよりは、この畏怖すべき権勢者に対する阿諛の念も少からず作用して、歌合勧進という挙に出たのではなかったかという気がしてならないのである。

『若宮社歌合』の成立事情をこのように想像すると、光行・季厳の両名以外にも、作者の中には関東ゆかりの人物が何人かはいるように思われる。まず、大江公景は季厳と同族という縁があるが、もう一人の法橋である宗円も、その出自は大江氏であった。これら大江氏の人々と共に、有安・清重・安性(俗名時元)など、中原氏の人々が参加しているところに、大江広元や中原親能の影、ひいては鎌倉の影を感ぜずにはいられない。更に、沙弥性照として名を連ねている平康頼も頼朝と関りのある人物であった。彼はかつて尾張守在任時代、野間の内海なる左馬頭義朝の墓を手厚く保護したことを多とされ、頼朝から所領を与えられているのである。まず、『吾妻鏡』文治二年（一一八六）閏七月二十二日の条に、

前廷尉平康頼法師浴㆓恩沢㆒。可㆑為㆓阿波国麻殖保々司㆒元平氏家人。散位。之旨。所㆑被㆑仰也。故左典廐義朝。墳墓在㆓尾張国野間庄㆒。無㆑人㆓于奉㆑訪㆓没後㆒。只荊棘之所㆑掩也。而此康頼。任中赴㆓其国㆒時。寄㆓附水田卅町㆒。建㆓小堂㆒。令㆔六口僧修㆓不断念仏㆒云々。仍為㆑被㆑酬㆓件功㆒。如㆑此云々。

と見えるのを初め、関係記事は文治四年三月十四日、同年八月二十日の条にも存する。建久元年（一一九〇）十月二十五日、第一回の上洛の途中、頼朝はわざわざ野間に立寄って墓参を果したが、その際にも改めて康頼の「懇志」に感じ入っている。そのような因縁からも性照の康頼が本歌合の右方作者に加わる謂れは存したのである。

左方作者の一人として名を連ねている藤原兼宗は、中山内大臣忠親の男で按察使大納言正二位に至り、晩年の定家と親しかった人物である。定家より一歳年少である。この人にも関東ゆかりの兄弟がいる。『尊卑分脈』に「大僧都鎌倉御堂別当」「寺」と注する親慶である。彼は承久二年（一二二〇）一月二十一日、頼朝が創建した勝長寿院の別当に補され、貞応三年（一二二四）七月二十四日、五十六歳で世を去っている。それならば、親慶は兼宗より六歳年下の弟ということになる。或いはこの弟の僧の鎌倉との関係も、この頃既に生じていたのであろうか。

なお、藤原隆保（帥大納言隆季男、隆房弟）や藤原隆親（北家道隆流、若狭守隆頼男か）が参加しているのは、或いは道隆流の大蔵卿忠隆に連なる人々という縁によるものかもしれない。忠隆の子には陸奥守民部少輔基成や右衛門督信頼、

侍従信家、隆季室となり隆房・隆保らを生んだ女子や六条摂政基実の北の方となった女子などがいる。基成には藤原秀衡の妻となり、泰衡の母となった女子がいる。この一族は権門や地方豪族と結ばれ、しかも平治の乱の首謀者や奥州で頼朝に滅ぼされた人物を出しているのである。そのような一族に連なる人々にとって、この歌合への参加はやはり阿諛を意味しなかったと言い切れるであろうか。

四

『若宮社歌合』において詠まれた三題のうちに「寄祝言恋」という題がある。顕昭はこれを、

　いほとせも千年もたえじ君と我ありなれがはに影を並べて

と詠じ、自ら、

右歌、所詠のありなれがは、日本紀よりいでたり。雖レ非二倭国と（ママ）風俗一、已為二新羅之名所一。評定之処請為二同科一矣。

と述べて、左の藤原兼光の、

　契りつるしら玉つばきはかゆともかはせる枝のひさしかれとは

の歌との一番を持と判した。「ありなれがは」は『日本書紀』巻第九神功皇后摂政前紀に、新羅王の誓言として述べられる、

　則重誓之曰、非二東日更出レ西、且除四阿利那礼河返以之逆流、及三河石昇為二星辰一、而殊闕二春秋之朝一、怠廃二梳鞭之貢一、天神地祇、共討焉。[15]

という部分に見出される、典拠ある表現であることを主張しているのである。顕昭がことさらこの異国の「名所」を持ち出したのは、やはり六条若宮の祭神である八幡神と神功皇后との結び付きの強さに思いを致したからであろう。

その後二年して、建久四年（一一九三）、当時は「左大将家百首歌合」と称されたであろう『六百番歌合』が結構された。この歌合の恋七、「寄河恋」を題とする番に、次のような作が見出される。

十三番　寄河恋

左持　　顕昭

きゝわたるありなれ河の水にこそ影をならべてすまゝほしけれ　（九八五）

右　　信定

なみだ川あふせもしらぬみをつくしたけこす程になりにけるかな　（九八六）

右方申云、「ありなれ河」きゝなれず。末ふるめかし。

左方申云、「たけこすほど」、あまりあたらしくや。

判云、「ありなれ河」珍しく、下句誠にふるかるべし。「涙河のみをつくし」は、水あまりにや侍らん。持とすべくや。(16)

顕昭は当然この釈阿藤原俊成の判詞には不満で、判者が「ありなれ河」についてもっとこだわってよいのにあっさりとかわされたことを『六百番陳状』において遺恨であると述べ、暗に俊成の無関心乃至は無知を誹謗している。

顕昭陳申云、ありなし《れ》河は昔より歌によまれたり共見及侍らねば、きゝなれずと侍もことはりなり。河名の恋の歌に有レ便につきて引よせて読て侍也。判者の、めづらしと侍るは、感歎謗歎、思さだめがたく侍り。被二書載一たる文もやむごとなく、河の有所も思かけず侍れば、何文にみえたるぞ、いづこにある河ぞなど云沙汰申侍と思給へし也ど、評定にも其尋も侍らざりけるにや、尤以遺恨に侍り。(17)

顕昭は明らかに『若宮社歌合』の「寄祝言恋」の二番煎じとして、『六百番歌合』の「寄河恋」を詠じている。一人の歌人がさほど時日を隔てず作歌すれば、そのような類想、いわゆる等類の作が生れることは不思議ではない。けれども、『若宮社歌合』と『六百番歌合』との繫りは、単に顕昭個人の等類の歌に見出されるにとどまるのであろうか。『若宮社歌合』の作者は合計三十二名である。一方、『六百番歌合』の作者は十二名に過ぎないがその内五名が『若宮社歌合』作者でもある。すなわち、藤原兼宗の他は、藤原季経・藤原有家・顕昭の、六条家の歌人三名と、藤原隆信の五名である。もしかして、前右大将頼朝の文化の保護者としてのイメージを高めるための催しである『若宮社歌合』の興行に参加し、一応の成功を見た六条家の歌人達が、かねがね出入りしていた九条摂関家に対しても、現任の左大将である良経の歌人文人としての姿を広く伝えようとして働きかけたところに、『六百番歌合』の企画は動き出したのではないであろうか。あるいは、隆信や兼宗もそれに同調したかもしれないが、いずれにせよ、俊成・定家父子が最初から関与していないらしいことは本歌合の百の歌題からも想像できるように思われる。やや特異な素材や行事に対する興味の示し方は、これ以前、建久二年冬の良経家での「十題百首」に通うものがあり、その意味では主催者良経の意に沿うものであったとも見られるが、俊成の感覚からはかなり遠く、むしろ六条家歌学に近いものがあると考える。

「花月百首」以後、左大将家における密々の形での百首歌会の延長乃至は発展として、『六百番歌合』が結構(企画)されることは、自然の勢であったとも見られるのであるが、しかしまた『若宮社歌合』が一つの刺激ともなり、その主要メンバーであった六条家の歌人が深く関った蓋然性も少なくないのではないか。

もしもそのような想像が可能であるとすると、武将政治家前右大将頼朝は鎌倉に居ながらにして、間接的ではあるが京都の歌界に影響力を行使したことにもなるであろう。もとよりそれは頼朝の与り知らぬところで、頼朝の武威を強く感じた京の歌人達が行動した結果であるとしても、少なくとも『六百番歌合』が建久三年から四年にかけて結構されたという、時間的な意味は軽視されるべきではないであろう。

五

季厳についても、なお考えるべき余地がないわけではない。季厳の事蹟は前に言及した西沢氏の論文「顕昭攷」にほぼまとめられているけれども、それ以外にも若干付加すべき事実が存する。

すなわち、季厳は、建久二年（一一九一）三月三日『若宮社歌合』、正治二年（一二〇〇）『石清水若宮歌合』、承元三年（一二〇九）『長尾社歌合』（『夫木和歌抄』に佚文が見出される）に作者として加わり、建久初年に成立した『玄玉和歌集』に一首の作が選ばれているということが、同氏によって報告されたのであるが、季厳は藤原定家とも交渉を有しているのである。すなわち、『明月記』によると建暦三年（一二一三）十月十三日、季厳は定家を訪れ、「関東消息」により「五代集」を送るために、定家に『古今和歌集』の書写を依頼したのであった。


十三日、天晴、季厳僧都来談之次云、関東消息、五代集可二営送一由也。予書二古今一乎云々。老眼不レ堪、旁雖二無レ術事一、已非二能書之儀一、依二歌仙之数一、不レ被レ厭二鳥跡一者、不レ可二遁避一由領状了。即退還。[18]

「五代集」とは、思うに『万葉集』から『後拾遺和歌集』までの五集を指すのであろう。同年十一月七日にも季厳は定家の家の門前に来ているが、定家は所労と称して逢っていない。同月十五日には逢っている。おそらく注文された『古今和歌集』もこの頃までには書写を終り、季厳に渡されたのであろう。季厳が時の将軍実朝のために京の名ある歌人の書写になるこれらの撰集を調達し、関東へ送り届けていた有様が想像される。季厳は源仲章・内藤知親・飛鳥井雅経などと同様、京の文化財を鎌倉へ運ぶ役割りを果していたのである。なお、この年十二月十八日の日付を有するものが、定家所伝本『金槐和歌集』である。同本の成立乃至は京への将来に季厳が関わっていないとも限らない。

そしてまた、醍醐寺関係の打聞である『続門葉和歌集』にも、季厳の『長尾社(宮)歌合』での詠は見出されるのである。同集巻第一春歌上には、まず、

建暦元年の長尾宮の歌合に、海辺帰鴈といへる事を　　権律師猷円

たれこゝに秋風ふかばまつしまやをじまの浪にかへるかりがね　(三七)

同歌合に　　権少僧都季厳

かりがねの声ふきをくる春風に煙もなびくしほがまの浦　(三八)

とあり、やや離れて、

建暦元年長尾宮の歌合に、社頭花といへる事をよめる　　権少僧都喜厳

もゝしきの花のにほひもかゝりきとおしみなればや神もみるらん　(七四)

という一首も見出される。[19]この「喜厳」は「季厳」の誤写ではないであろうか。そうであるとすれば、『夫木和歌抄』によっては得られなかったこの時の季厳の「社頭花」の題詠歌が知られることになる。

季厳の「かりがねの」の詠と猷円（藤原隆信の子）の「たれこゝに」の詠とは、共に『夫木和歌抄』巻第五の「承元参年長尾社歌合、海辺帰雁」という詞書の下に一括される十三首の作品群中に見出されるものであった。すると、ここに新たな疑問が生ずる。『長尾社（宮）歌合』は承元三年（一二〇九）の催しであろうか、それとも建暦元年（一二一一）の催しであろうか。この問題は『夫木和歌抄』と『続門葉和歌集』の記載のいずれをより信憑性ありと見るかということになりかねない。その場合には『続門葉和歌集』がやや信憑性に富むということになりそうであるが、しかし或いは結構したのが承元三年で、披講し、奉納しおえたのが建暦元年ということであるかもしれない。従来、顕昭の没年は未詳ながら、承元三年までは生存していたであろうと考えられてきた。それは、

承元三年長尾社歌合、海辺帰雁　　法橋顕昭
いくつらぞすずのみさきをふりすててこしなるさとへいそぐ雁が音　（『夫木和歌抄』巻二十六・崎・一三九二）[20]

という、『長尾社歌合』の佚文が根拠であった。しかしながら、この歌合の成立年次がもしも二年繰り下げられるとすれば、顕昭の推定生存年の下限もまた二年延長されることになる。

なお、長尾社について、西沢氏は前記論文において「仁和寺の北、長尾の地」にあったかもしれないと想像したが、『続門葉和歌集』に長尾宮関係の詠が散見されることを考え併せれば、日本歴史地名大系27『京都市の地名』にいうごとく、下醍醐の長尾天満宮をさすと考えてよいであろう。この社は菅原道真の没後、醍醐寺の聖宝の弟子観賢が道真の墓を築いたのに始まり、北野に道真が祀られた後改めて社壇を営んだものであるという。

更に説明に窮する事実が存在する。すなわち、建久二年(一一九一)頃成立、同三年増補されたかとされる『玄玉和歌集』に入集した季厳の、

(百首の歌の中に、花歌とて)　　法橋季厳

いふ事はなきならひなる花なれどおしむ心をしるやしらずや　(巻第六・草樹歌上・五九八)[21]

という一首は、正治二年(一二〇〇)『石清水若宮歌合』の、

卅番(桜)

左持　　法眼季厳

いふことはなきならひなる花なれどをしむこゝろをしるやしらずや

右　　重政

みよしのゝたかねの風に雲なぎてそらまで花の色やしるらむ

左右をなじほどにや。[22]

とある桜の歌と全く一致するということである。

一般的に言って、たとえ自作であれ、既に撰集に載っている詠作を歌合に提出するということは考え難い。あるいは、『玄玉和歌集』の季厳の詠は遥か後に追補されたものであろうか。またはこのことは、既発表の自作をも無頓着に再提出するほど、季厳は歌人意識の乏しい作者であることを物語っているのであろうか。

六

再び頼朝と和歌との関りを考えてみる。

頼朝が詠歌の嗜みを身に付けるに至ったのは、思うに梶原一族の影響があったのではないであろうか。『吾妻鏡』ではしばしば頼朝に扈従する梶原氏の人々が、彼の意を迎えるような誹諧歌まがいの和歌や連歌を試みている。たとえば、文治五年(一一八九)七月、奥州の藤原泰衡を討つために陸奥に兵を進めた頼朝は、同月二十九日白河の関を越える際、関の明神に奉幣しつつ、梶原景季を召して、「当時初秋候也。能因法師古風不二思出一哉之由被二仰出一」た。それに対して、景季は馬を控えて、

　秋風ニ草木ノ露ヲ払セテ君ガ越レバ関守モ無シ

と詠じたという。また、八月二十一日、同じ戦いにおいて梶原平三景高は、

　陸奥の勢ハ御方ニ津久毛橋渡して懸ン泰衡ガ頸

と詠じて、「祝言之由、有二御感一」と面目を施している。同年十二月二十八日には平泉の無量光院の供僧助公が頼朝に叛こうとしているとの風聞によって捕えられ、梶原景時の推問を受けているが、助公は泰衡が誅された後の九月十三日夜、「天陰。名月不レ明之間」、

　昔にも非成夜のしるしには今夜の月し曇ぬる哉

と「折節懐旧之所レ催」を詠じたのみで、異心はないと陳弁した。景時は頗るこれを褒美し、この由を頼朝に言上し

たので、頼朝も助公を宥したのみか、賞を与えたという。建久元年（一一九〇）十月十八日、第一回の上洛の際、橋本の駅で景時と連歌を唱和していることもよく知られている。(23)

十八日己亥。於二橋本駅一。遊女等群参。有二繁多贈物一云々。先レ之有二御連歌一。

はしもとの君にはなにかわたすべき　たゞそまかはのくれですぎばや　平景時

石橋山の戦いで大庭三郎景親と共に平家方の武将として頼朝を追いつめながらも「存二有情之慮一」（治承四年八月二十四日の条）彼を見遁した景時が、土肥実平に伴われて頼朝の前に参じたのは、翌年一月十一日のことである。『吾妻鏡』の同日の条に「雖レ不レ携二文筆一巧二言語一之士也。専相二叶賢慮一云々」と記されている。頼朝は弁の立つ景時が気に入った。彼は頼朝に疎んじられ、遂にはその景時によって誅殺された、口下手の上総介広常などとはおよそ対照的な人間であったであろう。頼朝にはまた先祖に倣おうという意識も強く認められるから、『千載和歌集』に、

みちのくにまかりける時、なこそのせきにて花の
ちりければよめる　源義家朝臣

吹くかぜをなこそのせきとおもへどもみちもせにちる山桜かな　（春下・一〇三）(24)

の詠が選び入れられた義家の先蹤を追おうという心も働いたかもしれない。ともかく、ある時期以後の頼朝は、帝王学ならぬいわば将軍学としての詠歌の必要性をも感じていたと想像する。

第一回上洛した際、頼朝は広常の誅殺について後白河院に次のごとく報告したという。

ワガ朝家ノタメ、君ノ御事ヲ私ナク身ニカヘテ思候シルシハ、介ノ八郎ヒロツネト申候シ者ハ東国ノ勢人、頼朝ウチ出候テ、君ノ御敵シリゾケ候ハントシ候シハジメハ、ヒロツネヲメシトリテ、勢ニシテコソカクモ打エテ候

シカバ、功アル者ニテ候シカド、トモシ候ヘバ、「ナンデウ朝家ノ事ヲノミ身グルシク思ゾ。タヾ坂東ニカクテアランニ、誰カハ引ハタラカサン」ナド申テ、謀反心ノ者ニテ候シカバ、カヽル者ヲ郎従ニモチテ候ハヾ、頼朝マデ冥加候ハジト思ヒテ、ウシナイ候ニキ。（『愚管抄』巻第六）[25]

もとよりこれはいわば自己の行為を美化し、法皇への忠誠心を強調した言ではあるが、反京都的志向の強い広常が景時に討たれ、[26]その景時とその一族が京都貴族文化の象徴ともいうべき和歌に関して頼朝を感ぜしめ、頼朝自身もやがて歌を詠み始めるということは、頼朝その人の心裡における坂東と京との関係を暗示しているようで興味深い。かつて以倉紘平氏は、最晩年の平清盛に東国回帰の思いが強く存したらしいことを明快に論じられたが、[27]頼朝にはそれとは反対に、都への回帰の念が根強く潜んでいたのではないであろうか。それがたとえ誹諧歌めいていようとも、詠歌という形をとって現れているのではないか。

おそらく、頼朝がこのような言語遊戯を愛するということを聞き知って、光行も『若宮社歌合』の勧進を思い立ったのであろう。そして、そのような動機で催されたからには、当然この歌合正本は六条若宮に奉納されたとしても、その副本は鎌倉に進覧されたことであろう。それは頼朝の詠歌への意欲をそそりもしたかもしれない。

（題しらず）　　　前右近大将頼朝

みちすがらふじのけぶりもわかざりきはるゝまもなきそらのけしきに　（『新古今集』羇旅・九七五）[28]

という一首が、建久元年（一一九〇）十月の上洛の際かまたは同六年二月の上京の際の詠か、あるいはそれ以外の機会に詠まれたものかは、もとより不明である。しかしながら、『若宮社歌合』の興行などをきっかけに、自身も詠歌に興味を抱き始めた頼朝が二度目の上京の途上この一首を得、それを慈円に語ったことなどから、慈円との七十七首の贈答が生れたと考えるのは空想に過ぎるであろうか。

ともあれ、この一首や「みちのくのいはでしのぶは」の作が『新古今和歌集』に採られたために、この集が息実朝にとって懐しい存在となり、それを繙読することが彼の文学開眼を促したことは、疑いを容れない事実であろう。歌人右大臣実朝の誕生は決して偶然ではない。かの長沼五郎宗政をして「当代者。以二歌鞠一為レ業。武芸似レ廃。以二女姓一為レ宗。勇士如レ無レ之」（『吾妻鏡』建暦三年九月二十六日の条）と過言を吐かしめた実朝には、坂東八平氏を従え、陸奥を征圧し、東国の主となりながら、都への回帰の念を捨てきれなかった頼朝の血が流れているのである。

注

（1）　引用は国書刊行会本による。

（2）　引用は新訂増補国史大系本による。『吾妻鏡』の引用は以下同じ。

（3）　引用は日本古典文学大系本による。『愚管抄』の引用は以下同じ。

（4）　『拾玉集』の引用は『私家集大成3　中世Ⅰ』により、歌番号も同書による。ただし、清濁は私意。『拾玉集』の引用は以下同じ。

（5）　『続拾遺和歌集』恋二・八四〇（『新編国歌大観』第一巻）。ただし、字句に小異がある。

（6）　『続後撰和歌集』の引用は『新編国歌大観』第一巻による。歌番号も同書のもの。

（7）　日本歴史地名大系27『京都市の地名』（平凡社、一九七九年）二五三・九三〇頁参照。

（8）　引用は群書類従板本による。ただし、清濁は私意。『若宮社歌合』の引用は以下同じ。なお、本歌合は峯岸義秋編、岩波文庫『歌合集』、『新編国歌大観』第五巻にも収められているが、いずれも群書類従本を底本とする。

（9）　なお、『日本古典文学大辞典』第六巻（岩波書店、一九八五年）における「若宮社歌合」の項目も西村加代子氏の執筆になり、『新編国歌大観』の解題とほぼ同趣旨である。

(10) 引用は久曾神昇・樋口芳麻呂校訂、岩波文庫『新勅撰和歌集』による。歌番号も同書のもの。
(11) 引用は宮内庁書陵部編『桂宮本叢書』第三巻により、歌番号は『新編国歌大観』第三巻による。清濁は私意。
(12) 引用は宮内庁書陵部蔵写本(四〇五・八七)により、歌番号は『新編国歌大観』第一巻による。清濁は私意。
(13) 日本歴史地名大系26『京都府の地名』(平凡社、一九八一年)一六一頁参照。
(14) なお、池田利夫著『新訂河内本源氏物語成立年譜攷——源光行一統年譜を中心に——』(日本古典文学会、一九八〇年)参照。
(15) 日本古典文学大系67『日本書紀 上』(岩波書店、一九六七年)三三九頁。
(16) 引用は宮内庁書陵部蔵写本(五〇一・六一九)により、歌番号は『新編国歌大観』第五巻による。ただし、句読・清濁・引用符等は私意。
(17) 引用は宮内庁書陵部蔵写本(五〇六・一五三)による。ただし、句読・清濁は私意。
(18) 引用は国書刊行会本による。ただし、句読・返点は私意。
(19) 引用は群書類従板本により、歌番号は『新編国歌大観』第六巻による。ただし、清濁は私意。
(20) 引用は『新編国歌大観』第二巻による。歌番号も同書のもの。
(21) 引用は『国立歴史民俗博物館蔵貴重典籍叢書』文学篇第六巻私撰集(臨川書店、一九九九年)により、歌番号は『新編国歌大観』第二巻による。ただし、清濁は私意。
(22) 引用は拙著『新古今歌人の研究』(東京大学出版会、一九七三年)による。ただし、清濁を区別した。
(23) 『吾妻鏡』当日の条の他に、『増鏡』第二新島守、及び『菟玖波集』巻第十九雑体連歌、俳諧に見える。なお、『菟玖波集』巻第十四雑連歌三には、

秀衡征討のために奥州にむかひ侍ける時なとり河をわたるとて　　前右近大将頼朝

われひとりけふのいくさに名とり河

平景時

きみもろともにかちわたりせん

という付合も収められている。

(24)　引用は『新編国歌大観』第一巻による。歌番号も同書のもの。

(25)　日本古典文学大系本では「トモシ候ヘバ」からを広常の語とし、「広常が頼朝についている」と注するが、従えない。

(26)　前引の部分に続き、「ソノ介八郎ヲ梶原景時シテウタセタル事、景時ガカウミヤウ云バカリナシ。双六ウチテ、サリゲナシニテ盤ヲコヘテ、ヤガテ頸ヲカイキリテモテキタリケル、マコトシカラヌ程ノ事也。コマカニ申サバ、サルコトハヒガ事モアレバ、コレニテタリヌベシ。コノ奏聞ノヤウ誠ナラバ、返々マコトニ朝家ノタカラナリケル者カナ」という。

(27)　以倉紘平「平清盛論——遅すぎた東国回帰——」『文学』第四十八巻十号、一九八〇年十月。

(28)　引用は天理図書館善本叢書所収烏丸本による。清濁は私意。歌番号は『新編国歌大観』第一巻。この歌の詠作時期については、拙著『新古今和歌集全評釈』第四巻(講談社、一九七七年)でいささか論じたことがある。

慈光寺本『承久記』とその周辺

一

今年天下有《リ》二内乱一。コレニヨテ、主上・執政臣改易、世人迷惑《スト》云々。一院遠流セラレ給《フ》、隠岐国。七月八日於《テ》二鳥羽殿《ニ》一御出家、十三日御下向《ト》云々。但ウルハシキヤウハナクテ令《メ》二首途《セ》一給《フト》云々。御共ニハ俄入道清範只一人、女房両三《ト》云々。則《チ》義茂法師参《リ》カハリテ清範帰京《スト》云々。土御門院并《ニ》新院・六条宮・冷泉宮、皆被《レ》レ行《ハ》二流刑《ニ》一給《フト》云々。……三院、両宮皆遠国ニ流サレ給ヘドモ、ウルハシキ儀ハナシトゾ世ニ沙汰シケル也。

『愚管抄』巻第二[1]は、承久の乱の結末をこのように記している。それは一見極めて感情を捨象した記述のようであるが、日本古典文学大系本もいうように[2]、「世人迷惑」の四字には、著者慈円の無量の思いが籠められているのであろう。

この承久の乱の顛末を物語った軍記物語である『承久記』が、文学作品としては未成熟なものに止まったこと、その結果、「四部合戦状」と総称される四篇の前期軍記の中では最も魅力に乏しいということは、従来もいわれてきた。[3]

今後もそのような捉え方が大きく変更されることは、おそらくないであろう。にもかかわらず、『承久記』は従来よりもさらに詳密な検討を要する作品であると考える。それは一つには、軍記物語史を構想する際に多くの示唆を与えるものをこの作品が含んでいるからでもあるが、また一方では、日本文学史乃至は日本文化史上特異な一時期と見られる、後鳥羽院時代そのものを考える何らかの手懸りがそこに蔵されていると感じるからでもある。私は主として後者の問題意識から、『承久記』や『六代勝事記』などを考えてみたい。そして、その手始めに、慈光寺本『承久記』を取り上げてみようと思う。

二

水府明徳会彰考館に蔵せられる、「承久記 慈光寺 全」の題簽と、

　右承久記古本一冊、元禄己巳冬、安藤新助京師新写本

の奥書を有する『承久記』、いわゆる慈光寺本は、[4]早く国史叢書『承久記』に収められているが、この本を直接対象として、その成立を論じられたのは冨倉徳次郎氏であった。[5]その後、村上光徳・益田宗・杉山次子・武久堅・大津雄一らの諸氏の論考が発表されて、昭和三十年代以降の『承久記』の研究は、ほとんど慈光寺本を軸として進展したといっても誤りではないであろう。

　これらの研究の過程において、「慈光寺本」という呼称の由来が解明されたことは、大きな収穫であった。すなわち、国史叢書本の解題においては、「蓋し原本は慈光寺の所蔵ならん」と推測していたのであるが、[6]杉山氏は「山城

の慈光寺に伝来したものかとも考えられるが、私は慈光寺子爵家であろうと考えている」といわれ[7]、その後、村上氏は彰考館の『館本出所考』や水戸光圀書簡の写しなどを調査して、慈光寺本『承久記』が、元禄四年(一六九一)に没した中務権大輔慈光寺冬仲の家の本を書写したものであるらしいことを突き止められた[8]。

しかしながら、その作者や成立時期、さらに『承久記』諸本における位置づけなどの諸点においては、諸氏の論はそれぞれかなり異なっている。

まず、作者については、杉山氏は「慈光寺家の祖先のような人々を考えてみ」てはどうかといわれ、より具体的には「作者圏として、物語が三浦氏の記述のくわしい点をも考慮して、仲兼に近い一団をあげたい」とされる[9]。しかし、同本の伝来径路に関する杉山氏の推定を実証された村上氏は、この問題については結論を留保しておられる[10]。両氏の論以前ではあるが、冨倉氏は主として物語中の院の使押松の描写などによって、庶民的な視野に立った文学と見ておられたし[11]、益田氏も作者の立場は鎌倉武士に近いかとされた[12]。

成立時期に関しては、物語の終り近くに言及される藤原範継の没年から、寛喜二年(一二三〇)より仁治元年(一二四〇)までの十年間とする杉山説[13]、土御門院の子孫への言及から、後嵯峨天皇や後深草天皇以後とする益田説[14]などが主なものである。

諸本との関係は、古活字本や前田家本とは全く関係のない、同名異書と考える益田説[15]が孤立していて、多くはこの本を『承久記』諸本のうちで最も原態を存し、他の諸本はこれから派生したと考えている。

これら種々の争点を解明することは、本稿のよくするところではない。ただ、杉山氏の提唱された、宇多源氏の仲兼に近い一団がこの本の作者圏としてふさわしいかどうかを改めて検討しつつ、現段階においてはこの問題はやはり留保せざるをえないとしても、彼等が後鳥羽院時代の社会や文化に、さまざまな形で関わっていたことを確かめようとするものである。

三

『愚管抄』巻第六に、「仲国法師ハ、コトナル光遠法師ガ子ニテ、故院ニハ朝夕ニ候シガ」と語られる宇多源氏の木工頭仲国、その弟の河内その他の受領であった仲兼については、従来主として彼等が『平家物語』に登場する人物であるということで注目されてきた。(16)そして、特に仲国に関しては、同物語巻第六での「小督」では颯爽たる廷臣として立ち働く彼が、史実の世界では、後白河法皇の霊託なるものを口走る妻とともに、世を惑わす巫覡の徒のごとく見なされ、洛外に追放されるという、物語世界での姿と現実でのそれとの落差の激しさが印象づけられている。そしてさらに、杉山氏によって、その関東との繋りが詳述され、(17)宮地崇邦氏によって、平宗盛室中納言三位との関係が指摘された。(18)

この仲国は藤原定家とも交渉があった。すなわち、杉山氏も指摘されたように、(19)建永二年(一二〇七)最勝四天王院建立の際には、障子絵を描く絵師を召す使を勤めている。また、定家の息光家が宇佐使とされた際には、鹿毛の馬を贈っている(『明月記』建暦三年十一月二十八日の条)。

仲国の息仲隆は蔵人、右馬頭、下野守で、従五位下に至った。

彼は建仁三年(一二〇三)三月二日の直物で、右馬権助となった。『明月記』同年三月三日の条に、「尋二見聞書一、……

右馬権助源仲隆」と見える。同年四月二十三日の賀茂祭の際には、「検非違使面々風流、……馬助仲隆渡レ車」(『明月記』同日の条)という。また、同年五月二十六日、法勝寺八万四千基塔供養で後鳥羽院の御幸があった時は、「二位殿御車、前駈五人」のうち、上北面の一人に選ばれている(『明月記』同日の条)。同年八月十五日の石清水御幸の際にも奉仕した(『明月記』同日の条)。建永元年五月二十日、仲国妻の妖言事件に際し、仲国とその子三人は恐懼に処せられたというが(『明月記』同日の条)、おそらく仲隆はその一人であったであろう。しかし、同年十月十一日には出仕を許されたと想像される(『明月記』同日の条)。

建永二年(一二〇七)正月三十日、後鳥羽院は近臣達に勝負笠懸を行わせ、自身も加わってこれに興じているが、仲隆は兄弟の仲俊とともに、そのメンバーに入れられている。すなわち、『明月記』同年正月二十九日の条に、次のごとく見える。

明日勝負笠懸、殿上人忠信朝臣、有雅朝臣、頼平朝臣、忠清朝臣、範茂、清親、信能、輔平、此外通光卿、保家卿、仲隆、仲俊等被レ加云々、西面十一人可レ為二御所御方一、公卿為二念人一云々、

そして、当日は上北面として、右方に加わっている(『明月記』同日の条)。坊門忠信・佐々木野有雅・高倉範茂・一条信能など、後年承久の乱で断罪され、乃至は流刑に処せられた公卿等と彼等兄弟とが同じく笠懸に参加していることが注目されるのである。

仲国ら宇多源氏の一族と思われる人物に、源仲家なる者がいる。その系譜は必ずしも明らかではない。すなわち、仲国の父光遠の兄弟に九条院の判官代であった仲家がおり、また、光遠・仲家の兄弟仲経の子として、仲家の名が見える。さらに、光遠の曾祖父仲頼の兄弟に仲経がおり、その息に「無官」と注されている仲家がいる。結局正しい系

譜を知ることは困難であるが、後鳥羽院時代の人であることは、『明月記』に頻出することから確かである。

すなわち、『明月記』建久九年（一一九八）一月十三日の条に、後鳥羽院の殿上人を列記した中に、「源仲家、同家長」と見える。『三長記』の同日の条には、「蔵人、藤康業、源仲家、同家長、橘以忠」とあり、仲家は院蔵人であったと知られる。同年正月三十日の除目では式部大丞となり（『明月記』、『三長記』同日の条）、さらに建久十年三月二十三日の除目で右馬権助となった。『明月記』同年三月二十五日に、「右馬頭藤親兼　権助源仲家」とある。また、建永二年正月十三日の除目で隠岐守となったらしい。『明月記』同年正月十四日の条に、「隠岐仲家、蔵人丞、去年不任、今年任」と記されている。

『明月記』建久十年四月二十四日の条は、賀茂祭の櫳官人についての記述の中で、仲家に関して次のように記している。

馬助仲家、狂物、院中近臣□□□訪也、一物私不レ調云々、

彼は装束など、有職故実に通じていたらしい。建暦三年（一二一三）四月十四日、賀茂祭に関連して、「装束師仲家上仰、来会」と見える。また、遥か後の寛喜元年（一二二九）十二月二十九日、道家女竴子が女御として入内する際の役人を列挙している中に、「刷衣人、仲家、盛親」と記されている。また、為家が「柏夾之木」は黒木を用いるべきかどうかという故実を問うたのに対して、定家は、「如二仲家朝臣一定分明存歟、只木竹共皆用レ白由所レ承也」と答えている（『明月記』天福二年二月八日。ほぼ同じ内容の記事が、同文暦二年二月八日の条にもある）。

仲家は後鳥羽院の御幸に随行し（『後鳥羽院宸記』建保二年四月二十三日の条）、その蹴鞠にも参加しているようであるが（『大日本史料』第五編之十二所引、『道家公鞠日記』建保五年六月一日の条）、琵琶の音色のよしあしを聞き分ける耳をも

備えていたことが、『八音抄』によって知られる。

すなわち、承元二年(一二〇八)八月十四日、後鳥羽院は三条白川の御所で、小琵琶と呼ぶ琵琶を大隅守やすなりに弾かせたところ、音が小さいので、これを改造させた。同十八日改造し終って小御所に献じられた時、院は仲家に音色を聞かせている。

御前に人少々候しうち、「仲家参れ」と召して、比巴黄鐘調にしらべ遊ばして御覧じて、「なか家いかに」と仰ありしかば、「めでたく候。本の音には露も候はず、あらぬ物に候」と申しかば、(中略)仲家はさせる其事にたへたるにはあらねども、物をより〳〵聞しり見しりたる者と、君も思召したり。又実にもさあるさかしき物也。[20]

定家には「狂物」と評されながらも、このようなセンスの持ち主でもあった仲家は、また連歌の席に連なることもあった。すなわち、『明月記』建暦二年(一二一二)十二月十日と十二月十八日の条は、院御所における有心無心連歌の催しを録していることで、つとに知られているが、その作者の中に仲家の名が見出されるのである。

十日、朝雪積レ地、(中略)其事了又出二御高陽《馬場》殿一、各応レ召参入、無心宗之輩在レ東、有心宗在レ西云々、是御所也、先立二隔屏風一、各宗連歌折紙一枚訖、撤二屏風一寄合、賦鳥魚云々、其物不二覚悟一、太不堪、東、光親卿、顕俊卿、宗行朝臣、定高朝臣、重輔、未レ至、被二召加一仲家、家綱、清範、執筆、西、御所、定通卿、予、家隆朝臣、雅経朝臣、頼資、執筆、家長撤二屏風一後清範書レ之、子二刻入御、折紙六枚、御句如レ流、天気太快然、即退出、(下略)

十八日、天晴、早旦家長奉書、今夜可レ有二有心無心連歌一、可レ参之、(中略)秉燭以後着二布衣一参レ院、夜深月昇、出二御馬場殿一云々、依レ召参上如二一夜一、但昨日源大納言結二構御□事一積二数多紙一、仰云、有二例連歌一、随二句員数一書レ之取レ紙云々、仍有レ催、有心在レ西、源大納言、同中納言、予、雅経朝臣、家隆朝臣、頼資、家長、無心在レ東、兄弟両行両弁、家綱、重輔、仲家、清範、上北面輩二人、在二無心方一、五位殿上人成実、基保在二有心方一、毎レ人出二一句一、取二紙一帖一置二其前一、賦黒白云云、百句了、仰云、紙不レ尽、又々可二会合一、又算二紙数一、御所十四帖、予十一帖、雅経九、光弘《親カ》卿八状、家長七帖以下云々、各取レ紙可レ出云々、十一帖甚重、公卿所持還有レ恥歟、取退出、置レ縁着レ沓退出、上北面取レ之給二従者一云々、（下略）

『菟玖波集』に仲家の句を見出すことはできないが、彼は同集に句をとどめている藤原光親などとともに、無心衆（栗本）の一人だったのである。そのような仲家に詠歌の嗜みがあったとしても、不思議ではない。

早く岩橋小弥太氏は「二楽軒消息及源仲家と仲隆との懐紙の事」という一文において、次のような和歌懐紙を紹介しておられる。(21)

詠関路暁月和哥

　右馬権助源仲家

このたひのおもいて
なりやよもすから月
もなかめつすまの
せきもり

詠関路暁月和哥

　掃部権助源仲隆

＼すまのせきなみちはる

かになかむれはさやけか
りけりありあけの月

そしてさらにこれらに関連して、歌道奨励会の雑誌『歌』の付録に載っていた仲家のもう一枚の懐紙、

詠暁紅葉和哥

右馬権助源仲家

うすくこきいろこ
そみえねもみちはや
たつたのやまのあけ
くれのそら

に言及され、岩橋氏自身の推定も同誌での解説も、両者とも、この仲家は、清和源氏の帯刀先生義賢の遺児で源三位頼政の養子となり、治承四年(一一八〇)五月、宇治の戦いで討死した六条蔵人仲家であろうということで一致していることをいわれ、「熊野懐紙」よりも古い、現存最古のものとして、これら懐紙の意義を賞揚された。氏が仲家を頼政の猶子の仲家かと推定されたのは、頼政・仲綱が歌人であるから、「其の一族の中にこれ位の歌の詠めるものがあるのに不思議はない」という理由による。そして、仲隆については、「系図には見えないが、やはり仲家の一族のものではあるまいか、それも歌の調子や書風から見て、仲家よりも若い年輩のものではあるまいと思はれる」と考えておられ、詠歌の動機などについて、「或は一族で須磨を通つた時に、歌枕として感興を起して、和歌の会を開いたのではあるまいか。仲隆の分には合点がある。点者が誰であつたのかもとよりわかり様はないが、もし一族で開いた会

だつたならば、頼政あたりがしさうな事である」とも述べておられる。

この岩橋氏の推定は、それ以後相沢春洋氏によって否定された。すなわち、昭和初年刊行の『書道全集』第十七巻には、右の仲家の「詠暁紅葉和哥」が「熊野懐紙」として収められているが、相沢氏はその解説において、次のようにいわれた。

源仲家の閲歴は明でない。正治元年三月廿三日叙官の表ある中には、右馬権助源仲家とある。おそらくは同人であらう。和歌の題は暁紅葉で、藤原長房のにもあるのを見ると或は他の時にこの題のもとに歌の会合があつたとも見られる。書風は粗奔なものであるが自ら時代の風もしのばれて趣がある。(22)

そして、岩橋氏自身も戦後の『書道全集』第十八巻所収の「熊野懐紙について」の稿では、頼政養子仲家説を撤回しておられる。(23)

現在、「詠関路暁月和哥」の端作を有する懐紙は他に二枚知られているが、それらの位署は、

散位源家長

皇太后宮少進藤原信綱

とある。但し、信綱のものは「関路月」とし、「暁」の字を書き落している。また、「詠暁紅葉和哥」の端作を有するものは他に五枚知られるが、それらの位署は左のごとくである。

散位源家長

春宮亮藤原範光

右中弁藤原長房

侍従藤原雅経

皇太后宮少進藤原信綱

範光は正治二年(一二〇〇)四月一日大蔵卿となり、同十五日春宮亮を兼ね、翌建仁元年(一二〇一)三月十七日大宰大弐に任じられ、春宮亮をやめている。長房は建久九年(一一九八)十二月九日右中弁となり、建仁元年八月十九日左中弁に転じている。雅経は建久八年十二月十五日侍従となり、正治三年正月二十九日右少将に任じられている。信綱はついに公卿にならなかった人であるが、彼が皇太后宮権少進に任ぜられたのは、仲家が右馬権助に任ぜられたのと同じ建久十年三月二十三日の除目であることが、『明月記』によって知られる。また、家長が建仁元年には右馬助になっていることも、『明月記』(熊野御幸記)によって確かめられる。

ゆえに、「詠暁紅葉和哥」は、正治二年四月十五日以後建仁元年正月以前の詠、歌題を考えれば、おそらく正治二年秋頃の披講と想像される。「詠関路暁月和哥」もほぼ同じ頃のものと推定してひどく誤ることはないであろう。とすれば、これは正治二年七月四日の披講と伝えられる「詠花有歓色和歌」[24]などとともに、いわゆる「熊野類懐紙」と見なされるのである。

以上述べた、これら懐紙の年次推定は、書道史においても既に試みられていることであるが[25]、ここであえてそのことを再検討したのは、その筆者の一人が宇多源氏の光遠の孫の仲隆であり、別の一人の仲家もその一族である蓋然性が強いということの意味を考えようとするからに他ならない。すなわち、彼等は歌人後鳥羽院の初学期に立ち合っていたのである。現在、『後鳥羽院御集』によってしか知られない、正治二年七月の「北面御歌合」のメンバーであったかもしれないのである。新古今時代の見取図を描こうとする際に、このことは念頭に置かれてよいであろう。

光遠の息仲章は、儒者の家でないにもかかわらず、家を起して対策に合格し、文章博士、弾正大弼従四位上に至り、将軍実朝の侍読となったが、実朝が公暁に暗殺された時、その傍にあって、北条義時と誤認され、やはり凶刃に斃れた人物である。彼については『愚管抄』がかなり詳しく語っている他、記録にしばしば見出され、諸家の研究も試みられているので、注目すべき点に言及するにとどめる。

仲章は定家と交際があった。既に諸家の注目したものであるが、『明月記』建暦二年(一二一二)九月二十六日の条に見える、定家の仲章評は甚だ興味深い。

　未時許、弾正大弼源仲章朝臣不慮来臨、閑談移レ漏、此儒依レ無二殊文章一、無二才名之誉一、好集二書籍一、詳二通百家九流一、不レ可レ卑、

彼もまた、兄の仲国同様、建暦三年十一月、定家の息光家が宇佐使となって鎮西へ向かう際、餞として「鹿毛駮馬一疋」を送ってきた(『明月記』同年十一月二十三日の条)。

『明月記』同年八月十三日の条には、「仲重朝臣」なる人物が、定家に「歌文書」の借用を求めている。

　十三日、天晴、夜月蒼然、仲重朝臣以二書状一重借二歌文書一、案レ之関東事浮説歟、将軍好二和歌一、求二如レ此文書一、欲二下向一由密々語之、

杉山氏はこれを仲章のことと見ているが、[26]その通りであろう。仲章はこれ以前、八月十日の夕刻に定家を訪れて世間話をしているのである。右の引用中、「関東事」というのは、この年五月二日の和田合戦に関連ある噂をさしている。それは、和田義盛の余党が実朝を夜襲して、実朝は滅亡したというのであった。仲章は実朝のために、定家から歌書の類を借用していたのである。それらの本の中に『千載集』のあったことが、『明月記』天福元年(一二三三)七月

三十日の条によって知られる。

千載集為二仲章朝臣一被レ焼二其上帖一、被レ召二禁裡一之後、惣不レ持、不レ散二不審一、適依レ逢二証本一密染二老筆一、自二廿六日二至二于今日一書ヨ終上帖一、書ヨ始下帖一

仲章に上帖を焼き失われ、下帖だけでありながら禁裡に召し上げられたというこの『千載集』こそは、日野切の原本ではないかという想像もなされているのであるが[27]、これもおそらく実朝のために仲章が借用したのであろう。

このように好文の人である仲章ではあるが、その所従の関東武士には闘諍を事とする者もいたらしく、建暦三年(一二一三)二月二日、閑院造宮所で起った「造宮東人」と検非違使との喧嘩に関連して、彼は勘責されている(『明月記』同年二月五日の条)。やはり、北面の家の出であることは争えないのである。

光遠の息仲兼についても、先述のごとく杉山氏や宮地氏の論が存するが[28]、その伝記の概略だけを記しておく。『尊卑分脈』によれば、彼は宣陽門院蔵人で、河内・加賀・遠江・参河の国司を歴任、皇后宮少進従四位上に至っている。五辻流の祖である。系図には記されていないが、元久元年(一二〇四)四月十二日の祭除目で安芸守となった。『明月記』四月十三日の条に「安芸源仲兼 入道左府子 伊賀替」とあり、宮地氏のいわれたように、仲兼は三条左大臣実房の猶子とされていたと考えられる。建永二年(一二〇七)一月十三日の県召除目で、左兵衛権佐とされた。『明月記』一月十四日の条に「左兵権佐仲兼、兼」とある。嘉禄二年(一二二六)正月五日の叙位で、従四位上に叙された。『明月記』一月六日の条に、「従四位上……源仲兼、中宮 当年」と見える。中宮は藤原有子(三条公房女、安喜門院)である。

父光遠の法住寺造進の際、奉行していた近江守仲兼が、父が追放した中間次郎法師に化けた妖怪に遇ってこれを刺し、自らも仮死状態にあったという、『古今著聞集』巻第十七変化第二十七に見える説話、『平家物語』巻第四「鼬沙

汰」及び同巻第八「法住寺合戦」における、後白河院近臣としての活躍ぶり、『吾妻鏡』建暦三年九月二十六日に窺われる将軍実朝の側近としての仲兼の立場などについては、諸家が既に論じているごとくである。

また、宮地氏も指摘されたことであるが、『明月記』天福元年（一二三三）五月二十九日の次の条は、仲兼の人となりを知る上に興味深い。

入道伊時卿家供三人群盗露顕、武士来責、盗逃去了云々、四位仲兼従者又皆悉為㆓群盗㆒、武士雖㆑責㆑之、称㆓八条禅尼関東右府後家家警固者㆒不㆑出㆑之云々、仲兼本自有㆓虎狼之野心㆒養㆓勇士㆒近日禅室吉田泉亭臨幸、経営無㆑他、

八条禅尼とは『吾妻鏡』では「西八条禅尼」ともいい、坊門信清女で実朝室となった女性である。仲国・仲章・仲兼ら、光遠の子息達は彼女に奉仕し、またその庇護の下に置かれていたのであるが、そのような仲兼は定家にとっては不快な人物と映じたのであろう。『吾妻鏡』寛喜二年（一二三〇）五月二十一日の条に、仲兼の息遠兼に「亡父安芸前司仲兼遺領地頭職」を知行せしめたと見えるから、彼はそれ以前に没しているはずであり、『明月記』天福元年五月のこの記事は当然その没後のこととなる。おそらく、主人の死後も五辻の家では従者が結束して、寄らば大樹の陰とばかり、八条禅尼の許に出入していたのであろう。

仲兼の生前においても、その従者は軋轢を生ずることがあった。すなわち、『明月記』建永二年（一二〇七）三月三十日の条に、

人々云、高野還御日、兵衛佐仲兼侍等与㆓秀康㆒闘諍、天気不快云々、

と見える。秀康は承久の乱における京方の大将軍能登守藤原秀康である。これは仲兼と秀康とが、院の近臣としてはほぼ対等な位置にあったことを思わせる。ということは、仲兼らもまた、内乱の際には大将軍と仰がれていささかも不

思議でないということである。

仲兼の息仲業は、蔵人、文章生で、能登守正五位下に至った。法名は照心。『明月記』嘉禄二年(一二二六)七月二十五日の女御藤原長子(猪隈関白家実女、鷹司院)退出の行列に従った者を記した中に、「蔵人仲業」と見える。また、同年十一月四日の、中宮有子淵酔出仕人の名を記した箇所に、「源仲業」と見える。彼が従五位下となったのは、寛喜二年(一二三〇)一月五日の叙位の際であった。『明月記』一月六日の条に、「従五下……源仲業、蔵人」と見えている。

やはり仲兼の子である仲遠は、蔵人、作物所奉行で、安嘉門院の殿上を聴され、美濃守に至った。法名は見阿。『明月記』嘉禄二年十一月十四日の中宮淵酔出仕人の名を書き連ねた部分にはこの仲遠の名も見えるが、そこには「非蔵人源仲遠」とあって、まだ蔵人となっていない。嘉禄三年三月九日、石清水臨時祭で舞人を勤めているが、そこにも「仲遠非蔵人」と見える(『明月記』同日の条)。その後、蔵人となったらしい。寛喜元年十月五日の京官除目で左衛門尉となった時は既に蔵人であった。それは、『明月記』十月六日の条に、「左門尉源仲遠、蔵人」と見えることによって知られる。寛喜三年一月六日の叙位で、従五位下に叙された(『明月記』一月七日の条)。さらに、同年一月二十九日の県召除目で美濃権守となった。『明月記』一月三十日の条に「美乃権仲遠」と見える。

仲業・仲遠の兄弟は詠歌の嗜みがあった。『尊卑分脈』は、仲業に「続古続拾等作者」と注している。そして、両人とも『夫木和歌抄』の作者である。

『続古今集』に一首見える仲業の歌は、建長四年(一二五二)六月八日、七十二歳で没した宣陽門院を高野に斂葬した際の哀傷歌である。詞書を見る都合上、その直前の歌から示せば、次のごとくである。

宣陽門院かくれ給にけるとし秋のくれ、伏見にま

いりてよみ侍ける　　従三位忠兼

ふぢごろもそではほすべきひまもなしなみだしぐるゝ秋のわかれに　(哀傷・一四三四)

高野にをさめたてまつりける御をくりにまいりて、
そでにもみぢのちりかゝりければよめる　　源仲業

なみだのみかゝるとおもふすみぞめのそでのうへにもふるこのはかな　(同・一四三五)

『続拾遺集』の一首(雑下・一二一七)は、「老後述懐」の題詠の歌である。

『夫木抄』に採られた作は十首であるが、そのうち六首までが、建長七年、権中納言藤原顕朝の家において催された続千首会での詠である。(29) その他、『現存和歌六帖』『石間集』『人家和歌集』『藻塩草』所載「六条切」等の作者であったと見られる。

仲業は、文永八年(一二七一)二月、沙弥照心として経供養のための三首歌を人々に勧進したらしい。すなわち、『為家集』には、

文永八年二月日、仲業照心入道勧進三首経料紙料

数〳〵に見し人さそへかくれても春のなかばの月はかはらじ　(春・一一五)

とある他、同じ詞書の下に、

よしやまた吉野の山とたづねずと心《はイ》より咲花としりなば　(春・一七三)

忘れてはおもかげとをくこふるかなありと思はぬ昔なれども　(雑・一五一三)

などの作が収められている。

仲遠の『夫木抄』入集歌は七首、そのうち五首までが建長七年顕朝家千首での詠である。その他、「光俊朝臣家会、夏河」という詞書を有する一首は、散佚私撰集『明玉集』に採られたようである。

仲業が宣陽門院を悼んでいるのは、父仲兼が同院の蔵人であったという関係からも自然である。注目されるのは、仲業・仲遠の兄弟が、承久の乱で斬られた葉室光親の子光俊の関わる歌会や歌集に登場すること、そしてまた仲業入道が後鳥羽院の三十三回忌に当る文永八年（一二七一）の二月某日、経料紙のための三首歌を勧進していることである。もしかして、この三首歌は後鳥羽院追善経供養のためのものではなかったであろうか。同じく『為家集』によれば、文永八年二月二十二日には、二条局なる女房が後鳥羽院の遠忌として、五首歌を勧進している事実が知られるのである。(30)

四

ここで宇多源氏の「光遠法師ガ子」やその子孫から離れて、慈光寺本『承久記』に登場する二、三の人物について考察する。

慈光寺本には、医王左衛門尉能茂がかなり重要な役割を担って登場する。

まず、同本で乱の発端とする摂津国長江庄問題で、後鳥羽院に地頭の追い出しを命ぜられたのが、この能茂であった。

叡慮不安カラ思食テ、医王左衛門能茂ヲ召テ、又長江庄ニ罷下テ、地頭追出シテ取ラセヨト被仰下ケレバ、能茂馳下テ追出ケレドモ、更ニ用ヒズ。能茂帰洛シテ此由院奏シケレバ、……

そして、ついに院が事を起した時には「廻文ニ入輩」の一人となり、「海道ノ大将軍ハ」として、能登守秀康・河内判官秀澄以下の人名を列記した中にも、「伊王左衛門」と見える。

合戦の場における能茂の活躍は一切語られていないが、京方の敗北に終って、後鳥羽院が四辻殿から鳥羽殿へ移った時、彼は常磐井実氏・水無瀬信成(31)とともに供奉している。

同六日、四辻殿ヨリシテ、千葉次郎御供ニテ、鳥羽殿ヘコソ御幸ナレ。昔ナガラノ御供ノ人ニハ、大宮中納言実氏、宰相中将信業、左衛門尉能茂許也。

そして、隠岐へ配流される直前の院が会って別れを惜しもうとした人物もまた、この能茂であると語られている。

同十日ハ、武蔵太郎時氏、鳥羽殿ヘコソ参リ給ヘ。……「今我報ニテ、争カ謀反者引籠ベキ。但、麻呂ガ都ヲ出ナバ、宮々ニハナレマイラセン事コソ悲ケレ。就中彼堂別当ガ子伊王左衛門能茂、幼ヨリ召ツケ不便ニ思食レツル者ナリ。今一度見セマイラセヨ」トゾ仰下サレケル。其時、武蔵太郎ハ流涙シテ、武蔵守殿ヘ申給フ事、「伊王左衛門能茂、昔十善君ニイカナル契ヲ結ビマイラセテ候ケルヤラン、「能茂今一度見セマイラセヨ」ト院宣ナリテ候ニ、都ニテ宣旨ヲ被下候ハン事、今ハ此事計ナリ。トクトク伊王左衛門マイラサセ給フベシト覚候」ト御文奉給ヘバ、武蔵守ハ、「時氏ガ文御覧ゼヨ、殿原。今年十七ニコソ成候ヘ。是程ノ心アリケル、哀ニ候」トテ、「伊王左衛門、入道セヨ」トテ、出家シテコソ参タレ。院ハ能茂ヲ御覧ジテ、「出家シテケルナ。我モ今ハサマカヘン」トテ、°仁和寺ノ御室ヲ御戒師ニテ°院ハ御出家アリケルニ、御室ヲ始マイラセテ、見奉ル人々、聞人、高モ賤モ、武キモノ、フニ至マデ、涙ヲ流シ袖ヲ絞ラヌハナカリケリ。

結局「伊王左衛門入道」は隠岐へも随行した。

哀、都ニテハカヽル浪風ハ聞ザリシニ、哀ニ思食レテ、イトヾ御心細ク、御袖ヲ絞テ、

都ヨリ吹クル風モナキモノヲ沖ウツ波ゾ常ニ問ケル

伊王左衛門、

スヾ鴨ノ身トモ我コソ成ヌラメ波ノ上ニテ世ヲスゴス哉

御母七条院へ此御歌ドモヲ参セ給ヘバ、女院ノ御返シニハ、

神風ヤ今一度ハ吹カヘセミモスソ河ノ流タヘズハ

但し、冒頭に掲げたごとく、『愚管抄』においては、最初は「俄入道」の岡崎清範がただ一人随行し、「義茂法師」は「参カハリ」たのであるという。

能茂は公卿の実氏と異なって、京方の武士として戦って敗れた一人であるから、七月六日、院の鳥羽殿遷幸後、安穏に過していたとは思われない。おそらくやがて処刑されるべき者の一人として、供奉の後直ちに武蔵守泰時らに捕えられ、拘禁されていたのであろう。院もそれらの事情を察知していたからこそ、生前に一度、能茂と対面したいと願ったのであろう。わが子武蔵太郎時氏からの書状によって院の願いを知った泰時は、院への同情よりもむしろ院の心情にほだされたわが子のやさしさに感動して、能茂の赦免を決意したのであろう。ただし、敵将をそのまま赦すわけにはいかない。そこで出家せしめたのであると考えられる。そしてそれが、院の落飾のきっかけともなったというのである。

このように、配流直前の後鳥羽院が会いたがった医王左衛門尉能茂とは何者であろうか。

彼は歌人であり、そしてやはり承久の乱において戦って敗れ、高野山に遁れて出家した藤原秀能の猶子である。そして、実父は行願寺(革堂)の別当法眼道誓であったと考えられる。

『尊卑分脈』には、能茂に関して次のような詳細な注記が見出される。

童名伊王丸、主馬首、左衛門尉、母弥平左衛門尉定清女、秀能猶子、実者行願寺別当法眼道提子、隠岐御所御共参、出家法名西蓮、後鳥羽院北面西面滝口武者所、後嵯峨院北面大宮女院中宮之時侍始参、左衛門尉　左(兵)衛尉　常盤井入道大相国家祗候侍所司也、文永五年七月十六日卒、歳六十四

右の注記では実父を「道提」とするが、『明月記』嘉禄二年(一二二六)五月二十七日の条には、「道継者能茂之父也」という一文が存する。しかしながら、承元二年(一二〇八)四月十三日から十五日まで三日にわたって、前太政大臣藤原頼実の「郁芳里第」において行なわれた蹴鞠の宴の日記、『承元御鞠記』においては、再三「道誓」と記しているのである。すなわち、その際「此芸をたしなみ其名を顕す輩」として「恩喚」され、「上中下の三品」に分かたれた者の中に、「中八人。……行願寺別当法橋道誓。……医王丸。道誓子。下八人。……隼人。道誓子法師」と見えている。

十三日の記事には次のような叙述が見出される。

上皇鞠を御袖に受まし〱て、忠信卿に給ふ。彼卿忠綱をめしてこれを給。次に相国仰を受給て、忠綱に仰て、銀の扇八枚を召出して、上七人に分ちたまふ。御分一枚をもて、医王丸をめして是をたまふ。道誓一身の抜群を見て数行の感涙をのごふ。犢をねぶるおもひ人もてかなりとす。

もって医王丸のいかに寵せられていたかを知ることができる。

この医王丸は、『後鳥羽院宸記』にも頻出する。まず、『西三条装束抄』よりの佚文として採録されている、建保二年

（一二一四）三月六日の条に、

六日、午一点、浄衣ヲ著テ、修明門女院熊野精進ノ屋ニ幸ス。……医王重垂ヲ着テ扈従ス。

として現れるのを始め、同年四月八日、四月十五日、四月十八日、四月二十日などの条に見え、後鳥羽院が神事（熊野精進か）を行なう際、祗候していることが知られる。四月二十日には院は稲荷社に詣でているのであるが、そこには、

巳三点着二浄衣一、自二東面妻戸一乗輿。侍従信成持レ剣候。乗輿以後、剣給二下北面医王丸一。午三点参二稲荷社一。

と記されている。

また、同年四月二十五日には、院は宮廻りをした後、上賀茂に参籠するのであるが、その日の記事は、次のごときものである。

廿五日。己未。天陰、雨不レ降。巳刻宮廻如レ例。自二今日一令レ参二籠上宮一也。午三点還レ宿、即改二浄衣一歩行宮廻如レ例。雨降。右衛門佐朝俊奉二仕笠一。笠甚大重。雖レ奉二仕之一、自二太田社一医王奉二仕之一。堪二如レ此事一者也。仍無二其煩一奉二仕此役一也。医王妻令二懐妊一。仍今度着二直垂一候、不レ参二中門中一。其外不レ憚レ之。即社家所レ申也。

これによれば、建保二年四月、医王は既に妻帯しており、その妻は懐妊していたことになる。

先に掲げたように、『尊卑分脈』によれば、能茂は文永五年（一二六八）七月十六日、六十四歳で卒したという。それに従えば、彼は元久二年（一二〇五）の誕生で、承元二年（一二〇八）の蹴鞠の際には四歳、建保二年（一二一四）には十歳ということになる。これは蹴鞠に参加したり、妻帯して父となろうとするには余りにも幼なすぎる。おそらく、『尊卑分脈』の享年か没年に誤りが存するのであろう。しかし、承元二年には未だ元服以前の少年だったのではないか。そして、建保二年にも、あるいは承久の乱で戦った際にも、童形をしていたのかもしれない。いずれにせよ、彼が後

鳥羽院の寵童の一人であったことは、ほぼ疑いないであろう。

能茂には、友茂と道玄という二人の子の存在が知られる。友茂は嘉陽門院判官代、道玄は都維那であった。この友茂も父と同じく隠岐に供奉し、さらに『遠島御歌合』の作者として名を連ねている。

延応元年(一二三九)二月二十二日、後鳥羽院が隠岐に崩じた後、その遺骨を大原の西林院に斂めたのは、この能茂入道西蓮であった。すなわち、『百錬抄』同年五月十六日の条にいう。

隠岐法皇御骨、左衛門尉能茂法師奉レ懸、今日奉レ渡二大原一、籠二禅院一云々。

そして、『増鏡』も、

御骨をば、能茂といひし北面、入道して御ともにさぶらひけるぞ、くびにかけたてまつりて都にのぼりける。さて大原の法花殿とて、いまもむかしの御さうの所〴〵、三昧れうによせられたるにて、つとめたえず。かの法花堂には、修明門院の御さたにて、故院わきて御心とゞめたりしみなせ殿をわたされけり。(第三・藤衣)

と語っているのである。

慈光寺本『承久記』においては、医王の他にも、その養父秀能の兄弟である秀康・秀澄が登場し、中でも秀康は、平判官三浦胤義を京方に引き入れる際に参謀的な働きをしたり、軍の僉議をしたりしている。しかしながら、秀能の名は見当らない。

秀康は特に批判的に語られているとも思われないが、秀澄については、その作戦の拙さ、臆病さが、山田次郎重定の剛勇との対比において批判されている。

去程ニ、海道大将軍河内判官秀澄、美濃国垂見郷小ナル野ニ著、軍ノ手分セラレケリ。……山道海道一万二千騎ヲ、十二ノ木戸ヘ散ス事コソ哀レナレ。……其時洲俣ニオハシケル山田殿、此由聞付テ、河内判官請ジテ宣給フ様、「……此勢一ニマロゲテ洲俣ヲ打渡テ、尾張国府ニ押寄テ、遠江井介討取、三河国高瀬、宮道、本野原、音和原ヲ打過テ、橋下ノ宿ニ押寄テ、武蔵幷相模守ヲ討取テ、鎌倉ヘ押寄、義時討取テ、谷七郷ニ火ヲ懸テ空ノ霞ト焼上、北陸道ニ打廻リ、式部丞朝時討取、都ニ登テ、院ノ御見参ニ入ラン。河内判官殿」トゾ申サレケル。判官ハ天性臆病武者ナリ。此事ヲ聞、「其事候。尤サルベキ事ナレドモ、……

山田次郎ハ道理有ケル武者ナレバ、中六男ヲバ、日ノ大将軍河内判官ニゾ奉ラレケル。判官ハ心ノビタル武者ナレバ、御料食間ニ、中六ヲバ早北《ニガ》シテケリ。

このような叙述は、秀澄に対して非好意的な作者圏の存在を想像させる。

五

では、慈光寺本における皇室や乱の当事者に対する見方はどうであろうか。

後高倉院や後堀河天皇への讃美が露骨なほどであることは、一読明らかである。では、後鳥羽院に対してはどうか。慈光寺本においても、後鳥羽院は決して批判を免れているわけではない。

凡御心操コソ世間ニ傾ブキ申ケレ。伏物、越内、水練、早態、相撲、笠懸ノミナラズ、朝夕武芸ヲ事トシテ、昼夜ニ兵具ヲ整ヘテ、兵乱ヲ巧マシ〳〵ケリ。御腹悪テ、少モ御気色ニ違者ヲバ、親リ乱罪ニ行ハル。大臣公卿ノ宿所山荘ヲ御覧ジテハ、御目留ル所ヲバ召シテ御所ト号セラル。都ノ中ニモ六所アリ。片井中ニモアマタアリ。

御遊ノ余ニハ四方ノ白拍子ヲ召集、結番寵愛ノ族ヲバ、十二殿ノ上錦ノ茵ニ召上セテ、蹈汚サセラレケルコソ、王法王威モ傾キマシマス覧ト覚テ浅猿ケレ。月卿雲客相伝ノ所領ヲバ優セラレテ、神田講田十所ヲ五所ニ倒シ合テ、白拍子ニコソ下シタベ。古老神官寺僧等、神田講田倒サレテ歎ク思ヤ積ケン、十善君忽ニ兵乱ヲ起給ヒ、終ニ流罪セラレ玉ヒケルコソ浅増ケレ。

これは諸資料の伝える後鳥羽院の性格や行動と矛盾するところがないから、事実に近いであろうが、しかもその内に批判を含んでいることも否定できない。

では、それに対する義時はどうか。慈光寺本では、実朝の横死後、義時は次のように思ったと語られている。

爰ニ右京ノ権大夫義時ノ朝臣思様、「朝ノ護源氏ハ失終ヌ。誰カハ日本国ヲバ知行スベキ。義時一人シテ万方ヲナビカシ、一天下ヲ取ラン事、誰カハ諍フベキ」

そしてまた、乱の鎮圧後、戦捷を報じた泰時の書状を見て、

是見給へ、和殿原。今ハ義時思フ事ナシ。義時ハ果報ハ、王ノ果報ニハ猶マサリマイラセタリケレ。義時ガ昔報行今一足ラズシテ、下臈ノ報ト生レタリケル。

と無邪気なまでに喜んでいるのである。

これは、後鳥羽院に対しては、『六代勝事記』の表現を借りて厳しく批判するにもかかわらず、義時に関しては、

権威重クシテ国中ニ被レ仰、政道正シウシテ王位ヲ軽シメ奉ラズ。雖レ然不レ計ニ勅命ニ背キ朝敵トナル。

と述べる流布本とは対照的である。[32] このことをもってしても、慈光寺本の作者の立場は鎌倉方であるとはいえない。

益田宗氏は、古活字本・慈光寺本の双方について、『承久記』に語られる八幡大菩薩に関して、「この八幡は、伊賀

判官光季が洛中に討死する際、東へ向て三度伏拝んだ鎌倉八幡大菩薩であって、石清水のそれではない」といわれたが、(33) これは正確ではない。光季が伏し拝んだ八幡は慈光寺本においては明らかに石清水八幡である。(34) 古活字本の末尾や慈光寺本の中院配流で言及される八幡も、石清水や宇佐の八幡宮と解するのが自然であろう。

「近衛殿」(藤原基通)や「中山ノ太政入道」(藤原頼実)らは、先見の明のある人物のように扱われているのに対して、卿二位に関しては、動揺する院をそそのかして主戦論を主張した簾中の女参謀として、決して好意的に描いているとはいえない。

慈光寺本においては、土御門院関係の叙述は極めて少ない。流布本や前田家本では、乱以前、後鳥羽院の意志によって順徳天皇に譲位せしめられたこと、そのために父院と不和であったことなどが語られているが、ここではそのような叙述は一切なく、ただ、乱後土佐への配流の有様を、

十月十日、中院ヲバ土佐国畑ト云所ヘ流マイラス。御車寄ニハ大納言定通卿、御供ニハ女房四人、殿上人ニハ少将雅俊、侍従俊平ゾ参リ給ケル。心モ詞モ及バザリシ事ドモナリ。此君ノ御末ノ様見奉ルニ、天照大神、正八幡モ、イカニイタハシク見奉給ケン。

と語るのみである。そして、右の叙述中、「少将雅俊」は「少将雅具」の誤りであると見られる。(35) これは伝写の過程で生じた誤りであるかもしれないが、慈光寺本の作者にとって中院(土御門院)が比較的関心の薄い存在であったことは確かであろう。

それに対して、新院(順徳院)の配流の模様はかなり細かく書き込まれており、新院と前摂政九条道家との間に交された長歌もそっくり収められている。このことは、作者が新院の母后修明門院に比較的近く、情報を得やすかったの

ではないかということを想像させる。

六

このように見てくると、「光遠法師ガ子」やその子孫である、慈光寺家の遠祖に当る人々を慈光寺本の作者圏に入れることが妥当であるか否かは、かなり微妙である。

京都方、鎌倉方の双方の情報に通じていたという点、安嘉門院に近いという点においては、彼等は同本の作者圏内の人々としてふさわしい。藤原秀澄らに対して批判的であるという点も、同僚への反撥ということで説明できるかもしれない。しかしながら、『愚管抄』や『三長記』などによれば、仲国夫妻の庇護者であった卿二位を、そしてまた、恩義ある当の後鳥羽院を、彼等はこの程度にも批判できたであろうか。その妻の妖言事件によって一旦は洛外に追放されたとはいえ、仲国やその子供が院に目をかけられていたことは明らかなのである。

大体において、乱のさなか、彼等の去就はどうだったのであろうか。いわば京と鎌倉と兼参の身である彼等は、この乱において極めて苦しい板ばさみの状態に追いやられたと想像される。そのような体験を持った者を作者圏に含み込む作品としては、慈光寺本は傍観的にすぎるような気がする。この本の最後の段落は、「先ノ世ノ中モ今ハ替リハテヌレバ、引カヘマタ目出度事ドモ多カリケリ」以下、「今日ヨリハ皇后ノ宮トテ、目出タサモ哀サモツクル事ナキ此世ノアリサマ、大概如此」と結ぶまで、極めて楽天的な叙述をもって満たされている。それは『六代勝事記』や古活字本『承久記』の悲愴なまでの慷慨調とは、著しい対照を見せているのである。

それとも、そのような変り身の早さが彼等北面衆の特技なのであろうか。または慈光寺本の形成過程において、既に次元を異にする幾つかの作者層が参与しており、「光遠法師ガ子」の子孫達はその一つの層にすぎないのであろうか。

慈光寺本『承久記』の世界とその周辺は、依然として不透明である。そこには、鎌倉方・京都方双方に認められる武士の日和見的な態度や佐々木広綱の遺児勢多伽丸の残酷な死を比較的冷静に見つめる目と、後高倉院政讃美に端的に表われている現実順応主義と、そしてその一方では批判精神などが混在し、併存しているのである。それは『愚管抄』や『六代勝事記』などの作者の、いわば直接的な承久の乱認識とは明らかに位相を異にしている。しかし、乱後の社会を立ち直らせ、後鳥羽院時代に後嵯峨院時代を繋げたものは、そのような屈折した時代認識であったかもしれないのである。

その意味においても、慈光寺本『承久記』の示唆するものは少なくない。

注

(1) 『愚管抄』の引用は、岡見正雄・赤松俊秀校注、日本古典文学大系86『愚管抄』(岩波書店、一九六七年)による。

(2) 同書三九八頁。

(3) 最近のものとしては、市古貞次・久保田淳編集『日本文学全史3 中世』(学燈社、一九七八年)第六章4承久記(山下宏明執筆)がある。

(4) 以下、慈光寺本『承久記』の引用は、村上光徳解説『承久記 彰考館本』(白帝社、一九七四年)による。ただし、清濁・句読等は私意。

(5) 冨倉徳次郎「慈光寺本承久記の意味——承久記の成立」『国語国文』第十三巻第八号、一九四三年八月。

(6)　矢野太郎編国史叢書『承久記』(国史研究会、一九一七年)解題五頁。
(7)　杉山次子「「慈光寺本承久記」をめぐって――鎌倉初期中間層の心情をみる――」『日本仏教』第三十三号、一九七一年八月。
(8)　村上光徳「慈光寺考――慈光寺本承久記の出所をめぐって――」『駒沢国文』第十四号、一九七七年三月。
(9)　注7の論文。
(10)　注8の論文。
(11)　注5の論文。
(12)　益田宗「承久記――回顧と展望――」『国語と国文学』第三十七巻第四号、一九六〇年四月。
(13)　杉山次子「慈光寺本承久記成立私考」『軍記と語り物』第七号、一九七〇年四月。
(14)　注12の論文。
(15)　注12の論文。
(16)　たとえば、冨倉徳次郎『平家物語全注釈』上巻(角川書店、一九六六年)五五四頁、同中巻(一九六七年)一八五・五七六頁など。
(17)　杉山次子「鎌倉初期の北面衆と軍記物語」『日本古代・中世史の地方的展開』吉川弘文館、一九七三年。
(18)　宮地崇邦「小督物語の成立――平家物語成長の背景――」『国学院雑誌』第八四四号、一九七七年八月、同口頭発表「平家登場人物の実像――源仲兼と法住寺合戦」一九七八年十月十五日、中世文学会秋季大会、於秋田大学。
(19)　注17の論文。
(20)　『八音抄』の引用は群書類従本による。ただし、清濁などは私意。
(21)　岩橋小弥太『京畿社寺考』雄山閣、一九二六年。
(22)　平凡社『書道全集』第十七巻(平凡社、一九三一年)一八七頁。
(23)　平凡社『書道全集』第十八巻(平凡社、一九五六年)二八頁。

(24) この懐紙については、拙稿「熊野類懐紙の和歌」(陽明叢書国書篇月報5、思文閣、一九七六年、拙著『藤原定家とその時代』〈岩波書店、一九九四年〉所収)参照。

(25) たとえば、古谷稔「熊野懐紙を中心とする鎌倉初期書道の研究」(『墨美』第一六九号、一九六七年六月)、同「懐紙の研究――書式の成立と変遷――」(『東京国立博物館紀要』第十一号、一九七六年三月)など。

(26) 注17の論文。

(27) 久保田淳・松野陽一校注『千載和歌集』(笠間書院、一九七〇年)解題二五頁、松野氏執筆部分。

(28) 注17・18の論文並びに口頭発表。

(29) 建長七年顕朝家続千首歌については、橋本不美男・福田秀一・久保田淳編著『建長八年百首歌合と研究　下』(未刊国文資料刊行会、一九七一年)参照。

(30) 拙稿「配所の月を見た人々」『リポート笠間』第十八号、一九七九年一月、拙著『中世和歌史の研究』(明治書院、一九九三年)所収。

(31) 『吾妻鏡』承久三年(一二二一)五月二十九日の条に、佐々木信実が「阿波宰相中将」(信成)の家人に引率された六十余人を越後国で破ったことを記すが、そこで「信成卿。乱逆之張本云々」と注されており、同七月二十五日の条には、乱後配所に赴いたことが記されている。

(32) 慈光寺本における、このような野心家としての義時の性格づけについては、武久堅「慈光寺本『承久記』序の様式」(『文学研究』第三十三号、一九七一年九月)、大津雄一「慈光寺本『承久記』の特質――その構想を中心として――」(『古典遺産』第二十七号、一九七七年七月)でも論及されている。

(33) 注12の論文。

(34) 慈光寺本では「念仏ヲ申、南無帰命頂礼八幡大菩薩・賀茂・春日哀ミ納受ヲ垂給へ、……又鎌倉ノ方ヲ三度伏拝ミ」と語る。古活字本ではここは「東へ向テ三度伏拝ミ奉リ、南無帰命頂礼鎌倉八幡大菩薩・若宮三所」とある。

(35) 注30の論文参照。

西から東へ
——文明十七、十八年における詩人・文人達

一

応仁の大乱が終息して八年を経た文明十七年（一四八五）、万里集九は美濃国鵜沼（現、岐阜県各務原市）の住まいを発って、武蔵国へ向かった。太田道灌の招きに応じての東遊の旅であった。道灌は茂林寺の大林正通と相謀って万里を招いたのであるという。万里は長享元年（一四八七）に「余誕二于戊申之重陽一、今及二丁未之重陽一」（『梅花無尽蔵』第二）と記しているから、正長元年（一四二八）の誕生、文明十七年には五十八歳である。

この年の九月七日に鵜沼を出て、十月二日に江戸城に着いている。その間、彼は日課として途上の景を詩に賦し続けた。『梅花無尽蔵』第二に収められているそれらの詩作とそれに伴う注記とは、自ずと海道下りの紀行となっており、この時代の東海道の風物を写して興味深いものがある。

旅立ちの日は雨に遭った。

馬上新簑帯雨声　　請天還我両旬晴

東遊頗為編輿地　指水望山細問名

九月九日、重陽の日は熱田神宮で楊貴妃の廟に詣でている。

謹白真妃若有霊　開遺廟戸試閑聴
生々合託鴛鴦菊　天宝海棠何故零

矢作の宿、二村山、四十八渡を経て、十三日浜名湖を目のあたりにし、「寔如二画図一」と眺め、

漸過三河入遠江　浜名湖上置佳郷
願言喚起竜眠老　一軸中間令筆忘

と感嘆した。

十四日、三方原から初めて富士を望んだ感動は次のようなものであった。

天辺万仭似看形　高叫奇々卸笠行
猶秘士峯真面目　乱雲迷処未分明

　未刻歩二遠江之箕形原一、始望二富士峰於彷彿之間一、絶叫擲レ笠。

引間（浜松）で風待ちをしてから、天竜川を渡り、懸塚（掛塚。現、静岡県磐田郡竜洋町）から海路によって駿河国小河（小川。現、静岡県焼津市）に到っている。その間、十九日には船の上から富士を見て、

雲霧遮腰雪裹峰　始知富士為吾容
未開一覧亭前睫　二十里間船上逢

と詠じた。懸塚から小河までは二十里の船路であった。その間、天竜の中流で逆風に遭い、船は進まず、人々は船酔

いに苦しんだ。が、万里は「余終宵不レ寝、舟中枕レ簑而見レ月、且楽且惶」という。また、懸塚での旅宿のわびしさを、

艤舟懸塚脱行装　百片青銅買浴湯
海飯沙多食無味　腥風撲鼻小漁房

と写している。

宇津山の西という湯屋では廃寺のものという大釜の銘に「永和己未三月十五日」とあることに星霜の移り変わりを感じて馬を立てて詩作し、内屋(宇津山・宇津谷峠)では蔦を数葉摘み、『伊勢物語』東下りの故事を偲んで、

内屋渓従臼井通　雖霜未染蔦先紅
詩鞋難蹈和歌道　摘一葉編行巻中

と賦した。

二十四日に手越少将の旧居を見ている。

女中昔有丈夫児　手越旧居荊記籬
尚使鵠原春涙洒　父之讎不許毫釐

その注記に「妓女手越、蓋虎御前之姉也」という。

清見寺は兵火を蒙って礎ばかり、開山の像は小板屋に置かれてあった。万里は「門前堂破置ニ漁具一、潮尚三時回向声」と嘆じている。

三保の松原では天女の松を見、薩埵坂(薩埵峠)では「秋風断崖三千丈、下馬挙(攀カ)時脚底危」とあやぶみ、雨後で水の

漲る富士川を舟中に跪いて渡り、二十七日に千本松原に至り、定輪寺に鞍を下した。ここで六代祠を望んで、

千本松原六代祠　鴉西落照隔苔移

右兵衛佐獵場近　群馬如看鳴鼓時

と詠じている。『曾我物語』とともに『平家物語』の伝承にも関心を抱いていたのであろう。

定輪寺からは直ちに足柄へ向かい、遂に伊豆国には入らなかった。箱根越えをしなかったのは近道を選んだためという。

相模国関本（現、神奈川県南足柄市）を出て、糟屋（現、神奈川県伊勢原市）に宿し、毬子川（酒匂川）を渡り、十月一日初霜を踏んで藤沢の時宗の道場清浄光寺に立ち寄り、菅丞相の画像を拝した。画島（江ノ島）を望み、同日武蔵国に入り、神奈川・品川を経て、翌二日には江戸城に到ったのであった。騎馬の者達、僧俗等が万里を迎えた。

道灌は城内の自らの亭を静勝軒と名付けていた。万里は東遊以前、「静勝軒」と題して、

庭宇枝安鳥漸眠　遠波送碧数州天

主人窻置博山対　一縷吹残冨士煙

と詠じていたが（『梅花無尽蔵』第二）、東遊の後、その叙（序）を作って、道灌の武功を称え、「静勝」の二字が『尉繚子』に見える用兵の秘策であることを述べている（『梅花無尽蔵』第六）。着城の翌日、その道灌は万里をその亭に迎えて宴席を設けてくれた。万里は、

一々細幷佳境看　隅田河外筑波山

入窓冨士不堪道　潮気吹舟慰旅顔

と詠じ、

開レ窓則隅田河在レ東、筑波山在レ北、冨士出二諸峯一、在二三日程之西一、向二其東南一、海波万頃、

と注して、江戸城からの眺望のすばらしさを称えている。

十四日には静勝軒で和歌の披講が行われた。万里はこの時初めて信夫文字摺りと真野の萱を見たという。
万里はこの武蔵の地において、在京時その歌人としての声望を耳にしていた木戸孝範の知遇を得た。

木戸公、号二罷釣翁一、得二和歌之正脈一、余在レ洛而耷二厥声誉一、久之矣、今也共寓二武野之佳境、隅田之上流一、往還無二虚月一、豈非二天之至幸一乎、昨賜二詠歌三篇一、可レ謂二暗投一也、聊奉レ攀二末篇之韻脚一云、

雪月寧非老缶《(年カ)》伴　一吟聊答数篇韻
隅田春色浪如花　鳥若知都我細問

この詩には次のような注が加えられている。

都鳥、隅田之故事也、河辺有二柳樹一、蓋吉田之子梅若丸墓処也、其母北白川人、

この記述によって、この時既に隅田川のほとりに吉田の某の子息梅若丸の墓と伝えられるものの築かれていたことが知られる。木母寺の梅若塚の前身である。能「隅田川」が広く享受された影響と見るべきであろうか、それとも能に先立って古くから存在していたのであろうか。

二

万里は文明十八年(一四八六)の新春を江戸において迎えた。この年の元日、江戸は雪だった。

天令白髪酔東西　五十八今加一年
始見江城元日雪　悉駆万象置樽前

道灌は鎌倉の建長・円覚両寺の宿老や少年(稚児か)を招き、隅田川に船を浮かべて、詩歌の興を尽くしている。万里は「江上春望」と題してそのさまを、

十里行舟浪自花　春遊不覚在天涯
隅田鷗亦応都鳥　鼓吹晩来声入霞

と詠じた。この詩に注して、「隅田在㆓武蔵下総両国之間㆒、路傍小塚有㆑柳、道灌公為㆑攻㆓下総之千葉㆒、構㆓長橋三条㆒」という。「路傍小塚」はやはり梅若塚をさすのであろう。

道灌は同じような顔ぶれとの詩歌の宴で、『和漢朗詠集』の白楽天の詩句、

留春々不住　春帰人寂漠
厭風々不定　風起花蕭索　(春・三月尽)

を朗詠したりしている。万里はそこでその「留春々不住」の句を題として、

老尚逢春雖可歓　来遅易去奈無端

鶯声一枕夢醒後　緑樹煙肥昨雨残

と詩作している。また、道灌に献ずるためと品川の僧（宝珠院）に需められて、白扇に、

四海波収万頃閑　威風吹属指呼間

筆猶未落心先足　無尽水兼無尽山

と賛した。道灌の威風は関東に行き渡っていたのであろう。

そのことを懼れ、対立する山内顕定の中傷を信じ、道灌を疑った主君扇谷定正は、この年七月二十六日相模国糟屋において、道灌を謀殺した。万里は江戸城に着いてまもなくの文明十七年十月九日、城に来臨した定正を挨待する宴に陪し、道灌が舞うのを見ている。

銀燭添光月漸円　相州大守夜臨筵

春風袖暖婆々舞　旅鬢忘労意欲仙

その前日には定正の扇面に賛してもいる。そのように相和しているかに見えた君臣の間にこの惨劇が起ったのであった。この報に接した万里の驚きは察するに余りある。

その二十七日の供養に際して、彼は祭文を草している。

上天所賦　若人為英　藹然和気　如花就栄　八州草木　悉服威名　倭歌三昧　文武兼幷　誦孫呉術　智数万兵

揮羽扇戦　護帝旗征（中略）関塞不鎖　女織男耕　鄭有子産　斉亦晏嬰　天乎天也　白刃俄生　時乎時也　黄

葉暗驚　五十五載　露栖槿茎　託蟻宮夢　謝蝸角争　比斯亡極　海浅岱軽　棄忠泥土　混節濁清　雖無所訴　天

鑒惟明（下略）

長亨二年(一四八八)の三周忌にも、

東遊雖遠為君招　冤血無端濺九霄
借枕三年裁夢見　風吹不破却芭蕉

と焼香の心の一編を草した。

しかしながら、庇護者を失って直ちに江戸を去ったのではない。文明十八年(一四八六)十月末には郷里から呼び寄せた息百里等京を伴って、鎌倉の寺々から江ノ島・金沢称名寺などを巡歴している。そして、贋釣亭と号していた定正が寺院の営祖であることにも言及している。この旅中、江ノ島では「風浪渺茫之外、遥望二士峯一、意気揚々、自疑二羽化登仙者一乎」と言い、瑞泉寺に夢窓疎石の作った一覧亭の礎を求め「冨士之半巓」を望んだ。この鎌倉行の前であろう、共に親しく詩を談じた「日州之起雲老人」が帰郷しようとするのを送る詩序の中で、

丙午之秋、栄檀太田二千石道灌静勝公、俄係二白刃之厄一、武相二州、騒々屑々、梯衝舞、鼓角吼、雖レ無下可レ投二一足一之地上、余強置二青蒻緑簑於江戸之寓扉一、待二西船之便一而已、

と記し、

関左留鞋十四年　山看冨士水隅田
角声昨夜俄吹起　一別送君梅以前

の一篇を贈っている。

万里が江戸城を後にしたのは長亨二年八月十四日のことであった。それに先立って、

一住隅田蛍四飛　暁聴画角督帰期

半籬影淡牽牛碧　泣露猶求留別詩

と、「武陵寓扉之東西籬」に植え、露を湛えた碧紺の朝顔を写して留別の詩としている。出発の当日は数十騎の僧俗が七、八里まで送ったという。

今朝避乱出江城　熟面雲山送我行
驢痩吟鞭敲不進　始聳鞍上十鴻声

彼が武蔵の越生(現、埼玉県入間郡越生町)・平沢(現、同比企郡嵐山町)・鉢形(現、同大里郡寄居町)、上野の角淵(現、群馬県佐波郡玉村町)・白井(現、同北群馬郡子持村)・沼田と関東平野を北西に横切り、三国峠を越えて信濃の上田に至り、信濃川を渡り、越後の柏崎・柿崎(現、新潟県中頸城郡柿崎町)を経て、府中(現、同上越市)に入ったのはこの年十月十一日であった。一ヵ月以上ここに滞在した後同じ国の能生(現、同西頸城郡能生町)に移り、同地で越年し、長享三年四月二十九日ようやく能生を出て、親不知子不知の嶮難を過ぎ、越中の礪波・黒部・立山を越えて飛驒に移り、五月十日故郷の美濃に入った。鵜沼の家に帰ったのは十二日の深更であったという。

十二日、出二三日市場一、午後憩レ関、及二深更一、乗レ月就二鵜沼一、先拝二謁　春沢翁一、而後入二旧廬一、万福々々、自レ出二越之後州能生山一、至二今日一凡一十三朝、

この長い東国への旅を通じて万里が最も深く心に刻んだものは、自然としてはやはり富士山と隅田川であり、人事の面では道灌の友誼であったに違いない。帰国の途中でも、「余遊二関左一、見二富士一、掬二隅田一、凡三四霜」と言い、道灌を誘殺した扇谷定正の軍を「逆兵」「敵陣」などと呼んで、関東管領山内顕定が定正を破ったと聞いて「歓抃之余、作詩」し、祝ったりしている。帰郷後も「読二楓橋夜泊詩一」と題して、

白髪多年不愧天　雪看富士月隅田
帰来猶有南遊念　着眼楓橋前度篇

と吟じた。また遥か後の明応七年（一四九八）には、道灌の法事での焼香の偈を需められて、これを作った。

茂林堂上翁、廼洞下一現之優曇鉢、其機鋒触者稀也、予恭同二甲子一、而交接互熟、武陵之英雄太田二千石道灌春苑公、与レ翁相謀、招二予東遊一、卸二傘於富士一、扣二舷於隅田一、俾レ指則于今有二十有余霜一、明辰之夏、翁唱二涅槃之曲於関左一、釈天日落矣、望空啓告而已。今茲戊午仲春七蓂、翁之門弟長康之看院公知蔵禅師、卒然敲二予之梅扉一、揖二茶盞一之次、見レ需二供　翁焼香之偈子一。予揮二老涙一、謹作二一篇一、応二厥命一、翁在二定中一、必点頭乎、

見富士煙翁指南　十年過又四邪三
莫言仏滅一何速　化変他方優鉢曇

『梅花無尽蔵』第三下には、これに続いて「題二便面富士一」という扇面に賛した詩を掲げる。

梅子、曾東遊、拝二富士一、今見二便面所一レ図、而高扑新篇之書史会要、載二本邦之いろは一、訳レ水曰二みつ、蓋み字平声、つ字仄声、雖レ似二好事一、借二みつ之二字一、戯二富士一云、

曾驚富士吸銀湾　百億国無如是山
浮島原みつ擎雪　扇中三拝旧時顔

富士は永く万里の心裡に聳えて、ほとんど神聖視されていったのであろう。

三

藤の坊法印尭恵は文明十七年(一四八五)秋以降、美濃国郡上の東頼数の許に滞在していたが、翌十八年五月末、飛騨の山路を北に抜け、越中の魚津、越後府中に出、途中八月十五夜には信濃国善光寺へ詣でたのち、柏崎と、日本海沿いに北上し、柏崎から、三国峠・草津・伊香保を経て東国へ向かった。『北国紀行』として書き留められる旅である。文明十七年に彼は五十六歳であった。

いかにも歌学者らしく、位山・飛騨の細江・立山・田籠の浦・布勢の海など道中の歌枕に注意を払っている。八月十五夜、善光寺に詣でた際には姨捨山をも尋ねたかったらしいが、「山川雲霧重なりて、此頃いとあやしき事の侍る道にて」という噂を聞いて、遥かにその方角を眺めやって、

　よしさらば見ずとも遠く澄む月を面影にせん姨捨の山

と詠じた。千曲川の流れをも確認している。

東国に入ってまず尭恵の目を惹いたのは、九月末頃早くも冠雪した浅間の嶽、そして伊香保の沼(榛名湖)とぬの嶽(榛名山)であった。

雲を踏むかと覚ゆる所より、浅間の嶽の雪いたゞき、白く積り初て、それより下は霞の薄く匂へるごとし。

　なかばより匂へる上の初雪を浅間の嶽の麓にて見る

一七日伊香保に侍りしに、出湯の上なる千嶽の道をはる〴〵とよぢ登りて、大なる原あり。其一方に聳たる高峰

あり。ぬの嶽といふ。麓に流水あり。是を伊香保の沼といへり。「いかにして」と侍る往躅を尋ねて分登るに、「から衣かくるいかほの沼水に今日は玉ぬくあやめをぞ引く」と侍し京極黄門の風姿まことに妙なり。枯たるあやめの根、霜を帯たるに、まじれる杜若の茎などまで、昔むつましく覚えて、

　種しあらば伊香保の沼の杜若かけし衣のゆかりともなれ

「「いかにして」と侍る往躅」とは、

　いかほのやいかほのぬまのいかにして恋しき人を今ひとめみむ　（『拾遺集』恋四・八五九、読人しらず）

と歌われたという故事の意であろう[1]。この古歌と、建保三年（一二一五）『内裏名所百首』夏の歌として詠まれた藤原定家の「から衣」の歌とを思い浮かべながら、早くも冬枯れの気配の漂う榛名湖畔で「枯たるあやめの根」や「杜若の茎」を確かめているあたりも、尭恵の面目躍如たるものがある。

しかしながら、古歌の幻想だけに浸っていられないのがこの時代の旅の現実であった。伊香保の沼に続く上野の国府の陣所に至るまでの行程について、

　此野は秋の霜を争ひし戦場いまだ掃はずして、軍兵野に満てり。枯れたる萩、われもかうなどを引結びて夜を重ぬ。

という。

十二月の半ばに武蔵国に入っている。その頃から彼の心を占めていたものは富士であったが、霜曇りしてなかなか姿を現そうとしなかった。初めて富士を見たのは鳩が井の里（現、埼玉県鳩ケ谷市）であったという。

　廿日の夜の残月ほがらかに、枯れたる草の末に落かゝりて、朝の日又東の空より光ばかりほのめきたり。富士蒼

天にひとしくして、雪みどりを隠せり。たゞそれならんと思ふに、忙然として青空に向へり。

今朝見ればはや慰めつ富士の嶺にならぬ思ひもなき旅の空

あたかも、「東の野にかぎろひの立つ見えてかへり見すれば月傾きぬ」と歌われたのにも似た美しい瞬間に、富士は突然現れたのである。「富士蒼天にひとしくして、雪みどりを隠せり」とは、碧空を背にしてその余りにも高く聳え立っていることを言ったのであろう。(2)「たゞそれならんと思ふに、忙然として青空に向へり」というのも驚きをよく表している。しかし、紀乳母の誹諧歌をかすめた彼自身の歌は妙味に欠ける。

二十三日に隅田川のほとり鳥越の善鏡の許に至り、しばらくここに身を寄せ、文明十九年(一四八七)の正月を迎えた。そして、上野忍岡の五条天神、湯島の北野天神などに詣でているが、二月初めには隅田川に船を浮かべて眺望をほしいままにしている。

二月の初、鳥越の翁、艤して角田川に浮びぬる。東岸は下総、西岸は武蔵野に続けり。利根・入間の二河落ち合へる所に、彼古き渡りあり。東の渚に幽村有、西の渚に孤村有。水面悠々として両岸に等しく、晩霞曲江に流れ、帰帆野草を走るかと覚ゆ。筑波蒼穹の東にあたり、富士碧落の西に有て、絶頂はたへに消え、裾野に夕日を帯。朧月空に懸り、扁雲行尽くして、四域に山なし。

浪の上の昔を問へば隅田川霞や白き鳥の涙に

ふと『おくのほそ道』の象潟の描写を連想させるような行文である。おそらく『北国紀行』を通じて最もすぐれた個所といってよいであろう。

船遊びの後には鎌倉を訪れ、三浦岬に至り、そこからも海越しの富士を望んだ。

かくて畳々たる巌を切り、山を穿ち、旧跡の雲に連なれる所を過て、三浦が崎の遠き渚を扁々として行に、蒼海のほとりもなき上に、富士たゞ虚空にひとり浮べり。東路のいづくはあれど、今日こそ真実麓よりなり出けん姿も見え侍ると覚えて、

春の色の碧に浮ぶ富士の嶺は高天の原も雪かとぞ見る

鎌倉では建長・円覚の両寺を巡見し、美奈の瀬川(稲瀬川)近くに宿っている。

雪下といふ所を分侍るに、門碑遺跡数知らず。あはれなる老木の花、苔の庭に落て道を失ふかと見ゆ。

春深き跡哀なる苔の上の花に残れる雪の下道

という描写は、既に古都の風情を濃く漂わせていたらしいこの頃の鎌倉を窺わせて、しっとりした情感を湛えている。

六月の末には、武蔵野の草原のはてに富士を遠望した。

漸日高く昇りて、縒られたる草の原をしのぎ来るほど、暑さ忍がたく侍しに、草の上にたゞ泡雪の降れるかと覚ゆるほどに、富士の雪浮びて侍り。

夏知れる空や富士の嶺草の上の白雪あつき武蔵野の原

この詠は後年、家集『下葉和歌集』に、

みどりなる空やふじの根夏草の上に雪みるむさしのゝ原

という形で収められた(3)。紀行文の形では本歌の、

時しらぬ山はふじのねいつとてかかのこまだらにゆきのふるらん

に即きすぎた感があるが、家集のような表現を取ることによって、一首の独自性が得られたと見てよいであろう。

尭恵はこの後、掘兼の井を詠み、再び鳩が井を訪れ、初秋の頃帰途に就く。入間の舟渡りで人々と別れを惜しみ、鳥越の善鏡に、

面影ぞ今も身にしむ角田川哀なりつる袖の朝霧

と詠み送った。尭恵が東国の旅路において深く心に印した自然も、万里集九の場合と同じく、富士山と隅田川であった。

四

近衛房嗣の息、聖護院の前大僧正道興は文明十八年(一四八六)には五十七歳になっている。尭恵と同年齢、万里集九よりは二歳年下である。この道興がこの年六月半ば、東国から陸奥へかけての長途の旅に出た。『廻国雑記』として書き留められている旅である。

まず六月上旬公武に暇乞いをし、東山殿(足利義政)に別れの歌二首を呈した。そのうち一首は、

千さとまで思ひへだつなふじのねの煙の末に立別るとも

というのであるが、義政は、

思ひたつふじの煙の末までもへだてぬ心たぐへてぞやる

他一首をもってこれに応じた。さらにこの贈答を聞き及んだ室町殿(将軍義尚)が、

思ひやれはじめてかはす言のはのふじの煙にたぐふ物とは

という一首を送って来たので、道興は使者を待たせて、直ちに、

ふじのねの雪もをよばずあふぎみる君がことばの花にたぐへて

と返歌した。これらの贈答から、東路で富士を見ることが道興の旅の重要な目的の一つであったこと、そしてそのことは義政・義尚父子に対面して餞別の酒盃を与えられた折にも、おそらく話題に上ったのであろうということなどが想像されるのである。道興はこれ以前、文明十四年(一四八二)六月十日や同年閏七月の『将軍家歌合』に連なっており、将軍家とは近かった。

六月十六日早朝、洛北長谷の住房を出発、朽木から若狭の小浜へ出、越前の敦賀を経て、加賀では白山禅定をし、能登から越中へと進み、立山禅定をも行った。七月半ばに着いた越後の国府では、上杉房定に迎えられている。柏崎を過ぎ、鯨波(現、柏崎市鯨波)では鯨が潮を吹く有様を見て、

わきてこの浦の名にたつくじら波曇るうしほを風も吹也

と興じている。上野国に入り、烏川を渡り、浅間の嶽を望んだ。「聞しにもすぎてその風情すぐれ」と見たが、この時山は噴煙を上げていなかった。

今はよに烟をたえてしなのなる浅間のたけは名のみ立けり

道興はもとより、

しなのなるあさまのたけにたつ煙をちこち人の見やはとがめぬ

という『伊勢物語』の歌によってこの山を思い描いていたので、意外の感に打たれたのであろう。

八月十五夜は雨であったので、

身こそかく旅の衣に朽はてめ月さへ名をもやつす雨哉

とかこち、武蔵野に入ってからは残月を眺めて、

山遠し有明のこるひろ野かな

と吟じた。「色々の草花を枕にかたしきて」露宿することもあった。岡部の原(現、埼玉県大里郡岡部町)では、岡部六弥太の旧跡であることと同時に、近年の合戦[4]の跡もなまなましく、「人馬の骨をもて塚につきて、今に古墳あまた侍りし」と述べ、回向したという。そして「古川といふ所」(現、茨城県古河市)で渡船した。こがの渡しを越えたのである。

河舟をこがのわたりの夕なみにさしてむかひの里やとはまし

道興が富士を初めて見たのは、八月の末頃、「なり田といへる所」においてであった。これは現在の古河市中田町かという[5]。

なり田といへる所にて、はじめてふじをながめて、

言のはのみちもをよばぬふじのねをいかで都の人にかたらん

夕あけぼのにながめのかはれることを、

俤のかはるふじのね時しらぬ山とは誰かゆふべあけぼの

かの嶽は、遠く行にしたがひて、空にもをよぶばかりに侍ければ、

遠ざかりゆけばまぢかく見えてけり外山を空にのぼるふじのね

下総国からも、夜の富士を眺めている。

ある夜、皎わたるに、士峰の雪嬋娟たりければ、

冨士のねの麓に月は影しろし空に冴たる秋のしら雪

その後、安房国に移り、清澄山や那古の観音に詣で、鋸山付近から江戸湾を船で渡り、三浦岬に上陸し、鎌倉に至った。この地では、

霧ふかしかまくら山のほし月夜

あさなく鶴が岡のまつかぜ

葛の葉の色づく野沢水かれて

と独吟の連歌に興じている。

ところが、九月九日の重陽の頃は又もや武蔵野の草を分けており、佐野の舟橋を詠じ、九月十三夜には日光中禅寺湖に映る月を賞し、本坊坐禅院での酒宴に臨み、稚児の藤乙丸とむつまじく語らった。

をとにぞといひしもさぞなあひみての心づくしを誰かしらまし

藤乙丸かへし

あひ見しは夢かとばかりたどれるをうつゝにかへす言のはの末

じつに驚くべき壮健さ、そして年甲斐のなさである。この少年との別れに際しては、人伝てにもたらされた少年の惜別の詠に対して、

忘めや一夜の夢のかり枕人こそかりに思ひなすとも

とも返している。「あひ見し」といい、「一夜の夢のかり枕」というのは単なる言葉のあやであろうか。『なぐさめ草』

での清洲における正徹と「旅人の童形」との恋も想起される。

それより宇都宮、そして常陸国へ入り、桜川を渡り、筑波山に詣でた。

九月末には、

国々あまた過行侍りけれども、ふじの高ね猶おなじさまに見え侍りしかば、

　身にそふる俤なれやいづかたにゆけども近きふじの高ねは

と嘆じ、十月一日には稲穂の沼(現、茨城県猿島郡境町の長井戸沼。現在は水田)の倒さ富士を眺めている。

けふ小春のしるしにや、いさゝかのどかに侍ければ、みな〳〵いなほの湖水にうかびて、舟のうちにて酒など興行し侍りき。冨士のね湖にうつれる心をみな〳〵よむべきよし申ければ、

　水うみの波まにかげをやどしきて又たぐひあるふじを見るかな

岩槻(現、埼玉県岩槻市)からは雪を戴いた富士を遠望し、

　ふじのねの雪に心をそめてみよ外山の紅葉色深くとも

と詠じて同行に与えた。

この後、浅草に至り、浅草寺に参詣、隅田川のほとりに梅若塚と覚しき古塚を弔い、詠歌を披講している。

かくて、隅田川のほとりにいたりて、みな〳〵哥よみて、披講などして、いにしへの塚のすがた、哀れさ今のごとくにおぼえて、

　古塚のかげ行水のすみだ川聞わたりてもぬるゝ袖かな

同行の中に、さゝえを携へける人ありて、盃酌の興をもよほし侍りき。猶ゆき〳〵て川上にいたり侍りて、都鳥

たづね見むとて、人々さそひけるほどに、まかりてよめる。

ことゝはむ鳥だに見えよすみだ川都恋しと思ふゆふべに

思ふ人なき身なれども隅田川名もむつましき都鳥哉

やう〳〵帰るさになり侍れば、夕の月所がらおもしろくて、舟をさしとめて、

秋の水すみだ川原にさすらひて舟こぞりても月をみる哉

「秋の水」という歌句には、『和漢朗詠集』秋・月の、

秋水漲来船去速　　夜雲収尽月行遅

などの詩句が響いているのかもしれない。「舟こぞりても」はもとより『伊勢物語』九段の「舟こぞりて泣きにけり」に基づくものである。

こののち、小石川などへ行き、再び鎌倉の社寺に詣でた。さらに金沢称名寺に足を伸ばし、楊貴妃の玉の簾なるものの一見を許され、その感銘を、

遠き世のかたみを残す玉簾思ひもかけぬ袖の露哉

と詠じ、藤沢の道場に立ち寄り、大磯の宿では「とらといひける好色のすみける所」と聞いて、同行に、

今は又とらふすのべとあれにけり人は昔のおほいその里

と戯れ、鴫立つ沢では里人の話に西行を偲んで、

哀しる人の昔を思ひ出て鴫たつ沢をなく〳〵ぞとふ

と詠んでいる。

この先、相模の「小野といへる里」(現、神奈川県厚木市小野)では、小野小町出生の地という里人の口碑を疑っているのに、楊貴妃の玉の簾や鴫立つ沢の西行伝説を信じているらしいのは、いささか矛盾しているような感じがしないでもない。また、同行に「今は又」のざれ歌を示したのは、岩槻での「ふじのねの」の場合と同じく好色を戒める心あってのことであろうか。

こうして小田原を経て箱根山を越え、三島社に参詣し、富士山麓に至り、積雪を分ける体験をした。

すはま口といふより、ふじのふもとにいたりて、雪をかきわけて、

よそにみしふじのしら雪けふ分ぬ心のみちを神にまかせて

富士のむら山とて、大嶽の麓に侍り。所々にもみぢの残れるをながめて、

高ねには秋なき雪の色さえて紅葉ぞ深きふじの村山

それから田子の浦、三保の入海、浮島が原などを眺望して、足柄山を越えて戻っている。

『廻国雑記』において最後に眺められる富士は甲斐国吉田(現、山梨県富士吉田市)からの、いわゆる裏富士である。

翌日、此山を出て、同じ国吉田といふ所にいたる。ふじのふもとにて侍りけり。今夜は二月十五日、月いとかすみて、ふじのねさだかならざりければ、

きさらぎやこよひの月の影ながらふじも霞に雲隠して

ここでは富嶽は涅槃に入った釈尊に喩えられている。これらの記述によって、道興が富士にいかに執着し、可能な限りそのさまざまな姿を見、その実体に近付こうとしたかが知られるであろう。

『続撰吟抄』によれば(6)、道興は享徳から長禄年間に試みた百首歌において、「野月」の題で、

ふじのねや千里はれ行月影にすそ野をうづむ秋のしら雪

と詠じている。いわば、

秦甸之一千余里　凜々氷鋪

漢家之三十六宮　澄々粉餝　（『和漢朗詠集』秋・十五夜）

という詩句の世界に富嶽を据えたような歌いぶりであるが、この時彼はまだ本物の富士を望み見てはいなかった。『廻国雑記』の旅は彼の多年の翹望を叶えてくれたのであった。

五

万里は道灌の招きに応じての東遊であったし、尭恵は相模の芦名の東常和に古今伝授を行うための旅であったらしいと考えられている。(7) 道興の場合はその白山や立山での「禅定」がどれほど厳しいものであったかはわからないが、やはり一応修行の旅と見られる。とすれば、旅の目的は三人三様であった。万里は還俗した漢詩人、尭恵は歌僧、道興は和歌・連歌を能くし漢詩をも賦す文人ともいうべき高僧と、三人の境遇もまちまちであるが、その年恰好は既に見たごとく似ている。万里は近江国の出身であるというが、漢詩人として自らを形成したのは東福寺や相国寺など、京都の禅院だったであろう。道興はもとより、尭恵も京文化の中で育ったに違いない。そのような京畿の文化人三人が期せずしてほぼ同じ頃、各地に群雄の割拠する関東の地に至り、武蔵野の風に吹かれ、隅田の月を眺めたのであった。そして万里の場合は、自身を招いてくれた庇護者の横死にも出会ったのである。そのような偶然から生れたこれらの紀行や詩稿によって、応仁の乱が終息してほぼ十年後の関東の状況を、おぼろげながらも知りうることを、我々は喜んでよいのであろう。

既にその都度確かめてきたように、彼等は一様に富士の秀峰に対して執着に近い心を寄せ、また隅田の流れにも親しんでいる。それはもとより古典文学、特に『伊勢物語』の享受を通して培われてきたものに違いないが、特に富士山に対する愛着は、『伊勢物語』以後累積されてきた、いわば富士の文学作品群によっていやが上にも高められていたのであろう。具体的な作品名を挙げれば、『海道記』『東関紀行』『十六夜日記』など、近くは永享四年(一四三二)九月の将軍足利義教の富士遊覧の折に書かれた、それら自体は文学的に高い評価は与えられない、飛鳥井雅世の『富士紀行』、尭孝の『覧富士記』なども、彼等のある者は親しんでいたのではないであろうか。ともかく、幾多の作品を通し、また伝聞によって心に描いている富士を自らの目で見たいという願いが、旅立つ彼等の心に潜んでいたことは、ほとんど疑いないと考える。

では、そのようにして富士を目のあたりに見た彼等の作品の出来栄えはどうかというと、いずれも傑作ということはためらわれる。ただ、ともすれば『伊勢物語』の古歌にすがろうとする尭恵や道興の和歌に比すれば、「雲霧遮腰雪褁峰」と、たおやかなまでの秀嶺を捉えた万里の漢詩は新鮮であろう。東遊の旅から帰って遥か後に詠じた「題便面富士」の一編における富士は、「百億国無如是山」とまで称えられ、万里はその前に「三拝」する。そのように尊崇の対象となった富士山は、これより以前に書かれたのであろう能本「富士山」(8)において、

それ我が朝は粟散遍里の小国なれども、〱、霊神威光を顕し給ひ、悪魔を退け衆生を守る、中に異なる富士の御嶽は、金胎両部の形を顕し、まのあたりなる仙境なれば、

と語られる霊峰に近いものがある。同じく能本の「羽衣」での富士の描写にも通うであろう。そしてまた、近世以降顕著になってゆくと思われる日本精神主義につながるところがあるかもしれない。(9)

「君、不二山を翻訳して見た事がありますか」と意外な質問を放たれた。

「翻訳とは……」

「自然を翻訳すると、みんな人間に化けて仕舞ふから面白い。崇高だとか、偉大だとか、雄壮だとか」

とは、漱石の『三四郎』において広田先生が三四郎に対して述べている言葉であるが、(10)万里も能本作者も、富士を自身の言葉に翻訳しようとしていたのであろうか。

ともかく、文化的記号としての富士山を論じようとするならば、これら中世の作品群をも逸することはできないのである。

富士山と隅田川への関心ということ以外には、三人の関心の持ちようはそれぞれ異なるが、楊貴妃にまつわる遺跡や遺物に興味を示しているという点では、万里集九と道興は通ずる所がある。すなわち、万里は熱田で楊妃廟なるものに詣で、道興は称名寺で彼女の玉の簾と称するものを一見しているのである。万里には「便面楊妃吹〻笛図」「貴妃学〻笛図」などの作もある。

楊貴妃への関心も「長恨歌」の受容などを通じて王朝以降持続されてきたものであるが、中世に入ってそれは観念的な域にとどまらず、身体的なものへと進んできているように思われる。『続古事談』第六漢朝に語られる楊貴妃関係の二説話(11)や、読本系『平家物語』における一行阿闍梨説話にその傾向は明らかであろう。そして、万里や道興が貴妃の廟や玉簾に関心を示しているのも、その延長線上にある関心の抱き方ではないであろうか。敢えて言えば、そこには何ほどかの好色的なまなざしが感じられる。

万里は手越少将の旧居を詠じ、道興は大磯で虎を思い出して同行に戯れ歌を詠みかけている。これらは共に『曾我物語』の登場人物への関心という点でも一応注目してよいと思うが、ここにも楊貴妃への関心に通ずるものがあるのではないか。そしてさらに、二人が共通して言及している隅田河畔の梅若丸への哀憐の情の底部にも、古伝説に対する観念的というよりも、身体的な共感が働いているように思うのである。

特に道興の場合は、下総国児の原の地名説話や浅草の石枕伝説などを熱心に書き留めていることや、日光の藤乙丸に限らず、あちこちで稚児・小人に心を惹かれているらしいことから、彼は古伝承の中のこれらの美女や少年をも、生けるがごとく思い描こうとしたのではないかなどと想像してみるのである。

そのような関心の持ち方は、この時代の他の文学領域、たとえば御伽草子の児物語などに一層顕著に見られるものであった。道興の紀行はそれらの物語が迎えられた時代の雰囲気をおのずと伝えているのである。尭恵はそういう関心を持ち合わせなかったのか、あるいは禁欲的であったのか、その紀行文には官能的なものはいささかも窺われない。しかし、さびさびした中世の旅のあわれさを伝えるという点では、いささか蕪雑な感のある『廻国雑記』に遥かにまさるであろう。(12)

共通して言えることとして、この三人の作品には、かつて後深草院二条が『とはずがたり』の鎌倉描写において示したような、関東の地を文化的に低く見ようとするまなざしは感じられない。道灌の賓客であった万里の場合はそれも当然かもしれないが、尭恵や道興にもそういうそぶりはない。この時代の関東はそれだけ文化的に成熟していたのであろうか、それともそのことは京の文化の衰退を意味するのであろうか。この時期の紀行文は日本の東と西との差異を論ずる際にも顧みられてよいであろう。

注

(1) 新日本古典文学大系51『中世日記紀行集』(岩波書店、一九九〇年)所収、鶴崎裕雄・福田秀一校注『北国紀行』では、ここの個所に「踏跡。かろうじて小径となっている山道」と注するが(四三九頁)、「往躅」は「芳躅」に類する語か。

(2) 注1と同書で、「富士山は青空と同じ色で(霞んで見えないことをいう)、雪は緑の草木を覆い隠している」と注する(四四一頁)のは疑問である。

(3) 和歌史研究会編『私家集大成6 中世Ⅳ』(明治書院、一九七六年)所収、五四八番。

(4) 日本歴史地名大系11『埼玉県の地名』(平凡社、一九九三年)に康正二年(一四五六)古河公方足利成氏が上杉房憲勢と合戦、上杉勢を敗退させた戦いをさすとしている(同書八〇一頁)。

(5) 高橋良雄『廻国雑記の研究』(武蔵野書院、一九八七年)一二八頁。

(6) 千艘秋男編古典文庫『続撰吟抄 下』(古典文庫、一九九五年)三九八番。

(7) 注1と同書。四三四頁。

(8) 日本名著全集『謡曲三百五十番集』(日本名著全集刊行会、一九二八年)六〇頁。なお、本曲は世阿弥原作、金春禅鳳改作という。

(9) その一典型として契沖の『詠富士山百首和歌』がある。『契沖全集』第十三巻(岩波書店、一九七三年)所収。

(10) 『三四郎』四、『漱石全集』第四巻(岩波書店、一九六六年)七四頁。

(11) 神戸説話研究会編『続古事談注解』(和泉書院、一九九四年)で示せば、漢朝の第三話・第五話。

(12) 稲田利徳氏は新編日本古典文学全集48『中世日記紀行集』(小学館、一九九四年)の解説において、『北国紀行』につき「緊張感のあるきびきびした文体が、高邁な修行精神を背後から引き立てている」と述べ、『廻国雑記』に関しては、道興の旅先での挨拶ぶりや誹諧歌への関心などに触れ、「『北国紀行』とは、精神の基盤、表現志向が著しく相違している」という

（同書六〇七頁）。

付記

『梅花無尽蔵』の引用は、主として玉村竹二編『五山文学新集』第六巻（東京大学出版会、一九七二年）に拠ったが、市木武雄著『梅花無尽蔵注釈』第一（続群書類従完成会、一九九三年）をも参照した。『北国紀行』は前記新日本古典文学大系『中世日記紀行集』に、『廻国雑記』は群書類従板本に拠る。

無住・西行、そして通海

――本地垂迹思想に関する断章

弘長年間(一二六一―六四)、無住は伊勢の大神宮に参詣して、一社官から大神宮がすべて仏教的なものを忌み遠ざけていることの深意を説き明かされ、これを『沙石集』巻第一の冒頭に書き留めている。

ところで、無住が神官から聞いたのとほとんど同様の説明は『西行物語』にも見出される。この物語の最古の写本とされる伝阿仏尼筆本によってこれを示せば、次のごとくである。

さても、大神宮にまふではんべりぬ。みもすそがわのほとり、杉のむらだちの中にわけいり、一のとりゐの御まへにさぶらひて、はるかに御てんをはひしたてまつりき。そも〳〵、当社、三宝の御名をいみ、ほうしの御てん近くまいらぬことは、むかしこの国いまだなかりけるとき、大海のそこに大日のいんもんあり。これによりて、大じん宮、あまのさかほこをさしいれて、さぐりたまひけるに、そのほこのしただり、つゆのごとくになりけるを、第本六天の魔王、はるかに見て、このしたゞり国とならば、ぶつ法るふし、じんりんしやうじをいづべきさうありとて、うしなはんとしけるに、大神宮、三ぼうのなをもきかず、わが身にもちかづけじとちかひたまひき。その御ことばによつて、ほかにもしやもんのかたちをいみ、内にはぶつ法をしゆごしたまひき。あまのいわとをおしひらき、つゐに日月の御ひかりにあたるもの、みなこれ、たうしやの御とくなり。和光のちかきほうべんをおもふに、しんかうのなみだ、すみ染の袖にあまる。しばらくありて、かくなん。

宮ばしらしたつ岩ねにしきたてゝつゆもくもらぬ日のひかり□(哉カ)

ふかくいりて神路のおくを尋れば又うえもなきみねの松かぜ

更に久保家本『西行物語絵巻』などを見れば、『沙石集』巻一の第一話における叙述との類似は一層顕著である。『西行物語』がその形成過程において『沙石集』のこの巻頭説話を取り込んでいったことは、ほとんど疑いを容れないであろう。『西行物語』の作者(たち)は中世屈指の博学多識を誇る無住の説示に対して、いささかも疑念をさし挟んではいないと思われる。ということは、作者(たち)が大神宮における仏教忌避に関して、西行も無住とほぼ同様の理解を抱いていたと確信していたことを意味するであろう。残されている西行自身の大神宮への信仰を披瀝した何首かの歌を読めば、そのように考えるのは当然である。

しかしながら、西行はすんなりと無住のような考え方に同調できたのであろうか。『玉葉和歌集』巻第二十神祇歌の巻頭歌は次のような神詠である。

あまてらす月の光は神がきやひくしめなはのうちとゝもなし

此歌は、西行法師太神宮にまうでゝ、はるかにあらがきの外にて、心のうちに法施たてまつりて、本地はへだてあるべきにあらぬに、垂跡のまへにちかくまいらざる事を思つゞけ侍て、すこしまどろみけるに、つげさせ給けるとなむ　(卜部兼右筆本)

これによれば、西行も当初は、大日如来の垂迹とされる伊勢の神が何ゆえに僧形の者を忌み遠ざけるのかという矛盾に満ちた疑問に、明快な説明が得られないままに思い悩んだことになる。もとよりこのたぐいの託宣の歌の真偽如何は立証すべくもないし、そのようなことはほとんど意味がないであろう。ただこのような歌が、伊勢のみならず賀茂や住吉に対しても、敬神の思いを吐露している西行に関して伝えられていることは、それまでいとも安易に説かれてきた本地垂迹説に対する疑念のごときものが、鎌倉末期において芽生えていることを意味するのではないであろうか。

実は、そのような疑念はもっと鮮明な形で『通海参詣記』下の「第一　於神宮仏法禁忌可㆑達㆓神慮㆒事」において詳論されているのである。ここでは無住に説いた「或社官」の説にほぼ近い説明を「俗」(社人であろう)から聞いた「僧」(通海の意見を代弁する仮構された人物であろう)は、いちいちその論理的矛盾を追究し、「俗」の議論を破綻させている。この論議の過程は極めて興味深く、しかも中世知識人の神仏に対する観念の一端を窺わせるものとして、看過できない。

『通海参詣記』は弘安九年(一二八六)中の述作かと考えられている。『沙石集』脱稿に遅れること僅か三年である。無住も「或社官」の説明に素直に耳を傾けるだけでなく、通海のようにこの国の信仰について根本的なレベルにまで掘り下げた議論を展開してもよかったのではないであろうか。

『耀天記』『日吉山王利生記』の歌謡・説話について

一

『新古今和歌集』巻第十九神祇歌に、

　賀茂社の午日うたひ侍なる歌

　やまとかもうみにあらしのにしふかばいづれのうらにみふねつながむ

という一首が見える。これは出所の明らかでない歌である。「賀茂社の午日」というのは、四月の中の酉の日に行われた賀茂祭の前々日の午日をさすのであろう。その日には斎王の御禊が行われるので、その際歌われた神事歌謡かとも思われるが、はっきりしないというのが、臼田甚五郎氏の『増補神道と文学』(白帝社、一九六五年)などの見方であった。ところで、最近刊行された田中裕・赤瀬信吾の両氏が校注された新日本古典文学大系『新古今和歌集』(岩波書店、一九九二年)では、この歌の箇所に、

石清水八幡宮の午の日(臨時祭の日。三月の中の午の日)にうたわれた歌謡の可能性もある(秋篠月清集・八幡若宮撰歌合、建仁三年(一二〇三)七月)。

と注しておられる。これはおそらく、『八幡若宮撰歌合』において藤原良経が「初秋風」の題で、

　　やはた山にしにあらしの秋ふけばかはなみしろきよどのあけぼの

と詠んでいることから、この良経詠の本歌である「やまとかも」の歌も石清水の神事に関する歌謡であった可能性があると想像したのであろう。

ところで、この「やまとかも」と小異は存するものの、ほぼ同じ歌と認められるものが、日吉社の祭礼の際の歌として『耀天記』に記載されている。同書の巻頭には目録が掲げられているが、それによれば、まず「二　大宮御事」では、日吉七社の大宮について、大宮と三輪明神とは同体であるという説を問答形式で論じている中で、

　其上御歌ト申テ、御祭ノ時、於㆓宝殿前㆒、社司詠㆑歌云、
　ヤマトハ、ウミニニシヨリカゼフカバイヅレノウラニミフネヨスラムト候、被㆓思合㆒候。仍故成仲宿禰者、是等ノ事共ヲ思合ルニ、三輪明神ヨト覚也ト談ジキト云々。件御歌ヲバ、社司ノ中ニモ互ニ秘㆑之。当時三十余人社司中ニモ、一両人ゾ知テ候ラム。
　　已上親成説也云々。

と述べているのである。次に、同書の「十七　祭日儀式事」の条で、行事の次第を述べて、

　次大榊祝詞。次読㆓定文㆒。其声祝ユヱナリ。
　次御浦御哥。三反。其哥云々。
　　ヤマトハ、ウミニニシヨリ風フカバイヅレノウラニヲフネツナガン
　次御歌ノ祝重々ト申。次出御。……

と見えている。二箇所に引かれている「ヤマトハヽ」の歌はそれぞれ小異が存するが、これが『新古今集』の「やまとかも」の歌と本来同じものであることは確かであろう。

もしも『耀天記』の記述が正しいとすれば、日吉社の祭礼の歌がどうして「賀茂社の午日」の歌と伝えられたのであろうか。そのことを考える手懸りのごとき記述も、先の「二　大宮御事」の条に存するのである。すなわち、ここでは「又説云、大宮ト申ハ、即鳴鏑ノ明神ト申也。是賀茂社下宮ノ夫神ニテ御ス也」という異説が提示されている。それによれば、下賀茂は松尾明神の娘で、大宮権現が鏑矢に変じてこれに近づき、生れたのが上賀茂の別雷明神であるというのである。そして、このことは「賀茂ノ日記」にあるという。美濃守入道勝命は祝部成仲の聟で、「賀茂ノ泉ノ禰宜」の舅でもあった。そのような関係からか、勝命のもとにあったこの日記にこういう記事が見えると成仲は言っていたという。

とするならば、日吉社の大宮と賀茂社とは深いつながりがあるわけで、そのために日吉社の神事の歌謡が賀茂社のそれと混同されることも起こりえたのではないかと思われるのである。

勝命も成仲も平安末期の歌人である。勝命は『万葉集』の成立年代について顕昭と議論をしているし、『千載和歌集』を批判して『難千載』を著したという。勝命本『大和物語』も伝存している。和歌についてはやかましい人であったらしい。成仲には『祝部成仲集』があり、歌を詠んだ日吉の禰宜達の中でも際立った存在であった。彼等などを通じて、この祭礼歌謡が歌人達の間に知られ、小異を生じつつ『新古今集』に取り上げられた可能性はありうると思うのである。しかし、同集ではこれを賀茂社の祭礼歌謡と見なしてしまった。ちなみに、この歌の撰者名注記は藤原定家・同雅経となっている。目録に続いて「貞応二年十一月二日注之ィ」という年次記載を有する『耀天記』で、祝部親成説としてこの歌謡が日吉大宮の本体を明かすものとして言及されている背後には、もしかして『新古今集』の訛伝を正そうという日吉の禰宜達の思いが籠められているのではないであろうか。

二

日吉社に天皇の行幸があったのは、後三条天皇の延久三年(一〇七一)十月二十九日の行幸が初めてであるという。このことは『扶桑略記』『続本朝往生伝』『栄花物語』『今鏡』『愚管抄』など、多くの文献に見えている。それらの中で『栄花物語』は「年頃の御願とて」行幸あったと述べ、『続本朝往生伝』や『今鏡』は天皇の「法華経」信仰の深さをたたえているのであるが、日吉神道の書たる『耀天記』や『日吉山王利生記』には、天皇は余りに長いその春宮時代、践祚できるかどうか心もとないままに、願書を二宮(小比叡、地主権現)に奉ったということが語られている。『耀天記』では二箇所でこのことを語っている。その最初は「十四　日吉社行幸事」で、そこではまず行幸の事実、その際の勧賞のことなどを記した後、「金剛寿院座主覚尋記」という文献を引いている。それによると、覚尋は当時春宮であった後三条天皇に請われて、永承七年(一〇五二)の十二月、藤原能長の邸にいた春宮のために不動供修法を修し、それからその願書を持って日吉社に参詣、祈請した。その後のことであろう、同社の橋殿で小比叡の住僧護因と逢うと、護因が以下のようなことを語った。「往年自分は次のような夢を見た。ある僧が、「この御社は春宮が天下を治める時、繁昌するであろう。その訳は、春宮は先生にはこの社のほとりで練行する聖人であった。そして、将来本朝の主となってこの社に臨幸し、天台仏法を興隆しようと発願したのである。そして、その骸骨は未だ散らずして、墓の内にある」と言った。そこで、「その墓は何処に在るか」と問うと、僧は「大比叡の艮、小比叡の坤の麓にある」と答えた。夢が覚めた後、そこを見ると骸骨があった。あなたが春宮に召されて参ったのは、この社と「我山」(比叡山)にとって憑みとなることだ」と言うのである。覚尋の記録は以上で終り、次いで行幸の日、東遊歌を藤原実政が詠じたこと、その歌は、

アキラケキヒヨシノミカミキミガタメ山ノカヒアリヨロヅヨヤヘム

というので、実政は宝前に跪き、右膝を地に着け、高らかにこれを歌った、それ以来今に至るまで、行幸の時には陪従達がこの歌を歌うのであるということが、祝部親成の説として記されている。この歌は『後拾遺和歌集』巻第二十雑六の神祇に見えるものである。

後三条院御時はじめて日吉の社に行幸侍けるに、
あづまあそびにうたふべきうた、おほせごとにて
よみはべりけるに　　　　　　大弐実政

とあり、歌は『耀天記』に伝えるものと一致する。

『耀天記』で後三条天皇行幸に言及しているもう一箇所というのは「三十七　護因事」の項で、ここでは護因の夢も、天皇の先生における骸骨のことも語られない。覚尋と護因が出逢った場所も「大宮南門楼辺」というので、違っている。願書の有無もたやすく知ることができそうもない護因が覚尋に逢うなり、「我君(春宮)の御願書を早く頂きたい。お預りして、神前にお取次いたします」と言ったことが、「真実ノ権者、一定ノ化人ト云事無ㇾ疑事歟」という想像の根拠となっている。そして、このことがあってから幾年も経たずして、治暦四年(一〇六八)、即位されたので

「不レ耐ニ叡感一、忽ニ日吉ニ御臨幸」というので、永承七年末頃、春宮のために祈請したという前の記述とは合わないようである。

『日吉山王利生記』での伝承はこの二種の伝承を合わせたようであって、人物や場所にはさらに違いを見せている。すなわち、覚尋の師僧梨本の座主明快が覚尋の役廻りで登場し、護因はここでは地主権現樹下僧業因と呼ばれている。そして、明快と業因が出逢う場所は東坂本を登った「ならぬ柿木といふ所」であるという。業因の夢物語はなく、明瞭に二宮の御託宣として、「春宮は前生奉公なり。彼旧骨うしろの山にあり。掘出して見るべし」と告げられたので、その通りにすると、「一尺あまりの髑髏」があったので、元のように埋めて、「神にいはひ奉る。千歳の御前とて今におはします」という。業因も神になったが、その本地は不動であるという。春宮が願書を奉ったのち程なく即位されて、当社へ行幸があったとしているのは『耀天記』の第二の伝承と同じである。

　このように見ると、『耀天記』の初めの伝承が最も説話的潤色の少ないもののようであるが、そこで既に後三条天皇の前生が練行上人であったこと、その前生の骸骨が確かめられていることは興味深い。『増鏡』には、泉涌寺の俊芿が「一度人界の生をうけ、帝王の位にいたりて、かへりて我寺を助けん」という妄念を起こして、四条天皇と生れ変ったということが語られている。また、『大法師浄蔵伝』や『古今著聞集』には、葛城山中で修行していた頃の浄蔵が金剛山の谷で、自分自身の前世の骸骨を見、その手に握りしめていた独鈷を授ったという話が語られている。覚尋の記録が語る後三条天皇の前生譚はこれらの類話と見られるのであり、この種の説話の形成される場を考える際に、示唆的であると思われるのである。

女人遁世

一　はじめに

騎馬で京上した高野の証空上人は、細道で行き逢った同じく騎馬の女性によって堀に落された時、ひどく立腹して、「こは稀有の狼藉かな。四部の弟子はよな、比丘よりは比丘尼は劣り、比丘尼より優婆塞は劣り、優婆塞よりも優婆夷は劣れり。かくのごとくの優婆夷などの身にて、比丘を堀に蹴入れさする、未曾有の悪行なり」と息巻いたという（『徒然草』一〇六段）。仏教においては、確かに尼は僧の下に、善男子は善女人の下に位置づけられていたのであった。その根拠は『法華経』巻第五提婆達多品第十二にある。そこには、

爾時舎利弗。語竜女言。汝謂不久。得無上道。是事難信。所以者何。女身垢穢。非是法器。云何能得。無上菩提。仏道懸曠。逕無量劫。勤苦積行。具修諸度。然後乃成。又女人身。猶有五障。一者不得。作梵天王。二者帝釈。三者魔王。四者転輪聖王。五者仏身。云何女身。速得成仏。

と説かれているからである。舎利弗のこの疑問に対し、娑竭羅竜王の娘は成仏して見せたのであるが、それは「忽然乃間。変成男子」という、女身を否定することによってのみ可能だったのである。根本経典における性差に対するこ

のような認識が存するゆえに[1]、仏教的世界観が支配的であった時代においては、女人遁世、そしてその往生は、男子のそれ以上に困難なことと見なされ、従って一個の人間としての女性の生き方を追究する文学、少なくともそれに言及する文学においても、それらの問題は重大な事柄として扱われざるをえなかったのである。

二　現世との繋りの深い女人出家

古の女性はどのような理由で出家したのであろうか。もとより個人によってさまざまな理由が存するに違いないが、上層貴族の場合は、男性女性を問わず、病悩から逃れようとして出家するという場合がかなり多かったかもしれない。女性について見れば、円融院の后藤原詮子(東三条院)の出家はその例と言えるであろう。『栄花物語』に、

さき〳〵の御物のけのけしきなど例の事なり。(中略) ともすれば夜昼わかず取りいれ〳〵奉れば、「今はたゞいかで尼になりなん」と宣はするを、殿ばらも、暫しはさるまじき事にのみおぼし申し給へど、さらに限と見えさせ給へば、「さば、とてもかくてもおはしまさんのみこそ」とて、ならせ給ぬ。あさましういみじき事なれど、平かにおはしまさんの本意なるべし。(巻四みはてぬゆめ)

と語られている。そしてこの出家の功徳によって病は癒え、彼女はそののち十年宮廷において重んじられ、四十の賀を祝われて、長保三年(一〇〇一)四十歳で世を去ったのであった。『栄花物語』の作者は、彼女が毎年石山寺に詣で、また長谷寺・住吉社詣でを立願したために病が癒えたかと言うが、このような出家は純粋な信仰に萌したものとは言いがたいであろう。

これに対して、同じく『栄花物語』の語るところによれば、彼女の姪に当る彰子(上東門院)の出家は、現世的な幸福の頂点を極めた時に、自らの意志によって実行された。

故女院は御悩ありてこそ、尼にはならせ給しか、これは、我御心とおぼしたちならせ給ぞ、聞えさせん方なくめでたき。(巻二十七ころものたま)

それは、「この世の御幸は極めさせ給へり、後生いかにと思きこえさせ給へりける」(同前)という、父藤原道長の意に沿うことでもあった。この出家も阿弥陀信仰の現れと見られないことはないが、しかし出家後はひたすら遁世者としての生活を送ったとも考えにくい。彼女が現世の無常を痛切に知らされるのは、この後、後一条院・後朱雀院と、所生の二人の御門に先立たれてからのことであったと想像される。(2) 従って、これら貴顕の女性の出家を、女性としての苦しみを負い、それゆえに世を遁れたという事例に数えることはできないであろう。

三　肉親との死別による女人遁世

これらに対して、夫や子など、親しい者の死を契機として世を背いた女性も少なくなかったに違いない。平徳子(建礼門院)の出家はその典型であろう。彼女はわが子安徳天皇、母時子(二位の尼)、そして平家一門の者達が源氏との戦に敗れて、自ら死を選び、あるいは討たれて死んでゆく時、自身も死のうとして敵に捕えられるという、悲嘆と屈辱のどん底に落された末に世を背いたのであるから、幸福の絶頂においてこの現世の幸いを来世にも実現させたいという願いをこめて出家した上東門院とは対照的である。

平氏が壇浦で滅びたのは元暦二年(一一八五)三月二十四日のことである。そして、『平家物語』の多くの本では、建礼門院の出家を同じ年(八月十四日に文治と改元)の五月一日のこととしている。おそらく三十一歳ほどだったであろう。『閑居友』や『平家物語』は、出家の翌年である文治二年春または初夏、後白河法皇が彼女の籠居している大原の寂光院に御幸したことを語っている。『閑居友』によれば、彼女の住居の一間には阿弥陀三尊が安置されて、花・香が供えられており、寝所らしい一間には粗末な衣料・紙衣があり、障子には経の要文が書かれ、「心を静むべき文ども」や地獄絵などが並べて置かれてあったという。そして、花摘みから戻ってきた彼女は、不便なことがあるのではないかという法皇の問に対して、このような生活を送ることは「いみじき善知識」であるから、不便なこともなく、わびしくもないと言い、過去の戦いでの悲惨な体験を語り、非業に死したわが子安徳天皇の後世を弔おうとして、身命を捨てて祈っているのだから、諸仏菩薩の納受を疑わないと述べている。

この法皇との問答は、覚一本系『平家物語』では、灌頂巻のうち「六道之沙汰」として、詳細に語られている。建礼門院はここで、栄華の絶頂から絶望のどん底へと急転した自身の運命を六道輪廻になぞらえて、法皇に語る。延慶本『平家物語』や『源平盛衰記』での六道の物語は、法皇が執拗に問うままに、六道のうち畜生道についても詳しく語り、女身ゆえに兄宗盛との近親相姦を噂されたこと、『源平盛衰記』ではさらに捕われた後、九郎判官義経にも「心ナラヌアダ名」を立てられたとまでも述べている。

女ゆえに忍ばなければならなかったこれらの苦しみの挙句の遁世であるから、彼女はその苦しみをいつまでも忘れることなく、むしろ地獄絵を見ては反芻しつつ、菩提に近づこうとしたのであろう。これらの受苦とその後の仏道精進の当然の結果として、彼女の往生は実現されるのである。その時日は諸本によって一定しないが、たとえば覚一本では次のごとく語る。

御念仏のこゑ、やう〳〵よはらせまし〳〵ければ、西に紫雲たなびき、異香室にみち、音楽そらに聞ゆ。かぎりある御事なれば、建久二年きさらぎの中旬に、一期遂におはらせ給ひぬ。(灌頂巻・女院死去)

そして、大納言佐・阿波内侍などの後に残された女房達も、「竜女が正覚の跡を追ひ、韋提希夫人の如に、みな往生の素懐をとげ」たと語り納められる。建礼門院も女房達も仏典の説くところによって、転女成男成仏したと考えられているのである。

四　恋愛に関わる女人遁世

男女の愛情問題が女性を出家へと駆り立てることも多かったに違いない。永治二年(一一四二)二月の藤原璋子(待賢門院)の出家なども、藤原頼長は「可レ謂レ有レ便」(『台記』同年二月二十六日の条)と評しているが、やはり藤原得子(美福門院)が今上(近衛天皇)の国母として前年末立后し、権勢を誇っているのに対して、鳥羽法皇の愛情を期待しえなくなって自ら退いたという印象は拭えない。なお、彼女の落飾と共に、仕えていた女房達の中にも出家する者が出た。源顕仲の娘待賢門院堀河はその一人である。これは仕えていた主君がなくなった後、臣下が出家する習いに近いものといえる。

文学作品の世界では、このような男女の愛情のもつれから出家する女が、物語の女主人公とされることもあった。『源氏物語』宇治十帖の世界における浮舟はその典型であろう。彼女は薫と匂宮との愛情の板挟みとなり、宇治川に身を投げることでそれを解決しようとしたが果さず、救ってくれた横川の僧都に懇願して、剃髪した。僧都は一旦は、「まだいと行く先遠げなる御ほどに、いかでか、ひたみちにしかは思したたむ。かへりて罪あることなり。思ひたちて、心を起こしたまふほどは強く思せど、年月経れば、女の御身といふもの、いとたいだいしきものになん」(手習)と、出家を思いとどまらせようとするが、泣きながら出家を請う彼女の願いを遂に受け入れる。

出家後の彼女は「思ひよらずあさましきこともありし身なれば、いとうとまし、すべて朽木などのやうにて、人に見棄てられてやみなむ」と自覚して、以前よりは快活に振舞い、勤行にも精進し、『法華経』をはじめ諸経典を多く読んだという。しかし、この物語の終わり方は、彼女が道心堅固な尼となることを暗示してはいない。薫が彼女の心を知りえないだけでなく、おそらくは彼女自身も自らの心を量りかねる状態で、筆は擱かれているのである。

じつは、『源氏物語』には、浮舟以前にも結局は男女間の愛情のもつれで出家している女性がいる。女三の宮である。彼女は薫を出産後の身体の衰弱から、見舞いに訪れた父朱雀院に、「生くべうもおぼえはべらぬを、かくおはしまいたるついでに、尼になさせたまひてよ」(柏木)と訴えて、剃髪することになるのであるが、本当のところは柏木との密通とその結果である不義の子薫を出産したことへの呵責の念、そしてそれにもまして、秘密を知っている源氏の隔意に対するつらさ、恨めしさが、「尼にもなりなばやの御心」(同)のついた理由であった。

出家後の彼女は安らかな仏道精進の生活を送っていることが、「匂宮」や「橋姫」での記述から窺われる。彼女の場合は、もともと源氏に深く愛されていた訳でもなく、また自らも彼への愛に目覚めていなかったこと、そして自身の運命を狂わせた柏木はもはやこの世の人でないことなどから、出家後その心が動揺する要因は存在しないのであろう。

『平家物語』でも、男女間の愛憎を契機として遁世した女性のことが語られている。平清盛の寵愛を年の若い仏御前に奪われて、死のうとまで思いつめたが、母や妹に止められて出家した祇王である。出家はしたけれども、彼女は清盛に捨てられた悲しみ、仏に対する恨みにさいなまれ、心の内には修羅の炎を燃やしていた。尼となって現れた仏に対して、そのことを告白している。

憂き世中のさがなれば、身の憂きとこそ思ふべきに、ともすればわごぜの事のみうらめしくて、往生の素懐をとげん事かなふべしともおぼえず。今生も後生もなまじゐにし損じたる心ちにてありつるに、かやうにさまをかへておはしたれば、日比のとがは露塵ほどものこらず。今は往生疑ひなし。此度素懐をとげんこそ、何よりも又うれしけれ。（巻一・祇王）

そして物語は、祇王・祇女・仏・とぢ、四人の尼の往生譚として結ばれる。この単純明快な解決がこの章段の中世の物語としての特性をよく現しているといってよいのではないか。そして、自ら出家の道を選んだ仏は、中世の人々が理想像として思い描いた、その時代の女人なのであろう。

五　中世の女人遁世の二、三

男の愛が薄れたことを恨んで髪を剃る女は、王朝時代に少なくなかったのかもしれない。『源氏物語』では、そのような女の行為が「かるがるしくことさらびたること」として、非難の対象にされている。

心ざし深からん男をおきて、見る目の前につらきことありとも、人の心を見知らぬやうに逃げ隠れて、人をまどはし心を見んとするほどに、永き世のもの思ひになる、いとあぢきなきことなり。「心深しや」などほめたてられて、あはれ進みぬれば、やがて尼になりぬかし。思ひ立つほどはいと心澄めるやうにて、世にかへりみすべくも思へらず、「いで、あな悲し、かくはた思しなりにけるよ」などやうに、あひ知れる人、来とぶらひ、ひたすらにうしとも思ひ離れぬ男、聞きつけて涙落せば、使ふ人古御達など、「君の御心はあはれなりけるものを、あたら御身を」など言ふ。みづから額髪をかきさぐりて、あへなく心細ければ、うちひそみぬかし。忍ぶれど涙こぼれそめぬれば、をりをりごとにえ念じえず、くやしきこと多かめるに、仏もなかなか心ぎたなしと見たまひつべし。濁りにしめるほどよりも、なま浮びにては、かへりて悪しき道にも漂ひぬべくぞおぼゆる。(帚木)

このように、雨夜の品定めの場では、馬頭が多分に身勝手な男の論理——しかしながら、それはもとより女である作者が言わせているものである——で、男の愛情を疑って軽率に尼になってしまう女を難じているのであるが、中世の説話集では、似たような行動に出た女がむしろ同情されている。『今物語』第二十三話の「みそ野」の尼、同じく第二十四話の東山の女などが、その例である。

「みそ野」の尼はもと藤原基房(松殿摂政)に愛された女房であったが、かれがれになって久しく経った後、思い出したように迎えの車が来た際、「日ごろのつきせぬなげきもあらはさめ」と決意して、丈に余る髪を切り、白薄様に包み、

いまさらにふたゝび物をおもへとやいつもかはらぬ同じうき身に

と書き付けて、その車に入れて、それを機に尼となったというのである。

一方、東山の女はあばれた家に世をわびて日を送っていたが、ふとした機会に、時の御門(あるいは後堀河天皇、後

嵯峨天皇あたりが想定されるか）と「たゞ一夜の夢の契をむす」んだ。そして、それ以後は消息すらないので、「よし、これゆゑそむくべき浮世也けり」と思い立って、事情を知っている人間（帝との間を取り持った廷臣）に、

中〳〵にとはぬも人のうれしきはうき世をいとふたより成けり

という歌を書き送って、天王寺に赴いて尼となった。歌を示された人が御門に奏すると、御門は思い出して、尋ねよとの気色であったので、御使として東山へ赴き、さらに天王寺へ下って、「いとわかきあまのことにたど〳〵しげなる」彼女を見出したが、後の祭であった。御門にこの旨を奏上すると、「はしたなの心のたてざまや。心おくれがに成つるよ」と言われた。そしてこのことは「あはれにも、やさしくも、ながき世のものがたり」になったという。

この二つの話を語って、『今物語』の編者は、「いづれかふかゝらむ」と言う。彼はこれらの女の行動を非難しようとはしない。おそらく馬頭に言わせれば、彼女達もまた「かるがるしくことさらびたること」をしているに違いないのであるが。そこに、王朝時代と中世との女人遁世に対する見方、感じ方の相違の一端が窺えるかもしれない。王朝においてはすべて激情の表現ということはうとましいとして避けられ、従って女がそのような激情に任せて髪を切ることも、おぞましくむくつけきこととして嫌う人々が、男女を問わず多かったのであろう。それに対して、中世になると、たとえきっかけが何であれ、遁世という行為そのものの持つ意義を認めようとするのが大方の人々の考えだったのであろう。しかしなお、「はしたなの心のたてざまや」という御門の言葉に、意志的な行動を貫こうとする女への違和感のごときものが残されているようである。

「みそ野」の尼の話も東山の女の話も、おそらく事実に近い話柄であろうが、これらの女達が世語りとなってからさほど経たぬ頃、やはり男の愛の衰えを嘆いて衝動的に髪を切った女性がいる。それは若い時の阿仏尼（安嘉門院四

条)で、その経緯は自ら『うたゝね』に詳しく語っている。

人は皆何心なく寝入ぬる程に、やをらすべり出づれば、灯火の残りて心細き光なるに、人やおどろかんとゆゝしく恐ろしけれど、たゞ障子一重を隔てたる居所なれば、昼より用意しつる鋏、箱の蓋などの、程なく手にさはるもいと嬉しくて、髪を引分くる程ぞ、さすがそゞろ恐ろしかりける。(中略)削ぎ落したる髪をおし包みたる陸奥紙の傍に、たゞうち思ふ事を書きつくれど、外なる灯火の光なれば、筆の立所も見えず。

歎きつゝ身を早き瀬のそこととだに知らず迷はん跡ぞ悲しき

身をも投げてんと思ひけるにや。

しかし、彼女の場合は雨夜の品定めで馬頭が難じたようなケースに近かった。尼寺に入っても道心は定まらず、病んだ末に「ふるさと」(宮仕えしていた安嘉門院御所か)に戻り、養父に誘われて遠江国まで下り、また都に立ち帰った。その後も奈良の法華寺や松尾の慶政上人のあたりに身を寄せたこともあったらしいが、『源氏物語』書写の手伝いを通じて、藤原為家と相識るや、彼の求愛を進んで受け入れ、その側室となって子供達を生み、いわば為家家の家刀自として一家を切り廻した。(3) 為家に死別し、今度は本当に尼となって後も、所生の子冷泉為相の権利を守るために、なさぬ仲の藤原為氏と争って、一生を終えたのである。彼女は『とはずがたり』の作者後深草院二条とともに、意志的に行動する中世の女性の典型ともいうべき存在であるが、女人遁世という観点からすれば、女人が本当の意味で遁世することのいかに困難であるかをよく物語っている事例とも見られるであろう。

六　父の命に従った遁世

今まで見てきたのは、いずれも女性自身に遁世すべき理由があって遁世した、あるいはしようとした例であるが、当人にはさしたる理由もなく、また熱烈な信仰心が萌した訳でもないのに、親の命ずるままに出家し、しかもその後堕落することは全くなく、行いすまして一生を過ごしたと伝えられる女性もいる。『発心集』巻六の第五話「西行が女子出家の事」に語られる西行の娘である。

父の西行は出家の際、彼女を弟に托した。その後、母の縁者冷泉殿の養女とされたが、この養母の妹が婿を取る際、女の童として新婚夫婦に仕えることとなった。そのことを洩れ聞いた西行は、貴所に宮仕えさせたいとまで思っていた娘がそのような「つぎの所」の下仕えにされることを喜ばず、自分の顔も知らない娘と会って、父であると名乗り、既に尼となっている母(西行の妻)と共に、「仏の宮仕へ」をしてほしいと言う。娘はしばし考えていたが、父の希望に素直に従って、養母にさりげなく別れを告げて出家し、母の尼と共に高野の麓天野で仏道に勤めたというのである。なお、終りには冷泉殿その人の往生も語られている。

この話は出家した後もわが子への愛と誇り高さとを持ち続けていた西行の振舞いと、誠意を尽して養育し、信頼していた養女に去られた冷泉殿の恨み・悲しみとに主眼が置かれ、当の娘の内面に立ち入ることはほとんどない。僅かに、父の言を聞いて「やや久しく打ち案じて」というところに、彼女の若干の迷い・ためらいが感じられるが、しかし彼女は決然と、「承りぬ。いかでかたがへ奉らん」と答えるのである。それゆえに、女人遁世譚としては、当の女人が苦しみ悩むという要素を全く欠いたものとなっている。しかしながら、父の言を従順に守っていさぎよく出家したという娘の志が、この話を感銘深いものとしている。あるいは彼女の裡には、幼時人から聞くだけの存在であった実父への憧憬の想いが潜んでいたのかもしれない。ともあれ、そのような行動を選択したこの娘は、主体的意志的に行動するという点において、やはり中世の女というべきであろう。それに対して、その娘のことを、「うらめしかりける心づよさかな。武き物のすぢと云ふ者、女子までうたてゆゆしきものなりけり」と言い続けて泣いたという冷泉殿は、依然として王朝時代にとどまる女なのである。

七　女性遁世者の性

女性の遁世者は確かに男性遁世者よりも、遁世生活を持続しにくい要因を抱えていたのであろう。それはまず身体的な力の点で、性的な誘惑に対して抗しがたいということである。説話集には尼が男と愛欲の関係を持った話が時折見出される。

たとえば、『古今著聞集』巻第十六興言利口第二十五の五五一話などは、「一生不犯」の「いまだよはひさかりにて、見めことがらきよげ」な尼僧を見そめた僧が、自身尼に化けてその尼僧の住まいに入り込み、まめまめしく仕えて信頼を得、同室に寝ることすら許されて、三年目についによく寝入っている主の尼僧を犯したが、それは主の意に叶ったことで、ついには「女男になりてぞ侍ける」という、かなり露骨で猥雑な表現をも含む風流滑稽譚である。

この話などは尼の側に持戒破戒の意識が欠如しているのであるから、ただの艶笑譚として読む他ないが、同書巻第八好色第十一の三二九話はまことに残酷な話である。大原あたりに心にくいたたずまいの庵を構えてただ独り住む、「事におきて優にはづかしきけ」した主の尼を、逍遥していた「或人」(おそらく、しかるべき身分の貴族であろう)が見過ごしがたく思って、身を隠そうとするのを引き留めて口説き、ついに思いを遂げた。尼はただ泣くばかりであった。男は関係を結んだ後は愛情もまさって、尼をなだめてその日は帰り、二、三日して再び訪れたが、主の姿はなく、二人が会った場所に、

世をいとふつゐのすみかと思しに猶うきことはおほはらのさと

という歌が書いてあったというのである。山里の庵での独り住みは、女性にとってはこのような危険も招きかねないのであった。

身を清く持し通し、ついに悪い噂の立つこともなかったけれども、臨終の際に念仏を勧められながら、それを唱えることなく、「まらのくるぞや〳〵」と口走って死んでいった、奈良の「一生不犯の尼」の話も語られている(同書巻第十六・五五二話)。性欲を抑圧すべきものと見なすことは男性遁世者とても変りはないであろうが、やはり女性遁世者の場合は抑圧が強く働いたことであろう。

その他、生活万般において、女性遁世者は男性のそれに比して、ハンディキャップは大きかったであろうことが想像される。そのことを思えば、後深草院二条が『とはずがたり』において自ら語るような長途の旅をしていることは、やはり驚くべきことと言わねばならない。追われるように後深草院の御所を退いて九年後、今はともに法体、尼姿で伏見の御所においてしみじみと九月の月夜を語り明かした際、後深草院は彼女に対して、「東、唐土まで尋ね行《ゆく》も、男は常の習ひなり。女は障り多くて、さやうの修行かなはずとこそ聞け。いかなる物に契りを結びて、憂き世を厭ふ

友としけるぞ。一人尋ねては、さりともいかゞあらん。(中略) 深く頼め、久しく契るよすがありけむ。そのほか、又かやうの所〳〵具しありく人も、なきにしもあらじ」(巻四) としつこく問うている。彼女はそれに対して、「ある時は僧房にとゞまり、ある時は男の中に交はる。三十一字の言の葉を述べ、情けを慕ふ所には、あまたの夜を重ね、日数を重ねて侍れば、あやしみ申人、都にもゐ中にもその数侍しかど、修行者といひ、梵論〳〵など申風情の物に行き会ひなどして、心のほかなる契りを結ぶためしも侍とかや聞けども、さるべき契りもなきにや、いたづらに一人片敷き侍なり」と答えているが、院の疑問は当時としては当然生ずるものだったのであろう。

八　往生伝の中の女人

遁世した女人は当然のこととして往生を願った。そのような女人往生譚は男子往生譚に混って、多くの往生伝の類に見出される。最初に言及した仏教的世界観によって、当然その事例は多いとは言えないが、それらの中にはそれ自体すぐれた文学と見なしうるものも含まれている。一応それらの話数を表示すると、次のごとくなるであろう。

書名	著者	往生伝の総数	女人往生伝の数
日本往生極楽記	慶滋保胤	四二	九
大日本国法華経験記	鎮源	一二九	一二
続本朝往生伝	大江匡房	四二	五
拾遺往生伝	三善為康	九二	一一

後拾遺往生伝	三善為康	七五	九
三外往生記	蓮禅	五〇	七
本朝新修往生伝	藤原宗友	四一	三
高野山往生伝	如寂	三八	〇
念仏往生伝	行仙	？	(七)

＊念仏往生伝は残欠本として伝わるので、正確な話数は不明である。

これらの一話一話を検討し、それらを通じてある傾向が認められるならば、それを指摘すべきであろうが、現在はその余裕がない。ただ、これら往生伝の中でも、比叡山首楞厳院の僧鎮源が長久年間(一〇四〇—四四)に編んだ『大日本国法華経験記』(『法華験記』)は、説話文学としても極めて興味深いものであることは、その領域の研究者にとっては周知のことではあるが、改めて言っておきたい。本書での女人往生人は全三巻のうちいずれも巻下に見出される。試みに、その名を挙げれば、次のごとくである。

第九十八　比丘尼舎利
第九十九　比丘尼釈妙
第百　比丘尼願西
第百十七　女弟子藤原氏
第百十八　加賀前司兼隆朝臣の女
第百十九　女弟子紀氏

第百廿　大日寺辺の老女
第百廿一　奈良の京の女
第百廿二　筑前国の盲女
第百廿三　山城国久世郡の女
第百廿四　越中国立山の女人
第百廿九　紀伊国牟婁郡の女

井上光貞氏は本書に収められている一二九の伝が、菩薩・比丘・在家沙弥・比丘尼・優婆塞・優婆夷・異類の順に配列されていることを指摘している(4)(最初に引いた証空の言はこのような考え方に沿うものであったことが改めて確かめられる)。ゆえに、本書の最後に置かれている紀伊国牟婁郡の女の伝は、人間ではなくて、蛇・鼠・猿・野干(狐)・道祖神などと共に、異類の往生伝なのである。これは愛欲の瞋恚によって生きながら毒蛇となり、鐘の内に隠されていた相手の若僧を鐘と共に焼き尽してしまった寡婦が、『法華経』の功力によって、その僧と共に邪道を離れ、往生できたという話、すなわち道成寺縁起として語られているものであり、『今昔物語集』巻第十四「紀伊国道成寺僧写法花救蛇語第三」の素材となったものである。

『今昔物語集』に素材を提供しているという点では、山城国久世郡の女、越中国立山の女人も同様である。前者は蟹満寺縁起、後者は立山の地獄の話である。そして後者は、存生の時、父の仏師が用いた仏物を衣食にあてたゆえに地獄に堕ちたが、生前持斎した功徳によって十八日の観音の日に現れ、修行者に供養を依頼する、仏師の娘の話である。いわば親の因果が娘に報いという形をとっていることになる。このように、本書は仏教説話文学として読むことが可能である。

仏教が女身を「垢穢」なるものと見なしていることは、比丘尼舎利の伝にも窺うことができるであろう。この比丘尼は奇異な出生をし、面貌端整で、七歳以前に経典を暗誦するというように聡明に育ったが、女根を欠いていた。そしてそのゆえに聖人の垂跡と尊重されたというのである。

『法華験記』以外の往生伝にも、若干言及しておく。

『後拾遺往生伝』巻下には、言い寄る男すべてに従った女の往生が語られている。

この女は陸奥の人で、若い時、「立艶好色」で、定まる夫はいなかった。多くの男が訪れたが厭うことなく、皆受け入れた。後には一人として来る者がなくなった。そして長年の間一人住まいをしていた。親しい人がその訳を問うと、彼女は次のように答えた。「私は人の情に順うのが菩薩だと聞いている。それでやってきた男を帰さない。又、愛欲は流転の業であると聞いている。それで男と「交会」する時、いささかも愛着の念を起すことなく、指を弾き目をつぶり、不浄を観じている。男がしたいことをする時、この念がいよいよ盛んになる。だから多くの男が皆恥じて、来なくなるのだ」。彼女は後に比丘尼となり、念仏を業とした。病んで臨終の際、眼を閉じるやいなや金色の仏が空に満ち、清夜のごとく星が現れた。彼女は観世音菩薩にも似た菩薩行を実践したことになる。

同じく巻下に語られている尼妙善の伝も、いささか変っている。彼女は俗姓秦氏で、若い頃は官女として容飾を事とし、その心は妖艶であった。紅顔衰え白髪生じた四十二に尼となって弥陀を念じ、二人の娘の助成を得て阿弥陀仏と地蔵菩薩を造り、開眼供養した後に世を去った。死後娘の夢に現れ、地獄の鬼に呵責されているが、生前造り奉った阿弥陀仏のお蔭で苦しみを受けないと言ったというのである。すなわち、これは阿弥陀如来の霊験譚であって、往生譚ではない。

『念仏往生伝』は残欠本であるのでその全貌は知ることが不可能であるが、残された部分について見ると、いずれも地方の往生人の伝であることが注目される。従って、七人の女性の往生人もすべて地方の人、それも関東の女である。そのうち、二人の女性は『法華経』読誦の勧めから一向念仏へと、信仰の形を改めている。行仙は『一言芳談』にもその言行が録され、その一部が『徒然草』にも引かれている、上野国の僧である。この書によって、中世の関東の女性にもかなり一向念仏の信仰が浸透していたらしいことが想像できる。

九　入水往生する女人

説話集には入水往生を遂げた女の往生人のことも語られている。『発心集』巻三の第六話「或る女房天王寺に参り、海に入る事」はその例である。

鳥羽天皇の時代、ある宮腹に母娘で宮仕えする女房がいたが、娘は母に先立って世を去った。母の悲嘆ぶりは一通りでなく、年月が過ぎても一向に鎮まらないので、周囲の人々も非難するほどであった。三年目、彼女は女の童を伴って、天王寺に詣で、七日間念仏したいのでと言って、人の家を借り、七日経つと、さらに二七日、三七日と滞在を延長して、毎日堂々を巡り礼拝し、一心に念仏した。そして二十一日が満ちると、「帰京する前に噂に聞く難波の海を見たいので、見せてくださいませんか」と家の主に頼み、舟を沖に漕ぎ出させた。岸辺から遠く出た時、しばし西に向かって念仏した後、海に身を投じた。空には瑞雲が出、薫香がした。家の主が貸していた部屋を見ると、この女房の夢想の記が残されてあった。それには、初めの七日には地蔵・竜樹菩薩が来迎され、二七日には普賢・文殊菩薩が来迎され、三七日には阿弥陀如来が諸菩薩とともに来迎されたと記されてあったという。

『源平盛衰記』巻第四十七に語られる髑髏尼御前の話は、あるいはこの『発心集』の説話を利用して構成されたものではないであろうか。この話は平家滅亡後、源頼朝の命を受けた北条時政の手によって、平家ゆかりの男子が幼児に至るまで、ほとんど草の根を分けけんばかりに捜し出されて殺された哀話の一つとして語られている。

東山の阿証坊印西は、平家ゆかりの五、六歳の男子が武士にさらわれ、乳母と母がその後を追う有様を目撃し、その後をつけた。男の子は蓮台野で首を切られた。印西は死んだも同然の子の母、乳母に説法し、母の請うに任せて近くの地蔵堂で尼とした。乳母も自ら尼となった。そして長楽寺に伴い、男子の菩提を弔った。乳母は思い死に死んでしまった。念仏が結願すると、母の尼は、男子の父は平重衡であると打明けて、懺悔のために奈良へ参りたいと言って、都をあとに奈良に赴き、興福寺・東大寺の焼跡を巡礼し、乞食して命を継いでいた。懐中しているわが子の髑髏とわが子が翫んでいた小車をしばしば取り出しては見るので、気味悪がる者、憐れむ者など、さまざまであったが、髑髏の尼と呼ばれて、修行者達は仲間に入れなかった。その後、この尼は天王寺に詣で、西門で七日七夜断食念仏の後、海人を語らって沖に漕ぎ出し、西に向かって念仏二、三百遍申し、「南無帰命頂礼阿弥陀如来、太子聖霊、先人羽林、若君御前、必一蓮《ひとつはちす》ニ迎取給へ」と唱えて入海した。海人達は翌日波に浮かんだ尼の遺骸を荼毘に付し、西門で念仏供養した。この尼は藤原成範の娘で新中納言御局といった内裏女房である。

この話はおそらく仮構されたものであろうが、南都を焼き亡ぼしたことによって仏敵とされた重衡の罪が、本人の刑死だけでは贖われず、その幼子に報い、さらに幼子の母を悲嘆の極に陥れ、彼女が救済を求めて入水することによって初めて清算されたのだ、堂塔伽藍を焼いた罪はそれほど大きいのだということを言おうとしているのであろう。

十　遊女の往生

『後拾遺往生伝』の語る、自らは不浄を観じつつ、多くの男達の欲望にわが身を任せたという陸奥の女は、いわば遊女のごとき存在であろう。彼女は後年比丘尼となって往生したとされるが、自らの所行を罪業深いものであると考えて尼となる遊女は、現実にも少なくなかったのかもしれない。後深草院二条は『とはずがたり』巻五に、備後国鞆の浦の島に住む、そのような遊女あがりの尼達の生活を描いている。

何となくにぎはゝしき宿と見ゆるに、たいか島とて、離れたる小島あり。遊女の世を逃れて、庵り並べて住まひたる所なり。

「さしも濁り深く、六の道にめぐるべき営みをのみする家」に生まれながら、愛欲生活を打ち捨てて籠っている有様を珍しいことと思った彼女が、発心の機縁や修行の有様を問うと、一人の尼が答えた。

我はこの島の遊女の長者なり。あまた傾城を置きて、面〳〵の顔ばせを営み、道行人を頼みて、とゞまるを喜び、漕ぎ行くを嘆く。また、知らざる人に向かひても、千秋万歳を契り、花のもと、露の情けに、酔ひをすゝめなどして、五十路に余り侍しほどに、宿縁やもよほしけん、有為の眠り一度覚めて、二度故郷へ帰らず、此島に行きて、朝な〳〵花を摘みに、この山に登るわざをして、三世の仏に手向けたてまつる。

この話を聞いた後深草院二条はうらやましく思い、一、二日ここに逗留したのち、遊女達に名残りを惜しまれながら、厳島へと向かったという。

これは遊女達が発心者として生活している現実の姿であり、彼女達が果して往生できたかいなかは知られないのであるが、説話の世界では彼女達が往生の素懐を遂げたと語ることも当然であろう。『撰集抄』巻第三の三「室遊女捨世」における、播磨国竹の岡に庵を結んで行っていた尼の話(5)はその例である。この尼の前身は室の遊女で、源顕基に愛され、都に住んだこともあったが、すすめられて室に帰った後は遊女の振舞いをすることなく、顕基の内の者が上京するために船で室を過ぎた際に、髪を切って、

つきもせずうきを見る目のかなしさにあまとなりてもそでぞかはかぬ

と書き付けた陸奥紙にこれを包んで船に投げ入れ、竹の岡に庵を構えて、「たゞわくかたなく明暮念仏し侍りけるが、ついに本意のごとく往生して、来ておがむ人多く侍りける」と語られている。

さらにまた、遊女が遊女の境涯のまま、往生したという話もある。『宝物集』『梁塵秘抄口伝集』『十訓抄』『拾遺古徳伝』などに語られる遊女とねぐろ(とねくろ)の話はその一つの例である。

神崎の遊女とねぐろは、年来色をこのみて、仏法の名字をしらず、舟のうち、波の上にて世をわたる。往還の客に身をまかせてすごす。おとこにぐして西国へ下るほどに、海賊にあひて、数多所きられて、ひきいらんとしける時、西方にかきむけられて、

我等はなにしに老にけん、おもへばいとこそあはれなれ
今は西方極楽の、弥陀の誓を念ずべし

といふ歌を、たび〳〵うたひて、たゞよはりによはくなりて、絶入にけり。西方よりほのかに楽の声きこえて、

海上に紫雲たなびくといへり。(『宝物集』巻七)

この話などは、今様に耽溺している後白河法皇にとっては、今様が法文に通ずるという信念を説くために恰好の話柄と考えられたに違いない。『梁塵秘抄口伝集』では、

遊女とねくろが、戦《いくさ》に遭ひて臨終の刻めに、「今は西方極楽の」と謡ひて往生し、高砂の四郎君、「聖徳太子」の歌を謡ひて素懐を遂げにき。

と述べている。

さらに、同じく『梁塵秘抄口伝集』でそれ以前に詳述されている、法皇の八十四歳になる今様の師乙前(五条)の病死も、法皇にとっては今様の功徳による往生と見なされていたのではないであろうか。病重くなった彼女を見舞った法皇は、

像法転じては、薬師の誓ひぞ頼もしき、一度御名を聞く人は、万づの病無しといふ

という今様を謡って聞かせたところ、彼女は「これを承り候て、命も生き候ぬらん」と喜んだが、まもなく死んだ。その一周忌に法皇は今様を謡ってなき彼女の霊に手向けたが、そのような事情を知らない女房の丹波(この女性も元は江口の遊女であるという)の夢に乙前は現れて、法皇が今様を謡っているのを讃めていると見えたというのである。この乙前は青墓の傀儡女である目井の養女だったから、彼女のこのような死も、遊女往生の類と見てよいであろう。

しかしながら、これらの説話の中で文学的に最も成功している遊女往生譚は、『古事談』『十訓抄』『撰集抄』などが語る、性空上人が生身の普賢菩薩として信仰恭敬した、神崎の遊女の長者の死であろう。夢告によって神崎に赴いた性空は、長者が京よりの客達との遊宴の席で横座に坐って鼓を執り、乱拍子を打って、

周防ムロヅミノ中ナルミタラヰニ風ハフカネドモサヽラナミタツ

と謡っている有様を見る。性空が奇異の思いをなして目を閉じて合掌すると、長者は普賢菩薩となって、六牙の白象に乗り、眉間から光を出して道俗を照らし、微妙の音声で、

実相無漏之大海ニ五塵六欲之風ハ不レ吹ドモ、随縁真如之波タヽヌトキナシ

と説いている。目を開けると元のごとく、遊女の長者で「周防ムロヅミノ」と謡い、目を閉じると菩薩の姿で法文を説いている。敬礼し、感涙にむせびながら、性空は帰途に就いた。すると長者は座を立って性空を追って来て、「このことを口外してはならない」と言い終るやいなや、頓死した。その時、異香が空に満ちたという。

『後拾遺和歌集』によれば、性空は遊女宮木の布施を受け取ろうとしなかったという。

書写の聖結縁経供養し侍けるに、人〳〵あまた布施送り侍りける中に、思ふ心やありけん、しばし取らざりければよめる　遊女宮木

津の国のなにはのことか法ならぬ遊び戯れまでとこそ聞け　（『後拾遺集』雑六・釈教）

そのように遊女を一旦は疎外しようとしたと伝えられる性空がこのような体験をしたというところに、この話の面白さがある。

西行は宮木のこの歌を心にとめていたと思われるから(6)、彼の裡にも性空の顰みに倣おうという気持は潜んでいたかもしれない。

天王寺にまうで侍けるに、俄に雨ふりければ、江

口にやどをかりけるに、かし侍らざりければよみ
侍ける　　　　　　　　　　　　　　　西行法師
世中をいとふまでこそかたからめかりのやどりをおしむ君かな
返し　　　　　　　　　　　　　　　遊女妙
よをいとふ人としきけばかりの宿に心とむなと思ふばかりぞ　（『新古今集』羇旅）

という歌の贈答は余りにも有名であるが、後世能の「江口」やさらに下って長唄「時雨西行」において、この遊女妙が生身の普賢菩薩となり、西行が性空の役割りを果すことになる要因は、じつは西行自身や妙の内にもあったかもしれないのである。

十一　残された問題の一、二

行基の詠と伝えられるものに、
百くさに八十くさ添へて賜ひてし乳房の報今日ぞ我がする　（『拾遺集』哀傷）
という歌がある。西行は「地獄ゑを見て」の連作の中で、
あはれみしちぶさのこともわすれけり我かなしみのくのみおぼえて　（『聞書集』）
と歌った。明恵は「仏眼仏母像」に、
モロトモニアハレトヲボセワ仏ヨキミヨリホカニシル人モナシ

无耳法師之母御前也、南無仏母哀㆓愍我㆒、生々世々不㆓暫離㆒、（下略）

と讃している。彼等に限らず、僧侶における母性への意識と女性への意識についても考えなければならないであろう(7)。

また、今まで述べて来た中にもしばしば見られたように、天王寺の周辺は、一般の遁世者にとってはもとより、女人遁世者にとっても、一種のアジールのごとき機能を有していたように思われる。藤原定家の姉後白河院京極も老後天王寺に籠って、

にしのうみいるひをしたふかどでしてきみのみやこにとをざかりぬる　（『新勅撰集』釈教）

と詠んでいる。女人遁世者にとっての天王寺や天野などの場所の意味(8)、それらが文学作品にどのような形で表現されているかなどの問題も探るに価するであろう。

それについては、他日を期したい。

注

(1) この問題を論じたものとして、田上太秀『仏教と性差別 インド原典が語る』（東京書籍、一九九二年）がある。

(2) 後朱雀天皇崩後の記事として、「女院の御前には、世中をおぼしめし歎きわびさせ給て、巌の中求めさせ給て、白河殿に渡らせ給ぬ」（『栄花物語』根あはせ）とある。

(3) 『源承和歌口伝』『嵯峨のかよひ』などによって知られる。

(4) 井上光貞・大曾根章介校注『往生伝　法華験記』日本思想大系、岩波書店、一九七四年。

(5) 類話として『閑居友』下の二「室の君顕基に忘られて道心発す事」がある。

(6) 『山家心中集』の跋文に、「宮木が歌かとよ、あそびたはぶれまでもと申たることのはべるは、いとかしこし」とある。

(7) 中野優子「女性と仏教——仏教の血穢観と母性観」（奥田暁子・岡野治子編『宗教のなかの女性史』青弓社、一九九三

年)でこの問題を論じている。

(8) 西口順子『女の力 古代の女性と仏教』(平凡社、一九八七年)は歴史学の立場からこれらの問題に迫り、文学研究の上にも極めて示唆的である。

怨み深き女生きながら鬼になる事

――『閑居友』試論

一

嫉妬に狂って鬼と化した女は、能では般若の面を掛け、緋の長袴をはいた「般若出立」で登場するのがきまりらしい。「葵上」や「道成寺」「鉄輪」などがその例である。鬼女がこのような姿をもったものとして考えられるようになったのは、いつ頃からであろうか。

ここに一つの話がある。

中頃のこと、それほど身分も卑しくない男が、事のついでに美濃国のある人の女の許へ通うようになった。が、遠距離のことでもあるので、心ならずも訪れはと絶えがちであった。女はうぶであったのか、男が薄情だと思い込んでしまった。時たま逢っても、このようなしこりが生ずるとしっくりしない。男は女を恐れるようになり、本当に遠ざかってしまった。女は物を食わなくなり、障子を立てきって着物をひっ被って籠っていたが、黒髪を五房に結い分け、近くにあった水飴の桶から飴を取って髪に塗り乾かし、紅の袴を着て、夜密かに出奔した。その後、男が死んだ。

「それを悲しんで淵川に身を投げたのか」と方々を捜したけれども、杳として女の行方は知れない。そのうち、女の両親も死んで三十年ほど経った。その頃、この国のとある野中の破れ堂に鬼が棲み、牛馬や幼児を取って食うという噂が広まった。そこで問題の堂を焼き払おうということになる。火が放たれた。すると、半ばほど焼けた堂の天井から、五本の角があり赤い裳を腰に巻きつけた、いいようもなく気味悪い者が走り下りてきた。囲んでいた里の者たちが弓で狙いをつけると、「ちょっとお話申し上げることがあります。即座に殺さないで下さい」という。「お前は何者だ」と問うと、鬼は自分の素性を語り始めた。出奔した女のなれの果てなのである。そして、

さて、その男はやがてとりころしてき。その後はいかにももとのすがたにはゑ（ママ）ならで侍しほどに、世中もつゝましく、ゐ所もなくて、このだうになんかくれて侍つる。さるほどに、いける身のつたなさは、ものゝほしさたへしのぶべくもなし。すべてからかりけるわざにて、身のくるしみいひのべがたし。夜ひるは身のうちのもゑ（ママ）こがるゝやうにおぼえて、くやしくよしなきことかぎりなし。ねがはくは、そこたちかならずあつまりて、心をいたして、一日のうちに法花経かきくやうしてとぶらひたまへ。また、このうちの人〳〵おの〳〵めこあらむ人は、かならずこの事いひゝろめて、「あなかしこ、さやうの心をおこすな」といましめたまへ。(1)

と、さめざめと泣きながら懺悔すると、自ら火中に飛び込んで焼け死んでしまった。

これは、鎌倉時代の初期に成った『閑居友』下巻に見出される、「うらみふかき女いきながら鬼になる事」という話である。鬼女が野中の古堂に籠っているところなどは、「黒塚」に一脈通うところもある。ともかく、こういった劇能などが直ちに連想されるような、それ自体劇的な内容を簡潔にまとめ上げたこの作者の筆の運び――特に、女が行方不明になった、とだけ書いて、「さてのみすぎゆくほどに、年月もつもりぬ」と話頭を転ずるあたり――は、凡

手ではない。けれども、私が注目したいのは、右にも引用した、鬼女の長い懺悔とその自ら選んだ死である。

中世小説の『磯崎』も、妬婦が鬼面をかぶって後妻を打ち殺し、そのために一度は生きながら鬼になって苦しむが、日光山の稚児学生となった我が子の説法によって元の人間に戻ったという話である。ここでの妬婦の苦しみは不釣合い極まる古歌を利用した一種の美文にもわざわいされて、上滑りしているし、懺悔によって救われるのは、御都合主義というべきである。それに対し、『閑居友』の話は妄執の孤独な苦しみを物語って、暗く悲しい。

嫉妬のあまり、他人を呪咀する話は、『発心集』巻八「四条宮《ノ》半者《ハシタモノ》呪咀《シテ》二人《ヲ》一為《ル》二乞食《ト》一事」にも見える。これは後妻打ちの逆を行く話である。名を「ミナソコ」という四条宮(寛子か)の端者は妻ある男に愛されていたが、その正妻に唆かされて、受領となった男が約束を反古にして、自分を置き去りにして任国へ下ってしまったと聞いて悪心を起し、貴舟明神へ百夜参りをして我が命にかけて呪う。その験あって、一月ほどして男の正妻は、「湯殿ニヲリタリケル時、湯ノケノ中へ、天井ノ中ヨリ、シタウヅハキタル足ノ一尺バカリナルヲサシヲロシタルガ見へ(2)」、それから病みついて間もなく死んだ。京でそれを聞きつけたミナソコはいいようもなく悦んだが、それから零落して、ついに乞食になってしまった。老が迫ってくるにつれて、悪念を起したことが後悔されるけれども、今さら甲斐ないことだ、と自ら語ったというのである。

北の方だけに見えて他人には見えないという、湯気の中の足の怪異はさすがに無気味であるが、端者への応報は乞食に落ちぶれたというだけであるのは、それだけ現実的であるともいえようが、応報譚としては迫力に乏しい。呪咀した側の良心の呵責が意外に弱いのも、この種の説話では珍しい。同じ『発心集』巻五の、母が娘を妬んだために、手の指が蛇と化した話の方が、人間の理性の底に潜む魔の深淵をのぞかせて、はるかに鬼気迫るものがある。

『閑居友』に立ち戻ると、不浄観をこらす話のついでに、「からはし《近カ》と河原」に捨てられた若い女の死骸を作者が目のあたりに見た体験談も、当時の世態の一面をリアルに写しているものとして、注目される。この女は、女主人の夫と密通したのが露顕して、男の他行中惨殺されて棄てられたというのである。『沙石集』や『高野物語』にも、やや似たケースの話があった。『沙石集』についていえば(巻七ノ六「嫉妬ノ人ノ霊ノ事」)、これは或る公卿の家庭に起った事件である。愛人の方は懐妊していたのだが、正室はたばかってこれを呼び寄せ、残虐な仕打ちで胎児もろとも愛人を死に到らしめた。妊婦の母親も、「モロ〳〵ノ社ニ詣テ、ウメキ叫ビ、タヽキヲドリテ、「我敵キタベ」トゾ云ケル。アマリノ思ニ臙而思ヒ死ニ」[3]死んでしまった。間もなく現報があって、正室はあつち死のような死に方をする、というのである。『高野物語』[4]では、第四話「さゝきのせいあみだぶ」(とよらの四郎)の発心譚として語られている。やはり男の留守中に、正室が側室と偽りの友誼を結び、気を許させておいて腹心の者に殺させ、地蔵堂のある墓原へ埋め、禅僧とともに出奔したように夫に告げ知らせる。以後、男は仏教の迫害者となったが、地蔵堂に泊った一僧侶の前に妾の亡霊が現われて真相を告げたので、男は悲しみのあまり女の遺骨を拾って、高野山に登ったという話である。ここでは正室への応報はなく、終りは地蔵堂にまつわる幽霊話となっている。ここでも側室は懐妊していたが、その幽霊の告げに従って、死骸の腹を切り裂いて見たら、[5]胎児は玉を延べたような男子であった、というあたりにも、かなり説話化が進んでいると思われる。

これらに対し、『閑居友』では、遺棄された女の死体の爛壊してゆく醜悪さが描写され、それに関する作者の感想が縷々と述べられるだけで、本妻への応報も語られなければ、妾の亡霊が出て来るわけでもない。これは巷間の出来事を見たままに記しただけで、後日譚をまったく欠いているのである。この種の説話でこれ以上リアルなものは少ないであろう。

二

説話者に共通する最も基本的な姿勢は、話そのもの、事件そのものに対する限りない興味であり、その話や事件の内に動く人間への旺盛な好奇心であろう。

仏ハ衆生ノ心ノサマ〳〵ナルヲ鑒《カヽミ》給ヒテ、因縁譬喩ヲ以テコシラヘ教《ヲシヘ》給フ。我等仏ニ値《アヒ》奉ラマシカバ、何《イカ》ナル法ニ付《ツイ》テカ勧《スヽメ》給ハマシ。……此ニヨリ、短《ミジカキ》心ヲ顧《カヘリミ》テ殊更ニ深法《フカキミノリ》ヲ求メス、ハカナク見《ミル》事聞《キク》事ヲ註《シルシ》アツメツヽ、シノビニ座ノ右ニヲケル事アリ。即賢キヲ見テハ及《ヲヨビ》難クトモコヒネカフ縁トシ、愚ナルヲ見テハ自ラ改ムル媒トセムトナリ。（『発心集』序）

といい、

夫道ニ入方便一ツニ非ズ。悟ヲ開ク因縁是レ多シ。其大キナル意ヲ知レバ、諸教義異ナラズ。修スレバ万行旨ミナ同キ者哉。此故ニ、雑談ノ次ニ教門ヲ引、戯論ノ中ニ解行ヲ示ス。是ヲ見ン人、拙キ語ヲ欺カズシテ、法義ヲ悟リ、ウカレタル事ヲタヾサズシテ因果ヲ弁ヘ、生死ノ郷ヲ出ル媒トシ、涅槃ノ都ニ至ルシルベトセヨトナリ。是則愚老ガ志ナリ。（『沙石集』序）

というような理由付けはあとからいくらでも可能であるが、渡辺綱也氏が指摘されるように(6)、生来無住は話好きなのであった。そうでなくては、「無二嫉妬ノ心一人ノ事」(巻七)で、かの有名な天文博士と朝日阿闍梨の話やそれに類する卑陋な話に興じたり、いくら和歌が陀羅尼であり真言であるからといって、あのように多くの和歌説話を録したりはしなかったであろう。長明も、『無名抄』で俊頼や琳賢を底意地の悪い人間に造型し、かれらがむしろ人の良い基俊をやっつけるところに興味を寄せているらしいことを思うと、けっして人間そのものへの興味を失っているとは思われない。

それに対して、初めに挙げたような話をああいう形でしか述べなかった『閑居友』の作者の場合はどうであろうか。かれもまた、異常な事件やその中にうごめく人間の姿に限りない興味をもちえたのであろうか。石母田正氏の言葉を借りれば、かれもまた「人間が面白くてたまらない」[7]人間の一人なのであろうか。

『宝物集』『発心集』『閑居友』『撰集抄』などは、中世初頭の仏教説話集として、一つの系列を作っている。『沙石集』『雑談集』も、一応この系列に連なるものと考えてよいのであろう。そして、『宝物集』から『撰集抄』までの各作品では、説話的発想法とは正に対極的な自照的発想法、随筆的な(乃至は説話評論的な)発想が次第に強まってゆく傾向があるということが、西尾光一氏によって夙に指摘されている。[8]そのような点では、『閑居友』は、その前後の作品とさしたる違いはないのである。けれども、そもそもこのような説話集を筆録した姿勢からして、他の作者たちと異なる何物かがあったのではないか。そのような漠然とした見通しの下に、まず『発心集』との対比において、『閑居友』を考えてみたい。

三

『閑居友』は、上巻二十一、下巻十一、計三十二の説話より成る二巻の説話集である。早く、尊経閣叢刊の解説[9]が指摘するように、上巻はすべて男の発心遁世談、下巻は女を主人公とする同様の話から成っている。跋文相当の部分（下巻「東山にて往生するめのわらはのこと」の後半）によれば、承久四年（貞応元年、一二二二）の三月の中頃、西山の草庵で記された。「ことばつたなく心みじかきものゆへ」恥じて中止しようとしたけれども、「もしほ草かきあぐべきよしかねてきこゑ《ママ》させければ」、思い返して執筆を続けたという。永井義憲氏は、その著者は松尾上人慶政で、本書の編述を要請した人は後高倉院の皇女利子内親王（式乾門院）ではなかったかと推定された[10]。

その後、慶政については、先年宮内庁書陵部における九条家文書展観の際、太田晶二郎氏や平林盛得氏の御研究によって、後京極良経の息であるらしいことが判明した[11]。このような出自であれば、かれが権門勢家に近かったのは当然すぎるほど当然なことである。

ところで、跋文相当の部分で、

この世をいみじとしもはおもはねど、きのふもいたづらにすぎ、けふもむなしくゝれぬぞかし。たそかれになり行時にこそ、いかに侍や覧、おなじのでらのかねなれど、ゆふべはこゑのかなしくて、なみだもとゞまらずおどろかれ侍。

と述べられているが、これは発想において、

不覚不知不驚不怖の心を　　慶政上人
驚かでけふも空しく暮れぬなりあはれうきみのいりあひの空　（『風雅集』釈教）

と酷似するし、そもそも徹頭徹尾釈教歌人である慶政[12]は、たしかに本書の著者にふさわしい。また、「かう野のひじ

りの山がらによりて心おゝ《（ママ）》こすこと」の後半、感想の部分は、引歌を豊富に駆使して、やや上ずった響きすら与えかねない美文的な箇所であるが、そのうち、

　山田を返すしづのおの、ひくしめなはのうちはへて、

という句は、どうやら良経の、

　小山田にひくしめなはのうちはへてくちやしぬらん五月雨のころ　（『新古今集』夏）

を引いたものらしい。これらのことも、慶政著者説に若干の支点を与えるかもしれないが、後述するような神明に対する無関心さは、むしろ浄土門の人々に近いとも見られ、かれが神に対してどのような考えを抱いていたかを、なお探る必要がある。

　著者の問題はなお今後検討の余地があるにせよ、作者が女性の読者を念頭に置いて執筆したであろうことは、上巻でも、今も述べた「かう野のひじりの山がらによりて心おゝこすこと」で、女性の食事に際しての作法を説き、下巻が先述のごとく、すべて女を主人公とする説話であることからも、十分想像されるのである。

　執筆に当って作者が意識したのは、少し前に成立した『発心集』である。

　さても、発心集には伝説の中にある人〱あまたみゑ《（ママ）》侍めれど、このふみには伝にのれる人お《（ママ）》ばいるゝことなし。

それはどうしてかというと、世間の人の常として、僅かに自分が見聞した狭い知識に基づいて、これは何某の記した物の中にあった話であるなどと、いとも簡単にいう者もあるであろう。「長明は人の耳お《（ママ）》もよろこばしめ、またけちえんにもせむとてこそ伝のうちの人お《（ママ）》ものせけんお《（ママ）》、よの人のさやうにはおもはで」、そのようにいう現実を考えたのである、という意味のことを述べ、「ゆめ〱くさがくれなきかげにも、我をそばむる詞かなとはおもふまじき

なり」といっている。これは長明の霊に対する慰藉の言葉であろう。

また、すでに「伝」(高僧伝・往生伝の類)に記されたことを書くのは一方では憚りもある、とも作者はいう。もともと筆を執って物を書く者の動機は、自分がこの事を書き留めなければ、後世の人はどうしてこれを知ることができようかという使命感から出発するのであろう。そうやって、古人が心も巧みに、表現も整って記したものを、今みっともなく歪めて引き写すのもどうかと思われる。それやこれやで、往生伝に記された話は省いた、というのである。これが『発心集』との内容的な相違の第一である。

次に、

また、このかきしるせるおくどもに、いさゝか天竺晨旦日域のむかしのあとを、ひとふでなどひきあはせたる事の侍は、これ(ママ)おはしにてしりそむるえともやなり侍らんなどおもひたまひ(ママ)てつかうまつれる也。

という。一方、『発心集』の序では、

天竺震旦ノ伝聞《ツタヘキク》ハ遠ケレバカヽズ。仏菩薩ノ因縁ハ分ニタヘサレバ是ヲ残セリ。唯我国ノ人ノ耳近《チカキ》ヲ先トシテ、承ハル言ノ葉ヲノミ注《シル》ス。

と宣言していた。慶安四年板本や、それを底本とする『校註鴨長明全集』本によると、巻二に「舎衛国老翁不《ル》レ顕《サ》二宿善《ヲ》一事」と「善導和尚見《ル》レ仏《ケヲ》事」との二条が、外国種の話としてあるけれども、おそらくこれは、全集本の脚注で「イ本にはこの項を立てず、前項につゞけてある」と説明された異本のような形が原形ではなかったろうか。すなわち、これらはともにその前の「或上人不《ル》レ値《ハ》二客人《ニ》一事」に続けて書かれていて、作者としては一つの引例にすぎなかったのであろうと考える。または、永積安明氏がすでに考察されたように[13]、後人によって増補された部分かという想像もともより可能であるが、いずれにせよ、序で打ち出した方針は崩されてはいないと思われる。それに対して、『閑居友』では話が異朝に及ぶことをも避けない、と明言するのである。といっても、事実は三十二話のうち、中国種の話は、「もろこしの后のあにわび人になりてかたへをはぐくむ事」と「もろこしの人馬牛の物うれうる聞て発心する事」の二条であり、その他異域を舞台とする話として、「真如親王天竺にわたりたまふ事」があるにすぎない。ただ、本朝の話の中にも、天竺・唐土の高僧の伝はしばしば引かれ、その割合は『発心集』よりも多いようである。この視野の広狭の差が、両説話集の内容的な違いの第二である。

さらに、思想内容の面では、両書における神仏習合的な思考の有無が注目される。『発心集』についてみると、全集本で補遺としている四条にはすべて神明の奇瑞や託宣が語られているが、全八巻の中にも、「詣《ル》二日吉社《ニ》一僧取《トリアヤシム》二奇(「棄」トアルベキカ)死人《ヲ》一事」(巻四)、「花園左府詣《テ》二八幡《ニ》一祈《ル》二往生《ヲ》一事」(巻五)、「同(空也)上人脱《キ》レ衣奉《ル》二松尾大明神《ニ》一事」(巻七)、「四条ノ宮半者呪二咀《シテ》人人《ヲ》一為《ル》二乞食《ト》一事」「或上人放《ハナチイケル》二生 神供鯉《ヲ》一夢中被《ニウラミラル、》レ怨事」「下山僧於《テ》二川合社前《ニ》一絶入《ル》事」(以上いずれも巻八)など、神に対する信仰が語られている箇所は少なくない。

このことは長明自身気づいていた。それゆえに、かれは跋文相当の部分(巻八「下山僧於《テ》二川合社前《ニ》一絶入《ル》事」の後半)でいう。

抑《ソモく》コトノ次ゴトニ書ツヽケ侍ルホドニ、ヲノヅカラ神明ノ御事多クナリニケリ。昔余執カナトアザケリモ侍ベケレド、強《アナカチ》ニモテ離《ハナレ》ント思フベキニモアラズ。其ノ故ハ、大底スヱノ世ノ我等カ為ニハ、タトヒ後世ヲ思ハムニ付テモ、必ス神ニ祈リ申ベキト覚ヘ侍ナリ。

そして、さらに語を継いでいう。釈尊入滅後二千余年、天竺より数万里離れているわが国に、仏教は辛うじて伝わったけれども、正法時・像法時ともに過ぎて、今は末法の世である。このとき、諸仏菩薩が、無仏の悪世に惑い、浮ぶ瀬のない「辺卑ノサカヒニ生レ」た衆生を救うために、「イヤシキ鬼神ノツラトナ」ったのである。だから、悪魔を従え、仏法を守り、賞罰を表わし、信心を起させるなど、すべて利生方便より起ることである。

中ニモ我国ノアリサマ、神明ノタスケナラズハ、イカニカ人民モヤスク、国土モオダヤカナラム。小国辺卑ノサカヒナレバ、国ノ力ヨハク人ノ心モ愚ナルベシ。カクシテハ天魔ノ為ニナヤマサレ、アラハレテハ大国ノ王ニ領セラレツヽ、安《ヤスキ》ソラモナクテコソハ侍ラマシカ。

このままでは、たとえ仏法が渡来しても、悪魔の妨害が強くて弘通は困難であろう。仏の出現した天竺でさえ、諸天の擁護が衰えた後、仏法は滅んだ。

然ルヲ吾国ハ、昔イザナミイザナギノ尊ヨリ百王ノ今ニイタルマデ、久ク神ノ御国トシテ、其加護ナヲアラタナリ。剰ヘ新羅高麗支那百済ナドイヒテ、イキホヒ事ノ外ナル国々サヘ随《シタカヘ》ツヽ、五濁乱慢ノイヤシキモ、猶大乗サカリニヒロマリ給ヘリ。若国ニ逆臣アレバ、月日ヲメグラサス是ヲホロボシ、天魔仏法ヲ傾ケントスレバ、鬼王トシテ対治シ給フ。是ヨリ仏法王法衰《ヲトロフ》ル事ナク、民ヤスク国穏カ也。

これらすべては、神の利生方便によるものであるとして、かれは神明に関する話を敢えて録したのであった。

このような考え方は、『愚管抄』で、

タヾセンハ仏法ニテ王法ヲバマモランズルゾ。……コレヲバタレガアラハスベキゾトイフニ、観音ノ化身聖徳太子ノアラハサセ給ベケレバ、カクアリケルコトサダカニ心得ラルヽナリ。[14]

という慈円にも認められたし、もちろん「伊勢神道の正統を受ける無住[15]」の手に成る『沙石集』には顕著である。

ところが、『閑居友』には、これに類する思考形式がまったく見出されない。これが両書の違いの第三である。

ここで第一の違いと呼んだものに注目して、小林保治氏は、『閑居友』が「既に書物にかきとどめられて継承性を獲得している「事実」を再録しようとするのではなく、「隠れた新しい事実」を記述するという方針に則した編述」であることを指摘し、その事実とは「出離の道に入るべきことの願わしさを説きすすめるのに便ある事実であったように思われる」と論じられた(16)。私もその論に賛意を表するものであるが、ここでは今第二、第三の相違点と名付けたものについて少々考えてみたい。そして、この二つは相互にからみ合うもののように思われる。

四

おそらく、一生をわが心との対決に終始したであろう長明は、『発心集』の編述に当っても、まず第一に自分の心の要求に忠実であろうと努めたのではないであろうか。長明にとっては、天竺震旦の話はあまりにも現実離れしていた。かれの関心は、現に生を享けた日本国を出ることがなかった。日本国に生まれ、育った以上、日本の神々に対する信仰を無視するわけにはいかない。あまつさえかれの生家は賀茂の禰宜の家であった。「昔余執カナトアザケリモ侍ベケレド」と弁疏する所以である。

日本人であるという意識は、「久ク神ノ御国トシテ、其加護ナヲアラタナリ。剰ヘ新羅高麗支那百済ナドイヒテ、イキホヒ事ノ外ナル国々サヘ随《シタカヘ》ツヽ」とまでいわせた。これは『発心集攷』で岡本保孝が指摘するように(17)、「小国辺卑ノサカヒナレバ、国ノ力ヨハク人ノ心モ愚ナルベシ」という前文と必ずしもしっくりしないのである。やはり保孝が触れているように、長明のいいたいのは、本来は小国辺卑の境だが、それが神の加護によって強力になったということであろうから、かれ自身はいささかも自家撞着を感じていないのであるが、そこにはやはり劣等感と強がりの優越感とがせめぎ合っているのである。

『閑居友』の作者には、この点での矛盾はない。かれには渡宋の経験がある。大国をまのあたりに見てきた眼には、日本はそれこそ長明のいうように、「小国辺卑ノサカヒ」としか映らなかったであろう。最初に、真如親王の渡天の事を述べる件りでも、

昔のかしこき人〴〵の天竺にわたり給へる事をしるせるふみにも、大唐新羅の人〴〵はかずあまたみえ侍れど、この国の人はひとりもみゑ（ママ）ざんめるに、この親王のおもひたち給けん心のほど、いと〴〵あはれにかしこく侍り。

という。親王の称揚は、「この国の人」は概して不信であるという認識の上に立ってなされているのである。もと興福寺の僧であった清海上人の発心を語る条では、

この国のならひ、いまもむかしもうたてさは、東大寺興福寺ふたでらの僧ども中あしき事ありて、東大寺へいくさをとゝのへてよせけり。

という。澆季末世に及んでというのではなく、「いまもむかしも」といっているのは注目される。無一物の聖の、自らの手による葬式を語った後には、

もろこしにまかりて侍しにも、さらになにもなくてけさとはちとばかりもちたる人せう〳〵みへ侍き。「猶ほとけの御国にさかひちかき国なれば、あはれにもかゝるよ」と思ひあはせられ侍き。

との唐土礼讃の語が見える。食物を大切にすべきことを説き、「もろこし」と「この国」との食事の際の作法を対比

させて、

されば、もろこしには、いかなるもの〻ひめ君も、くひものなどしどけなげにくひちらしなどはゆめ〳〵せず、よにうたてき事になん申侍し也。この国はいかにならはしたりける事や覧、はやくせになりにたれば、あらためがたかるべし。

とまで慨歎している。「もろこしの人馬牛の物うれうる聞て発心する事」では、廉直の裡に死んだ親子三人の話を述べ、その絵姿を画に描いて売るそうだと語った後には、

すべてもろこしは、かやうの事はいみじくなさけありて、なきあとまでも侍にや。このやまとの国には、さやうの人のすがたかうものもよにあらじ。かきてうらんとする人もまたまれなるべきにや。

という感想が加わっている。これらを見ると、この作者にとって「このやまとの国」は、「もろこし」とは雲泥万里の信仰薄き国としか認識されなかったであろうことが、ほぼわかるであろう。

このような認識に到達していた著者が、この国の神々を信仰の擁護者として考えることを潔しとしなかったのは、むしろ自然である。「清海上人の発心の事」の四種三昧を説明した箇所で、

二には常行三昧。いはく、九十日おかぎり《(ママ)》て身につねに行道し、くちにつねにあみだ仏の名をとなへ、心につねにあみだ仏を念じて、やすみやむことなし。神をばこはずして諸仏をみたてまつり、仏の説法をきく也。

と解説するが、あたかもこの行のように、かれは神明の力を借りることなく、直接諸仏の加護を請うのである。

あはれほとけのたすけにて、つねにかやうに(引用者注、無常を自覚して)のみはべれかしとなげ〻ども、よ〻をへておもひなれにける心なりければ、ひきつゞくこともかたくてのみあかしくらすこそ、かなしともおろかに侍れ。

ねがはくは、尺迦如来・阿弥陀仏、すべてはよものほとけたち、むかしのちかひおか《(ママ)》へりみて、あはれみをくだしたまへと也。

そこには、昔、目連尊者が遠くの国で道に迷って釈迦の名号を唱えたところ、それをはるか距った釈迦は聞きつけてくれた、という話を録した後に、

常在霊山のそらにはいまのこゑもきこしめしすぐさじや。阿難の詞も仏のみことばも、むかしにたがはじとまで心をやりてたのもしくおぼえぬ。

といっていることに看取されるような、一種の楽観的な物の考え方があるのであろう。

我等がやうなるまどひの凡夫こそ、この事はりをしらねども、さとりのまへにはいかなるありけらまでも、思ひくたすべきものなく、仏性をそなゑ《(ママ)》て侍也。地獄餓鬼までもみな仏性なきものはひとりもなければ、このことはりをしりぬれば、あやしのとりけだ物までも、たうとからぬ事なし。

といい切り、

「よな〳〵は仏をいだきてねぶり、あさな〳〵は仏とゝもにおく」と傅大土《(士カ)》のときたまへるは、たのもしくぞきこゆる。……この事をつねに心にすてざらむ人は、女人なりとも男子となづく、悪人なりとも善人といふべしなど経には侍めるは、正法のいのちすでにのどにいたれり。いかでかおこたりていたづらにかげをすぐさむや。

と説きかける作者は、末法思想に毒されてはいないようである。かれは人間の仏性を信じきっているのである。このような信仰の持主に対して、「無悪不造ノトモガラ」に結縁させる媒介者としての神は、無用の存在である。

五

神を殊更取り上げようとしない『閑居友』の作者は、俗界の最高権威である国王に対しても、特に敬意を払っているとは思われない。玄賓僧都は、作者が「すべてこの国によをのがるゝ人の中に、この人はことにうらやましくぞ侍」と傾倒している人であるが、(18)その玄賓が僧都の位を授けられたとき、

とつくにはやまみづきよしことしげき君が御代にはすまぬまされり

と詠んで逐電したという話(『江談抄』第一「同(玄賓)大僧都辞退事」にも見える)、および同じ玄賓が、僧正になされた悦び申しもすんで雨の夜房に帰ってきた善珠を閉め出して思い知らせたという話などに深い共感を示し、さらに、その善珠は『霊異記』では死後国王となったと伝えられているけれども、実は都率天の内院に生まれ変わったのだなどと述べていることなどを総合すると、作者が国王の権威を重んずる考えの人であったとは思われない。渡天の途半ばにして虎害に遭って命を落した真如親王のことを称讃する場合にも、渡天を思い立ったことの賢明さと、昔は百官に仰がれた皇子の身でありながら非命に失せたことのあわれさは述べられているけれども、それは勿体ない、恐れ多いというふうな皇室崇敬には発展しそうもない。

また、『平家物語』灌頂巻に影響を及ぼしていることで以前から注目されてきた、「建礼門女院御いほりにしのびの御幸の事」では、女院は上の山へ花摘みにいかれたとの答えに接した法皇が、「いかでか世をすつといひながら、みづからは」というと、年老いた尼はつぎのように説く。

家をいでさせ給ばかりにては、いかでかさる御をこなひも侍らざらむ。忉利天ノ億千歳のたのしみ、大梵天ノ深禅定ノ楽にも、かやうの御をこなひのちからにてあはせたまはんずるには侍らずや。うき世をいでゝ仏のみくにゝむまれんとねがはん人、いかでかすつとならば、なをざりの事侍べき。さきのよにかゝる御おこなひのなかりけるゆへにこそ、かゝるうきめを御覧ずる事にて侍らめ。

すなわち、女院の前生における修行、そしてまた現在の勤めの不足をあからさまに指摘し、来世の楽しみのためには苦行せねばならないのだという。同じ場面で、『源平盛衰記』は、老尼をして、

家《イヘ》ヲ出《イデ》、御飾《カザリ》ヲオロサセ給フ程ニテハ、ナドカサル御行《ヲコナヒ》モナクテ候ベキ。過去ノ戒《カイ》善修福《シュフク》ノ功《コウ》ニヨッテ、忝《カタジケナクモ》　天下ノ国母《コクモ》ト成《ラ》セ給ヒタレ共、先キノ世ニ加様《カヤウ》ノ懇《ネンゴロ》ノ御勤《ツトメ》ノ候ハザリケレバコソ、今斯《マカヽル》憂目《ウキメ》ヲモ御覧《ラン》ゼラレ候へ。(19)……

といわせ、覚一本系の『平家物語』では、

五戒十善の御果報つきさせ給ふによって、今かゝる御目を御覧ずるにこそさぶらへ。捨身の行になじかは御身ををしませ給ふべき。(20)……

といわせている。『盛衰記』のいい方はかなり『閑居友』と重なるところもあるが、「過去ノ戒善修福ノ功ニヨッテ、忝天下ノ国母ト成《ラ》セ給ヒタレ共」という句の存在は、『平家』での「五戒十善の御果報」とともに注目されるのである。

このように、すでに尽きてしまったとはいえ、一旦は過去における国母としての栄華を顧みずにはいられないのは、いうまでもなく国王の権威に対する畏怖と鑽仰とがあるからであろう。『閑居友』にはそれがない。ここでは俗界の

権威は無視され、眼はひたすら来世にのみ向けられている。

国王の権威が時代とともに低下しつつあったのは歴史的現実である。それに伴って、帝に対する神話的畏敬の念も次第に薄れていったであろうことは十分想像される。『宝物集』『十訓抄』や『古今著聞集』では、道真を左遷した咎によって醍醐天皇が地獄に堕ちた話や、白河法皇が生前作った「善と御罪とひとしくをはします」ため、後世の生所が定まらないという話が語られ、『発心集』や長門本『平家物語』では、数寄に生きた名人たちにとっては宣旨も如何ともし難かった話を録して、御門をして「王位ハロ惜キモノナリケリ」といわしめている。また、『発心集』には、関白は国王に如かず、国王も仏には如かぬことをまのあたりに確認して道心を固めたという、『大鏡』にも見える話も採られてはいる。(21)

けれども、帝王に対する畏怖の念はやはり中世人から容易に消え去ることはなかった。『愚管抄』でも、

ソレニ国王ニハ国王フルマイヨクセン人ノヨカルベキニ、日本国ノナラヒハ、国王種姓ノ人ナラヌスヂヲ国王ニハスマジト、神ノ代ヨリサダメタル国ナリ。(巻七)

といって、そのこと自体に何ら疑問をさし挿んでいない。『徒然草』では、

竹の園生の末葉まで、人間の種ならぬぞやんごとなき。(一段)

という。そのような中で、

命のかずみちはてゝ、ひとり中有のたびにおもむかんとき、たれかしたがひとぶらふものあらん。……身はにしきの帳の中にありとも、心には市のなかにまじはるおもひをなすべきなめり。

と言い切るのには、承久四年(一二二二)、すなわち国王の権威が一挙に地に堕ちた承久の乱の直後の執筆であるとい

うこともかなり作用しているのかもしれないが、やはり根本的には、作者の意識が仏者として徹底していたからと見なければばならない。

六

このように考えて来て、再び最初に述べた生きながら鬼になった妬婦の懺悔と死を振り返ってみる。彼女が薄情な男を取り殺すときに神の助けを借りた形跡のないこと、そしてまたついには自ら死を選ぶほどの良心の呵責を感ぜざるをえなかったのは頷けないでもない。神の名をかけて呪う者には、同じ神からの罰が下る。しかし、神を持ち出さない作者は、彼女自身が自身を罰するという形でしか考えられなかったのではないか。「からはしちかき川原に」捨てられた女の話でも、当然あってよい後日譚にまったく関心を示さないのも、俗受けのする応報的な物の考え方に同調しないことによるのではあるまいか。この作者にいわせれば、夫の愛人を殺した正妻には、生きながら鬼になった女が味わったと同じような苦しみが当然待っているはずで、それ以外にいうことはないのではないか。「ミナソコ」を罰した「貴布禰」や公卿の本妻をあつち死させた「モロ〳〵ノ社」に類する、あらたかな霊験を語ることも、結局は怪力乱神を語ることになると、この作者には考えられたのではなかったであろうか。

しかし、このような態度は、説話者としてはきわめて不徹底であり、不適格ですらある。怪力乱神を語らねば面白くないのが説話なのである。応報譚にかぎらず、これといっておどろおどろしい往生譚も無いといってよい本書は、『発心集』『沙石集』はもとより、『撰集抄』とも異なった、仏教説話集としてはかなり特異な存在と見なしてよいであろう。説話としての面白さには乏しいといわねばならない。小論の表題とした話や「はつせの観音に月まいりする女の事」(これは霊験譚であるが、それもひどく荒唐無稽なものではない)などは、むしろ例外である。

けれども、

たれもみなさやうの事はみるぞかし。さすがいはきならねば、みるときはかきくらさるゝ事もあり。いかにいはむや、まのあたりみし人のふかきなさけ、むつましきすがた、さもとおぼゆるふるまひなどの、たゞうたゝねの夢にてやみぬるは、ことに心もをこりぬべきぞかし。しかはあれど、うかりける心のならひにて、時うつり時《事歟》さりぬれば、こゑたつるまでこそなれども、ゐわらひなども侍べきにこそ。……むかしいかなりけるかばねの、せめてもこの人を道びかんとて、あだしの丶つゆきゑ《ママ》もはてなでのこりけるや覧とおぼつかなくあはれ也《なり》。(「あやしのおとこ野はらにてかばねをみて心をゝこす事」)

などという叙述を見ると、『徒然草』の「あだし野の露きゆる時なく」(七段)という表現や、「年月経ても、露忘るゝにはあらねど、去る者は日々に疎しといへることなれば、さはいへど、そのきはばかりは覚えぬにや、よしなしごと言ひてうちも笑ひぬ」(三十段)などが想起される。中国崇拝思想は、『徒然草』でも、「唐土の人は、これをいみじと思へばこそ、記しとゞめて世にも伝へけめ、これらの人は、語りも伝ふべからず」(十八段)などで見出された。直接的影響関係を想定するのはなお保留したいが、『徒然草』の内に『閑居友』に一脈通ずる物の見方や考え方が認められることは確かである。

そのようなことからも、西尾光一氏の説かれる、説話的発想から随筆的発想へという過程を考える際に、『閑居友』の示唆するところは少なくないと思われる。

注

(1) 以下、『閑居友』の引用は尊経閣叢刊の複製本による。但し、清濁・句読等は私意。
(2) 以下、『発心集』の引用は、「慶安四辛卯歳仲春　中野小左衛門刊行」の刊記ある版本による。但し振仮名は少数を除き省略し、句読も私意による。
(3) 以下、『沙石集』の引用は日本古典文学大系本による。
(4) 『桂宮本叢書』第十七巻所収。
(5) 懐妊したまま死亡した産婦は、胎児を取り出して身二つにしないと成仏しないという考えは、時代が下るが、『本朝二十不孝』巻三「娘盛の散桜」にも見える。
(6) 日本古典文学大系『沙石集』解説。
(7) 石母田正『平家物語』(岩波新書、一九五七年)四七頁。
(8) 西尾光一『中世説話文学論』(塙書房、一九六三年)第四篇第五章・第五篇第四章。
(9) 池田亀鑑氏の執筆。
(10) 永井義憲「閑居友の作者成立及び素材について」『日本仏教文学研究』(古典文庫、一九五七年)所収。
(11) 「釈慶政略伝」『書陵部紀要』第十号、一九五八年十月。
(12) 勅撰入集歌計二十二首中釈教歌は十三首、その他、四季歌にも深山の奥の閑居を歌ったものが目立ち、哀傷歌・離別歌・雑歌などを通じて、釈教的で悲哀への傾斜が著しい。そこには「つねにうちしめりてたかきゐわらひもせず」(「かう野のひじりの山がらによりて心おゝこすこと」)という生き方に通ずるものが感じられる。
(13) 永積安明「長明発心集考」『中世文学論』(日本評論社、一九四四年)所収。
(14) 日本古典文学大系本による。
(15) 日本古典文学大系『沙石集』解説。なお、以上のような問題を論じた研究に、田村円澄「神国思想の系譜」(『日本仏教思想史研究――浄土教篇』〔平楽寺書店、一九五九年〕所収)がある。また、長明の神国思想に対するいわば日本小国思想については、日本古典文学大系『歌論集能楽論集』所収『無名抄』(同書八四・二五一頁)を参照されたい。
(16) 小林保治「女性のための著述と文体――「閑居友」論ノート(上)――」『古典遺産』第十三号、一九六四年五月。
(17) 「国ニサヘ随ツ、本邦ニ随ト云コトカ。支那ノ本邦ニ従フト云モイカヾ也。上文ノ小国辺卑ナドノ詞ト相違スルナリ。但長明ノ意ニハ、神ノ加護アレバト云ナリ」(『鴨長明全集』による。ただし、濁点私意)。
(18) 玄賓が遁世者の理想として崇敬されたことについては、田村円澄「遁世者考――『撰集抄』を中心として――」(前掲書所収)がある。
(19) 内閣文庫蔵古活字本の写真版による。ただし清濁は私意。
(20) 日本古典文学大系本による。
(21) 『宝物集』巻二、『発心集』巻五・六、『十訓抄』第五、『古今著聞集』巻十三、『沙石集』巻八、『長門本平家物語』巻十三等参照。

付記

本稿執筆後、土屋尚「鬼女懺悔譚の要因」(『国学院雑誌』第五十八巻第五号、一九五七年九月)が、本稿の表題とした説話から説き起されていることを知った。直接本稿の論旨とかかわることは少ないが、筆者としては教示にあずかる点が多かった。なお、慶政の『比良山古人霊託』など、なお併せ考えるべき点があるが、別の機会に譲りたい。終りに、種々御示教頂いた菊地勇次郎氏・平林盛得氏にお礼申しあげる。

魔界に堕ちた人々
——『比良山古人霊託』とその周辺

一

御室戸僧正隆明・一乗寺僧正増誉の二人は、白河院の代に「明誉一双」と讃えられ、生仏と崇められた験者であった。『宇治拾遺物語』でも、この二人は同じ段章において語られている。それは第七十八話「御室戸僧正事・一乗寺僧正の事」である。

隆明は「居行ひの人」で、草の生い茂った寺の、すすけた明障子の中に籠って、鈴を振っては夜昼勤行した。祈禱を依頼に来た人と対座しても、物をいうこともなかった。

増誉は二度も大峯修行をした人である。その坊には田楽・猿楽の徒がひしめき、物売りがさまざまの物を売りつけに来る。さながら市のような賑わいを呈した。呪師の小院という童を寵愛し、己の余りの愛執を持て余して、ついにしぶるこの童を無理やり出家させてしまった。

さてすぐる程に、春雨打そゝきて、つれ〴〵なりけるに、僧正、人をよびて、「あの僧の装束はあるか」と問はれければ、此僧「納殿にいまだ候」と申ければ、「取て来《こ》」といはれけり。もてきたりけるを、「是を着よ」といはれければ、呪師小院、「みぐるしう候なん」と、いなみけるを、「唯着よ」と、せめのたまひければ、かた方へ行て、さうぞきて、かぶとして出できたりけり。露むかしにかはらず。僧正、うちみて、かひをつくられけり。[1]

増誉は僧形の小院に、走りの手は覚えているか、と尋ねる。小院が、それは忘れましたが、「かたさらはのてう」は少し覚えておりますといって、ひとくさりその所作をして見せると、増誉は声を放って泣いた。

さて、「こち来よ」と、呼びよせて打なでつゝ、「なにしに出家をさせけん」とて、泣かれければ、小院も、「さればこそ、いましばしと申候ひし物を」といひて、装束ぬがせて、障子の内へ具して入られにけり。其後はいかなる事かありけん、しらず。

増誉の話の、本文を引用したあたりはすぐれていると思う。同じように稚児との愛欲を取り上げた話の一つとして、『古今著聞集』に紫金台寺御室(覚性法親王)と千手・参川の二人の稚児の話がある。清盛と祇王・仏にも似たタイプの話なのだが、ここでは祇王に相当する千手の今様によって、法親王の千手への愛情が蘇り、仏に相当する参川の方が失踪して出家してしまうということになっている。この話で、今様を聞いた時、「御室はたへかねさせ給て、千手をいだかせ給て御寝所に入御ありけり」と記されている。同じように、読者と語られている人物たちとの間を遮蔽物で遮断して、しかもそれと想像させる省筆方法を取っているのだが(演劇でしばしば同様の手段が取られるのは周知のことであろう)、しかし両者の味わいはかなり異なる。「入道自ラ横懐《ヨコダキ》ニ抱テ、帳台ノ内へ入給フ」(『源平盛衰記』巻十七)というほどではないにしても、『著聞集』の叙述は節度に乏しく、かなり露骨である。それに対して、「いかなる事かありけん、しらず」という朧化表現は、そらとぼけているといえばいえるけれども、稚児への愛欲という、なまなましいものを和らげるのに役立っているようだ。一つには、春雨の灑ぐ人少なの僧坊という設定も効果的なのかもしれない。読者が少し想像を働かせて、たとえば、やがて春雨が上って、立てきった障子に薄日がさし、その面のみが白々と見える、というような場面を思い描くと、ここに描かれているのは、もはや有徳の僧の稚児への愛執といったどぎついものではなく、愚かで弱い人間の断ち切れない愛執のかなしさであり、それはまさしく西尾光一氏のいわれるように(2)、作者の「寛容な人間理解の上にたった容認の態度」によって描き出すことが可能であったと知られる。

二

増誉には、他にも人間的な話が『発心集』や『私聚百因縁集』に残されている。増誉が入滅してその葬儀が行われた日の朝から、壺装束した若く清げな女が、葬儀の場の向う側に佇んでいて、仏事の間終始さめざめと泣いていた。化粧が涙に洗われて剝げ落ちるほどであった。亡き僧正に好ましくない評判でも立っては、と案ずる人もあった。ついに、ある人がそのわけを尋ねると、女は、「私は河原に捨てられていたのを、故僧正に見つけられ、僧正が何某という大童子にお命じになって、養われて人となったものでございます。その後、思いがけない由縁で后の宮のはしたものとなりましたが、片時も僧正のお哀れみの忝なさを忘れたことはございません。甲斐ない女の身でお傍にお仕えして御恩を報ずることができないのを口惜しく存じておりましたが、今まではよそながら拝して慰めておりました。お亡くなりになったと伺っては、生き永らえていられそうもありません」といって、よよと泣いたというのである。

長明は、「カ様ニヲホゾラナル事」を鴻恩として、これをいつまでも忘れない女の心根を称揚しようとしてこの話を語っているのであるが、それは増誉の慈悲に富んだ側面をも物語るものとなっている。

もとより、隆明とともに増誉が喧伝されたのは、『富家語』[3]に「仰云、世間ヲ御覧ジタルニイミジト思食事ハ、……験者ニハ増誉・隆明」というように、その法験によってであった。郁芳門院媞子に憑いた頼豪の霊にはこの二人とも手を焼いて、遂に叡山の良真に名をなさしめたというが(『愚管抄』巻四)、相撲遠方が相手方に式神を伏せられて生じた腫物を見物桟敷で祈ってたちどころに癒したなどという話(『古事談』第三)は、その験力を物語るものである。

けれども、慶政によれば、この増誉も、かれと一対にされる隆明も、ともに魔界に堕ちねばならなかった。

三

『比良山古人霊託』[4]において、慶政は藤原家盛妻(伊与法眼泰胤女)に憑いた比良山の天狗に、「一乗寺与二御室戸一威勢如何」と問うている。こういう質問が出されるところを見ると、二人の高僧が天狗となっていることは、慶政にとっては明瞭だったのである。それに対する天狗の答は、

御室戸僧正ハ御脱シテヤラン不レ被レ見也。一乗寺僧正ハ当時第二ノ威徳人也。


というのであった。この天狗のいうところによれば、「憍慢ノ心、執着ノ心深ノ者」が天狗道に来るというのであるが、稚児小院への愛執を断ち切れなかった増誉は、確かに天狗道に赴く資格を十分に備えているのであろう。

慶政の問に対する比良山の古人の答によって、延応元年(一二三九)当時の天狗の世界を概観すると、後白河院・崇徳院ともこの道に入っているが、威勢は後白河院の方がはるかに強い。叡山の中興慈恵僧正(良源)は得脱したらしく、

近頃は見えない。現在第一に威徳を振っているのは観音寺僧正余慶である。そして、前述の増誉が第二位を占めるということになる。また、近頃は吉水大僧正慈円が勢力を持ってきた。九条兼実も松殿基房の子大僧正承円も近衛基通もこの道に入っている。兼実は他人に怖れられ、基通はそれほどでもない。かれらは愛宕山に住んでいる。藻璧門院䔩子も基房の子十楽院僧正仁慶に連れられて来ている。——ざっと知られるのは、以上のような人々の死後の消息である。

興味深いのは、ここに挙げられた魔界の住人の多くが、説話や軍記の世界での人気者であるということだ。威徳第一の余慶(5)は、空也の曲った臂を祈って伸ばし(『打聞集』『宇治拾遺物語』)、人妻と密通すると誹謗した藤原文範を加持して悶絶させ、名簿を呈出せしめた(『古事談』『十訓抄』)。得脱したというが、かつてはここにいたはずの慈恵僧正の経験を物語る話は甚だ多い。崇徳院・後白河院・近衛基通らが軍記に欠かせない人物たちであることは、改めていうを要しないであろう。特に、崇徳院が魔界に入ったことは『愚管抄』に暗示され、『太平記』巻二十七には詳述されているし、後白河院は住吉明神と天狗問答をしたという(『源平盛衰記』巻八)。天狗となる必然性は十分にある。

これらの人々とともに、九条家の人々、兼実・慈円や九条道家の子䔩子や洞院摂政教実をも魔界に落してしまった。さらに、法然は無間地獄に堕ち、卿二品(藤原兼子)もそのあたりに堕ちたらしいことが暗示される一方で、明恵が都率天の内院に生まれたと語られている。

以上すべて比良山の天狗の霊託ではあるけれども、そこに筆録者慶政の意識の反映を認めないわけにはゆかない。とすると、その思考方向と慶政作説はほとんど動かないと思われる『閑居友』に見られる思想とは、どのようにかかわりあうのであろうか。そしてまた、それは説話時代といわれる中世初期においてどのような意味を有するのであろうか。

四

『閑居友』で作者が敬慕してやまないのは真如親王や玄賓・空也等であるが、如幻・善珠・清海・覚弁等も、尊敬と好意をもって語られている。ところで、かれらの敬慕される理由は、その信仰心の深さそのもののゆえであって、その法験のゆえではない。

たとえば、上巻第一話「真如親王天竺にわたりたまふ事[6]」では、「つかれたるすがたしたる人」が親王の大柑子を乞い、そのうち小さいのを選んで与えた親王を「心ちいさし」と叱って「かきけちうせ」たという奇異が語られてはいるが、親王は結局虎害に遭って命を落とした。その際には、何ら奇瑞は語られていない。同第二話「玄賓僧都門おさ(ママ)して善珠僧正(ママ)おいれぬ事」で、善珠は都率天の内院に生まれ変ったというが、かれの住んだ僧房の壁が「ちかごろまで」香ばしかったのは、かれがすばらしい名香を買って湯に湧かし、僧房の壁を洗って後に往生したからで、合理的に説明できることである。同第五話「清海上人の発心の事」での清海が、四種三昧を行い、観念の功積って、香煙の中に現われた化仏を「すゑの代の人にえんむすばせんとて、ひとつとりとゞめ」たというのは霊験の話であるが、それは他の説話集に語られているような、俗人の耳目を驚かすといった性質のものではない。また、同第十話「覚弁法師涅槃経ときて高座にておはる事」に語られている話も、奇瑞には違いないが、非現実的な大仰なものではない。空也についても、同第四話「空也上人あなものさはがしやとわびたまふ事」の終りに、「またこの空也上人の事、伝には延喜御門の御子ともいひ、また水のながれよりいでき給へる化人也とも侍めり」と付加している程度で、そのこと自体を大きく押し出して語ろうとはしない。作者が語りたいのは、市中に観念する「そのふるまひ」であって、出自や出生ではない。

ただ、下巻第五話「はつせの観音に月まいりする女の事」は『沙石集』にも見える話で、純然たる霊験談であるけれども、しかしこれとてもわらしべ長者の話のような荒唐無稽さは無いのである。このように、本書は仏教説話集としては霊験を説くことが少ない。

本書の作者にとって、高僧である条件は、出自の尊貴や僧綱の高さでないことはいうまでもないが、学識の深さや祈禱の験力の強さでもなかった。まず何よりも不退転の信仰心をもつこと、そしてその信仰心をひけらかさないこと、すなわち隠徳が要請された。玄賓が善珠を諫めた話を述べた後に、作者はいう。

止観のなかには、徳をつゝめ、きずをあらはし、狂をあげ、実おかくせ《(ママ)》といひ、また、もしあとをのがれんに、のがるゝ事あたはずは、まさに一挙万里にして絶域他方にすべし、といへり。

そして、玄賓の行為を讃えて、

もろこしの釈恵叡の、とくをかくしわびて、八千里お《(ママ)》へだてたる国にゆきて、あやしのものゝもとに、僧のかたちともみえずなりて、ひつじをかひて世をわたりておはしけるは、みるめもさらにかきくらされて侍ぞかし。いまこの玄賓の君のあとをみるに、あるときはつぶねとなりて、人にしたがひてむまをかひ、或ときはわたしぶねにみなれざほさして、月日をゝくるはかりごとにせられけん事、ことにしのびがたくも侍かな。

とも述べている。隠徳は他人のための無償の奉仕をも意味するのであった。真如親王をたしなめた化人の語を借りれば、それが「菩薩の行」なのである。

作者の考えは実践的である。そして、禁欲的であり、僧侶に対してはリゴリスティックですらある。それは浄土門の主張とは相容れないものをもっている。

しかし、この作者の考えに非常に近い思想を持った法語がある。慶政が尊信してやまない明恵の語を、その弟子高信が聞書したという『明恵上人遺訓』(『阿留辺幾夜宇和』)がそれである。

五

『明恵上人遺訓』(7)は、同時代人の名利を貪ることを難じて、つぎのようにいう。

上古仏法ヲ愛楽シケン人心、此比名利貪スル人如コソアリケメト覚ルト云事、予多年云事ニテ有、是少違ヌ文、阿含経有ケリ。(一ウ)

末代習ハ、適《タマ〳〵》所学法ヲ以テハ、名利ヲ荘《カザリ》テ法本意ヲ得ズ。故法印タル、二空道理ヲバ捨テ目ヲ見セズ。若近代学生云様ナルガ実ノ仏法ナラバ、諸道中ニ悪キ者ハ仏法ニテゾ有ン。只思、心得ザル人ヲ友トシテハ何所詮カアラン。愁歎スルニ堪タリ。(三ウ)

亡者ノ為ニ懇ナル作善ヲナセ共、或ハ名聞利養有所得ニ心移テ、不信ノ施ヲスレバ、功徳ナクシテ只労シテ功ナシ。法師モ又、戒ガ欠テ三業収ラヌ様ニテ、ヨキ物食ヒ布施トラムトスル事大切ナル様ニ覚ヘテ、真信ナラヌ心経ヲ読、陀羅尼ヲ満テタレバ、亡者ノ資《タスケ》トハナラヌノミニ非ズ、此信施ノ罪ニ依テ、面々悪道ニ堕ベシ。共無益

ニ浅猿《アサマシ》キ末世ノ作法也。（六オ）

適仏法《ニ》入テ習フ所ノ法モ、出離ノ要道トハシナサデ、官位ナラントスル程ノ、纔《ニ》浅猿キ事ニシ成ント励ム程ニ、結句ソレマデモ励ミ出サデ、病付テ何トモ無ゲニ成テ死ル也。（一三オ）

では、明恵自身はどうかというと、かれは、

吾《ハ》人《ニ》追従スルナンド申サレンハ、今《ハ》苦シカラズ。心《ニ》全ク名聞利養《ノ》望ナシ。又仏像経巻ヲ勧進シテトラセント申事ダニモナシ。（一ウ・二オ）

と言い切る。

学問については、近代の学問が功利的な目的でなされていることを、

末代ノ浅猿《アサマシ》サハ、如説修行ハ次《ニ》成テ、ヨキ定一部ノ文字ヲ読終テハ、又異文ヲノミ読タガリテ、只読積《ツモル》計ヲ事トシテ、物ノ用《ニ》立テ、如説修行ノ心ナシ。戯論《ケロン》妄想ノ方ニハ心引レテ、実シキ事ハ物クサゲナリ。（七オ）

と批判し、その弊害を、

上古ハ智者ノ辺ノ愚者ハ皆益ヲ蒙キ。近来ハユ、シゲナル人ノアタリナル愚者ハ、還テ学生智恵ノ為迷《ニマド》ハカサレテ弥法理ニ背ケリ。（六ウ）

と難じ、

多ク不《ハ》レ知、非学生トコソ云レンズレドモ、其《ハ》苦シカラズ。カイナメクリテケギタナキ心不レ可レ有。（一ウ）

と教える。これは当然学識を誇る憍慢への次のような戒めともなる。

人常《ニ》云ク、物ヲヨク知レバ憍慢起ルト云事不二心得一。物ヲ能知レバ憍慢コソ起ラネ、憍慢ノ起ンハ能知ヌニコソ

ト云々。（三オ）

憍慢ト云物ハ鼠ノ如シ。瑜伽壇ノ砌リノ諸家ノ学窓ニモクヾリ入ル物ナリ。我常ニ是ヲ両様ニ申ス。自ラ知ズシテ、他ノ能知レランニ慢ジテ、不レ問不レ学、大ナル損也。又我ヨリ劣リタラン者ニ向テ憍慢シテ、詰臥《ツメフセ》テ、又何ノ益カアラン。旁《カタ〴〵》無益ナリ。ヲロ能モアリ、品モ定マル程ヨリ、ハヤ皆憍慢ハ起ルナリ。（一三ウ）

祈禱については、ひどく消極的である。

人ハ我祈ノ為トテ経陀羅尼一巻ヲモ読ズ、焼香礼拝ノ一度ヲモセズトモ、心身正クシテ、有ベキ様ニダニ振舞ハヾ、一切ノ諸天善神モ是ヲ護《マボ》リ給ヘリ。願モ自ラ叶ヒ、望モタヤスク遂ルナリ。六惜（ママ）クコセメカンヨリモ、何モセズシテ只正クシテゾ在ベキ。（二オ・ウ）

すなわち、心構えや態度こそが重要だというのである。明恵は験者の存在を認めないわけではないが（「仏法者ト云ハ、先心ガ無染無著ニシテ、其上ニ物知タルハ学生、験アレバ験者・真言師トモ云也」といっている）、

高僧等ノ神異ハ不可思議ニテ、サテ置ツ。中〳〵志シワリナキハ、神通モナキ人々ノ、命ヲ捨テ、生ヲ軽クシテ天竺ニワタリ、サマ〴〵仏法ヲ修行シタル、殊ニ哀レニ羨シク覚ユルナリ。（六ウ）

と、いずれかといえばやはり法験よりは精神を高く評価しようとしている。右の件りは、先述の真如親王の事蹟などを念頭に置いているのではないかと思われるが、はっきりと「神通モナキ人々」といっていることは、神通が必ずしも修行者の評価の尺度とはならないことを暗示するものとして、注目される。

実践的方面においてはどうであろうか。かれが「菩薩の因位の万行」を重視したことは、田中久夫氏の指摘されるところであるが、(8)『遺訓』においても、

我人《ハ》ヲ仏ニナサントコソ思へ、人ヲ邪路ニ導カントスル事ハナシ。（一〇オ）

といい、さらに具体的に、

聊《イサヽカ》ノ流ニ少キノ木一ヲモ打渡シテ、人ノ寒苦ヲ資クル行ヲモ成シ、又聊ナレ共、人ノ為ニ情ケ情ケシク当ルガ、軈《ヤガ》テ無上菩提マデモ貫キテ至《ル》也。加様《ノ》事ハ、誰々モイト何ト無キ様ニ思ヘリ。是《ガ》則菩薩ノ布施・愛語・利行・同事ノ四摂法行ト云テ、菩薩ノ諸位ニ遍シテ、初後ノ位ニ通《ツウジタ》ル行ニテ有也ト云々。（一七ウ）

と説く。

以上述べたごとき出家者の心構えから、

凡仏道修行ニハ何ノ具足モ入《ヌ》也。松風ニ睡ヲ覚シ、朗月ヲ友トシテ、究来《メ》リ究去《メ》ヨリ外ノ事ナシ。又独リ場内床下ニ心ヲ澄サバ、何《イカ》ナル友カイラン。（一八オ）

と、究極は「寂静ヲ欣《ネガヒ》テ空閑《クウゲン》ニアル事」を理想とする考え、さてはまた天竺を「国」、本朝を大「辺夷」とする考えに至るまで、『明恵上人遺訓』に説くところと『閑居友』に語られている理想的な出家者の生活と意見とは、きわめて似通っているのである。

六

以上見てきたような、『明恵上人遺訓』と『閑居友』とに共通する物の考え方を背景として、『比良山古人霊託』での魔界についての叙述を読むと、かなり納得がいくように思われる。

魔界に堕された高僧や貴顕は、たとえ徳行があったとしても、それは隠徳ではありえなかった。特に、帝の護持僧などの場合、その験力は必ずしも万人のために発揮されたとはいい難かった。一人のための祈禱、造仏造寺があまりにも多かった。白河院が法勝寺を建てて、禅林寺の永観律師に「イカホドノ功徳ナラン」と尋ねたところ、永観はしばらく黙っていて、ややあって、「罪ニハヨモ候ハジ」と答えたという話(『続古事談』第一)は、帝王の造仏造寺に対するかなり痛烈な皮肉となりおおせている。(しかも、異本『発心集』によれば、この永観は「信施ヲ受ケバ国王ノ信施ヲ受クベシ」という聖教の文句に従って、この法勝寺の供僧を望み、なされたという。前の答えとこの行為とを結びつけて考えれば、永観は白河院の功利主義的な信施を真に信仰的なものに転化しようとしたのだとも解される。)

しかし明恵は次のように極言する。

心ヅカヒハ物ニ触テ誑惑《ワウワク》ガマシク、欲深ク、身ノ振舞ハイツトナク物荒ク、不当ニ放逸ニテハ、証果ノ羅漢僧ニ誂テ、百万ノ経巻ヲ読シメ、千億ノ仏像ヲ造テ祈ル共、口穢テ経読者ノ罪アタルガ如シ。心穢テ祈スル者ハ、弥《ヨ》悪キ方ニハ成リ行ク共、所願ノ成就スル事ハフツト有マジキナリ。其ヲ愚ナル者、心ヲバ直サズシテ、己レガ恣マヽノ欲心ニ計纏《マツハ》サレテ、祈ラバ何ニカ叶ハザラント、猥リニ憑ヲ懸テ、愚癡ナル欲心深キ法師請取テ、心神ヲ悩シ骨髄ヲ摧テ、祈リ叶ヘヌ物故ニ、地獄ノ業ヲ作リ出スコソ、ゲニ哀ニ覚ユレト云々。(二ウ)

このように説く明恵は、『比良山古人霊託』において、「法然房ハ生二何所一哉」との慶政の問に対して、天狗が「堕二無間地獄一也」と答えているのを肯定するに違いない。

また、学識のある明匠は、自らの学識を恃んで、それを誇示する行為が少なくなかったであろう。明恵が、

仏法ニ入ト云ハ、実ニ別ノ事也。仏法ニ能ク達シタリト覚シキ人ハ、弥《ヨ》仏法ウトクノミ成ナリ。(五ウ)

という所以である。

これらはすべて、明恵や慶政の善しとしないところであった。高僧貴人が天狗道に苦しむ理由は十分あったのである。

とりわけ、「その坊は一二町ばかりよりひしめきて、田楽・猿楽などひしめき、随身、衛府のをのこ共など、出入ひしめく」といった環境にいて呪師小院を愛した増誉、古代中世の芸能史上に一つの資料を提供している増誉は、(9) 明恵らにとっては苦々しいかぎりであったろう。『明恵上人遺訓』には、「ケギタナキ心」をもつ僧は、「頭ヲ丸《マロ》メタリト云計ニテ、人身ヲ失ハヌマデモ有ガタシ。ススキ法師ナド云田楽法師《ニ》何ゾ異ナラン」と、「田楽法師」をおとしめていい(一ウ)、さらに、

昔《ハ》我実相《ノ》理ヲ証シテハ、弟子ヲシテ又此理ヲ授ク。末代《ハ》証理《ノ》智無ケレバ、世間《ノ》面ヲ荘テ、俗境《ニ》近付ヲ先トシテ、剰ヘ寺《ノ》興隆仏法トテハ、田楽猿楽《ノ》装束《ニ》心ヲ費シテ一生ヲ暮スノミナリト云云。或寺ヨリ田楽《ノ》頭《トウニ》当リタルトテ、サル学生奔走スル由、人《ノ》語リ申ケル次デニ仰ラル丶ナリ。（五オ・ウ）

とも述べている。俗境から遠く離れた、かの樹上坐禅像のような寂静境こそは、かれらの理想であった。

七

名聞利養を放下した捨て聖の生活を至上のものとする考えにおいて、明恵や『閑居友』の作者に近い思想的立場の人はほかにもいた。すなわち、『発心集』の作者長明である。それは、すでに藤原正義氏(10)によって指摘されているよ

うに、玄賓・空也・増賀・平等供奉といった聖たちへのかれの関心の強さによって確かめることができる。実は、『古事談』の編者源顕兼でさえも、それ以前の編者たちに比べれば、玄賓や空也にかなり関心を抱いた人であった。しかし、玄賓らをクローズアップしたのはやはり『発心集』であるといってよい。

そのほか、平安末から鎌倉初、中期にかけて、これら聖が貴族たちの関心の的となりだしたらしいことを傍証するものとしては、『千載集』『新勅撰集』『続古今集』『玉葉集』等における、これら聖の作品と伝えられる歌がある。真如親王の作と伝えられる、

いふならくならくのそこに入りぬればせちりも修陀もかはらざりけり

の歌などは、それ自体は早く『俊頼髄脳』に見えるものであるが、中世に入ると口ぐせのように引用されることが多い。それも、けっして単なる習慣的な口ぐせとのみは言い切れないであろう。

このように、貴族の世界に背を向け、市井や山林に韜晦した聖たちの話が、(かれら自身はとうの昔の人々であるにもかかわらず)古代末から中世初頭にかけて、貴族社会の裡に身を置く者や貴族社会から離脱した者たちの心を捉えたという事実は、すでに益田勝実氏(11)も指摘されたように、大いに注目されるべき事柄である。いかにも素朴な考えながら、それはとりも直さず、中世初頭の人々がそのような聖たちに僧侶の理想型を見出そうとしたからだと解せざるをえない。裏返せば、それだけかれらが接することの多かった貴族仏教、鎮護国家を標榜する仏教に、かれらはあきたらなかったということを意味するであろう。

一切の名利を擲って浄行に励み、橋を架し、舟で渡して、貴顕よりもむしろ名も無い人々を済度することが、僧侶のあるべき姿として切実に求められてきた時期、それがこの古代から中世へかけての転換期であった。そのような時

期に生きた知識人として、長明は『発心集』に鑽仰する聖たちを描き、慶政もそれを受けて『閑居友』を著わしたのであろう。

けれども、この二つの作品は、やはり同質ではない。国家に対する意識、神明に対する観念などの相違については前に述べたから、ここには繰り返さない。一口にいえば、あるべき姿の僧侶を求める側と、自らあるべき姿の僧侶たらんとする側との違いであろう。同じように聖たちの行動を述べ、それに感想を添えても、『発心集』には傍観者的な口吻が残る。『閑居友』においても、もとより自らが聖たちにはるかに及ばないことを歎く言葉は挿まれるが、その自己を顧る姿勢には、説話の語り手としての傍観者的なものはない。

自らあるべき姿の僧侶たらんとわが身を顧る『閑居友』の作者には、厳しい、強固な精神が認められる。それが慶政をして敢えて渡宋に踏み切らせたのであろうし、それはまた、

我ハ武士ノ家《ニ》生ヲ受タレバ、武士ニバシ成リタラマシカバ、纔ノ此世《ノ》一旦《ノ》恥見ジトテ、トクニ死スベキゾカシ。仏法《ニ》入タランカラニ、ケギタナキ心アラジ、仏法ノ中ニテ又大強《カウノ》者ニナラザランヤト思キ。（二二ウ・一三オ）

という明恵の強さにも通ずるであろう。長明はこのような強さには乏しいのではないであろうか。かれにおいては、聖の生活はなお趣味的なものを残しているのではないだろうか。

長明はしばしば数寄を説き、それが邪念を容れる余地のない境地にまで進むことから、その信仰との一致を説く。明恵も、

昔ヨリ人ヲ見ニ、心ノスキモセズ、恥ナゲニフタ心ナル程《ノ》者ノ、仏法者ニ成タルコソツヤ〳〵ナケレ。……頌詩ヲ作リ、歌連謌ニ携ル事ハ、強《アナガ》チ仏法ニテハ無ケレ共、加様ノ事ニモ心数寄タル人ガ、軈テ仏法ニモスキテ、智

恵モアリ、ヤサシキ心使ヒモケダカキナリ。（一四オ・ウ）

といい、自身『明恵上人歌集』の著者でもある。『閑居友』の作者が『方丈記』の著者に劣らぬ自然の忠実な観察者であり、熱烈な愛好者であったことは、

かゝるかずにもあらぬうき身にも、松風お《（ママ）》ともとさだめ、白雲をなれゆくものとして、あるときは青嵐《ラン》ノ夜、すさましき月の色をながめ、あるときは長松のあかつき、さびたるさるのこゑをきく。あるときはとふかとすればすぎて行むらしぐれをまどにきゝ、ある時はなるゝまゝにあれてゆくたかねのあらしをともとして、まどのまへになみだをゝさへ、ゆかのうへにおもひをさだめて侍は、なにとなく心もすみわたり侍れば、それをこのよのたのしみにて侍なり。（下巻、跋文相当部分）

という美文的な述懐によっても明らかであろう。けれども、『方丈記』の著者は、最後の自問に明快な自答をなしえなかった。しかし、『閑居友』においては、自家撞着は無い。前引の部分は、次のように続けられている。

たとひ、のちのよお《（ママ）》おもはずとも、たゞこのよ一の心をあそばせて侍らんもあしからじものを。うみのほとりにゐて、よりくるなみに心をあらひ、たにのふかきにかくれて、みねの松かぜにおもひをすまさむ事、のちのよのためとはおもはずとも、すみわたりてきこゆべきにや。いはむや、思ひをま事のみちにかけて、にごれる人〳〵をとをざかり、心お《（ママ）》うき世中にとゞめずして、よのちりにけがされじとすまはんは、などてかはあしく侍べき。

畢竟、長明の数寄は死後の余執ともなりかねないものを含んでいたのではないか。それは、明恵の排する「能」に連なるものだったのではないだろうか。

以上のような点から、『閑居友』や『明恵上人遺訓』に比するとき、『発心集』はなお中世の時代精神に踏み込んで

いないものがあると考える。それが、既成仏教への弾劾書ともいうべき『比良山古人霊託』の作者には、長明は到底なりえなかった所以でもあろうか。いな、比喩的な言い方を敢えてすれば、かれ自身木の葉天狗くらいにはなりかねない体質をもっていたのである。

八

明恵の強固な意志を反映したその片言隻語には、硬質な美しさがある。あるいは巧むことのないその和歌も、風流の魔心に蕩かされている慈円の絵空事よりも美しいかもしれない。『閑居友』で語られている、山中で弟子たちに囲まれながら口ぐせのように「あなものさはがしや」といっていた空也が、市中に乞食となっているのを弟子に見出されたとき答えたという長い言葉——それは、結局「観念たよりあり。心しづか也。いみじかりける所也」に要約されるが——も、木目の洗い出された仏像のような美しさである。

しかしながら、それぞれの階級から離脱せぬかぎり、貴族も武士も「ものさはがし」い思いに奔走せねばならない現実に対しては、これらの美しさは働きかけてくれようとはしない。そこに、「ものさはがし」い思いに身を置きながらも安らぎをえたい人々のために、「夫麁言軟語ミナ第一義ニ帰シ、治生産業シカシナガラ実相ニ背ズ」と謳って、妻に執着して臨終を妨げられた上人の話などを多く録した『沙石集』の編まれる理由があった。

それにしても、それらの話が同じように僧侶の愛欲を取り上げているにもかかわらず、最初に掲げた『宇治拾遺物語』の増誉の話に見出されたような、人間に対する暖かいまなざしをもはや失ってしまっているのはどういうわけであろうか。それは『閑居友』のような厳しい世界を経過する過程において失われてしまったのであろうか。それとも、それは中世という時代社会一般のもつ粗大さに帰せられるのであろうか。

注

(1) 『宇治拾遺物語』の引用は日本古典文学大系本による。
(2) 日本古典文学大系『宇治拾遺物語』解説。
(3) 益田勝実「『富家語』の研究」(『中世文学の世界』〔岩波書店、一九六〇年〕所収)での翻刻による。
(4) 永井義憲・筑土曙生共編『閑居友 付、比良山古人霊託』(古典文庫、一九六八年)による。
(5) 余慶に関する説話については、宮田尚「余慶譚をめぐる——宇治大納言物語への覚え書き——」(『文芸と批評』第二巻第一号、一九六六年七月)に詳しい。
(6) 注4に同じく古典文庫本による。ただし、句読は若干省略し、清濁は私意によった。
(7) 引用は板本『明恵上人伝記 下』の付録により、丁数・表裏の別を示した。ただし句読・清濁は私意により、振仮名も一部のほかは省略した。
(8) 田中久夫『明恵』人物叢書、吉川弘文館、一九六一年。
(9) 林屋辰三郎『中世芸能史の研究』(岩波書店、一九六〇年)参照。
(10) 藤原正義「長明論覚え書——発心集をめぐって——」『日本文学』一九六〇年四月。
(11) 益田勝実「偽悪の伝統」(『火山列島の思想』〔筑摩書房、一九六八年〕所収)。

骸骨の話——『撰集抄』の二話を軸として

1 *Clo.* [*Sings*]
　But age, with his stealing steps,
　　Hath clawed me in his clutch,
　And hath shipped me intil the land,
　As if I had never been such. [*Throws up a skull.*]

Ham. That skull had a tongue in it, and could sing once. How the knave jowls it to the ground, as if 'twere Cain's jawbone, that did the first murder! This might be the pate of a politician, which this ass now o'erreaches; one that would circumvent God, might it not?

Hor. It might, my lord.

Hamlet　Act 5 Scene 1. *Elsinore. A churchyard.*

一

昨年(一九八九年)から今年にかけて、ベルギーの画家ポール・デルボーの回顧展が日本の五カ所で催されている。シュルレアリスムの画家とされるデルボーの日本における回顧展はこれで三度目であるという。

デルボーの絵はしばしば骸骨が登場することで知られている。今回も展示されている「兜と骸骨」(一九五三年)や「キリストの埋葬」(一九五七年)などの作品は特に有名であるらしい。これらは骸骨だけが登場する絵だが、美女または若い男と骸骨とが同一画面に描かれた絵もある。「バラ色の蝶結び」(一九三七年)、「赤い町」(一九四三—四四年)などがその例である。「バラ色の蝶結び」は、前面に大きく二人の裸婦を描いている。中景・後景にも何人かの裸婦がいる。左側に僅かに見える建物の棚に一つの髑髏が置かれている。また、右側の女の足下近く、石ころが散らばっている地上にも一つの髑髏が置かれている。背後には石造りの建物があり、その中に立っている骸骨、寄り添う男女、佇む若い女などが小さく描き込まれている。背景には夜を思わせる暗い空と荒々しい岩山がある。「赤い町」はギリシャを想わせるような青い空の下、画面の左には胸を露わにした二人の若い女が立っている。中央にはやや退いて裸婦が横たわっている。画面の右には裸の少年がうつむいて立ち、その横、手前に骸骨が横向きに立っている。画家自身の意図するところはともあれ、これらの絵は、生と死とが隣り合っていることの寓意と、一応解することができるであろう。

デルボーは小学生の頃、生物標本室の展示ケースで人間の骸骨を見て、激しい恐怖に襲われたという。一九三二年三十五歳の時も、スピッツナー博物館で再び骸骨を見て強烈なショックを受け、これをデッサンしたといわれる。骸骨がこの画家の絵にしばしば登場するのはこのような体験に基づくと考えられている。

日本の古典文学にも骸骨や髑髏はしばしば登場する。とりわけ骸骨や髑髏が素材とされることの多いのは、近世初頭の怪異小説類であろう。中でも、浅井了意の『伽婢子』巻之三「牡丹灯籠」は著名である。天文十七年(一五四八)の京でのこととして語られる、いかにも戦国末の京の荒廃した雰囲気を色濃く漂わせたこの話が、明の人瞿佑の『剪灯新話』巻二「牡丹灯記」の翻案であることは、つとに知られている。(1)

同じく了意の『狗張子』巻之三の第一話「伊原新三郎蛇酒を飲」には、牡丹灯籠系の話とはいささか異なった形で骸骨が登場する。この話の主人公は浪人の伊原新三郎である。元和年間のある夏の日の夕暮近く、新三郎が参河国三方が原を行くと、こぎれいな茶店がある。十五、六の顔美しき若い娘に声を掛けられて立ち寄り、たわむれかかる。娘は、父も兄も留守ですと言って、男を拒まない。そのうち、日が暮れる。娘は餅を勧める。新三郎が酒を所望すると、汲んで来る。代わりを取りに立った娘の後について行き、覗いて見ると、娘は天井から釣り下げた大きな蛇の腹を裂いて、滴り落ちる血を桶に入れ、それに何やらを加えて酒にしていた。化物と知って逃げ出す新三郎を娘が追う。更に、大きな白い雪のようなものが木の下から立ち上がって、追って来る。「取り逃がしたら我々が災難に遭うぞ。逃がすな」という声もする。町外れまで逃げてきて、人々にこれこれの目に遭ったと語ると、そこには茶店などないという。夜が明けてから人々とその場にいって見ると、茫々と茂った叢の中に手足の掛け損じた長二尺ばかりの古い婢子と干乾びた蛇の死骸、一揃いの白骨が放置されてあった。すべて打ち砕き、焼き捨て、堀に沈めた。新三郎は蛇酒を飲んだせいか、持病の中風が癒ったという。

三方が原での怪異として語られるこの話も、実は唐の斐鉶の伝奇小説、『伝奇』のうち、「盧涵」の翻案であることは、既に指摘されているごとくである。(2)

この話では骸骨そのものが女に化けるのではなく、おそらく副葬品のような形で死骸に添えられていた婢子が化けるのであろうが、それもやはり骸骨にとどまっていた死霊の力によって可能であったのであろう。牡丹灯籠の話でも、伽婢子は女の童に化けたのである。天皇や女院等の葬儀の次第を記した書物である『吉事略儀』(3)に、

次入二御物一。御護。……御持経。……宮々并人々阿末加津不レ可レ入。(裏書　阿末加津土造。以外僻義也。阿末加津者。作二黄檗一人形也。其長五寸許也。略儀無レ是)

とあるのによれば、遺骸に人形を添える習慣は実際に行われたことが知られる。火葬ではなく、土葬や風葬による場合、それらの人形は残るから、これが死霊の力によって妖をなすことは、古人にはいとも自然に考えられたのであろう。

二

西行に仮託される説話集『撰集抄』にも、骸骨や髑髏の登場する話が含まれている。それらの一つ、巻七の第一話(通し番号で第六十一話)は「唐土帝子事」という話である。(4)

もろこしの官人帝子が冬の夜更け、退朝して遥か遠くの家路へと急ぐ。寂しい野中を行くと灯火が見えた。近づいて見ると、荒れた家の中で「まことにけだかくらうたき女房」が琴を弾いている。帝子が泊めてほしいというと女は

一旦は断ったが、結局家の中へ入れてくれた。近くで女を見ると帝子は「いよ〳〵恋まさりて覚侍りける」という気持ちになる。帝子の問いに対して、女は、ここに三年住んでいると答える。そして、おそらく二人は共に臥したのであろう。このことは省筆されている。夜が明けてみると、帝子は荒野の薄が一叢茂るなかで、死人の骨に添い寝していた。驚いて馬に鞭を当て、ようやく人里に出て人々にこのことを語ると、里人達がいうには、「この里にいた梅頭という人の美しい娘がいつも琴を弾いていたが、父母に先立って死んだので、遺骸をその野原に棄てた。その骨が夜は女に化けて琴を弾くのだ」と答えた。この話を語ったのちに、編者は「何となくおそろしく覚侍れども、又艶なるかたも侍べし」という感想を述べる一方では「されば、何事も心にいたく物をおもふまじき事にや侍らん」という、取って付けたような教訓を添えている。

この話の原拠は明らかではない。『撰集抄』の注釈書[5]では、「亡者となった女と荒野廃屋の中で共寝する話」という点で、『今昔物語集』巻二十七「人妻、死ニテ後、会二旧夫一語第二十四」、『剪灯新話』巻三「愛卿伝」、『雨月物語』巻之二「浅茅が宿」などと共通することを指摘している。ただし、これらの話では、いずれも男は死んだ妻と共寝しているのである。男が最初からの妻ではなく、知らない女性と愛し合ったが、それは実は死者であったという型の話は、むしろ晋の干宝の『捜神記』の中に見出すことができるようである[6]。また、男と女が逢うという状況設定、細部の表現や描写などにおいて、『徒然草』一〇四段や、『松浦宮物語』で主人公(弁)が謎の美女(実は劉皇后)と梅林の奥で逢う場面などと、一脈通じる所があることも注目してよいと考える。「広々たる野」で死者の霊魂が自身の生前の骨を求めて、仮にそれを肉で覆い、人と化すというのは、『天尊説阿育王譬喩経』で説き、『平治物語』『発心集』、能「山姥」などに引かれる、前生の骸をその後生たる鬼が打ち、また天人が供養するという仏説を想起せしめるものがある。[7] この「唐土帝子事」が「もろこし」の「梁朝御世」の話として語っていることは注目してよいであろう。『撰集抄』の別の注釈書がいうように、これが古代中国のいずれの梁をさすかは必ずしも明らかではないが、[8] 或いは南北朝の南朝第三王朝の梁を意味するのではないかという気もする。ともかく、明らさまに中国の話として語り、登場人物の名も帝子、梅頭の娘などと呼ばれていることは、この話の原拠が中国志怪小説の類であったのではないかと想像させるに十分である。

先にも言及したように、『撰集抄』編者はこの話の末尾で、「何となくおそろしく覚侍れども、又艶なるかたも侍べし」という感想を述べている。荒涼たる荒野の薄の生い茂った中に四散している死骨という、無残な形で白日の下に曝された死を無常の相として受け留めるのではなく、その死骨が現じて見せた虚仮の相、幻覚・幻影の世界に焦点を合わせて、それを「艶なるかたも侍べし」という、その視点の置き方は興味ある問題を孕んでいると考える。

ここで思い合わされる話として、骸骨や髑髏は登場しないのであるが、『続古事談』に語られている、遥か昔に死んだ楊貴妃と生きている男が夢の中で契りを交わしたという話について考えてみたい。これは『続古事談』第六漢朝に見出されるものである。[9]

楊貴妃の事蹟を伝え聞いて憧れていた「殊ノホカノスキモノ又好色ニテアリケル」張喩が、夢の中で貴妃と愛し合った。十五日経って約束の野原へ行き、牧童から「天女から預かった」といって、一通の書を与えられた。そこには四韻の詩が書いてあり、その中に「天上ノ歓栄楽シムベシトイヘドモ、人間ノ聚散忽チナルコト悲シムニ堪ヘタリ」という句があった。

『続古事談』では、この話に先立って、「楊貴妃ハ尸解仙トイフモノニテアリケルナリ。仙女ノ化シテ人トナレリケ

9784007304767

1923310155002

ISBN978-4-00-730476-7

C3310 ¥15500E

定価(本体 15,500 円＋税)

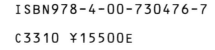

ルナリ。尸解仙ト云ハ、イケル程ハ人ニモカハラズシテ、死後ニカバネヲトヾメザルナリ」として、楊貴妃伝を述べている。屍をこの世に留めない仙女であるからには、楊貴妃の骸骨は求めうべくもない。ただ、既に死んで年久しい美女と現に生きている男とが愛し合うという点では、この話は『撰集抄』の「唐土帝子事」と同じパターンの話であるといえるであろう。

この楊貴妃説話については、既に増田欣氏の詳細な研究が報告されている。(10) それによれば、張喩の話は宋の秦醇の伝奇小説『青瑣高議』のうち、「温泉記」に拠るものであり、また「尸解仙」の語は『旧唐書』の楊貴妃伝に見えるという。秦醇の原作によれば張俞(原作における表記)と楊貴妃とは「マジハリフ」してはいない。(11) それが『続古事談』においては、「マジハリフス事ヨノ常ノ如シ。ナツカシクムツマシキ事、スベテコトバモ及バズ」と改変されている。『続古事談』の編者が好色的な目を以て楊貴妃を捉えていることは明らかである。

楊貴妃といえば、『平家物語』の諸本には、天台座主明雲の流罪に関連して、玄宗皇帝の護持僧であった一行阿闍梨が楊貴妃との間に浮名を立てられて、火羅国へ流罪にされたという挿話が存在する。語り本系の本文ではその事柄だけが簡潔に言及されるにすぎないが、読み本系諸本においては、貴妃の膚にあった黒子について語るなど、その語り口は詳細を極めている。(12) ここにも読み本系本文関係者達の楊貴妃に対する好色的な興味が窺えるようである。これらを通じて、楊貴妃があたかも『文選』の「高唐賦」や「神女賦」に描かれる巫山の神女のごとき存在と見なされていることが知られるが、神仙世界の女と人間が愛し合う神婚譚と、死後の女が生きている男と愛し合うという型をとる幽婚譚との間には、脈絡があると考えられるのである。(13)

また、中国において一般的な葬制であった土葬の場合は、墓をあばくという行為が実際にありえたし、幽婚譚はそういう行為と関連しても形成されやすかったであろう。『河海抄』に引く、呂后の山陵を数百年後赤眉党があばき、生けるがごときそのなきがらを犯したという伝承[14]なども、幽婚譚を生む素地となりえたかもしれない。ともあれ、これらの説話世界においては、愛と死の、そしてまた死と性の距離は、思いのほかに近いのである。

愛し合うという段階には至らないながら、髑髏が人となって男の夢に現れて言葉を交わすという話は、大江匡房の『江家次第』、藤原清輔の『袋草紙』や鴨長明の『無名抄』その他に見出された。[15]その髑髏が中国における楊貴妃に匹敵する本朝の美女小野小町の髑髏であり、この話柄が『玉造小町子壮衰書』の受容によって形成された小町落魄説話と密接な関係にあることは、改めて言うを要しないであろう。[16]落語の「野ざらし」や幸田露伴の『対髑髏』なども、その系列にある作品であるとも見られる。

このように見ると、古今を通じて、生きている男と死んだ美女との交渉という話柄はかなりの普遍性を有し、また、骸骨や髑髏と美女という取り合わせは珍しくないということが言えそうである。

三

『撰集抄』巻五の第十五話(通し番号で第四十八話)は「高野参事付骨人事」という話である。この話は仮託された編者西行自身のこととして語られる。

西行は友の聖が京に行ってしまった寂しさに、花月の風雅を解する友がほしくなって、高野山の奥の「広野にいでゝ」死人の骨を集め、これを編み連ねて人を造った。しかし、単に人の姿をしているというだけの出来損ないのものであったので、人も通わぬ所に放置した。京に出た際、人を造る法を教えてくれた徳大寺家に参上したが主は参内していて留守だったので、伏見中納言源師仲を訪れてこのことを問うと、懇切に作り方を教えてくれた。師仲自身、四条大納言藤原公任の流を受けて作った人がおり、その人は今は公卿になっているけれども、それと明かすと、作った自分も作られた人も融けて失せてしまうから、口外しないのであると語る。西行はそれから「よしなし」と思って、作らない。土御門右大臣源師房は、夢に現れた「一切の死人を領する物」と自らいう老翁に、死人の骨を横領することを恨まれたので、人を造る方法を記した「日記」を焼かせた。ただし、中国で鬼が造った二人の人間「呉竹の二子」は賢人であったと言い伝えている。以上がそのあらましである。

この話の原拠も明らかではない。ただし、既に数人の研究者によって、死者の遺骸や遺骨から人間を造るというパターンの話は、説話絵巻の『長谷雄卿草紙』や室町小説の『還城楽物語』などにも見られ、本話は直ちにそれらを連想させるということが指摘されている。(17)

『長谷雄卿草紙』は、世に重んじられた知識人中納言紀長谷雄が朱雀門の上で鬼と双六を打ち、勝って、賭物として美女を与えられたが、鬼との約束を破って、百日経たぬうちに彼女に触れたところ、女は水となって流れ失せてしまった。この美女は多くの死人のよい所を集めて造った人で、百日過ぎれば真正の人になる筈だったのに、その約束を破ったために融け失せてしまったのであると語る、怪奇にしてかつ好色的要素を含んだ物語である。この物語と同一の説話が文永七年(一二七〇)以降に成立した『続教訓抄』に見出されることは、早く梅津次郎氏によって指摘されていたが、(18)近年黒田彰氏は天理図書館蔵本など四本の『和漢朗詠集』古注釈にも同話が存在することを報告しておられる。(19)

一方、『還城楽物語』もまた、死者の骨を継いで蘇らせるという趣向を含む怪奇な話である。天竺、竜国の竜王(雅楽「蘭陵王」の人格化)は、隣国の還国王で娘馬頭女の夫である還城楽が竜国に野心を抱いていることを知って、娘のためにあえて娘夫婦に殺される。しかし、娘が還城楽に追放され、竜王の墓にすがってその亡魂に訴えると、墓をあばき、骨を継げと命じ、馬頭女がその通りにすると、蘇って還城楽と戦い、一旦は敗れたが、入日を招き返して、ついに勝利を得たという、舞楽起源説話のごとき形をとっている。同様の説話は幸若舞曲の「入鹿」にも挿入されており、早くから両者の関係が注目されていたが、[20]麻原美子氏は、『還城楽物語』と「入鹿」の挿入説話には、不死身だが一箇所だけ弱点を有するという、土着のモチーフには見られないモチーフがあることから、これらには宣教師などによる舶載の物語の影響が認められるのではないかと想像し、そのことと豊臣秀吉による舞楽の復興の動きとを結び付けて、このような話の成立を秀吉の時代あたりかと考えておられる。[21]さらに金井清光氏は入日を招き返すという話に関して麻原説を補う形でこれを支持し、題目立の「石橋山」も桃山時代の成立であろうと論じられた。[22]これらの説はまことに刺激的で興味深いが、現段階においてはその当否を論ずる材料を持ち合わせていない。ただ、『還城楽物語』やそれに類する説話を含む幸若「入鹿」の成立を麻原氏の言われるように中世最末期まで下げねばならないか、いささか疑問である。が、死骨を継ぐという趣向が『撰集抄』の「高野参事付骨人事」を想起させ、死人の蘇生が中国の志怪小説を連想させることは氏も言及しておられ、その点において私の関心の所在は氏と近いのである。

『撰集抄』の巻五の第十五話に立ち戻る。

作中の西行と師仲の会話に出て来る、骨を編んで人を造る際に用いる草や薬の名などから、このような話の形成には、医書や医道に関する知識を有する人物が関与しているのではないかということも想像してみる。それらの医書は多くの場合漢籍に基づくものであり、従って医師は漢文に習熟していたであろう。とすると、学九流にわたり芸百家に通ずるとされる詩人紀長谷雄の怪奇な体験に関心を示す人々と、このように荒唐無稽な人造りの処方を考え出す人とは、意外に近い所にいたのではないであろうか。さらに想像を馳せれば、狛近真の『教訓抄』において幾通りか語られる「羅陵王」の起源説話にしても、いずれも中国に由来が求められるものであり、(23)源通親のような文人も知っていたらしく思われる。(24)そうであれば、『還城楽物語』の核となった死者の蘇生と合戦という筋立ても、麻原氏の考えられたように楽人社会の内での秘かな伝承と見るよりは、文筆に携わる人々がかなり早くから知りえたものではないかとも思うのである。すると、この物語の伝承者も前の二者に関心を抱く人々とさほど遠くは離れていないのではないかと、一応考えてみる。

四

その一方では、通常無常の念を強く喚起せしめずにはおかない白骨を話題に上せながら、いささかもそのような口吻が窺えないこの説話者、「仮託された西行」の本体は、あるいはそのような白骨を扱い馴れている出家者なのではないであろうかという想像も生ずるのである。邪法、外法とされる荼枳尼天の修法などに携わった出家者にとっては、髑髏や骸骨は無常の観念を掻き立てるよりは、祈禱のために欠くべからざるものであった。

『古今著聞集』巻第六管絃歌舞第七、第二六五話には、知足院関白藤原忠実が荼枳尼天の法を行わしめ、後には自ら修したということが語られている。(25)また、『源平盛衰記』の巻一・巻三・巻六にも、荼枳尼についての言及がある。

すなわち、巻一においては平清盛がこれを行わせて福徳を得たとし、巻三では藤原成親が大将になるという非分の願望を抱いてこの修法を行わせたために法は成就しなかったと語っている。巻六では周の幽王の寵妃褒姒を狐の化身とする伝説とともに、彼女は、荼枳尼の法を行う者によって現れたのであるとも述べている。[26]これら、『源平盛衰記』における荼枳尼の叙述に関連して、美濃部重克氏は、この法が性的な側面を有するものであり、邪教とされる立川流は荼枳尼のその性的な呪法と強く結び付いていると言われる。[27]立川流については、これより以前、『とはずがたり』に語られる高僧「有明の月」の祈禱や『理趣経』の信仰などとの関連において、村松剛氏も述べておられた。[28]『受法用心集』によって氏が解説されるところによれば、立川流の本尊は髑髏であるという。いかにも怪しくおどろおどろしい祈禱を七年間続けると、八年目に髑髏は語り出すという。

ところで、いわゆる増補本系『増鏡』の第七北野の雪には、文永四年(一二六七)十月十二日に没した西園寺公相の遺骸から、葬送の夜にその生首が盗まれたという、猟奇的な事件が語られている。

御顔のしもみじかにて、中半程に御目のおはしましければ、外法とかやまつるに、かゝるなまかうべの入事にて、なにがしのひじりとかや、東山のほとりなりける人とりてけるとて、のちにさたがましくきこえき。[29]

これなどもおそらく立川流に類する呪法のために盗まれたのであろう。後醍醐天皇の寵僧であった文観も荼枳尼を祭っていると高野山の衆徒達から指弾され、後世立川流の中興の祖とされている。[30]荼枳尼の修法やそれに類する「外法」が中世の貴族社会においてしばしば行われていたであろうことは十分想像されるのである。

頭蓋骨を水鉢として血を盛って供え、呪法に用いることは、『屍鬼二十五話』にも見えている。同書の訳者上村勝彦氏によれば、[31]死体に憑いてこれを起き上らせ、活動させるヴェーターラの呪法そのものが、密教経典には頻出するのであるという。氏は、「ヴェーターラは、仏陀を連想させ、「二十五話」は一種の宗教聖典として扱われている」といわれ、「ヴェーターラ呪法が誤って行われた場合には、その呪法を行っている行者自身が滅びると信じられていた」ともいわれる。他人に「あれは骨から作られた人間だ」と明かすと、作った当人も作られた物もともに融けてなくなってしまうという『撰集抄』巻五の第十五話は、かすかにヴェーターラ呪法にも通うものがある。

『撰集抄』のこの話の起源を無媒介にインドの伝奇物語に求めることはもとより軽率の誇りを免れないであろう。ただ、骸骨や髑髏から無常の理に思いを致すのではなく、それを物として扱い、それの再生を図る、乃至は自身の願望の達成にそれを利用しようとする考え方においては、この話と『屍鬼二十五話』との間には一派相通ずるものがないとはいえない。

実際、『撰集抄』のこの話には、死を敬虔に受け止め、死骸に礼を以て接するという姿勢は全く認められない。この説話の中の西行は友欲しさに、さながら工作する子供のように、白骨を編み連ねて人を造る。白骨は単なる物であり、材料である。造られた人も人形である。このような話が無常の相を繰返し説いてやまない仏教説話集『撰集抄』に存在することに対して、我々は今まで以上に驚いてよいのではないであろうか。

五

『平家物語』巻第五物怪之沙汰には、髑髏の怪が語られている。平清盛の福原の家で、ある朝沢山の「死人のしやれかうべども」が坪庭に一杯になり、上になり下になり、ぶつかりあってがらがら音を立てていたのが、いつのまにか一つに固まって大きな山のようになり、千万の目が出来て、清盛を睨んだ。清盛が睨み返すと、「露霜なンどの日にあたッてきゆるやうに、跡かたもなくなりにけり」という怪異である。

同じ物語の同じ巻「福原院宣」で語られる、文覚が源頼朝に挙兵を勧めるために父義朝の髑髏と称するものを見せたという話も著名である。実はこの髑髏は贋物で、「そゞろなるふるいかうべをしろい布につゝんでたてまッた」のであった(巻第十二、紺掻之沙汰)。後年「義朝のうるはしきかうべ」が鎌倉に迎えられ、勝長寿院に葬られたのであった。(32)

また、『源平盛衰記』巻四十七には髑髏の尼のことが物語られている。この尼の前身は平重衡に愛され、その子を儲けた女房である。平家滅亡後、五、六歳になっていたその男の子が北条氏によって斬られたのを悲しんで尼となったのである。斬られた我が子の首と小車とを並べて眺めては、我が子恋しさを慰めていたが、そのうちに人々に疎まれることも意に介さず、その髑髏を持ち歩くようになり、遂に天王寺の沖に入水したという。

これらの話なども、中世の人々の骸骨に対する関心が浅くなかったことを物語っているが、そのような白骨への関心は、彼等が生身の身体、肉体に対しても意識的であったことを意味するのではないであろうか。

王朝の貴族文学においては、肉体を具体的に描写することは意識的に避けられてきたと考える。私は以前、主として王朝の和歌の世界においては、鼻とか口・耳など、顔の部分を歌うことが意識的に避けられ、それらを敢えて詠み入れた歌は往々にして誹諧歌と見なされたということを指摘した。(33)程度の差はあるにせよ、同様な意識は散文による人物描写においても認めうるであろう。たとえば『源氏物語』において、その容姿や容貌が具体的に描写される女性は、末摘花のごとき美しからざる女か、近江君のように一風変わった女である。美しい女はどのように美しいか、克明には描かれない。もとより主人公である源氏の美しさも、ほとんど具体的な描写を伴っていない。

けれども、漢詩文の世界においては、必ずしもそうではなかった。たとえば『本朝文粋』の「鉄槌伝」や「男女婚姻賦」に見られるように、平安の漢文作家達は、しばしば性的な事柄への関心を示している。『医心方』のごとき医書も漢文で記されていた。『遊仙窟』のごとき中国小説には現実的な閨房描写が存在している。先にも見たごとく、紀長谷雄が鬼から美女を与えられるという『長谷雄卿草紙』の説話は、人間の身体や性愛に関して人々が語ろうとする際に、その話の主人公として日本の儒学者や漢詩人を連想しやすかったのではないかということを想像させて、暗示的である。そのような傾向は中世にも引継がれているのではないであろうか。

王朝最盛時においても決して治安が良かったとはいえないから、死体や白骨はさほど珍しくはなかったであろうが、しかし中世に比すれば、それらは多くの貴族の目に触れる機会には乏しかったであろう。中世に入ると、死体は京の町においてもしばしば見られたことであろう。実際に、乱倫に伴う残酷な私刑が行われ、男や女の死骸が京の町なかに遺棄され、人々が群がって見たという話も、『明月記』に記され、また『閑居友』にも語られている。[34]また、鳥部山や嵯峨の化野、都の北の蓮台野などの無常所において風葬に付された屍体を見て不浄観を観ずるという話も、仏教説話集に見出される。[35]

骸骨、白骨は無常の思いを掻き立てる一方では、生への執着をも呼び覚ます。たとえば一休のごとき高僧は、あたかもレントゲン写真のように、美女の身体を透視してその白骨を見ることが可能であるかもしれない。しかし、説話の語り手は白骨を目の前にして、その生前の美しかったであろう身体を思い描く。迷っているのは死者の霊ではない、生きている者が愛欲の念に迷っているのである。そこに煩悩に満ち、むしろそれを肯定するかのごとき説話が生まれる。

『ハムレット』第五幕の第一場墓場で、ハムレットは墓掘り人が抛り上げる髑髏を手にして、英雄アレキサンダーも土の中ではこのような姿になっているのかと、ホレーショーに語りかけている。日本中世の人々も、当然ハムレット同様、骸骨や髑髏を見て、生のはかなさを感じたに違いない。しかし、だから生は虚仮であるという思想を強める一方では、その虚仮である筈の肉体にむしろ執着する人々も存在したのではなかったか。しかも物を読み書きする知識人の中にいたのではなかったであろうか。そしてまた彼等は、人間の身体に対する考え方や感じ方について、中国文学や日本漢文学から学ぶ所があり、愛欲と信仰の機微については真言密教のある部分に触れることがあったのではないであろうか。今回取り上げた『撰集抄』の二話の形成に関わった人々として、目下の所ではそのような人々を想像してみるのである。

六

高田衛氏は『伽婢子』の解説において、この怪異小説集では「中世末国内動乱期から戦国の安土桃山期に時代をとった話が、六十八話中四十三話と圧倒的に多いのは偶然とは思われない」と述べ、「あまりに長きにわたった中世末の国内動乱は、多くの人命を損なっただけではなく、多くの財産や文化を滅し、悲運、薄幸、生活苦に泣く、多くの人々をうみ出した。元和偃武から五十年、寛文期知識人のひとりとして、浅井了意はそうした国内動乱の暗い時代に向けて、鎮魂の文学を怪異小説の形で書きあげたのではなかったか」といわれる。(36)

鎮魂は確かに意図されているのであろう。けれどもその一方で、これら怪異小説の類には、いわゆる中世的無常感とは無縁の、近世の人々の旺盛な生への意欲、愛欲の肯定の精神をも窺うことができるのではないであろうか。そして、もしもそのような志向の萌芽が他ならぬ中世それ自体の裡に潜んでおり、『撰集抄』の以上の二話がその露頭であるとすれば、それらの説話はやはり問題提起的存在であるといってよい。

また、近世怪異小説の流行が中国文学にその源泉を仰いでいることは疑いない。しかしながら、『続古事談』における楊貴妃説話などの存在をも考慮に入れると、その素地は中世説話集によって意外にも早くから整えられていたのかもしれないとも考えてみるのである。

そして、これらの怪異への関心は近世演劇へと引継がれる。万延元年(一八六〇)三月、江戸市村座において初演された「加賀見山再岩藤《ごにちのいわふじ》」は「骨寄《こつよ》せの岩藤」の通称で知られ、現在でも時折上演される歌舞伎芝居であるが、三昧所に野晒しにされてばらばらになっていた悪人岩藤の白骨が自ずと集まって一続きになったと思うと、すっくと立って蘇るという趣向は(37)、骨を集めて人を蘇らせるという中世の怪奇な説話の発想と無関係ではないであろう。

中世・近世といわず、時代を超えて、骸骨や髑髏はそれを見る者にいたましさ、死のむごたらしさ、死への恐怖の念を起こさせる一方では、人々を幻想に誘い、さらには生への欲求を呼び覚まし、愛欲への連想に衝き動かす力をも秘めているのであろう。ということであれば、デルボーの絵の寓意は、中世説話のあるものにも通ずるのである。

注

(1) 早く日本名著全集江戸文芸第十巻『怪談名作集』(日本名著全集刊行会、一九二七年)における山口剛氏の解説がある。
(2) 冨士昭雄「伽婢子と狗張子」『国語と国文学』一九七一年十月。『伝奇』の原話は前野直彬編訳東洋文庫16『唐代伝奇集

2』(平凡社、一九六四年)に「明器の怪」として翻訳収載されている。これによると、原作には見出されない性的要素が『狗張子』において加えられていること、逆に原作に見られる怪異の恐ろしさが『狗張子』では軽減されていることが知られる。

(3) 群書類従巻第五百二十二所収。本書は室町初期頃の成立かといわれる。書名の「吉事」は忌詞である。

(4) 以下、『撰集抄』の見出し、原文などの引用は、久保田編『西行全集』(日本古典文学会・貴重本刊行会、一九八二年)所収宮内庁書陵部本による。

(5) 小島孝之・浅見和彦編『撰集抄』桜楓社、一九八五年。

(6) 竹田晃訳、東洋文庫10『捜神記』(平凡社、一九六四年)によって示せば、「三九五　墓のなかの王女(その一)」「三九六　墓のなかの王女(その二)」「三九七　幽婚」などの話がその例である。

(7) 『平治物語』金刀比羅本の巻中「信頼降参の事幷びに最後の事」に、刑死した藤原信頼のむくろを監物入道が打ったことを述べたのち、「温野に骨を礼せし天人は、平生の善をよろこび、寒林に髄をうちし霊鬼は前世の悪をかなしむとも、かやうのことをや申べき」という。古活字本にも同様の記述が見出されるが、学習院本(九条家本)には見えない。能「山姥」には「シテ寒林に骨を打つ、霊鬼泣く泣く前生の業を恨み、ぢんやに花を供ずる天人、返すがへすも帰性の善を喜ぶ」とある。原典に近く、最も詳細な叙述は『発心集』巻第七「心戒上人不《ル》レ留《メ》レ跡《ヲ》事」の説話後の感想部分に見出される。すなわち「昔目連尊者広野《クワウヤ》ヲ過給ケルニ、ヲソロシゲナル鬼、ツチヲ持テ白キ骸《カバネ》ヲ打《トン》アリ。アヤシクオボシテ問給ニ、答テ云、コレハヲノレガ前《サキ》ノ生ノ身ナリ。我ガ世ニ侍シ時、此カバネヲ得シ故ニ物ニ貪ジ、物ヲ惜テ多ノ罪ヲ造テ、今餓鬼ノ身ヲ受タリ。苦ヲウクル度ニ此カバネノ妬《ネタフ》ウラメシケレバ、常ニ来テ打ナリト云。是ヲ聞ヲハリテ猶過給程ニ、或所ニエモイハヌ天人来テ、骸ノ上ニ花ヲチラス。又是ヲ問ニ、天人答テ云、是ハ即我前ノ身ナリ。此身ニ功徳ヲ造シニヨリテ、今天上ニ生テ諸ノ楽ヲウクレバ、其報セムガ為ニ来テ供養スルナリトゾ答侍ル」(慶安四年板本)とある。なお、前生の自己の骸を見るという話は、『大法師浄蔵伝』や『古今著聞集』巻第二釈教第二・四十六話などで、浄蔵に関しても語られている。

(8) 安田孝子・梅野きみ子・野崎典子・河野啓子・森瀬代士枝校注『撰集抄 下』現代思潮社、一九八七年。

(9)　『続古事談』の引用は群書類従巻第四百八十七所収の本文による。
(10)　増田欣「続古事談の漢朝篇――楊貴妃説話を中心に――」『広島女子大学文学部紀要』二十三号、一九八八年一月。
(11)　もとより張兪はそのような行為を希求したのであるが、楊貴妃はそれを拒むのである。
(12)　かつて拙著『花のもの言う――四季のうた――』(新潮社、一九八四年)のうち、「おへそ」と題する小文でこの問題につき若干考察した。
(13)　沢田瑞穂『中国の伝承と説話』(研文出版、一九八八年)「Ⅱ　冥婚譚」。
(14)　「むかし物かたりにたまとのにをきたりけん人のたとひを思いてゝ　此事若呂后高祖后也の事をいへる歟　彼后の山陵を数百年の後赤眉の党の宝をとらんか為に堀おこすに死人形美麗にして如レ存　仍赤眉の党是にめてゝ千人犯レ之云々　後漢書にみえたり(下略)」(『河海抄』巻第二十・第三十七夢浮橋)。
(15)　『江家次第』第十四・即位の項で「后宮出車事」を述べ、「大原野行啓起二五条后一順子、以二藤氏勧学院衆一為二車副一、二条后高子以レ姪乗二車後一、在五中将書二和歌一与二二条后一、大原也小塩之山毛今日等己曾神代之事緒思出良目、人疑」として、『伊勢物語』七十六段にも語られるかの有名な話を記したのち、「先レ是若有二密事一歟、或云、在五中将為レ嫁二件后一出家相構、其後為レ生レ髪到二陸奥国一、向二八十島一求二小野小町尸一、夜宿二件島一、終夜有レ声曰、秋風之吹仁付天毛阿那目々々、後朝求レ之、髑髏目中有二野蕨一、在五中将涕泣曰、小野止波不レ成薄生計里、即斂葬」と語っているのが小町髑髏説話としては初期のものか。大江匡房が故実書の中にこのような伝説を記す、その意識のあり方が注目されてよいであろう。
(16)　なお、片桐洋一『小野小町追跡』(笠間書院、一九七五年)、出雲路修『説話集の世界』(岩波書店、一九八八年)「第三部説話の女たち　五「秋風のふくたびごとに」――小野小町説話考――」などが参考となる。
(17)　『長谷雄卿草紙』は複製本の他、『新修日本絵巻物全集』第十八巻、『日本絵巻大成』第十一巻などに所収。『還城楽物語』は、珍書同好会(一九一五年)の謄写版複製が存し、横山重・松本隆信編『室町時代物語大成　第四』(角川書店、一九七六年)に珍書同好会本の底本となった高野辰之旧蔵(藤井隆氏蔵)本を収める。なお、久保田淳「絵巻展随想」(『中世の文学附録』5、三弥井書店、一九七四年十二月)、木下資一「『撰集抄』の西行和歌享受覚え書」(『中世の文学附録』8、三弥井書店、一九八〇年一月)等参照。

(18) 梅津次郎日本絵巻物全集第十八巻『男衾三郎絵巻 長谷雄双紙 絵師草紙 十二類合戦絵巻 福富草紙 道成寺縁起絵巻』(角川書店、一九六八年)解説。

(19) 黒田彰『中世説話の文学史的環境』(和泉書院、一九八七年)「Ⅲ 草子、能と注釈、二 長谷雄草紙考——草子と朗詠注——」。

(20) 高野辰之「還城楽物語解題」(珍書同好会、一九一五年)、市古貞次『中世小説の研究』(東京大学出版会、一九五五年)「第五章 異国小説2外国小説」。

(21) 麻原美子「舞楽楽曲の伝承話と「還城楽物語」の成立」(『芸能』一九七七年七月)、同著『幸若舞曲考』(新典社、一九八〇年)Ⅲ第二章二に収載。

(22) 金井清光「入り日を招き返す」『観世』一九七九年十月。

(23) 「通典ト申文ニ申タルハ」として北斉の蘭陵王長恭の故事が述べられる他、魯陽公が日を招き返した故事が記されているが、これは『淮南子』巻六覧冥訓の引用である。

(24) 『高倉院厳島御幸記』に「山かげくらう、日もくれしかば、にはにかゞりをともして、もろしの魯陽入日を返しけんほこもかくやとぞおぼゆる」とある。平清盛が高倉院を福原の別業に迎えて、厳島の巫女達によって万歳楽などが奏せられたことを述べたのちに見出される叙述である。

(25) 「知足院殿、何事にてか、さしたる御のぞみふかゝりける事侍けり。御歎のあまり、大権房といふ効験の僧の有けるに、だきにの法をおこなはせられけり。日限をさして、しるしある事なりけり」といい、後文で法が成就したのち「摂籙の一番の御まつりごとに、大権をば有職になされけり」というので、除目において摂関の地位に就くことを祈ったのであろうと思われる。そのしるしとして狐が現れて供物を食ったこと、忠実が昼寝の夢に現れた「容顔美麗なる女房」の髪を摑んだと見、覚めて狐の「いき尾」を授かったことなどが語られる。

(26) これらのうち、覚一本『平家物語』でも語っているのは、成親の祈禱のみである。すなわち、成親は上賀茂の神託にも恐れず、「かもの上の社に、ある聖をこめて、御宝殿の御うしろなる杉の洞に壇をたてて、拏吉尼の法を百日おこなはせられけるほどに、彼大椙に雷おちかゝり、雷火飫うもえあがッて、宮中既にあやうくみえけるを、宮人どもおほく走あつまッて、是をうちけつ」(巻第一・鹿谷)とある。

(27)　美濃部重克『中世伝承文学の諸相』(和泉書院、一九八八年)「第二部作品の諸相　Ⅸ「源平盛衰記」稗史の筋書き——平清盛の吒枳尼天信仰あるいは平家の運命についての解釈原理——」。

(28)　村松剛『死の日本文学史』(新潮社、一九七五年)「『とはずがたり』の世界」。

(29)　『増鏡』の引用は新訂増補国史大系第二十一巻下(吉川弘文館、一九六五年)の「附載」による。

(30)　網野善彦『異形の王権』(平凡社、一九八六年)のうち、「第三部　異形の王権——後醍醐・文観・兼光」、網野他『日本中世史像の再検討』(山川出版社、一九八八年)のうち、「一　中世の時期区分をめぐって——南北朝の動乱と後醍醐天皇——」など。これらの論の根拠となった、文観に関する伝記的な新事実は、岡見正雄校注角川文庫『太平記 二』(角川書店、一九八二年)補注に詳しい。

(31)　上村勝彦訳東洋文庫323『屍鬼二十五話インド伝奇集』(平凡社、一九七八年)の解説。

(32)　『吾妻鏡』文治元年八月三十日の条。

(33)　久保田淳「和泉式部の一首をめぐって」(『日本の古典18』月報〔『古今集新古今集』〕学習研究社、一九八一年)、及び久保田『花のもの言う——四季のうた——』(注12に同書)のうち「身体」。

(34)　『明月記』嘉禄二年(一二二六)六月二十三日・二十四日の条には、源雅行が乱倫の行為のあった息親行とその姉を殺し、首を切ったそのむくろを六条朱雀に棄てたという事件が記されている。「六条朱雀男女二人、有㆓被㆑切㆑頸死人㆒云々、是即侍従親行也、依㆓悪行㆒父卿令㆑切㆑之由、人以披露也、老後不祥、又狂気歟、宿運可㆑悲、息女又姉妹由云々」(六月二十三日)、「下人等説云、切㆑頸者不㆑及㆑有㆑疑、親行幷基忠卿妻、(七条院高倉局腹)先年付㆓親行㆒、逃㆓去本夫家㆒之女子云々、曝㆓屍于路頭㆒、見物者成㆑市云々、(中略)路人不㆓見忍㆒、而折㆓樗木㆒被㆑覆㆓其女陰㆒云々、末代之令然、世上之恥歟」(六月二十四日)。『閑居友』上には「からはしがはらの女のかばねの事」(第二十一話)という、慶政が幼時に実際に見た事件が語られている。

この話については、以前論及したことがある。拙著『中世文学の世界』(東京大学出版会、一九七二年)のうち、「怨み深き女生きながら鬼になる事――『閑居友』試論――」参照→本書所収。

(35)『閑居友』上には、「あやしのそうの宮づかへのひまに不浄観おこらす事」(第十九話)、「あやしのおとこ、野はらにてかばねを見て心をゝこす事」(第二十話)がある。

(36) 高田衛編・校注、岩波文庫『江戸怪談集 中』(岩波書店、一九八九年)解説。

(37)「加賀見山再岩藤」二幕目汐入骨寄怪異の場(『黙阿弥全集』二十一巻、春陽堂、一九二六年)。

付記

本稿は、一九九〇年五月十一日、東京虎の門教育会館において開催された東方学会主催第三十五回国際東方学者会議の席上、表題と同じ題目で行った講演を骨子とする。

解説

浅見和彦
村尾誠一
三角洋一

一

「I　中世文学史論」は『岩波講座 日本文学史』第五巻の冒頭論文で中世文学史を通観するものである。文学史の叙述を試みる文学史家が必ず思い悩むのがその時代区分であろう。それは単に何年から何年までを中世とするとかいう技術的、機械的なものではなく、作品や作家がある一定の中世的な特質を共有しているという認定のもとになされなければならない時代区分なのである。そのことは中世的な特質とは何か、中世的なるものとは一体何かという問題へと当然のことながら帰着していく。中世的なものの定義があってこそ中世の時代区分は初めて可能となるのである。

保元元年(一一五六)勃発した保元の乱は都人士に激烈な衝撃を与えた。これをもって慈円が「ムサノ世」(『愚管抄』)になったと指摘したことは著聞のことであるが、そうした思いにいたったのは一人慈円だけではなかった。保元の乱に引き続く平治の乱、源平の動乱、承久の乱を前に同様の思いを抱いた人は少なくなかった。西行しかり、右京大夫しかり、長明、定家しかり、そして『六代勝事記』の作者もその一人と久保田氏はいう。彼等に共通するところは大

き く変転する時代社会を直視し、自らの「あり方を凝視」しようとする強さを持ち、現実と自己との間に「緊張関係」を絶えず保っていたのである。その点にこそ前代の文学や作品とは異質の「一線を画する」ものがあり、「中世文学の誕生」をここに見るというのである。

保元の乱では死刑が公式に復活した。それらを取材した『保元物語』や『平治物語』では眼前の悲劇、惨劇から目を背向けず、「直視し、直叙した」(「文学に於ける中世の始発――古代から中世へ」『中世文学の時空』若草書房、一九九八年)。『方丈記』にしても『愚管抄』にしてもその基層、基本姿勢には「世に対する強烈な関心」(「中世文学史への試み」『中世文学の世界』東京大学出版会、一九七二年)があった。後鳥羽院を「帝徳に欠ける帝王として、厳しく糾弾」した『六代勝事記』も中世始発期の象徴的な作品の一つなのである。政治、または政事との関わり合いを無視することができないのが中世の文学である。久保田氏は叙上の観点から保元の乱に中世の初発を見られるわけだが、まず至当な判断ということができよう。

中世の基本軸は数多ある。氏の言葉を借りれば「中世は分裂の時」(「中世文学の成立」『中世文学の世界』)であるのだ。京、鎌倉の二極に分かれたのも一つの分裂であるし、皇統が持明院統と大覚寺統の二統に分かれ対立したのも中世期にとって大きな分裂であった。この分裂に合わせるかのようにして代々の勅撰集撰者の家系であった御子左家が二条、京極、冷泉の三家に分派し、拮抗しあったのも中世文学史上、大きな出来事であった。二条家が大覚寺統に、京極家が持明院統と近い関係を持ち、それぞれが勅撰集を撰進したことはよく知られているが、持明院統の宮廷が『弘安源氏論義』や『弁内侍日記』『中務内侍日記』『とはずがたり』など広く文学的活動を行ったのに対し、大覚寺統の宮廷が和歌以外にさしたる文学作品を生んでいないという事実に久保田氏は注目される。二統併立、三家分立といった現象的側面は幾度となく整理、考究されているものの、一歩、その奥の背景となるとなかなか光が当らず、看過されることが多い。文学史研究への新視点、新視角をしばしば見せてくれるのも久保田氏の研究の特徴である。

二条、京極、冷泉と三家に分立した歌道家のうち冷泉家は勅撰集の撰者を出すことはなかったが、特筆されるのは鎌倉との親縁関係であろう。鎌倉には実朝以来、文芸の伝統は着々と積み重ねられ、「関東歌壇の所産」(『中世和歌史素描』『中世和歌史の研究』明治書院、一九九三年)、関東文化圏と呼びうるほど伸長していた。真名本『曾我物語』や『神道集』といった在地の説話集、親鸞や日蓮などの東国布教活動と『私聚百因縁集』『歎異抄』『立正安国論』など、その周辺の著作物がいずれも関東となにがしかの由縁を持っていることは見遁せない。ことは関東に限らず、鎌倉最末期の『臨永和歌集』『松花和歌集』には「北九州の武士の作がかなり見出される」(同前)ことから九州歌壇の存在にふれる説も紹介される。中世は地方への分裂、分裂という言葉が不適切なら、分散、拡散の時代であった。その傾向は応仁の乱以後、一層拡大した。奈良に疎開した一条兼良、関東に下向した心敬、その心敬を判者に迎えて『武州江戸歌合』を催行した太田道灌、そして木戸孝範、大内政弘の招きで山口へと向かった宗祇。彼らの残した足跡は列島諸地域の文化に大きな影響を与えた。久保田氏の描出しようとする中世文学の世界は広大である。

文学史家にとって中世の始発をどこに置き、終着をどこに定めるかということが大きな問題であると同時に、中世の中で諸作品、諸作家をどう区分し、どう括っていくかというのも結構難題である。かつて氏は『堀河百首』に見られる創作詩的契機に注目され、同百首に「日常とは遮断された次元に詩的世界を求めようとする中世和歌の世界に近いもの」(「中世和歌への道」『中世和歌史の研究』)を認められ、以下、『金葉集』『詞花集』『続詞花集』『千載集』と縷述され、和歌が「直接的な形では現実を掬い取りにくいものと化す過程」(同前)で、そこに中世和歌の世界の始まりを見ようとされた。これに引き続き、鎌倉時代の和歌史を三つに区分され、新古今時代、後嵯峨院時代、そして三家分流と『玉葉集』誕生の鎌倉後期を「三つの山」(「中世和歌史素描」)とされたのだった。和歌に中心的な視点をあてて妥当な区分を仕上げるだけでも大変な労力と該博な知識が要求される。これが和歌史でなく、中世の文学史となれば、漢詩文、歌謡などの韻文、物語、説話などの散文、能狂言はもとより幸若舞、説経節などの芸能関係まで「全円的に把握」(「中世文学の成立」)してこそ初めて可能となってくるものなのである。当然、そこには試行錯誤もあり、大胆で実験的な試みなど困難な模索がつきまとう。そんなものの一つとして氏の編集企画になる『編年体 古典文学一三〇〇年史』(『国文学』第四十二巻十号、一九九七年八月臨時増刊号)を私は挙げておきたい。同書は「縦の流れに重点を置く一般文学史に対し、同時代の横の関係も明確」にせんとして、十年ごとに日本文学の歴史を輪切りにしていくという、なかなか野心的な試みであったと思う。ねらう所は「立体的文学史」の構築であったのだ。おそらく久保田氏には平板な年表式などではない文学史をものしたいという止みがたい思いを心懐に抱き続けられていたのであろう。作品や作家をただ並列的に羅列するのではなく、時代としてどういう時代であったか。叙述から時代が匂い立ってくるような文学史を常の目標とされているのだろうと思われる。本論に於て文学史の小区分の手法として天皇と都に注目されたのも、そうした思いからであろうと思われる。「天皇や都は日本文化における(良きにつけ悪しきにつけ)重要な機制」であったという考えに基づくものである。そうしてこそ、後白河院時代、後鳥羽院時代、後嵯峨院時代と一つ一つの時代を総体として「立体的」に把握することができるのである。和歌、漢詩、歌謡、軍記、説話、随筆、芸能等々をジャンルごとに分立させるのでなく、同時代の文学、文化という大枠の中から眺め直して見よう、あわよくば自らをその時代に置換させることによって、作品、作家を同時代人として体感して見たい。そんな夢想にも似た願望があったのではなかろうか。そうすることによって普段見過ごしがちな作品の微細な問題や作者の視線や嗜好の微妙な揺れを感じとることだって出来るのである。作品、作者には出来る限り親近することが大切なのである。

たとえば後鳥羽院。いうまでもなく新古今時代を領導した中心人物である。言葉はやや悪いが首魁といってもよいかも知れない。『新古今集』に最多入集したのが西行。西行はもっぱら花月の詩人として評され、『新古今集』を代表する歌人の一人として数まえられているが、実は彼の作品は「俗をも包摂するものであった」。そのことは『新古今集』を事実上親撰したかともいわれる後鳥羽院自身の美意識に微妙な影響を与える。後鳥羽院が新古今特有の「艶や優の美のみならず、俗の美をも許容する文芸意識の持主であった」可能性があると久保田氏はいう。院が自らの侍臣を有心衆と無心衆に分けて連歌に興じていたことはよく知られている。その後鳥羽院の俗への視線は後代に大きく引き継がれていく。応仁の乱後の中世末期、『竹馬狂吟集』『犬筑波集』といった誹諧連歌集の誕生である。そこではあらゆる権威も美意識もある時はもじりのかたちで、ある時は痛烈な皮肉のかたちで笑い飛ばされてしまう世界である。有心系(雅)の美から無心系(俗)の美への推移は中世らしさの一つであるが、そうした傾向のはしりを久保田氏は後鳥羽院の中に見出しているのである。氏の視線の長さ、遠さを今さらながら思わせる。

誤解をおそれずいえば、中世の歴史や文化はひょっとすると無心衆によって形造られていったといえまいか。後鳥羽院に臣従した無心衆の葉室光親、中御門宗行らはいずれも承久の擾乱に中枢として関わり、敗滅後、処刑された。後の南北朝の争乱も同様という。「歴史を動かす者たちはいわば無心衆と彼らの指揮下にある衆庶であって、有心衆は現実に対して無力」であったとし、中世に於ける無心の意味を正面から取り上げようとする。従来、無心系の文学、芸能は有心系の、いわば正当な文学史の片隅、最後の附録のようなかたちで扱われるのが文学史の常であったが、久保田氏の推論を敷衍していくと無心系の存在は有心系の伝統の付けたりなどでは決してなく、中世そのものを造り上げていった原動力であったといいうるのではないか。それこそが久保田氏が終始追究しようとする「中世」の根源なのかも知れない。

(浅見和彦・成蹊大学)

二

「II　和歌と歌語」に収められた八編は、主として和歌とその歌材・歌語をめぐる論である。それぞれが、鋭い視点を堅実な実証で展開させ、より大きな視野を開いて行く。文証を挙げるという遍在的な方法によりながらも、著者以外には絶対になしえない論であることは、いまさら言うまでもない。むしろここでは、論が並べられて見えてくる世界にも注目したい。中世和歌の中心的な世界が捉えられ、その外延的な世界へと拡がって行く構造をなしている。

今でも京都御所の南殿(紫宸殿)の前庭に左近の桜と呼ばれる一本の木が植えられている。最初の論が、この桜木をめぐる和歌を論じた「南殿の桜」である。当初梅であったこの木は国風文化の熟成の中で桜に変わる。以来、この桜が平安朝的宮廷文化・王朝文化の象徴としての役割を担って行く。そのことが、『今昔物語集』の和歌説話形成(そこで投げかけられる作者像の問題も極めて示唆的だが)を鍵に、白河院政期における失われて行く王朝文化への回顧・憧憬の問題を立ち上げることを起点に、辿られる。この説話に見られるように藤原敦忠や藤原実頼がいかにも王朝貴族らしくこの木の下でふるまった十世紀、『源氏物語』にこの木の花盛りの宴が描かれた十一世紀初頭、その宮廷文化の美学的な集約である「雅」を、失われつつあるものとして憧憬することが、中世和歌の中心的な世界であり、それはその時代の文学・文化の底に流れる世界でもある。

王朝文化は、失われつつあるものであるが、連続も保持される。政治の場である宮廷の桜である以上、王位の象徴としての意味を持つのであるが、後鳥羽院、後醍醐天皇や足利尊氏といった、史上の節目をなす権力者が表現の上で見せるこの木への執着は、失われて行くものへの憧憬だけではなく、現実政治の力学とも関わる。このことは、同じ桜木を扱う著者の論「『新古今集』の美意識――大内花見の歌三首を軸にして」(『藤原定家とその時代』岩波書店、一九九四年)にも詳述される。後鳥羽院・藤原良経・藤原定家が、それぞれ帝王・摂関家・廷臣としての象徴をこの木に見いだすのだが、過去への憧憬以上に、現実の宮廷政治における位相が大きく反映するのである。

十五世紀の正徹に至ると、この桜木の豊麗な花盛りは、縹渺とした幻として憧れる他ないものとなって行く。彼の実見した貧弱な若木は宮廷の現状の比喩でもあるのだろう。王朝との連続はいよいよ微かなものとなり、やがて応仁の乱の大打撃が加えられる。近世の北村季吟や本居宣長にとっては、この桜木は失われた文化を「探る」端緒となるのである。

こうして著者により提示された見取図には、そのまま、中世文学史・文化史の原論としての位置を与えることができるであろう。無論、中世の文学・文化はより広い世界へ開けて行くことは言うまでもない。しかし、王朝の「雅」への憧憬は、そこに通奏低音のように響き続け、和歌においては表現世界の中心は、まさにそこにあるのである。

和歌は、その世界を保持するために、自己規制を必要としてきた。それに最も自覚的で、和歌史に決定的な影響を与えたのが藤原俊成の存在である。本書でも繰り返し述べられているが、例えば「歌ことば――藤原俊成の場合

――」(『国語と国文学』第七十八巻第八号、二〇〇一年八月)では、集中的にそのことを論じている。断定を嫌い連続よりも断続をよしとし、音読語や漢語、さらには身体器官の表現を排除し、専ら王朝的な「雅」の世界だけを保持しようとする彼の志向が分析される。それは、和歌表現の世界の持つ美的な強靭さでもあるが、一方では、狭い世界へ和歌を閉ざしてしまうことになる。著者はしばしば「残念に思われる」という言葉でその狭さを語る。しかしそもそも、王朝の文学世界自体も、宮廷での生活に根ざす以上は、元々もっと広い世界に開けてはいなかったか。そのあたりの問題を論じたのが、次の二編である。和歌の中心的な世界から外延的な世界へと広がって行く。

「和歌・誹諧歌・狂歌」は「和歌と俳諧の連続と非連続」という副題を持つが、初出誌では「和歌の脱領域」という特集中に「和歌的抒情という幻想を衝く」という課題で論じられたものである。この論は、『古今集』の部立「誹諧」は「はいかい」と読まれるのが本来ではなかったかという重要な指摘ではじまる。ここでも俊成の規制が問題になる。彼は基本的にはそれを拒む。『千載集』でもこの部立をたてるが、むしろ宮廷和歌における許容範囲を示すものではなかったかと。しかし、和歌が宮廷の現実の生活に根ざす以上、規制を越えた世界の表現も必然的で、「をかし」に向かうこうした和歌の存在意義も認める。さらに誹諧的な作品に見られる「物」への関心を析出し、抒情性とは異なる世界を実現させる詠物歌の系譜にも注目し、俳諧の詠物にも繋げて行く。和歌の限界にも注目しながらも、その外延世界が開いて行く文学史の展開が示される。

俊成の規制は宮廷生活でも直面するはずの、飲食という行為にも及んだ。酒も例外ではない。「酒の歌、酒席の歌」は、『文学』増刊の讃酒を基調とする「酒と日本文化」に寄せた論である。そこでも、古典和歌においては、酒の作品が豊かではないことが浮き彫りにされる。古典詩歌でも酒の表現が豊富な漢詩や歌謡の世界と対比され、和歌世界の特殊性がむしろ明らかになる。無論、この論の魅力に、掘り起こされた酒の歌に関する興味深い指摘の数々があるのも言うまでもない。

こうして、和歌の外延的世界を、宮廷生活の現実が異なった形で反映した連歌・俳諧・歌謡・漢詩といった和歌以外の文芸ジャンルを念頭においた眼で捉えた。著者は『藤原定家とその時代』(前掲)の「あとがき」で、「和歌研究者には和歌文学という専門領域の内に自閉することのない、柔軟な思考方式が要求されるに違いない」と述べている。そこでの文脈は限定的なものだったが、求められる実践がどのようなものであるかは、ここにも示されていると言えよう。そしてさらに、著者による思考は、現代や西洋をも意識したものに及んでいる。よく耳にする現代ミュージカルの名曲に「虹の彼方へ《オーバーザレインボウ》」があるが、虹は我々にとって好ましい自然現象である。ゲーテの『ファウスト』第二部の冒頭にもそれは神々しく架かっていた。日本の古典和歌ではどうであろうか。

次の論「虹の歌」は、不気味な火入りの虹の架かる歌舞伎『児雷也』の「藤橋だんまりの場」をエピグラフに持つ。その印象の所以を解くかのように、和歌において虹が詠まれることの乏しい実態と、それが好ましい現象とは捉えられていなかったことが明らかにされる。『万葉集』の一首から『詩経』を介して、虹をむしろ男女の性愛を連想させるいやらしいものとするイメージの把握からはじめる。さらに、葛城橋と重ねる西行の眼や、京極派の作品の背後に叙景にとどまらない政治的な寓意を見据え、連歌にも目を向け、虹と市との関連も追究する。我々の感覚から遠いところにある古典和歌に詠まれる虹の様が明らかになり、乏しい作例の中にも和歌史が興味深く存在していることも教えるのである。

以上の四編でもって、本書Ⅱ部の柱が形成されている。中世和歌とは何であったのか、文学史の中でどのような存在であったのかということが、具体的な問題に即した形で、しかも原論的な広がりと普遍性を獲得して提示されているのを知るであろう。以下四編はいわば補編にあたる。何れも付録等に書かれた短い論であり、一つの歌語を論じている。しかし、そこを起点に和歌とその周辺に広がる大きな問題へのつながりを有している。

「「秋津島」という歌語」は、外国との関わりの問題である。すでに著者の論「平安後期和歌における異国」(樋口芳麻呂編『王朝和歌と史的展開』笠間書院、一九九七年)でも明らかにされているように、平安朝後期には中国を中心とした外国との活発な交流が現実にあり、和歌にもその影響が問題となる。ここでは、若き日の俊成の一首から、この言葉の含み持つ、日本の古代への関心とともに、外国を意識した国家意識、さらに、理世撫民の思想・神国思想といった重要な問題が析出される。

「「焙矢」か「障泥屋」か」は、『夫木和歌抄』居所部の一首に見られる歌語「あふりや」が「焙矢《あぶりや》」ではなく「障泥屋《あふりや》」ではないかと考証する。『源氏物語』でも敷物に使われる馬具である革製の垂が、仮小屋の屋根で覆いとして使われた可能性を示唆する。隠者達の庵の様子の想像にも新たな材料が提供されることになろう。

「月のあけぼの」は「『平家物語』月見の和歌的表現について」の副題の通り、福原遷都後の月見の描出に見られるこの語の由来を問う。新古今時代の流行句であるこの語を用い、『源氏物語』の影響濃く本文を形成する、歌文の教養の高い表現者の姿を想像させる。『平家物語』の作者像という大きな問題につながる。

和歌史の研究、特に新古今時代の研究では、御子左家と六条家との歌道家同士の流派対立が強調されるが、著者はしばしばその両派の交流に注意を促す。最後の「「雪のあけぼの」という句」も、それである。六条家で使われはじめたこの句が、新風歌人である御子左派の人々に詠まれるようになる、表現の交流を具体的に論じたものである。

文学史という言葉は、学問としては死語となって久しいという見解もある。確かに、辞書的に作品や作家を配置して行く文学史はそうかもしれない。しかし、千年以上もの時を継続的に蓄積してきた日本文学を、史的に捉えて行く作業は、必然的に有用であろう。とは言え、そのための視野の獲得は容易ではない。意匠に属する方法以前に、作品の精緻な読みを積み重ねることでしか備えられない、素養としか言いようのない高度な認識力を必要とするとでも言えようか。そうした力を有した真の文学史家は稀な存在である。

著者久保田淳氏は、しばしば文学史を自らの重要な研究課題だと述べている。これは大きな自負と仕事に裏付けられた発言だと思う。ここに収められた論全体を貫くのは、確かな文学史家としての視野である。だからこそ、こうして配された八編の論の連なりが、中世和歌原論であるとともに、最良の文学史の展望ともなりえているのである。

(村尾誠一・東京外国語大学)

三

「Ⅲ　中世の人と思想」には九篇の論文が収められる。大きくまとめなおせば、中世の人物群像を描き出した三篇と、説話集・宗教書を題材としたつづく三篇、説話そのものを分析した末尾の三篇からなる。

通覧してただちに気づかされることは、文学者や文学者の活動とその所産を時代社会の中にすえて観察し、意義づけようとする大きな視点の存在である。順に見ていくならば、「頼朝と和歌」(初出『文学』一九八八年一月、『藤原定家とその時代』岩波書店、一九九四年所収)では、慈円との和歌贈答を導入として源頼朝の八幡信仰、六条若宮社崇敬に注目し、建久二年(一一九一)の『若宮社歌合』の背景とその影響をさぐるなど、頼朝に焦点を合わせることによって見えてくる和歌史上のさまざまな問題を掘り起こしている。「慈光寺本『承久記』とその周辺」(初出『文学』一九七九年二月、『藤原定家とその時代』所収)ではその作者像を追ってまとめとするほか、宇多源氏の仲兼や医王左衛門尉能茂らの係累と彼等の動向を考証し、後鳥羽院の武芸・文事とそれを支えた近臣層の活躍を重ね合わせることにより、後鳥羽院時代の社会と文化の様相を明らかにしており、「西から東へ」(初出『季刊 文学』一九九六年春、『中世文学の時空』若草書房、一九九八年所収)では、「文明十七、十八年における詩人・文人達」という副題のもとに万里集九・尭恵・道興の文業を写し出す。

和歌史研究、歌人研究において、日記・記録などの歴史史料や軍記物語を活用することは珍しくないが、ややもすれば資料そのものが指し示すところに耳を澄ますことなく、狭く目的達成のためにのみ限定して解読、引用して済ましがちなものである。その点、久保田淳氏は好奇心旺盛に、時代社会も、人物の行跡と逸話もおもしろくて仕方がないというように、広範囲にわたる読書知識量を背景として巧みな関連づけを果たすことにより、個性的でなおかつ深く同意される文学史叙述を成し遂げている。頼朝や後鳥羽院をめぐって「頼朝の和歌」「後鳥羽院の風流韻事その他」というかたちで論じることなら事新しくないが、氏のような優れた問題関心をそなえた論文はきわめて少ないといわねばならない。

近年の刊行になる『中世文学の時空』の「あとがき」に、氏の比較的長い研究遍歴の跡がたどられているが、そこにご自身の専門分野について、ひところまでは「中世文学・和歌文学」としていたが、最近は「日本文学史」も付け加えるようになったとある。中世文学のジャンル横断だけでもたいへんなのに、これにとどまらず、上代・中古はもとより、近世・近代も視野に収めた超人的な文学史家の像がたちあらわれてくる。

次に瞠目されることとしては、同じことの別の側面であるが、時代社会とともにそこに生きる文学者を見すえることにより、一人の作家や一つの作品を評価して終わるのでなく、多くの場合、同時に複数の文学者ないし作品を対比的に評定するということがある。「無住・西行、そして通海」(初出『大乗仏典 月報』14、中央公論社、一九八九年)では、無住『沙石集』(一二八三成)巻一第一話で知られる、伊勢の大神宮が僧尼を忌避するいわれをめぐって、『沙石集』を引く伝阿仏尼筆本『西行物語』を取り上げたのち、『玉葉和歌集』(一三一二成)神祇部巻頭の真偽未詳の西行の夢想による神詠と後詞を分析して、『通海参詣記』(一二八六成)における論議の例を挙げ、書きとめるだけで議論しようとしなかった無住に不満を表明する。すこし補足すれば、広本系の文明本『西行物語』では仏教的な表現の多くを『宝物集』によっており、伝阿仏尼筆本を含む流布本(略本)系になると新たに『沙石集』から引用していること、すでに高城功夫『西行の研究』(笠間書院、二〇〇一年。Ⅳの一)に考証がある。仏教忌避は大日如来と第六天の魔王との契約によるとする観念思想をめぐっては、道宝(一二一四〜八一)撰という『高野物語』巻三にも存することが阿部泰郎「『高野物語』の再発見」(一九八七年度中世文学会春季大会、於成城大学、五月三十一日、発表資料)で紹介され、論文に伊藤聡「第六天魔王譚の成立」(『日本文学』一九九五年四月)などがある。本論文の眼目は、本地垂迹説による伊勢信仰の展開をあとづけることよりも、人と思想をうかがうに適したテーマの発掘というところにある。

「『耀天記』『日吉山王利生記』の歌謡・説話について」(初出『神道大系 月報』114、神道大系編纂会、一九九三年)では、『新古今和歌集』の神祇部に「賀茂社の午の日うたひ侍なる歌」と詞書のある「やまとかも」の歌について、日吉社の祭礼の歌として中世の神道書に見いだされ、祝部成仲・勝命が伝承者であったことと、これにかかわり日吉行幸の濫觴となった後三条天皇の説話を考察し、「女人遁世」(初出『岩波講座　日本文学と仏教』第四巻「無常」、一九九四年、『中世文学の時空』所収)では、歴史物語・説話集・往生伝類ほかから中古・中世にわたって女人遁世の諸相を描き出している。

あるいは余談とみられるかもしれないが、Ⅲの論文の排列をみると、主要テーマや内容から①鎌倉初期の将軍頼朝と②後鳥羽上皇、③室町中期の詩人・文人達の三つ物、④本地垂迹説をめぐる西行らの三つ物、⑤神祇歌にまつわる後三条院の前生の髑髏の説話、⑥女人遁世と⑦怨み深き女が鬼になる話、⑧魔界に堕ちた人々、⑨骸骨の話というぐあいに、並列や対照による連想でつながったり、離れながら響き合ったりしているところにも、久保田氏の美学がひそんでいるような気がしてならない。また、説話の要素として鬼、魔界、骸骨、髑髏が現れるのも偶然ではなく、奇をてらったものではさらさらなく、そこに中世人の心の奥処をのぞき見ることができるという、人に先んじた着眼があったからであろうと忖度される。

Ⅲの一つの柱は説話研究であったが、久保田氏が中世の説話文学研究に新しい光をあてたことはあらためて強調される必要がある。慶政『閑居友』による「怨み深き女生きながら鬼になる事」(初出『文学』一九六七年八月、『中世文学の世界』東京大学出版会、一九七二年所収)、慶政『比良山古人霊託』による「魔界に堕ちた人々」(初出『文学』一九六八年一〇月、『中世文学の世界』所収)、西行仮託『撰集抄』による「骸骨の話」(初出『季刊　文学』一九九一年冬、『中世文学の時空』所収)がそれである。

折しも益田勝実『説話文学と絵巻』(三一書房、一九六〇年)の刊行、一九六二年の説話文学会の設立、西尾光一『中世説話文学論』(塙書房、一九六三年)の刊行と、説話文学研究が飛躍的に進展し活況を呈していた状況もあって、これが刺激になったこともあるかもしれないが、前二篇は永井義憲・筑土曙生共編『閑居友 付、比良山古人霊託』(古典文庫、一九六八年)という最良のテキストの刊行と相前後して書かれており、執筆の契機を想像するに、むしろ和歌のパトロンである摂関の九条家を出自とする撰者慶政への人間的な関心が土台にあったとみたいが、どうだろうか。『中世文学の世界』の「あとがき」によれば、両篇は依頼原稿ではないよしで、すすんで執筆された自信作であることに間違いない。

「怨み深き女……」につくならば、妬婦譚としての位置づけもさりながら、まず該話と「唐橋河原の女の屍の事」につき、見聞体験による筆の運びのリアルさを指摘する。ついで、編纂の先蹤となった『発心集』と対比して、『閑居友』にあっては話が異朝に及ぶのを避けないこと、神仏習合的な思考形式が見出されないこと、国王の権威に対して敬意を払っているとは思われないことを論じて、慶政とおぼしき作者の意識が仏者として徹底していたと総括し、後日譚や応報譚を語らないのは説話者としては不適格であると評して、『閑居友』を説話文学史の中に位置づける。「説話的発想から随筆的発想へ」という西尾氏の概観をふまえ、作者の精神に向き合い、作品の内質を探りあてる鮮やかな立論であった。

「魔界に堕ちた人々」の論の骨子は以下の通りである。『比良山古人霊託』の天狗の託宣によれば、魔界に堕ちた者たちには説話や軍記の世界の人気者が多く、後白河院・崇徳院や余慶・増誉、九条家の人々や近衛基通らがおり、法然は無間地獄に堕ち、明恵は都率の内院に生まれたという。ここに中世初期の仏教界や政界の実状をうかがう久保田氏は、同じ慶政作の『閑居友』に視点を移して、そこで好意をもって語る高僧の像が信仰心の深い隠徳の僧であることを確認し、『明恵上人遺訓』に共通する物の考え方のあること、『発心集』にさえ同様の志向のみられることをいい、これは転換期にあって僧侶のあるべき姿を求めた結果であるといえるが、『閑居友』には自らあるべき僧侶たらんとする厳しい強固な精神があって、中世の時代精神に踏み込んでいると高く評価する。ちなみに、氏の問題意識とずれてしまうが、阿部泰郎「『七天狗絵』とその時代」、高橋秀栄「『七天狗絵』の詞書発見」(ともに『文学』二〇〇三年十一・十二月)により、現今大いに注目されている『七天狗絵(天狗草紙)』のはらむ問題へとつながるものでもあった。「骸骨の話」の古今東西にわたる目くるめく論述については省略にしたがうほかないが、国際東方学者会議における講演の内容を骨子としているよしであり、このように時と場に合わせて蘊蓄を開陳し、サービス精神を大いに発揮しているところにも、久保田氏の美学をみる思いがする。

(三角洋一・東京大学)

初出一覧

I　中世文学史論

『岩波講座 日本文学史』第五巻「一三・一四世紀の文学」(岩波書店、一九九五年)

II　和歌と歌語

南殿の桜　『季刊文学』第一巻第一号(岩波書店、一九九〇年一月)、のち『中世文学の時空』(若草書房、一九九八年)に所収

和歌・誹諧歌・狂歌――和歌と俳諧の連続と非連続　『国文学』第四十五巻第五号(学燈社、二〇〇〇年四月)

酒の歌、酒席の歌　『季刊文学』増刊『酒と日本文化』(岩波書店、一九九七年十一月)

虹の歌　『季刊文学』第二巻第三号(岩波書店、一九九一年七月)、のち『中世文学の時空』(若草書房、一九九八年)に所収

「秋津島」という歌語　『日本歴史』第六二〇号(吉川弘文館、二〇〇〇年一月)

「焙矢」か「障泥屋」か　『国史大辞典』第十五巻中付録『史窓余話 15』(吉川弘文館、一九九六年十一月)

月のあけぼの――『平家物語』月見の和歌的表現について　『中世の文学』付録17(三弥井書店、一九九二年一月)

「雪のあけぼの」という句　『中世の文学』付録28(三弥井書店、二〇〇一年十二月)

III　中世の人と思想

頼朝と和歌　『文学』第五十六巻第一号(岩波書店、一九八八年一月)、のち『藤原定家とその時代』(岩波書店、一九九四年)に所収

慈光寺本『承久記』とその周辺　『文学』第四十七巻第二号(岩波書店、一九七九年二月)、のち『藤原定家とその時代』(岩波書店、一九九四年)に所収

西から東へ——文明十七、十八年における詩人・文人達　『季刊文学』第七巻第二号(岩波書店、一九九六年四月)、のち『中世文学の時空』(若草書房、一九九八年)に所収

無住・西行、そして通海——本地垂迹思想に関する断章　『大乗仏典〈中国・日本篇〉』第二十五巻「無住・虎関」月報14(中央公論社、一九八九年)

『耀天記』『日吉山王利生記』の歌謡・説話について　『神道大系〈論説編四〉』「天台神道　下」月報114(財団法人神道大系編纂会、一九九三年)

女人遁世　『岩波講座　日本文学と仏教』第四巻「無常」(岩波書店、一九九四年)、のち『中世文学の時空』(若草書房、一九九八年)に所収

怨み深き女生きながら鬼になる事——『閑居友』試論　『文学』第三十五巻第八号(岩波書店、一九六七年八月)、のち『中世文学の世界』(東京大学出版会、一九七二年)に所収

魔界に堕ちた人々——『比良山古人霊託』とその周辺　『文学』第三十六巻第十号(岩波書店、一九六八年十月)、のち『中世文学の世界』(東京大学出版会、一九七二年)に所収

骸骨の話——『撰集抄』の二話を軸として　『季刊文学』第二巻第一号(岩波書店、一九九一年一月)、のち『中世文学の時空』(若草書房、一九九八年)に所収

や 行

ら・わ 行

■岩波オンデマンドブックス■

久保田淳著作選集　第三巻　中世の文化

2004年6月3日　第1刷発行
2017年6月13日　オンデマンド版発行

著　者　久保田淳《くぼたじゅん》

発行者　岡本　厚

発行所　株式会社　岩波書店
〒101-8002　東京都千代田区一ツ橋2-5-5
電話案内　03-5210-4000
http://www.iwanami.co.jp/

印刷／製本・法令印刷

ISBN 978-4-00-730620-4　　Printed in Japan

人名索引

1) 本文において論及した人名の索引である．
2) 慣用の読みに従い発音の五十音順に配列し，当該ページを示した．

あ 行

か 行

さ 行

た 行

な 行

は 行

ま 行

や　行

ら・わ　行

書名索引

1) 本文において論及した書名の索引であるが，対象を近代以前の書物に限った.
2) 歌集乃至詩集中の作品名，歌会名，楽曲名を収めた.
3) 慣用の読みに従い発音の五十音順に配列し，当該ページを示した.

あ 行

か 行

さ 行

た 行

な 行

は 行

ま 行

や 行

ら 行

わ 行

事項索引

1) 本文において論及した事項の索引である.
2) 慣用の読みに従い発音の五十音順に配列し, 当該ページを示した.

あ 行

か 行

さ 行

た 行

な 行

は 行

ま 行

や 行

ら 行

わ 行

和歌・漢詩句索引

1) 本文において論及した和歌・漢詩句の索引である.
2) 漢詩句には経文を含め, 漢散文は除外した.
3) 五十音順に配列し, 当該ページを示した.

あ 行

か 行

さ 行

た 行